Matthias P. Gibert

KAMMER-FLIMMERN

Matthias P. Gibert

KAMMER-FLIMMERN

Lenz' zweiter Fall

KRIMI IM GMEINER-VERLAG

Wir machen's spannend

Bibliografische Information
der Deutschen Bibliothek
Die Deutsche Bibliothek verzeichnet diese
Publikation in der Deutschen Nationalbibliografie;
detaillierte bibliografische Daten sind im Internet
über http://dnb.ddb.de abrufbar.

Besuchen Sie uns im Internet:
www.gmeiner-verlag.de

© 2008 – Gmeiner-Verlag GmbH
Im Ehnried 5, 88605 Meßkirch
Telefon 0 75 75/20 95-0
info@gmeiner-verlag.de
Alle Rechte vorbehalten
1. Auflage 2008

Lektorat: Claudia Senghaas, Kirchardt
Umschlaggestaltung: U.O.R.G. Lutz Eberle, Stuttgart
unter Verwendung eines Fotos von Matthias P. Gibert
Gesetzt aus der 9,75/13 Punkt GV Garamond
Druck: Fuldaer Verlagsanstalt, Fulda
Printed in Germany
ISBN 978-3-89977-776-5

1

»Sie müssen noch etwas tiefer graben«, forderte der Mann mit deutlichem Akzent.

Patzke wischte sich den Schweiß vom Gesicht, trat erneut auf den Spaten und hob eine weitere Ladung Erde aus dem Boden.

Die beiden Männer, von denen der eine ihn eben aufgefordert hatte, tiefer zu graben, kannte er seit drei Tagen. Sie hatten ihn angerufen, sich mit ihm auf einem Autobahnparkplatz getroffen und ihm ein verlockendes Angebot gemacht:

»Wenn Sie uns helfen, Goldberg zu beseitigen, kriegen Sie so viel Geld, dass Sie Ihre Werkstatt wieder aufmachen können«, hatte der Größere der beiden gesagt. Sonst hatte er seitdem nicht viel gesprochen, das übernahm der Kleinere.

Goldberg beseitigen und meine Werkstatt zurückbekommen, dachte Patzke, das sind die Dinge, die ich mir wirklich wünsche. Wirklich.

Wieder trieb er den Spaten in den Boden, hob ihn nach oben und warf die Erde neben das Loch.

»Sie dürfen mit niemandem darüber reden«, hatte der Kleine von ihm verlangt.

Natürlich hatte er mit niemandem darüber geredet. Mit keinem Menschen, auch nicht mit seiner Frau.

Und nun stand er hier im Wald und grub ein Loch für dieses Arschloch, das in ein paar Minuten anfangen würde zu vergammeln. Das hatte er sich bestimmt anders vorgestellt, der Herr Rechtsverdreher, der die Schuld an seiner Pleite vor drei Monaten hatte.

Nie hätte Patzke gedacht, dass er einmal diese Chance zur Rache bekommen würde, und er hatte die beiden auch nicht gefragt, warum sie ihm das Angebot gemacht hatten. Vielleicht waren sie auch von Goldberg hereingelegt worden, aber das war ihm so was von egal. Ihm war wichtig, dass er nächste Woche seine Schulden bezahlen und wieder in seine Werkstatt gehen konnte.

Er hob den Kopf und sah zu Goldberg, der mit hängenden Schultern und vor dem Bauch gefesselten Händen neben dem Großen stand und auf den Boden starrte.

Wahrscheinlich hat er sich in sein Schicksal gefügt, dachte Patzke. Er weiß, dass er gleich tot sein wird. Und dass er nichts dagegen tun kann.

Zwei Stunden zuvor hatten sie sich in der Innenstadt getroffen. Goldberg hatte schon mit gefesselten Händen und verheultem Gesicht auf der Rückbank des großen BMW gesessen. Dann waren sie zu viert in den Reinhardswald gefahren.

»Es reicht, glaube ich!«, rief der Kleine ihm zu.

Patzke hob den Spaten ein letztes Mal über den Rand des Lochs hinweg, ließ ihn auf den Erdhaufen fallen, den er in der vergangenen halben Stunde aufgeschüttet hatte, und streckte den rechten Arm aus.

»Helfen Sie mir raus, sonst sehe ich gleich aus wie eine Sau!«, rief er dem Kleinen zu.

»Bleiben Sie noch einen Moment unten, es kann ja sein, dass er schlecht fällt.«

Ist mir doch scheißegal, wie der fällt, dachte Patzke, sagte aber nichts.

Der Große trat neben Goldberg, dessen Beine jetzt deutlich sichtbar zitterten, und zog ihn am Arm, doch der dunkelhaarige Mann, dessen feistes Gesicht im Dunst des Wintertages gespenstisch und blutleer wirkte, bewegte sich nicht.

»Machen Sie es sich bitte nicht schwerer als notwendig. Kommen Sie, es wird alles ganz schnell gehen«, forderte der Große ihn auf.

Goldberg wollte sich losreißen, hatte jedoch nicht den Hauch einer Chance. Langsam und widerstrebend ging er vorwärts und hatte nach ein paar Schritten die Kante erreicht. Mit der linken Hand wischte er sich eine Träne aus dem Gesicht.

Patzke sah ihm von unten dabei zu und verspürte zum ersten Mal so etwas wie Mitleid. Am liebsten wäre er jetzt abgehauen, weil er mit diesem Mord eigentlich gar nichts zu tun haben wollte, aber er wusste, dass seine neuen Freunde das nicht lustig finden würden.

Der Kleine sah noch einmal hinunter ins Loch und ging dann ganz ruhig auf Goldberg zu. Dabei hob er langsam seine Pistole, die er die ganze Zeit in der Hand gehalten hatte, und zielte schließlich auf Goldbergs Kopf. Der schloss die Augen, fing laut an zu schluchzen und fiel auf die Knie. Einer ruhigen Bewegung des Armes folgend, fuhr die Hand des Kleinen mit der Pistole darin ebenfalls abwärts und nahm erneut den Kopf ins Visier. Dann schien der Mann es sich anders zu überlegen, hob den Arm ein kleines Stück und drückte ab.

Patzke spürte den Schlag in der Brust, bevor er verstand, was passiert sein musste. Durch den Aufprall des Projektils wurde sein Körper nach hinten geschleudert und fiel auf die nasse Erde. Er versuchte, Luft zu holen, doch es kam ihm vor, als wäre seine Lunge ein Eisklumpen. Kalt und unbeweglich.

Den zweiten Schuss, der von oben in seinem Schädel einschlug, hörte er nicht mehr.

Goldberg drehte den Kopf nach links und sah auf die rauchende Pistole. Er war fest davon überzeugt, die beiden Schüsse hätten seinen Körper getroffen, und wartete auf den einsetzenden Schmerz. Oder den Tod. Doch es passierte nichts. Er hob den Kopf ein Stück höher und sah in das grinsende Gesicht des Mannes, der geschossen hatte.

»Wie ich Ihnen gesagt habe, es war gar nicht so schlimm. Jetzt stehen Sie auf und schippen das Loch zu!«

Der Jurist, der in seinem ganzen Leben noch nie mit echten Gangstern zu tun gehabt hatte, fing an zu schluchzen, schlug die Hände vors Gesicht und spürte, wie Tränenbäche durch seine Finger liefen.

»Warum …?«, stammelte er.

»Nicht fragen, einfach das Loch zumachen«, antwortete der Kleine fast sanftmütig, schnitt die Fessel auf und steckte den Spaten neben ihn in den lockeren Waldboden.

Goldberg griff danach, sprang auf und begann sofort, das Loch, in dem der tote Patzke lag, mit Erde zu füllen.

Es dauerte nicht lange, und er hatte die Arbeit zur Zufriedenheit seiner beiden Entführer erledigt.

»Noch ein bisschen Laub über die Erde legen, bitte, dann ist es gut«, sagte der Große.

Mit den Händen sammelte Goldberg nasses Laub auf und verteilte es.

»Schön so. Jetzt kommen Sie bitte mit.«

Eingerahmt von dem ungleichen Verbrecherduo, ging er etwa 200 Meter den schmalen Waldweg entlang. Es fing ganz leicht an zu schneien, und Goldberg spürte die Flocken auf seinem schütteren Haar. Dann stoppten die beiden und sahen sich um.

»Hier ist gut«, sagte der Kleine.

Erst jetzt bemerkte der Jurist, der sein Geld als Justiziar der IHK in Kassel verdiente, das Seil in der Hand des Großen. Ein schwarzes, langes Seil mit einem unheilvollen Knoten am Ende. Und er wusste sofort, wozu es dienen sollte.

»Bitte …«, flehte er. »Bitte nicht …«

Der Große warf mit geschickten Bewegungen den Knoten über einen dicken Ast und fing ihn auf der anderen Seite wieder auf. Nun hatte er beide Enden in der Hand und lächelte Goldberg an.

»Wie ich schon gesagt habe, es ist gar nicht schlimm. Kommen Sie bitte einen Schritt näher.«

»Nein!«, schrie Goldberg.

»Nein, bitte nicht. Hilfe. Hilfe.«

Es wurde langsam dunkel im Reinhardswald. Und es war so einsam an diesem kalten Dezembernachmittag, dass niemand die Schreie des armen Teufels hörte, der sich in dem Moment in die Hose pisste, als das Seil um seinen Hals gelegt wurde.

Er wehrte sich mit allen Kräften, aber das waren nicht viele, denn Wolfgang Goldberg war unsportlich und untrainiert, ganz anders als die beiden Männer, die jetzt am anderen Ende des Seils zogen. Sie hatten muskulöse Körper und waren damit vertraut, zu verletzen und zu töten.

Und so hatte sein Zappeln schon nach kurzer Zeit aufgehört, er versuchte jedoch noch länger, sich den Strick vom Hals zu ziehen. Sein Gesicht wurde blau und dick, aber das sahen die Männer unter seinen Füßen nicht, weil sie das Seil an einem anderen Baum festgebunden hatten, teilnahmslos danebenstanden und rauchten. Zwei Minuten später war es vorbei. Sie warteten noch zehn Minuten, dann gingen sie die etwa 500 Meter zurück zu ihrem BMW, stiegen ein und fuhren davon.

2

Lenz fing an zu schwitzen, obwohl der Schneefall immer stärker wurde. Noch zwei, vielleicht zweieinhalb Kilometer, dann würde er es geschafft haben. Mit gleichbleibendem Schritt stapfte er durch den Neuschnee, der dieses Mal sicher liegen bleiben würde. Weiße Weihnachten, davon träumten nicht nur die Kinder. Mit Schaudern dachte der Hauptkommissar an die Weihnachtsfeier der Abteilung, von der er sich eine gute Stunde zuvor davongestohlen hatte. Die meisten seiner Kollegen waren zu dieser Zeit schon so betrunken gewesen, dass sie sich aneinander festhalten mussten. Er nahm sich vor, im nächsten Jahr einen Schnupfen oder Husten vorzutäuschen, um sich eine Wiederholung dieses Dramas zu ersparen. Und insgeheim bewunderte er seinen Mitarbeiter Thilo Hain dafür, dass er es schon in diesem Jahr so gemacht hatte. 40 Minuten später lag er im Bett und schlief.

Sein Unterbewusstsein baute das Klingeln in einen Traum ein, den er beim Aufwachen bereits wieder vergessen hatte, deswegen dauerte es einen Moment, bis er das Telefon in der Hand hielt. Er drückte eine Taste, und das Läuten verstummte schlagartig.

»Mist«, murmelte er, als ihm klar wurde, dass er das Gespräch abgewürgt hatte. Mit dem Gerät in der Hand schlief er sofort wieder ein.

Zehn Sekunden später klingelte es erneut. Diesmal war

er schneller wach, knipste das Licht an, setzte seine Lesebrille auf und drückte die richtige Taste.

»Lenz.«

»Aufstehen, Paul, wir müssen uns um eine Leiche kümmern.«

»Ich wünsch dir auch einen guten Morgen, Thilo. Wie
spät ist es?«

»Halb drei. Zieh dir was Warmes an, wir fahren in den
Wald. Ich bin in zehn Minuten bei dir. Ach ja, wenn ich
die Kollegen richtig verstanden hab, brauchst du festes
Schuhwerk.«

Lenz setzte sich aufrecht und nahm das Telefon ans
andere Ohr.

»Nun mal ganz langsam. Was ist passiert?«

»In zehn Minuten!«

Damit war das Gespräch beendet. Lenz legte das Telefon zur Seite, streckte sich und wischte sich den Schlaf
aus den Augen.

Was für eine Nacht, dachte er.

15 Minuten später hupte es kurz auf der Straße. Der
Hauptkommissar band sich die Schnürsenkel, steckte ei-
nen kleinen Schirm in seine Jackentasche und verließ die
Wohnung.

Draußen hatte der Schneefall nachgelassen, aber die
Räumfahrzeuge hatten die Straßen in diesem Teil Kassels
noch nicht von der weißen Pracht befreit.

»Moin, Thilo«, begrüßte er seinen Mitarbeiter. »Wo
fahren wir denn hin?«

Oberkommissar Thilo Hain legte den ersten Gang ein
und beschleunigte schlingernd das kleine Cabriolet.

»Morgen Paul. Wir haben einen Toten im Reinhardswald. Erhängt, mehr weiß ich noch nicht, weil die Kollegen da draußen bis jetzt nur mit Taschenlampen arbeiten

konnten. Der technische Zug mit der Beleuchtung ist aber schon unterwegs.«

»Hm«, brummte Lenz.

Hain hatte alle Hände voll damit zu tun, den Wagen auf der Straße zu halten. Er fuhr, so schnell es ging, wollte aber keinen Unfall riskieren. Trotzdem musste der Hauptkommissar mehr als einmal schlucken, wenn das Auto ausbrach oder beim Bremsen ins Rutschen geriet. Nach 25 schweigsamen Minuten hatten sie den Parkplatz im Wald erreicht, wo sich Hain mit einem uniformierten Kollegen verabredet hatte, und fuhren hinter ihm her zum Fundort der Leiche.

»Das hätten wir alleine nie gefunden«, war sich Lenz sicher, als sie auf einem weiteren Parkplatz anhielten. Durch die hoch aufragenden, kahlen Bäume sahen die beiden Kripobeamten in etwa 500 Metern Entfernung eine hell erleuchtete, gespenstisch wirkende Szenerie.

»Ich fahre wieder zurück an meinen alten Standort, vielleicht kommt ja noch ein Kollege von Ihnen«, erklärte der Uniformierte aus dem geöffneten Fenster des Streifenwagens und deutete auf den Boden.

»Wenn Sie auf dem Weg hier bleiben, kommen Sie automatisch zum Fundort.«

Lenz nickte ihm zu.

»Ist gut. Und vielen Dank fürs Herbringen.«

Nachdem der Wagen auf die Straße eingebogen und kurze Zeit später verschwunden war, standen sie im Dunkeln. Hain zog sein Mobiltelefon aus der Tasche und schaltete die darin eingebaute Taschenlampe an.

»Na, das bringt ja die Wende«, spottete Lenz ob der mickrigen Lichtausbeute.

»Besser, als ganz im Dunkeln hier herumzuirren.«

Mehr tastend als sehend näherten sie sich dem grellen Schein mehrerer Lichtmasten, die auf der Ladefläche eines

14

kleinen Lkw montiert waren, und mit jedem Meter konnten sie mehr von dem erkennen, was sich vor ihnen befand. Dann hörten sie das leise Knattern des Notstromaggregats und rochen verbranntes Benzin. Hain hielt seinem Chef das Absperrband hoch und stieg selbst darüber.

»Guten Morgen!«, rief Lenz in die Runde.

Etwa ein halbes Dutzend Köpfe flog in seine Richtung.

»Musst du dich hier so anschleichen, Paul? Ich hab mich zu Tode erschreckt.« Heinrich Kostkamp von der Spurensicherung der Kasseler Polizei sah ihn vorwurfsvoll an.

»Tut mir leid, Heini, aber wir konnten nicht ahnen, dass ihr alle so gebannt dem Geräusch des Notstromaggregates lauscht und uns nicht kommen hört.«

Die beiden gaben sich die Hand, und Lenz registrierte erleichtert, dass sich die Miene seines alten Kollegen wieder aufhellte. Auch die anderen Männer grinsten.

»Wo ist er denn?«

Kostkamp deutete auf einen Baum etwa zehn Meter von ihnen entfernt.

»Er hängt ziemlich hoch, deswegen sieht man ihn auf den ersten Blick nicht.«

Lenz und Hain hoben die Köpfe und sahen nach oben. Dort hing ein etwa 50 Jahre alter Mann mit schief hängendem Kopf und drehte sich langsam im Wind. Er trug einen langen Wollmantel und Halbschuhe. Von seinem Genick führte ein dunkles Seil zum Ast über ihm und nach unten. Dort war es um einen anderen Baum geschlungen und verknotet.

Hain schüttelte den Kopf.

»Komische Sache. Wenn er sich selbst umgebracht hat, wollte er noch was Richtiges arbeiten, bevor es so weit war.«

»Er hat es nicht selbst gemacht«, erwiderte Kostkamp und deutete auf den Boden.

»Hier sind Abdrücke von drei verschiedenen Schuhen. Ich weiß nicht, ob er schon tot war, als er hier unten abgehoben hat, aber sicher hat ihm jemand dabei geholfen oder nachgeholfen.«

Lenz sah sich um. Die Männer der Spurensicherung hatten mit einem großen Gasbrenner den Schnee geschmolzen und dann die Abdrücke der Schuhe entdeckt.

»Wer hat ihn gefunden?«

»Ein Jäger. Er steht da drüben bei den Kollegen.«

»Hast du schon mit ihm gesprochen?«

»Warum sollte ich deinen Job machen? Ich muss hier rumrennen und mir eine Erkältung holen, weil ich Trapper bin und Spuren suche. Du bist derjenige, der die Bösen hinter Gitter bringt.«

Lenz musste grinsen. Diesen Vortrag hatte er schon öfter von Kostkamp gehört.

»Na, dann los, Thilo. Verhaften wir die bösen Buben, bringen sie zum Reden und legen uns wieder ins Bett.«

»Und das alles in genau dieser Reihenfolge bitte«, ergänzte sein junger Kollege.

Sie ließen den Spurensucher stehen und gingen auf eine Gruppe grün gekleideter Männer zu. Drei trugen Polizeiuniformen, der vierte Jägerlook. Er war etwa 65 Jahre alt, hatte leuchtend rote Backen und ein Gewehr über der Schulter hängen. Neben ihm saß ein Weimaraner Hund.

»Hauptkommissar Lenz von der Kripo Kassel. Das ist Oberkommissar Thilo Hain«, stellte der Polizist sich und seinen Kollegen vor. Der Jäger löste sich von den anderen und reichte ihm die Hand.

»Ruppert. Hermann-Josef Ruppert. Guten Morgen, die Herren.«

»Sie haben ihn gefunden?«

»Ich habe ihn gefunden, das ist richtig.«

»Wann war das?«

»Um Viertel nach zwei. Ich wollte gerade zurück zum Auto gehen, als mein Hund anfing, verrückt zu spielen. Sonst hätte ich ihn da oben wohl nicht entdeckt.«

Lenz sah zu dem Hund, der wieder neben der linken Kniescheibe seines Herrn zum Sitzen gekommen war.

»Braver Hund«, sagte Hain und streckte die Hand nach vorne, riss sie jedoch im gleichen Augenblick wieder zurück, weil der Hund aufsprang, sein makelloses Gebiss freilegte und gefährlich knurrte.

»Dann eben nicht«, murmelte der junge Oberkommissar beleidigt.

»Das mag sie nicht so gerne. Sie ist bei Fremden immer sehr vorsichtig.«

»Der Hund hat also verrückt gespielt, und Sie haben irgendwann nach oben gesehen und ihn entdeckt?«, fragte Lenz weiter.

»Genau, so war es. Zuerst konnte ich mir keinen Reim darauf machen, was mit meiner Tessa los war, aber dann habe ich ihn gesehen.«

»Und haben bei der Polizei angerufen?«

»Nein, ganz so schnell ging es nicht, weil ich im Wald kein Mobiltelefon bei mir habe. Ich musste zuerst nach Hause fahren, um zu telefonieren.«

»Sind Sie dann wieder hierher zurückgekommen?«

»Nein, ich habe mich mit Ihren Kollegen auf dem Parkplatz an der Sababurg getroffen, die hätten die Stelle ja sonst nie gefunden. Der Reinhardswald ist nun einmal sehr, sehr groß.«

»Und vermutlich haben Sie auch niemanden gesehen, der sich von hier entfernt hat?«

»Nein, Herr Kommissar. Mein Hund und ich sind die Einzigen gewesen, die in dieser Nacht hier unterwegs waren. Tessa schlägt sofort an, wenn sie Fremde wittert.«

»Gut, das wär's fürs Erste. Von mir aus können Sie jetzt nach Hause fahren, wir melden uns bei Ihnen wegen des Protokolls.«

»Gerne, so langsam wird mir nämlich kalt«, freute sich Ruppert, nickte mit dem Kopf und machte sich mit seinem Hund im Schlepptau davon.

»Scheißtöle«, murmelte Hain, als sie außer Hörweite waren.

Lenz sah ihn kopfschüttelnd an.

»Schwupps, ist der Finger ab. Das ist ein Jagdhund, Thilo, kein Streichelhund.«

»Trotzdem Scheißtöle.«

Sie drehten sich um, zogen Einweghandschuhe über die Hände und sahen zu, wie die Leiche vom Baum geholt wurde. Zwei Polizisten hielten mit zitternden Fingern das Seil und ließen den Toten langsam zu Boden gleiten. Dort wurde er von einem Kollegen und Dr. Franz, dem Rechtsmediziner, in Empfang genommen.

Kostkamp kam mit einem Beutel in der Hand auf sie zu.

»Das hab ich unter dem Baum gefunden.«

Lenz erkannte in der Plastikhülle ein pinkfarbenes Einwegfeuerzeug.

»Kann was mit der Sache zu tun haben, muss aber nicht. Wir sehen uns jetzt noch den Kerl an und machen ein paar Fotos von ihm, dann hauen wir ab.«

»Ist gut, Heini. Du meldest dich, wenn du was für mich hast.«

»Mach ich.«

»Steif gefroren«, stellte der Arzt fest, nachdem er den Körper des Toten auf einer Plane abgelegt und kurz abgetastet hatte.

Lenz trat neben ihn und sah auf das blau schimmernde Gesicht. Dr. Franz beleuchtete mit einer Taschenlampe den Hals des Mannes.

»Aha«, machte er.

»Was entdeckt?«, fragte Lenz erwartungsvoll.

»Kommen Sie mal näher, Herr Kommissar.«

Er zog Lenz zu sich herunter und deutete auf eine Reihe kleiner blauer Flecke, die oberhalb und unterhalb des hässlichen Seilabdrucks am Hals zu sehen waren.

»Er hat versucht, sich das Seil vom Hals zu halten. Das muss jetzt nicht zwangsläufig heißen, dass er unfreiwillig da oben hingekommen ist, weil viele Selbstmörder es sich im letzten Moment noch anders überlegen. Aber es könnte durchaus darauf hindeuten, dass ihn jemand da oben hingezogen hat. Außerdem gibt es Fesselspuren an seinen Handgelenken.«

»Ich glaube nicht, dass er freiwillig da oben gelandet ist, Herr Doktor. Die Art, wie das Seil befestigt war, deutet eher auf Fremdeinwirkung hin.«

Lenz knöpfte den Mantel des Toten auf, griff in die Innentasche, zog eine Brieftasche hervor und reichte sie Hain.

»Dein Einsatz, Eulenauge.«

Dann durchsuchte er die Außentaschen des Mantels, fand jedoch nur eine angebrochene Packung Papiertaschentücher und einen Fettstift für die Lippen.

Hain hatte in der Zwischenzeit die Brieftasche durchsucht.

»Personalausweis, Führerschein, Kreditkarten, EC-Karte, Jahresplaner. Das komplette Programm.«

Er hielt Lenz einen Personalausweis vor die Nase, doch der winkte ab.

»Lies vor.«

»Wir haben es mit Wolfgang Goldberg aus Kassel zu tun«, erklärte Hain. »Geboren am 17. Mai 1962 in Schwalmstadt.«

»Wo wohnt er?«

»Hab ich doch gesagt, in Kassel.«

Lenz spürte die Kälte an seinen Beinen hochsteigen.

»Geht's vielleicht ein klein bisschen genauer?«

»Narzissenweg 26a.«

»Weißt du, wo das ist?«

»Harleshausen. Ganz oben links, glaube ich.«

Der junge Kommissar nahm eine weitere Plastikkarte aus der Brieftasche.

»Einen IHK-Ausweis hat er auch bei sich.«

»Seit wann trägt man denn IHK-Ausweise spazieren?«, fragte Lenz erstaunt.

»Nein, nicht so, wie du meinst«, antwortete Hain. »Er arbeitet bei der IHK.«

Dann sah er zu dem Toten hinunter. »Besser gesagt, er hat dort gearbeitet.«

Dr. Franz stand auf und streckte sich. »Zum Todeszeitpunkt lässt sich jetzt leider nichts sagen, so steif, wie der gefroren ist. Aber wenn ich mehr weiß, kriegen Sie sofort Bescheid. Allerdings ist hier einiges sehr, sehr merkwürdig.«

Lenz verkniff sich weiterführende Fragen, weil er wusste, dass der Mediziner das nicht mochte.

»Danke, Herr Doktor.«

3

Zehn Minuten später stapften die beiden Kommissare den gleichen Weg zurück, auf dem sie gekommen waren, und machten sich auf den Rückweg nach Kassel.

»Das war er nicht selbst«, stellte Hain fest, nachdem er auf die jetzt vom Schnee geräumte Hauptstraße in Richtung Hofgeismar eingebogen war.

Lenz regelte die Heizung herunter und kratzte sich am Kinn.

»Nein. Wir fahren jetzt bei ihm zu Hause vorbei und sehen, ob es eine Frau Goldberg oder etwas in der Art gibt. Lust hab ich zwar gar keine darauf, aber es bleibt uns wohl nichts anderes übrig.«

Der Hauptkommissar gab umständlich die Adresse des Toten ins Navigationssystem ein, gähnte herzhaft, lehnte sich in den Sitz zurück und schloss die Augen.

»Wie war's beim Preisreiten auf der toten Sau?«, fragte sein Kollege, als sie durch Hofgeismar fuhren, und meinte damit offensichtlich die Weihnachtsfeier vom Vorabend.

Lenz kräuselte die Stirn.

»Furchtbar. Einfach furchtbar. Nächstes Jahr mache ich es wie du und geh einfach nicht hin. Hätte ich dieses Jahr schon machen müssen.«

»Manchmal solltest du auf mich hören, Chef.«

»Stimmt«, seufzte Lenz.

Kurz vor Kassel bogen sie in Vellmar von der Bundesstraße ab und holten sich in einem amerikanischen Schnellrestaurant einen Kaffee, den sie während der Weiterfahrt aus Schnabeltassen ähnelnden Bechern tranken.

Es war noch immer stockdunkel, als die Computerstimme aus dem Navigationsgerät ihnen vermeldete, sie hätten in 400 Metern ihr Ziel erreicht. Genau in diesem Moment nahm Lenz den beißenden Geruch in der Luft wahr.

»Hier brennt es irgendwo.«

»Hoffentlich nicht bei unserem Toten, sonst hätte er doppeltes Pech.«

Hain kam nicht mehr dazu, seinem Vorgesetzten den genauen Hintergrund seines Kalauers zu erklären, denn jetzt bogen sie von der Hauptstraße nach rechts ab und blickten auf etwa 15 Einsatzfahrzeuge der Feuerwehr, die mit zuckenden Blaulichtern die gesamte Straße blockierten. Es wimmelte von Menschen, deren gelbe Warnwesten das Licht von Hains Scheinwerfern grell reflektierten. Den Brand selbst konnten sie nicht sehen, aber die gesamte Gegend war in blutrotes Licht getaucht.

»Was ist denn …?«, wollte Lenz eine Frage stellen, als einer der Feuerwehrleute auf sie zusprang und sich vor dem Auto aufbaute.

»Hast du Tomaten auf den Augen? Hier ist gesperrt«, brüllte er.

Hain gab ihm mit einem Handzeichen zu verstehen, dass er sein Auto auf die Seite fahren wollte.

»Hier wird jetzt nicht geparkt. Fahr deine Karre weg, aber dalli.«

Nun wurde es dem jungen Kommissar zu blöd. Er ließ wortlos die Seitenscheibe herunter und hielt seinen Dienstausweis hinaus. Der Feuerwehrmann kramte eine Taschenlampe hervor und sah sich die kleine Karte an.

»Sag das doch gleich, dann brauche ich hier nicht so den Affen zu machen.«

Er deutete auf einen freien Parkplatz links hinter ihm.

»Fahr da hin, los. Und mach bloß kein Theater, weil ich dich so angeblasen hab. Ich kann schließlich nicht riechen, dass die Kripo neuerdings im Cabrio vorfährt.«

Hain stellte kopfschüttelnd den Wagen ab.

»Sachen gibt's …«, murmelte er.

Eine Minute später standen sie vor dem brennenden Haus.

Die Feuerwehr arbeitete mit vier Rohren und jagte Unmengen von Wasser in den offenen Dachstuhl und in mehrere Fenster, aber es war wohl ein aussichtsloser Kampf.

Lenz nahm seinen Schirm aus der Jackentasche und spannte ihn auf, weil das Wasser der Löschkanonen nicht nur ins Feuer schoss, sondern auch die Umgebung mit einem feinen Spray überzog.

Hain ging ein paar Meter zur Seite und trat zu einer Gruppe von Feuerwehrleuten, die hektisch diskutierte.

»Wir können da nicht rein, keine Chance!«, schrie einer.

»Aber es soll sich vermutlich noch ein Bewohner im Erdgeschoss aufhalten. Wollen wir es nicht wenigstens versuchen?«

»Wenn der da wirklich drin war, ist er jetzt sowieso gegrillt. Es geht einfach nicht, das siehst du doch selbst!«

Der Polizist griff sich einen der am Rand stehenden Feuerwehrmänner, zeigte ihm seinen Dienstausweis und zog ihn von den anderen weg. Als sie neben Lenz standen, stellte er sich und dann seinen Chef vor.

»Was ist hier los?«

»Es hat wohl in einem Zimmer angefangen, aber so genau weiß das keiner. Und ich bin erst vor einer halben Stunde angekommen, deswegen kann ich Ihnen gar nichts sagen.«

Er deutete auf einen Feuerwehrmann, der auf einer Treppe stand und Anweisungen in ein Funkgerät brüllte.

»Da steht der Einsatzleiter, der kann Ihnen bestimmt mehr erzählen als ich.«

Die Polizisten bedankten sich und gingen auf die Treppe zu, wo der Brandmeister gerade das Funkgerät wegsteckte.

»Lenz, Kripo Kassel. Was ist denn hier passiert?«

»Wir sind vor eineinhalb Stunden verständigt worden, wegen eines Zimmerbrandes. Es hat zuerst auch gar nicht so schlimm ausgesehen, doch dann hat auf einmal die ganze Hütte in Flammen gestanden. Das ging so schnell, so was habe ich noch nie erlebt.«

»Ist noch jemand im Haus?«, fragte Hain.

»Angeblich der Mieter einer Wohnung im Erdgeschoss. Alle anderen scheinen sich in Sicherheit gebracht zu haben, soweit wir das bis jetzt sagen können.«

Er hob den Arm und zeigte nach rechts.

»Die Leute stehen alle da drüben, Sie erkennen sie an den Decken um ihre Schultern. Außerdem sind ein paar von unseren und zwei von Ihren Leuten dabei.«

»Welche Adresse ist das hier?«, wollte Lenz wissen.

»Das Haus steht im Narzissenweg …«

Der Feuerwehrmann holte einen Block aus der Jacke und blätterte darin.

»… 26a. Narzissenweg 26a.«

Die beiden Polizisten sahen sich irritiert an.

»Stimmt was nicht?«, fragte der Feuerwehrmann.

»Nein, alles in Ordnung. Haben Sie schon eine Idee wegen der Brandursache?«

»Bis jetzt kann ich da nichts Endgültiges zu sagen, aber meine Erfahrung sagt mir, dass hier gezündelt worden ist. Die Geschwindigkeit, mit der sich das Feuer ausgebreitet hat, das geht nicht von alleine.«

Lenz bedankte sich bei dem Mann und bedeutete Hain mit einer Kopfbewegung, ihm zu folgen.

»Glaubst du an Zufälle?«, wollte er von seinem jungen Kollegen wissen, als sie etwas abseits standen.

»Nicht an solche, hier ist was oberfaul. Lass uns die Bewohner befragen, bevor sie sich in alle Winde verstreuen.«

Lenz nickte und ging los.

Zehn Minuten später war klar, dass die Feuerwehr sich nicht die Mühe würde machen müssen, nach dem fehlenden Hausbewohner zu suchen. Dessen Leichnam war schon auf dem Weg in die Rechtsmedizin, und er war nicht im Haus verkohlt, wie der Feuerwehrmann angenommen hatte, sondern im Reinhardswald schockgefrostet worden. Weiterhin wussten die beiden Kommissare nun, dass Goldberg als Justiziar bei der IHK Kassel gearbeitet, ein zurückgezogenes Leben als Single geführt und keiner der Nachbarn jemals mehr als drei Worte am Stück mit ihm gewechselt hatte. Und dass ihm vermutlich ein großer Mercedes gehörte, der aber nicht in der Garage stand, denn die war leer.

»Na, Männer, so früh schon auf den Beinen?«

Die beiden Kommissare drehten sich erschrocken um und starrten in das Gesicht von Heini Kostkamp, der sie zufrieden angrinste.

»Eins zu eins«, krächzte Hain und dachte dabei an die Szene zwei Stunden zuvor, als der Mann von der Spurensicherung der Erschreckte gewesen war.

»Was macht ihr beiden denn hier? Ich dachte, ihr liegt längst wieder im Bett und schaukelt euch irgendwelche Weichteile?«

Lenz zeigte auf das brennende Haus.

»Da hat unser Freund aus dem Wald gewohnt.«

»Der von vorhin?«

»Der von vorhin.«

»Ist nicht wahr. Zuerst hängt er tot im Wald und dann brennt seine Bude ab. Ein Zufall zu viel würde ich sagen?«

»Sehe ich genauso. Und die Beweise wirst du mir liefern.«

Auf dem Weg zu Hains Wagen sah Lenz noch einmal zurück auf das brennende Haus.

»Jetzt lassen wir mal die Spurensicherung ihren Job machen und sehen, was dabei rauskommt. Aber falls jemand das Haus angesteckt hat, dann hat er auch was mit unserem Toten im Reinhardswald zu tun.«

»Stimmt«, erwiderte Hain.

»Und was machen wir in der Zwischenzeit?«

»Ausschlafen, Thilo. Einfach ausschlafen. Im Moment können wir sowieso nichts anderes tun und müssen auf die Ergebnisse der diversen Untersuchungen warten. Morgen früh suchen wir die Hinterbliebenen von Goldberg und überbringen ihnen die Nachricht von seinem Tod.«

4

Drei Stunden später, um Viertel nach neun, stapfte Lenz die letzten Meter durch den Schnee auf das Polizeipräsidium zu. Er grüßte die Wachhabenden, hielt seine Marke an den Öffnungsautomaten und machte sich auf den Weg zu seinem Freund und Kollegen Uwe Wagner, dem Pressesprecher des Polizeipräsidiums Nordhessen. Kurz danach saß er ihm mit einer Tasse Kaffee in der Hand gegenüber und erzählte von den merkwürdigen Vorgängen der vergangenen Nacht und des Morgens.

»Jetzt will ich gleich mal mit der Spurensicherung telefonieren, ob die was für mich haben«, beendete er seine Ausführungen.

Wagner kratzte sich hörbar am Kinn. Offenbar hatte ihm morgens die Zeit zum Rasieren gefehlt.

»Wahrscheinlich sagt jeder, dass so was komisch ist, aber vielleicht ist es ja wirklich nur ein Zufall.«

»Schwer vorzustellen, aber möglich. Hast du Kontakte zur IHK?«

»Klar, ich sitze bei denen im Ausbildungsausschuss, das weißt du doch.«

»Woher sollte ich das wissen?«

»Weil ich dir schon oft genug davon erzählt hab. Wozu brauchst du denn meine Kontakte?«

»Dieser Goldberg hat bei der IHK als Justiziar gearbeitet. Ich nehme nicht an, dass du mit ihm bekannt warst. Vielleicht hast du einen Tipp, an wen ich mich wenden kann.«

»Wow«, presste Wagner hervor. »So ein Justiziar ist in der Hierarchie der IHK schon ziemlich weit oben angesiedelt. Ich kenne ihn zwar nicht, doch das soll nichts heißen, weil ich mich um den Posten dort nicht gerissen habe. Leider hat es unser gemeinsamer Dienstherr so entschieden, und dem kann auch ich mich nicht entziehen.«

Es klopfte an der Tür, und Thilo Hain betrat mit einem Bündel Papieren in der Hand den Raum. »Das war klar, dass ich dich hier finden würde«, sagte er zu Lenz und begrüßte dann Wagner. »Ausgeschlafen?«, fragte er seinen Chef.

»So leidlich, ja.«

Er deutete auf die Blätter in Hains Hand.

»Was hast du da?«

»Wichtige Erkenntnisse im Fall Goldberg«, antwortete der junge Oberkommissar geheimnisvoll.

»Ich konnte nämlich nicht mehr einschlafen, deshalb bin ich schon seit halb acht hier am Machen.«

Er reichte Lenz den Stapel, zog ihn aber in dem Moment wieder zurück, als dieser danach greifen wollte.

»Ich kann keine Lesebrille in deiner Nähe erkennen, deshalb lässt du mich besser einen Vortrag halten.«

Der Hauptkommissar sah Wagner an und grinste.

»Schmeiß ihn raus.«

»Das solltet ihr besser sein lassen, sonst erfahrt ihr nicht die brandneuen Informationen des Tages.«

»Nun leg schon los, Thilo«, forderte Lenz ihn auf.

Hain sah auf das oberste Blatt und wurde ernst.

»Der Brandsachverständige hat mich vor einer halben Stunde angerufen. Für ihn ist sicher, dass das Feuer in Goldbergs Wohnung ausgebrochen ist und sich dann rasend schnell ausgebreitet hat. Allerdings ist er noch vor Ort und weiter am Ermitteln. Wenn sich etwas Neues ergibt, meldet er sich. Er geht von einem Brandbeschleuniger aus, hat wohl auch Anhaltspunkte dafür, wollte aber nicht mehr dazu sagen.«

Er legte den Zettel zur Seite und nahm den nächsten in die Hand.

»Unsere Jungs von der Spurensicherung sind da oben. Ich habe eben mit Heini telefoniert, er will spätestens um elf wieder hier im Präsidium sein und uns einen ersten Überblick geben. Allerdings hat er mir schon erzählt, dass die Tür zu Goldbergs Wohnung auf jeden Fall gewaltsam geöffnet wurde. Außerdem habe ich mit der Rechtsmedizin telefoniert, leider hat Dr. Franz schlechte Laune und will vor morgen früh von uns nichts mehr hören. Aber er ist sich sicher, dass Goldberg seit etwa drei Tagen tot ist, so viel konnte er mir schon sagen. Und dass er sich angepinkelt und nicht selbst aufgehängt hat.«

Wagner kratzte sich wieder am Kinn.

»Warum hängt einer den Justiziar der IHK in den Reinhardswald und steckt danach seine Wohnung an? Und warum bricht er dazu die Wohnungstür auf, obwohl er doch einfach dem Toten den Schlüssel hätte abnehmen können?«

»Gute Fragen«, sagte Lenz. »Was ist mit dem Schlüssel, Thilo?«

»Der Tote im Wald hatte keinen dabei, was aber nicht zwangsläufig heißen muss, dass sein Mörder ihn hat.«

»Sondern?«

»Was weiß ich. Vielleicht hat er ihn verloren.«

Lenz sah ihn fassungslos an.

»Du kommst auf Ideen …«

»Weiterhin habe ich schon mit dem einen oder anderen Amt telefoniert. Goldberg war nicht verheiratet und hatte auch keine Kinder, zumindest offiziell nicht. Er war seit sechs Jahren in dem abgebrannten Haus gemeldet, fuhr einen Mercedes und hatte keine Steuerschulden.«

»Gute Arbeit, Thilo«, sagte Lenz anerkennend. Dann sah er Wagner an.

»Gib mir einen Namen, damit ich rüber zur IHK gehen und ihnen mitteilen kann, dass sie sich einen neuen Justiziar suchen müssen.«

»Den Hauptgeschäftsführer kriegt man selten zu sehen, also versuchst du es am besten bei seinem Stellvertreter. Das ist ein Herr Frommert. Waldemar Frommert.«

»Danke.«

Lenz verließ mit seinem Assistenten im Schlepptau die Pressestelle und ging zum Treppenhaus.

»Kommst du mit?«

»Besser ist das«, antwortete Hain.

Um zur IHK zu gelangen, mussten die beiden Kommissare nur den Bahnhofsvorplatz überqueren. Lenz hob den Kopf und betrachtete die Frontseite des repräsentativen Gebäudes.

›Haus der Wirtschaft‹ stand in großen, blau leuchtenden Lettern an der Fassade.

Durch eine leise aufschwingende Glastür betraten sie die großzügige Halle und nahmen Kurs auf eine etwas zu deutlich geschminkte Mittfünfzigerin, die hinter einem halbrunden Tresen saß und jeden ihrer Schritte mit Argwohn verfolgte. Kurz, bevor die beiden Polizisten sie erreicht hatten, schaltete ihr Gesicht von Misstrauen um auf gespielte Freundlichkeit.

»Guten Tag, die Herren. Wo wollen wir denn hin?«

Lenz blieb vor einem Gerät stehen, das etwa zwei Meter neben ihrem Tresen aufgebaut war und auf dem offensichtlich die neuesten Informationen für Besucher und Mitarbeiter zu lesen waren.

›Russisches Wirtschaftsforum in Seminarraum 215‹, nahm er erstaunt zur Kenntnis. Dann wandte er sich der Mitarbeiterin zu und hielt ihr seinen Dienstausweis unter die Nase.

»Paul Lenz, Kripo Kassel. Das ist mein Kollege Thilo Hain. Wir würden gerne mit Herrn Frommert sprechen.«

»In welcher Angelegenheit?«

Lenz zögerte kurz und sah auf das kleine Schild an ihrem Revers, das sie als Frau Schiller identifizierte.

»In einer wichtigen Angelegenheit, Frau Schiller, die wir keinesfalls mit Ihnen hier an der Theke erörtern wollen.«

Die Frau nahm einen Telefonhörer in die Hand und wählte mit der anderen. Dabei bedachte sie Lenz mit einem tödlichen Blick.

»Schiller hier, hallo, Herr Frommert. Da sind zwei Herren von der Kripo, die gerne mit Ihnen sprechen würden.«

Es gab eine kurze Pause.

»Nein, das wollen sie mir nicht sagen.«

Wieder lauschte sie der Stimme am anderen Ende.

»Gut, mache ich.«

Sie legte den Hörer zurück und sah Lenz mit unverändert vorwurfsvoller Miene an.

»Herr Frommert ist in einer Besprechung und bittet Sie, sich einen Moment zu gedulden. Er kommt dann herunter und holt Sie ab.«

Der Moment dehnte sich auf gut 20 Minuten aus, in denen Lenz immer nervöser wurde, weil es zu den oberen Etagen nur den Lift oder eine freitragende Treppe in der Mitte des Gebäudes gab, und beides bescherte dem Hauptkommissar schon beim bloßen Hinsehen Anflüge von Panik. Dann öffnete sich gegenüber der Rezeption die Fahrstuhltür, und ein etwa 50-jähriger Mann im dunkelblauen Anzug und mit teuer aussehenden Schuhen an den Füßen betrat die Halle. Er strebte sofort auf die beiden Kommissare zu und streckte die rechte Hand aus.

»Die Herren von der Polizei, wenn ich richtig vermute.«

Lenz nickte.

»Ich bin Hauptkommissar Paul Lenz.« Er deutete auf seinen Kollegen. »Das ist Oberkommissar Thilo Hain.«

»Waldemar Frommert. Was führt Sie zu mir, meine Herren?«

»Wenn Sie etwas Zeit hätten, würden wir gerne eine sehr ernste Angelegenheit mit Ihnen besprechen.«

Frommert sah auf die Uhr.

»Ich muss in 20 Minuten auf dem Russischen Wirtschaftsforum einen Vortrag halten. Bis dahin habe ich Zeit für Sie.«

»Das ist sehr nett. Können wir irgendwo ungestört reden?«

Frommert sah zuerst den einen und dann den anderen Kommissar kopfschüttelnd an.

»Sie machen es aber wirklich spannend, meine Herren. Wenn Sie mir bitte folgen wollen.«

Er ging an der Rezeption vorbei und öffnete vorsichtig die Tür zu einem kleinen Seminarraum.

»Frei«, sagte er nach einem kurzen Blick ins Innere. »Bitte nehmen Sie Platz.«

Als alle drei saßen, kam Lenz ohne großes Vorgeplänkel zur Sache.

»Ihr Justiziar Wolfgang Goldberg ist letzte Nacht tot im Reinhardswald aufgefunden worden.«

»Was?« Frommert starrte die beiden Polizisten mit weit aufgerissenen Augen an und presste die rechte Hand vor den Mund. »Im Reinhardswald? Was ist ihm denn passiert?«

»Das müssen wir noch klären. Wann haben Sie Herrn Goldberg zuletzt gesehen?«

Der stellvertretende Hauptgeschäftsführer nahm die Hand herunter und legte die Stirn in Falten.

»Da muss ich überlegen. Montag oder Dienstag, ja, Dienstag. Wir hatten ein Meeting am Vormittag, danach wollte Wolfgang, also Herr Goldberg, nach Lettland fliegen, zu einem Termin mit einem Kunden.« Er holte tief Luft und schluckte laut. »Bitte verstehen Sie mich nicht falsch, meine Herren, aber das ist natürlich ein Schock für mich. Ich kannte Herrn Goldberg seit vielen Jahren und glaube sagen zu können, dass wir Freunde waren. Und nun erzählen Sie mir, dass er tot ist. Was ist ihm denn passiert?«

»Wie mein Kollege schon sagte«, ergriff Hain das Wort, »lässt sich zum jetzigen Zeitpunkt darüber leider keine Aussage treffen. Die Gerichtsmedizin braucht noch etwas Zeit, um die genauen Umstände seines Todes zu klären.« Er zog einen kleinen Block aus der Innentasche seiner Jacke und klappte ihn auf. »Wissen Sie, was genau Herr Goldberg in Lettland wollte?«

Frommert rutschte auf seinem Stuhl nach vorne und sah den jungen Oberkommissar eindringlich an.

»Wie ich schon sagte. Er hatte ein Gespräch mit einem Kunden. Um was es dabei genau ging, entzieht sich leider meiner Kenntnis.«

»War Herr Goldberg verheiratet?«

»Nein. Er war überzeugter Single. Es gab da mal eine Frau, aber das ist nach meinem Wissen schon seit Längerem vorbei gewesen.«

»Familie?«

»Er stammt ursprünglich aus der Schwalm, da wohnt auch seine Verwandtschaft.«

»Hatte Herr Goldberg Feinde, von denen Sie gewusst haben?«

»Nein, wo denken Sie hin? Er war bei allen Mitarbeitern und Kunden beliebt. Er hatte keine Feinde, zumindest kann ich mir das nicht vorstellen.«

»Können wir uns sein Büro ansehen?«, fragte Hain.

»Natürlich. Es ist auf der gleichen Etage wie meines, im fünften Stock.«

Na danke, dachte Lenz.

Frommert stand auf, führte die Polizisten zum Fahrstuhl und drückte einen Knopf. Sofort glitten die beiden Edelstahlflügel auseinander und gaben den Blick frei auf einen in Lenz' Augen viel zu kleinen Raum. Trotzdem zwängte er sich als Erster hinein, schloss aber dann die Augen und drehte den Kopf zur Wand. Fast lautlos schwebte die Kabine nach oben und entließ ein paar Sekunden später ihre drei Passagiere, von denen einer tropfnasse Hände hatte.

Die Tür zu Goldbergs Büro stand halb offen, und schon auf den ersten Blick war Lenz klar, dass hier entweder ein sehr ordentlicher Mensch seiner Arbeit nachgegangen war oder dass nach seinem Verschwinden jemand überaus gewissenhaft aufgeräumt hatte. Auf dem Schreibtisch in der Mitte des Raumes stand ein einsames Telefon, und es gab weder einen Computer noch Tastatur oder Monitor. In einem Aktenkarussell sah Lenz ein paar Ordner, aber das Büro eines Justiziars hatte er sich ganz anders vorgestellt.

Er wandte sich an Frommert.

»Hatte Herr Goldberg eine Sekretärin?«

»Grundsätzlich ja, aber die Dame ist schon seit dem Sommer erkrankt. Deshalb hat er sich in der letzten Zeit selbst um die Dinge gekümmert, für die sonst die Sekretärin zuständig ist. Außerdem hat er meine Sekretärin oder die Dr. Rolls, des Hauptgeschäftsführers, für dringende Arbeiten überlassen bekommen.«

»Ist Dr. Roll im Haus?«

»Nein, Herr Dr. Roll ist auf einer Tagung in Frankfurt.«

»Wie heißt Goldbergs Sekretärin?«

Frommert nannte den Polizisten ihren Namen.

Seine Haltung und sein Gesichtsausdruck hatten jetzt nichts mehr von der Bestürzung, mit der er die Nachricht vom Tod des Justiziars aufgenommen hatte, und Lenz bekam immer mehr das Gefühl, dass er den Mann nicht leiden konnte.

Hain, dessen Hände schon in Einweghandschuhen steckten, zog eine Schublade des Schreibtisches nach der anderen auf, immer mit dem gleichen Ergebnis: Alle waren leer.

Er hob den Kopf und sah Frommert fragend an.

»Sind Sie sicher, dass Herr Goldberg in diesem Raum gearbeitet hat? Es deutet so gar nichts darauf hin, dass hier ein Mensch seiner Arbeit nachgegangen ist.«

Der IHK-Mitarbeiter verzog das Gesicht zu einem schiefen Grinsen.

»Was immer Sie damit sagen oder auch nicht sagen wollen, ist falsch. Wolfgang Goldberg hat natürlich in diesem Büro gearbeitet.«

»Wurde Herr Goldberg nicht vermisst? Schließlich haben Sie ihn am Dienstag zum letzten Mal gesehen.«

Frommert war nun sichtbar genervt und verschränkte die Arme vor der Brust.

»Er wollte bis zum Wochenende in Lettland bleiben, deshalb hat sich hier im Haus sicher niemand Gedanken gemacht.«

Lenz nahm einen Stift aus der Innentasche seiner Jacke und drückte die Wahlwiederholungstaste des Telefons. Auf dem Display erschien die Nummer eines Mobilfunkanschlusses.

»Schreib die Nummer mal bitte auf, Thilo.«

»Gerne. Aber wir können doch wahrscheinlich noch viel mehr aus dem Kasten rausholen«, antwortete Hain und fing an, sich mit dem Apparat zu beschäftigen. Drei Minuten später hatte er eine Aufstellung der jeweils letzten zehn Anrufer und der Anschlüsse, die Goldberg gewählt hatte, notiert.

Lenz drückte Frommert eine Visitenkarte in die Hand und ging langsam Richtung Tür.

»Für den Moment ist das alles, Herr Frommert. Sollte Ihnen noch etwas einfallen, das für uns von Bedeutung sein könnte, können Sie mich drüben im Präsidium erreichen. Wir werden jetzt den Raum versiegeln, um sicherzustellen, dass bis zum Eintreffen der Spurensicherung hier nichts verändert wird.«

Als sie damit fertig waren, brachte Frommert die Polizisten zum Fahrstuhl und verabschiedete sie kühl.

»Reizender Kollege«, bemerkte Hain.

»Stimmt«, antwortete Lenz und wischte sich die feuchten Hände im Innern seiner Jackentaschen ab.

»Ein echter Unsympath. Allerdings kamen mir seine anfängliche Bestürzung etwas zu dick aufgetragen und sein Gemütswandel danach etwas zu flott vor. Und in dem Büro hat jemand so überzeugend für Ordnung gesorgt, dass Heini und seine Jungs wahrscheinlich auf dem Schreibtisch einen Blinddarm entfernen könnten. Jetzt lassen wir als Erstes die Nummern, die du notiert hast, durch unser System laufen, und dann sehen wir weiter.«

»Du meinst damit, dass ich das mache.«

»Exakt. Wenn du schon dabei bist, kannst du auch gleich nach seiner Verwandtschaft in der Schwalm schauen und sie über das Ableben ihres Familienmitglieds informieren. Sag bitte Heini und seinen Jungs Bescheid, vielleicht finden sie ja doch noch irgendwas Verwertbares in dem Büro. Ich gehe bei Ludger vorbei und informiere ihn über unsere Ermittlungsergebnisse.«

»Und kümmerst dich nebenbei um die Fahndung nach Goldbergs Wagen?«

Lenz hob drohend eine Augenbraue und fing dann an zu schmunzeln.

»Werd bloß nicht frech, Kleiner. Das schaffst du ganz bestimmt auch noch.« Er klopfte seinem Kollegen anerkennend auf die Schulter. »Aber schön, dass du daran gedacht hast.«

5

»Komische Sache«, meinte Ludger Brandt, Kriminalrat und in seiner Funktion als Leiter der regionalen Kriminalinspektion der direkte Vorgesetzte von Lenz, nachdem er mit den Details vertraut war. »Meinst du, es gibt einen Zusammenhang zwischen Goldbergs Tod und dem Brand in seiner Wohnung?«

Der Hauptkommissar gähnte herzhaft und wischte sich die Augen.

»Ja, davon bin ich mittlerweile überzeugt. So viele Zufälle gibt's nicht. Seine Wohnungstür wurde aufgebrochen, es ist mit Brandbeschleuniger gearbeitet worden, das Feuer ist in seiner Wohnung ausgebrochen. Alles passt zusammen.«

»Was planst du jetzt?«

»Ich gehe rüber zu Thilo, der wollte sich um die Telefonnummern und die Verwandtschaft des Herrn kümmern. Mal sehen, ob er was rausgefunden hat.«

Er stand auf und verabschiedete sich von seinem Chef, der ihn zur Tür brachte.

»Staatsanwalt Marnet hat sich übrigens schon bei mir gemeldet. Ich rufe ihn gleich an und berichte ihm von deinen Erkenntnissen. Und du hältst mich weiter auf dem Laufenden, Paul.«

»Sicher.«

Kurze Zeit später traf Lenz im Büro seines jungen Kollegen ein. Hain hielt einen Telefonhörer eingeklemmt zwischen Schulter und Ohr, nickte mit dem Kopf und schrieb etwas auf einen Zettel.

»Bingo«, freute er sich, nachdem er aufgelegt hatte, und warf den Stift auf den Schreibtisch.

»Was Bingo?«

»Das war Heini. Er macht sich jetzt auf den Weg zu Goldbergs Büro. Begeistert war er nicht, aber was soll's. Viel wichtiger ist, dass er die ersten Ergebnisse von Goldbergs Klamotten hatte. Und was meinst du …?«

»Keine Ratestunde, Thilo«, unterbrach Lenz.

»Schon gut. Goldberg hatte an den Hosenbeinen und den Händen jede Menge Matsch und Dreck aus dem Wald. Heini meint, das Spurenbild würde nur Sinn machen, wenn der Typ Moslem gewesen wäre und vor einer möglichen Selbstentleibung noch mal eben gen Mekka gebetet hätte. Daran glaubt er aber nicht. Er ist ziemlich verunsichert, weil er die dreckigen Stellen auf der Hose und die total schmuddeligen Hände nicht unter einen Hut bringen kann.«

»Vielleicht ist er vor seinem Mörder auf die Knie gefallen?«

»Und hat dann versucht, ihn mit einer Ladung Matsch in den Händen von seinen bösen Plänen abzubringen? Das glaubst du doch selbst nicht.«

»Nicht wirklich.«

In diesem Moment wurde die Bürotür geöffnet, eine junge Frau kam herein und legte ein Blatt Papier auf Hains Schreibtisch.

»Zwei Festnetznummern sind nicht zuzuordnen, weil sie nirgendwo verzeichnet sind. Und drei Mobilfunkanschlüsse sind im Ausland registriert, da habe ich noch keine Rückmeldung. Aber ich bleibe weiter am Ball. Die Daten der anderen Teilnehmer habe ich aufgeführt. Und das Auto ist zur Fahndung ausgeschrieben.«

Damit war sie auch schon wieder verschwunden.

»Was war das denn?«, fragte Lenz erstaunt.

»Die Frage ist nicht was, sondern wer. Das war Lydia, unsere neue Praktikantin.« Hain nahm das Papier in die

Hand. »Klasse Arbeit. So schnell hätte ich es vermutlich nicht hingebracht.«

Lenz sah ihn noch immer erstaunt an.

»Nur dass ich es richtig verstehe: Du hast diese Praktikantin die Arbeit erledigen lassen, die ich dir aufgetragen hatte?«

»Genau.«

»Aus dir wird wirklich noch mal ein richtig guter Polizist, Thilo.«

»Bin ich schon. Aber was die gute Lydia hier ermittelt hat, wird uns ganz schön Arbeit machen.«

»Weshalb?«

»Weil wir es mit einem international tätigen Juristen zu tun haben.« Er wedelte mit dem Blatt in seiner Hand. »Die meisten Anschlüsse, die er angerufen hat, sind im Ausland registriert. Und das, da bin ich relativ sicher, macht unseren Job nicht einfacher.«

»Hm«, machte Lenz missmutig. »Hast du schon etwas über seine Familie rausbekommen?«

Hain sah ihn vorwurfsvoll an.

»Nun mal langsam. Während du dich bei Kaffee und Kuchen mit Ludger vergnügt …«

»Es gab keinen Kuchen«, würgte Lenz ihn ab, »und ich wollte dich auch nicht anmachen. Lass es mich einfach wissen, wenn du etwas herausgefunden hast.«

Damit stand er auf, ging nach nebenan in sein Büro, nahm sein Mobiltelefon aus der Jacke, drückte eine Kurzwahltaste und wartete.

»Hallo«, meldete sich eine Frauenstimme.

»Hallo, Maria, ich bin's. Hast du einen Moment Zeit?«

»Für dich immer. Geht's dir nicht gut?«

»Doch, schon. Ich habe nur gerade eine Motivationsdelle, außerdem habe ich dich seit mehr als einer Woche weder gesehen noch gespürt. Wir hatten letzte Nacht einen Toten im Reinhardswald, dessen Wohnung dann auch noch ausgebrannt ist. Oder genauer gesagt das ganze Mietshaus, in dem er gewohnt hat. Und irgendwie ist das alles ziemlich nervig.«

»War das der Brand in Harleshausen?«

»Ja.«

»Davon habe ich im Radio gehört. Da wurde aber gesagt, dass es keine Toten oder Verletzten gegeben hat.«

»Stimmt genau. Er hing im Reinhardswald an einem Seil, und kurze Zeit später hat es bei ihm gebrannt. Aber darüber wollte ich eigentlich gar nicht mit dir reden.«

Ihre Stimme wurde jetzt leiser und wohliger.

»Worüber denn?«

»Über konspirative Treffen, den Austausch von Körperflüssigkeiten, leise Gespräche und viel Herzschmerz, wenn du danach in die Arme deines Mannes zurückkehrst.«

Für einen Moment war Stille in der Leitung.

»Und das willst du alles auf einmal? Ziemlich viel verlangt.«

»Das glaube ich nicht. Wir müssten uns nur über den Zeitpunkt einig werden. Wie wäre es mit heute Abend?«

»Leider ganz und gar unmöglich. Erich bekommt heute Abend seinen Verdienstorden ans Revers gepappt. Aber das weißt du doch seit Monaten.«

»Stimmt«, fiel es Lenz ein, »das hatte ich wirklich überhaupt nicht mehr auf dem Schirm. Wie ist es mit morgen Abend?«

Maria Zeislinger gab vor zu überlegen.

»Morgen?«

»Maria, mach mich nicht wahnsinnig! Ich weiß genau, dass du mich nur einen Moment zappeln lassen willst, um dann voller Freude ›ja‹ zu sagen.«

»Genau«, bestätigte sie.

»Was genau?«

»Beides genau. Zuerst will ich dich einen Moment zappeln lassen, dann sage ich mit Freude im Herzen ›ja‹.«

»Miststück.«

Sie lachte laut los.

»Das würde der Kasseler Oberbürgermeister bestätigen, wenn er sich dieses Telefonat anhören dürfte. Also bis morgen, ich bin gegen halb zehn da. Und ich freu mich auf dich.«

»Dito«, sagte Lenz, beendete das Gespräch und verließ das Büro.

Ein paar Minuten später saß er erneut seinem Freund Uwe Wagner gegenüber.

6

»Wie, du willst alles über die IHK im Allgemeinen und die IHK Kassel im Speziellen wissen?«, fragte der Pressesprecher.

»Na, wie ich es sage«, antwortete Lenz. »Mir ist vorhin aufgefallen, dass ich so gut wie gar nichts über die IHK weiß. Was macht sie eigentlich? Wer finanziert sie? So einen Palazzo Prozzo bekommt man ja nicht für ein paar Euro hingestellt. Wie viele Mitglieder hat sie? Das alles will ich von dir wissen, und am besten gleich.«

Wagner sah ihn ungläubig an, schüttelte den Kopf und sah auf seine Uhr.

»In 20 Minuten habe ich einen Termin im Polizeiladen. Das heißt, dass ich in zehn Minuten hier abhaue. Aber gut, bis dahin versuche ich, dich in die Funktionsweise der

IHK Kassel einzuweihen.« Er goss sich und Lenz Kaffee ein und lehnte sich zurück.

»Also, die IHKs sind eigenverantwortliche Körperschaften des öffentlichen Rechts. Das heißt, wir haben es hier mit einem Verband zu tun. Getragen wird dieser Verband von seinen Mitgliedern, in diesem Fall also von den gewerblichen Unternehmern. Die finanzieren mit ihren Beiträgen die jeweiligen IHKs ihrer Region, die sogenannten Kammerbezirke.«

»Was für Aufgaben genau nehmen die Kammern wahr?«

»Na, zum Beispiel sind sie für die Prüfungen von Auszubildenden, Gesellen und Meistern zuständig und nehmen sie ab. Weiterhin stehen sie ihren Mitgliedern in Rechtsfragen zur Seite und kümmern sich um fairen Wettbewerb. Sie beraten auch, zum Beispiel bei Existenzgründungen, erstellen Gutachten für Gerichte oder staatliche Verwaltungen. Da liegt auch ein großes Manko, das man als Mitglied schlucken muss.«

»Und das wäre?«

»Die Mitglieder sind ja nicht freiwillig in die IHK ihres Bezirks eingetreten. Jeder Gewerbetreibende in unserem Land ist verpflichtet, bei denen seinen Beitrag abzuliefern. Das ist natürlich vielen erstens ein Dorn im Auge und zweitens ein Kostenfaktor.« Er nippte an seinem Kaffee. »Ein Beispiel: Ich will mich mit einem Gemüseladen selbstständig machen, und zwar genau neben deinem Gemüseladen, was du natürlich nicht leiden kannst. Ich gehe zur IHK und lass mich ausführlich beraten, wie ich mir am besten ein möglichst großes Stück deines Kuchens abschneiden kann. Und diese Beratung, lieber Paul, finanzierst du über deine Beiträge auch noch zu einem Teil mit. Klasse, oder?«

Lenz dachte einen Moment nach.

»Warum lassen sich die Leute das gefallen? Ich würde versuchen, da rauszukommen.«

»Das haben wohl schon einige probiert, aber geschafft hat es meines Wissens noch keiner. Und es gibt ein paar Vereine, die seit Jahren ganz offensiv für die Abschaffung des Kammerzwangs kämpfen. Mit einem von ihnen, den Kammerjägern aus Dortmund, hatte ich mal Kontakt.«

Lenz' Mobiltelefon klingelte. Er nahm das Gespräch an, hörte dem Anrufer einen Moment zu, steckte das Telefon zurück in die Jackentasche und stand auf.

»Schade, ich muss dich leider verlassen. Thilo hat Neuigkeiten.«

»Jetzt hatte ich mich gerade warm geredet.«

»Ich komme gerne auf deinen Vortrag zurück, aber er hat es ziemlich dringend gemacht.«

Ein paar Augenblicke später stürmte Lenz in Hains Büro.

»Hoffentlich hast du wirklich den Knüller, den du mir versprochen hast, sonst …«

Er verstummte, weil sein Mitarbeiter die Arme hob, als ob er ein Meer teilen wollte.

»Hab ich. Du brauchst dich erst gar nicht zu setzen, wir müssen nämlich noch mal rüber zur IHK, da hat Heini nämlich was ganz Interessantes gefunden.«

»In Goldbergs Büro?«

»Nein, auf dem Balkon vor der Kantine.« Er verzog das Gesicht. »Klar in seinem Büro, was glaubst du denn.«

Lenz versuchte, ruhig zu bleiben.

»Und was hat Heini gefunden?«, säuselte er.

»Eine Anlage zum Abhören von Telefonanlagen.«

Lenz brauchte einen Moment. Dann hatte er verstanden, was Hain meinte.

»Eine Wanze?«

»Ja, eine Wanze.«

Lenz war schon auf dem Flur, als Hain noch nach seiner Jacke kramte.

Drei Minuten später schwang die Fahrstuhltür in der Halle des IHK-Gebäudes auf. Lenz verspürte beim Betreten des Lifts erneut ein unbehagliches Gefühl, aber vermutlich dämpfte die Aufregung über Heini Kostkamps Fund im Büro des Justiziars seine Panik. Als sich die Türen fünf Stockwerke höher leise öffneten, näherte sich gerade Waldemar Frommert dem Fahrstuhl. Er hatte einen Mantel über den Arm gelegt und trug eine Aktentasche. Der stellvertretende Hauptgeschäftsführer sah die beiden Kommissare erstaunt an.

»Na, Herr Frommert, schon Feierabend?«

»Nein …, nun ja, doch, eigentlich schon. Meine jüngste Tochter will mit mir Weihnachtsgeschenke kaufen gehen.« Er sah die Beamten unsicher an. »Gibt es noch etwas? Kann ich noch etwas für Sie tun?«

»Nein, vielen Dank«, antwortete Hain. »Wir wollen nur kurz sehen, wie weit die Spurensicherung ist, dann gehen wir auch ins Wochenende«, log er.

Frommert drängte sich an den Polizisten vorbei, weil in diesem Moment eine Glocke ertönte und sich die Fahrstuhltüren schlossen.

»Auf Wiedersehen«, murmelte er und zwängte sich in die Kabine.

»Ganz schön fröhlich für jemanden, der gerade einen wichtigen Mitarbeiter und Freund verloren hat«, bemerkte Hain.

Heini Kostkamp und sein Mitarbeiter Martin Hansmann saßen auf der Fensterbank in Goldbergs Büro und tranken Tee aus Plastikbechern. Neben den beiden stand eine große Thermoskanne.

Kostkamp kam gleich zur Sache. Er deutete auf zwei kleine Plastikbeutel, die neben dem Schreibtisch lagen.

»Wir haben noch eine Wanze gefunden.«

Lenz sah ihn ungläubig an.

»Nun guck nicht so. Die erste ist uns aus purem Zufall in die Hände gefallen, als wir sein Telefon nach Fingerabdrücken abgesucht haben. Nach der zweiten haben wir dann ganz ordentlich gesucht.«

»Wo steckte die denn?«

Kostkamp richtete den Blick auf seinen Kollegen.

»Martin hat sie in einer Ritze unter dem Schreibtisch gefunden. Wer auch immer das Zeug hier angebracht hat, konnte sich seiner Sache ziemlich sicher sein.« Er stieß sich von der Fensterbank ab, trat neben Lenz und hob die beiden Beutel hoch. »Rein technisch ist er auf dem neuesten Stand. Solche Dinger kenne ich bis jetzt nur von Fotos, wobei ich aber zugeben muss, dass ich kein ausgewiesener Wanzenexperte bin.«

Lenz trat neben ihn und sah sich den Fund an. Der eine Minisender war etwa halb so groß wie eine Streichholzschachtel und über ein Kabel mit einer separaten 9-Volt-Blockbatterie verbunden; der andere kleiner und rund und sah aus wie eine Mignonbatterie.

»Das kleine Ding steckte im Telefon.«

Der Hauptkommissar griff nach den Kunststofftüten, nahm sie in die Hand und sah Kostkamp an.

»Ganz schön schwer, das Zeug«, bemerkte er.

»Nur die Batterie. Die Wanzen selbst sind federleicht.«

»Und wie lange kann so ein Ding senden mit dieser kleinen Batterie?«

»Die aus dem Telefon ist immer einsatzbereit, weil sie über dessen Speisespannung versorgt wird. Bei der anderen habe ich keine Ahnung, aber sicher ein paar Wochen, vielleicht sogar einige Monate. Es kommt darauf an, wie viel sie übertragen muss. Wenn nicht gesprochen wird, schaltet sie auf Bereitschaft und verbraucht nahezu keinen Strom.«

»Kannst du was zur Reichweite sagen?«, wollte Hain wissen.

Kostkamp sah sich in dem Büro um.

»Bei der großen Fensterfläche …« Er machte ein nachdenkliches Gesicht. »Nach draußen einen halben Kilometer mindestens, eher mehr. Im Gebäude sicher nicht, weil das aus Beton ist. Aber ein Stockwerk höher und eins tiefer sollte gehen. Und die Etage hier sowieso.«

»Wer sagt uns denn, dass nicht noch so ein Ding hier versteckt ist und unsere Unterhaltung überträgt?«, fragte Lenz.

»Keine Sorge«, antwortete Kostkamps Kollege und deutete auf einen silbernen Koffer, der neben der Tür stand. »So weit haben wir auch schon gedacht. Nachdem wir die zweite gefunden hatten, bin ich schnell rüber ins Präsidium und habe unseren Wanzendetektor geholt. Die Bude ist jetzt wirklich sauber.«

»Aber unser Besuch heute Morgen wurde noch übertragen?«

»Keine Ahnung, ob auf der anderen Seite jemand mitgehört hat. Wenn ja, dann wissen sie, dass ihr hier wart, dass wir hier waren und dass wir ihre kleinen Ohren gefunden haben.«

»Stellt sich die Frage, warum der Kerl abgehört wurde«, sinnierte Kostkamp.

»Und die ebenso spannende, wo sie sitzen und lauschen«, ergänzte Lenz.

46

Kostkamps Kollege hob den Kopf und sah hinaus auf den verschneiten Bahnhofsvorplatz.

»Da würde ich mir keine allzu großen Hoffnungen machen. Die könnten in der Nähe irgendwo ein kleines Büro angemietet haben, in dem ein Aufnahmegerät steht, das nur anspringt, wenn die Wanze überträgt. Oder sie machen es mit einem Mobiltelefon, das automatisch die Gespräche weiterleitet. Vielleicht geht das Signal ja auch nur ein paar Büros weiter.«

»Vielleicht, vielleicht nicht. Kann man den Empfänger mit einem eurer Geräte orten?«

»Das ist nicht so leicht, außerdem müsste man dazu die Wanze wieder aktivieren. Aber wenn sie es halbwegs clever angestellt haben, ist er längst endgültig abgeschaltet.«

Lenz betrachtete noch einmal die beiden Abhörgeräte.

»Bleibt die Frage des ›Warum‹. Was macht einen Justiziar der IHK so interessant, dass man ihn zuerst abhört und dann umbringt?«

»Das ist zum Glück euer Problem«, antwortete Kostkamp. »Wir packen jetzt unseren Krempel zusammen und lassen uns und das, was wir mitnehmen wollen, von den Transportleuten abholen. Das Zeug von hier und das, was wir in seiner verbrannten Wohnung mitgenommen haben, sehen wir uns dann drüben ganz genau an.«

»So trägt jeder sein Päckchen, Heini. Habt ihr sonst noch was gefunden?«

»Absolut nichts. Hier hat jemand richtig gut aufgeräumt und gewischt. Auf keiner Fläche auch nur der kleinste Fingerabdruck, aber die Wanzen haben sie zum Glück nicht gefunden.«

»Vielleicht war ja nur eine besonders gründliche Putzfrau am Werk?«

Die beiden Spurensicherer bedachten Hain mit einem mitleidigen Blick.

»Die würde ich auch für zu Hause engagieren«, erwiderte Kostkamp lachend. »Zunächst mal stehen hier sowieso schon verdächtig wenige Aktenordner herum, und die paar sind auch noch spiegelblank.« Er wandte sich zu Lenz. »Ich kenne keine Putzfrau, die Leitzordner fingerabdruckfrei abwischt, auch von innen übrigens. Wir nehmen jetzt den ganzen Kram mit, weil sie sicher nicht jedes einzelne Blatt sauber gemacht haben. Vielleicht finden wir ja auf dem Inhalt der Ordner etwas Verwertbares.«

»Gute Idee. Und wir lesen das dann alles.«

In diesem Moment war an der Tür ein leises Klopfen zu hören. Die Männer im Raum sahen sich verwundert an.

Hain schaltete als Erster, ging zur Tür, öffnete sie und sah in das Gesicht einer etwa 55 Jahre alten Frau.

»Ja, bitte?«

»Ich habe Stimmen gehört und dachte, mein Chef sei hier.« Sie sah sich in dem Büro um. »Aber ich habe mich wohl getäuscht.«

»Wer ist denn Ihr Chef?«, fragte Lenz.

»Herr Goldberg. Herr Goldberg ist mein Chef.«

Hain fasste die Frau vorsichtig am Arm, zog sie ins Innere und schloss die Tür. Sie sah ihn irritiert an.

»Nichts für ungut«, beschwichtigte der junge Oberkommissar, »aber Sie müssen ja nicht auf dem Flur stehen.«

In ihren Augen war ein Anflug von Panik zu erkennen. Lenz zog seinen Polizeiausweis aus der Jacke und hielt ihn hoch.

»Wir sind von der Polizei. Sie müssen keine Angst haben, Frau …?«

»Hohmann. Anna Hohmann ist mein Name. Ich bin die Sekretärin von Herrn Goldberg«, sagte sie mit deutlicher Erleichterung in der Stimme. »Sind sie alle von der Polizei?«

Lenz nickte mit dem Kopf und stellte jeden Einzelnen vor.

Sie schien noch immer nicht endgültig beruhigt.

»Und was machen sie hier im Büro von Herrn Goldberg? Hat er was verbrochen?«

Lenz sah Hain an. Der zuckte kaum merklich mit den Schultern. Offenbar hatte sich die Nachricht vom Tod des Justiziars noch nicht im Haus verbreitet.

»Hätten Sie einen Moment Zeit für uns, Frau Hohmann? Wir würden uns gerne kurz mit Ihnen unterhalten.«

»Zeit habe ich schon, aber sagen Sie mir doch zunächst einmal, warum Sie hier sind.«

»Lassen Sie uns hinübergehen ins Präsidium, dort können wir in Ruhe reden.«

Anna Hohmann nahm ihre Handtasche vor die Brust und sah den Kommissar unsicher an.

»Wenn es sein muss, begleite ich Sie natürlich aufs Präsidium. Aber ich möchte keine Schererereien bekommen.«

»Sie werden keine Schwierigkeiten bekommen, das versichere ich Ihnen«, sagte Lenz und ging langsam Richtung Tür. Er drehte sich dabei kurz um und verabschiedete sich mit einem Kopfnicken von Hain und den Kollegen der Spurensicherung.

7

Zehn Minuten später saßen Lenz und die Frau im Büro des Kommissars. Sie weinte hemmungslos, seit sie von Goldbergs Tod erfahren hatte.

»Das habe ich kommen sehen«, schluchzte sie.

»Wie meinen Sie das?«, fragte er vorsichtig.

Sie wollte etwas sagen, bekam aber außer weiterem Schluchzen nichts heraus.

»Patzke. Das war bestimmt dieser Patzke.«

Lenz schrieb den Namen auf einen Zettel.

»Wie kommen Sie darauf, dass der Mann etwas mit dem Tod von Herrn Goldberg zu tun haben könnte?«

Wieder musste der Kommissar endlose Sekunden warten. Sie zog ein Taschentuch aus der Manteltasche, schnäuzte sich verhalten und wischte ein paar Mal unter der Nase entlang. Dabei fiel Lenz auf, dass ihr die Kuppe des linken kleinen Fingers fehlte.

»Er hat ihm gedroht, ganz offen, in seinem Büro. Ich habe es selbst gehört.«

»Wer ist dieser Patzke?«

»Ein Autohändler. Nein, eigentlich hat er eine kleine Werkstatt, aber manchmal möbelt er alte Autos auf und verkauft sie dann. Und ganz selten wohl auch mal einen Neuwagen, wie in diesem Fall«

»Und mit dem hatte Ihr Chef Ärger?«

Anna Hohmann wischte sich eine letzte Träne aus dem Auge, nahm das Taschentuch in beide Hände und verschränkte sie in ihrem Schoß.

»Ja, ganz großen Ärger. Angeblich hatte Herr Goldberg ihn falsch beraten. Es ging um eine neue Kennzeichnung wegen der Schadstoffwerte.«

Lenz verstand nur Bahnhof.

»Also, wenn ein Händler einen Wagen verkauft, muss er seit einiger Zeit in der Verkaufsofferte die Schadstoffwerte angeben. Wenn er das nicht macht, muss er eine Strafe bezahlen. Wie es genau gekommen ist, weiß ich nicht, aber dieser Patzke musste die Strafe bezahlen. 10.000 Euro. Und er machte den Herrn Goldberg dafür verantwortlich, weil der ihn angeblich falsch beraten hatte.«

»Hat Herr Goldberg mit Ihnen über die Sache gesprochen?«

»Ich habe natürlich mit angehört, wie Patzke Herrn Goldberg in dessen Büro bedrängt und bedroht hat.«

»Wann war das?«

»Vor ein paar Monaten. Er erschien eines Morgens sehr aufgebracht und warf Herrn Goldberg vor für seine Pleite verantwortlich zu sein. Er werde demnächst wohl zum Amtsgericht gehen müssen und Insolvenz anmelden, sagte er und forderte meinen Chef auf, ihn zu begleiten und dort zu erzählen, dass er die Schuld an seiner Misere trägt.«

»Wie hat Herr Goldberg sich verhalten?«

»Er wollte nicht mit Patzke reden, aber der wurde fast handgreiflich. Dann ist mir die Sache unheimlich geworden, und ich habe die Polizei gerufen.«

»Wie ging es weiter?«

»Patzke wurde abgeführt. Von da an habe ich nie mehr etwas von ihm gehört.«

Sie fing erneut an zu schluchzen.

»Hatte Herr Goldberg öfter solche Auseinandersetzungen mit Kunden?«

»Nein, nie. Die meisten unserer Kunden sind ja auch gar nicht bis zu ihm vorgedrungen, sondern wurden von den Sachbearbeitern beraten. Herr Goldberg hat sich im Prinzip nur um die großen Sachen gekümmert. Viel Internationales war dabei.«

»Und bei Patzke war das anders? Der stand in direktem Kontakt mit dem Justiziar?«

»Ja, aber fragen Sie mich nicht, warum. Es wäre sicher besser gewesen, wenn sich ein Sachbearbeiter um ihn gekümmert hätte, dann wäre Herr Goldberg jetzt vielleicht noch am Leben.«

»Mag sein, Frau Hohmann, aber unter Umständen gibt es auch eine ganz andere Erklärung für das Verbrechen an Ihrem Chef. Wir werden zwar Herrn Patzke jetzt zu allererst befragen, gehen natürlich noch vielen weiteren Spuren nach. Wissen Sie, wo wir den Mann finden können?«

»Nein, da kann ich Ihnen leider gar nicht helfen.«

Der Kommissar überlegte einen Moment, ob er die Frau auf den Wanzenfund ansprechen solle, ließ es aber sein.

»Herr Frommert hat uns heute Morgen erzählt, Sie seien seit einer Weile arbeitsunfähig erkrankt. Stimmt das?«

Anna Hohmann senkte den Kopf.

»Ja, das stimmt, und vermutlich werde ich auch nicht mehr an meinen Arbeitsplatz zurückkehren. Ich leide seit sehr vielen Jahren an einer krummen Wirbelsäule, und in den letzten Monaten sind die Schmerzen unerträglich geworden. Ich kann einfach nicht mehr im Sitzen arbeiten. Vermutlich bekomme ich bald Rente.«

»Das tut mir leid. Wie alt sind Sie, wenn ich fragen darf?«

»56.«

»Und Sie haben lange für Herrn Goldberg gearbeitet?«

»Sieben Jahre. Davor für seinen Vorgänger.« In ihrer Stimme schwang Stolz. »Ich bin seit 28 Jahren bei der IHK.«

»Schön.« Lenz sah auf die Uhr. »Ich danke Ihnen ganz herzlich, dass Sie sich die Zeit genommen haben für meine Fragen, auch wenn die Situation unangenehm ist für Sie. Wenn mir noch etwas einfällt, was ich wissen müsste, kann ich Sie anrufen?«

»Sicher.«

Sie nannte ihm eine Kasseler Telefonnummer und stand dann auf. Lenz erhob sich ebenfalls.

»Eine Frage hätte ich noch, Frau Hohmann: Was wollten Sie heute von Ihrem Chef? Gab es einen besonderen Grund für Ihren Besuch?«

Sie schüttelte energisch den Kopf.

»Nein, nein. Ich hatte einen Arzttermin und wollte nur mal guten Tag sagen. Einen besonderen Grund hatte ich nicht.«

Als sie gegangen war, griff der Kommissar zum Telefonhörer.

»Thilo, komm rüber, sie ist weg.«

Eine Minute später betrat sein Kollege mit einer dampfenden Tasse Kaffee in der Hand das Büro. Lenz gab ihm einen kurzen Abriss des Gespräches mit der Frau.

»Wow!«, frohlockte Hain, »schon nach zehn Stunden einen Verdächtigen. Das lässt sich ja gut an.«

»Und weil das so ist, versuchst du jetzt rauszukriegen, wo wir diesen Patzke finden.«

Hain nahm das Telefon vom Schreibtisch und wählte. Zwei Minuten später hatte er die benötigten Informationen.

»Unser Mann heißt Siegfried mit Vornamen. Die Werkstatt ist in der Leipziger Straße und die Meldeadresse im Umbachsweg, also beides in Bettenhausen.«

»Fahren wir«, sagte Lenz.

8

Die Frau hinter dem Vorhang hatte weißblonde Haare und ihre besten Tage hinter sich. Nachdem Hain geklingelt hatte, tauchte ihr Gesicht zuerst am Fenster auf, verschwand wieder und kam dann an der Tür zum Vorschein.

»Was gibt's?«, fragte sie kurz angebunden. Die Öffnung gab nur den Blick auf ihren Kopf frei.

»Sind Sie Frau Patzke?«

»Carola Patzke, ja. Wer will das wissen?«

Die beiden Kommissare griffen synchron in die Innentaschen ihrer Jacken, zogen ihre Dienstausweise heraus und hielten sie der Frau vor die Nase.

»Die Schmiere! Hat der Siggi wieder was ausgefressen?«

»Ist er zu Hause?«

»Schon länger nich hier gewesen. Was ist denn los?«

»Wann haben Sie ihn zum letzten Mal gesehen?«

Die Frau tat, als würde sie überlegen.

»Schon 'ne Weile her.«

Lenz lagen eine Menge böser Worte auf der Zunge, aber er untersagte ihnen den Weg ins Freie. Stattdessen versuchte er sich in Diplomatie.

»Er hat nichts ausgefressen, zumindest wissen wir nichts davon. Wir haben ein paar Fragen an ihn, als Zeugen.«

»Siggi kann gar nichts bezeugen. Der hatte schon so oft Scherereien mit den Bullen, dass er euch lieber von hinten als von vorne sieht.«

Hain trat ein Stück näher an die Tür.

»Können wir vielleicht reinkommen, es ist ziemlich kalt hier draußen?«

»Habt ihr 'nen roten Schein?«

»Nein, wir haben keinen Durchsuchungsbeschluss«, antwortete der Oberkommissar, »aber wir wollen ja auch nichts durchsuchen.«

Sie sah abwechselnd den einen, dann den anderen Polizisten an und schien zu überlegen, ob sie die Tür würde zuknallen können, bevor Hain einen Fuß dazwischengeschoben hätte.

»Bin gleich wieder da. Muss mir nur was anziehen.«
Damit warf sie die Tür ins Schloss.

Die beiden Kommissare sahen sich irritiert an.

»Meinst du, es gibt hier eine Hintertür?«, fragte Lenz.

Hain antwortete nicht, sondern war mit drei Sätzen um
die Hausecke verschwunden.

Kurze Zeit später wurde die Tür wieder geöffnet, und
die Frau grinste Lenz an.

»Na, hat der Kollege kalte Füße gekriegt?«

»Nein, der wollte sich mal in Ihrem Garten umse-
hen.«

Ein kurzer Pfiff des Kommissars, und Hain tauchte
wieder auf. Das welke, blonde Gift sah mitleidig auf seine
nassen Schuhe und ging ins Haus.

»Danke für euer Vertrauen«, murmelte sie dabei, »aber
der Siggi ist wirklich nich hier.«

Dann saßen sie in der völlig überheizten Küche. Lenz
hatte schon auf dem Flur den Eindruck gewonnen, dass in
dem Haus eine Renovierung seit vielen Jahren überfällig
war, die Küche allerdings war ein Fall für die Komplett-
sanierung.

»Hübsch hier«, fing er an.

»Kein Geschwafel, Herr Kriminaler. Was ist los?«

»Sie sind mit Siggi verheiratet?«

»Seit 31 Jahren.«

»Kommt er öfter mal ein paar Tage nicht nach Hause?«

»Eigentlich nicht.«

»Machen Sie sich keine Sorgen?«

»Nee, der is schon groß.«

»Hat er sich zwischendurch mal gemeldet.«

»Nee.«

»Auch ungewöhnlich, oder?«

»Schon.«

Lenz hatte den Eindruck, dass ihr dieses Frage-und-Antwort-Spiel Spaß machte.

»Und wann genau haben Sie ihn nun zuletzt gesehen?«

»Dienstagmorgen. Er wollte ein paar Sachen erledigen. Seitdem ist er nicht wieder aufgetaucht.«

»Was für Sachen?«

»Keine Ahnung. Sachen eben.«

»Kennen Sie einen Wolfgang Goldberg?«

»Nich persönlich.«

»Und unpersönlich?«

»Hat Siggi in die Pleite geschickt.«

So sehr Frau Patzke dieses Spiel zu mögen schien, so sehr ging es Lenz auf die Nerven. Er bedachte Hain mit einem vielsagenden Blick, und sein Kollege ließ sich nicht lange bitten.

»Nun mal Butter bei die Fische, Frau Patzke, sonst müssen wir Sie am Ende noch aufs Präsidium mitnehmen. Was wissen Sie über das Verhältnis zwischen Ihrem Mann und Wolfgang Goldberg?«

»Siggi war sauer auf ihn, das kann ich Ihnen flüstern. Weil er ihn ins offene Messer hat laufen lassen, mit die Autos und so.«

»Ihr Mann hat Herrn Goldberg in dessen Büro aufgesucht. Wissen Sie was davon?«

»Klar, aber das ist doch ewig her. Er hatte zwar irgendwas am Start wegen dem Kerl, aber zu ihm hin wollte er nicht noch mal.«

Sie kramte nach einer Zigarettenschachtel und zündete sich eine an. Lenz streifte über das Nikotinpflaster auf seinem Oberarm.

»Was meinen Sie damit, dass er da irgendwas am Start hatte?«

»Und wenn Sie mir die Beine abhacken, davon hab ich ehrlich keine Ahnung. Er machte da voll auf Geheimnis. Meinte, es sei besser für mich, wenn ich nichts davon wüsste.«

»Ist er am Dienstagmorgen weggegangen und seitdem nicht wiedergekommen?«, fragte Hain.

Sie sah ihn strafend an.

»Nuschel ich, oder was? Hab ich doch vorhin schon gesagt.«

»Sie haben keine Idee, wo er sein könnte?«

»Hm«, druckste sie herum.

»Was hm?«, wollte der Oberkommissar nun mit Nachdruck in der Stimme wissen.

»Er hat da was mit so 'nem Schnittchen. Vielleicht ist er bei ihr.«

»Eine andere Frau?«

Sie zog an der Zigarette, senkte den Kopf und die Stimme.

»Ja, 'ne andere Frau.«

»Wo?«

»In der Stadt. Friedrich-Ebert. Aber fragen Sie mich nicht nach der genauen Adresse, das wäre wohl ein bisschen viel verlangt, oder?«

»Und ihr Name?«

»Roswitha. Mehr weiß ich nicht.«

»Also, Ihr Mann hat ein Verhältnis mit einer Roswitha aus der Friedrich-Ebert-Straße. Und wie lange geht das schon?«

»Einen Monat, vielleicht länger. So genau weiß ich das nicht.«

»Macht Ihr Mann so was öfter?«

»Was?«

»Was mit anderen Frauen anfangen.«

»Manchmal.«

Lenz hatte die Faxen dick. Er stand auf, legte eine Visitenkarte auf den Tisch und ging Richtung Tür.

»Wenn er kommt, soll er sich sofort bei mir melden. Es ist besser für ihn, sagen Sie ihm das.«

Sie antwortete nicht.

»Verstanden?«, hakte er eine Spur zu laut nach.

»Schon klar, Herr Kommissar. Ich werd's ausrichten.«

»Schreiben wir ihn zur Fahndung aus?«, fragte Hain, als sie wieder im Auto saßen.

Lenz nickte.

»Natürlich. Er hat ein glasklares Motiv und ist seit mehreren Tagen verschwunden.«

Während Hain den Motor anließ und wendete, gab Lenz Patzkes Daten an die Zentrale weiter und bat die Kollegen außerdem, über das Einwohnermeldeamt nach einer Roswitha zu suchen, die vermutlich in der Friedrich-Ebert-Straße wohnte. Dann versuchte er, sich anzuschnallen, was ihm aber erst nach mehreren Anläufen gelang. Er fluchte innerlich und hatte das dringende Bedürfnis nach einer Zigarette.

»Lass uns noch bei seiner ehemaligen Werkstatt vorbeifahren, vielleicht haben wir ja Glück. Es steht zwar nicht zu vermuten, dass er da irgendwo herumhängt, versuchen sollten wir es trotzdem. Außerdem will ich mir das Gelände ansehen.«

Gelände war eine romantische Übertreibung für den herrenlosen Schrottplatz, auf den sie ein paar Minuten später rollten. Vor einer heruntergekommenen Werkstatthalle standen ein halbes Dutzend Autos, deren fortgeschrittenes Alter trotz der dicken Schneehauben gut zu erkennen war.

An einer Seite der Halle türmten sich leere Ölfässer, auf der anderen Holzpaletten und in sich zusammengefallene und aufgeweichte Kartons. Das Wasser, das in den Pfützen unter dem Vordach stand, war regenbogenfarben. Auf einem selbst gemalten und völlig ausgeblichenen Schild konnte man lesen, dass sich auf diesem Hof eine Autoreparaturwerkstatt befand. Oder befunden hatte.

»Hättest du dein Auto hierher zur Reparatur gebracht?«, wollte Lenz von seinem Kollegen wissen.

»Eher nicht. Aber manchmal sind diese Jungs ganz schön pfiffig und haben viel mehr Ahnung von Autos und Reparaturen als die Teiletauscher in den modernen Filialbetrieben. Und während der Ausbildung hatte ich gar nicht genug Kohle, da war ich darauf angewiesen, dass meine Karre von solchen Leuten am Laufen gehalten wurde.«

Lenz schmunzelte.

»Immer einen auf dicke Hose gemacht, der Herr Polizist, dabei hatte er nix auf der Naht.«

Er ging auf das große Rolltor zu. Eines der Plexiglaselemente war gesprungen und gab den Blick ins Innere frei. Bis auf einige ältere Gebrauchtwagen war die Halle leer. Neben dem Tor gab es eine Metalltür.

»Bekommst du die auf?«

Hain nickte, sah sich um und zog ein braunes Lederetui aus der Jacke. Keine 20 Sekunden später schwang ihm die Tür entgegen.

Sie blieben einen Moment im Eingang stehen und sahen sich um. Im Innern war es feucht und ungemütlich, und trotz der Kälte und der kaputten Scheibe roch es nach Altöl und Benzin.

Ihre Schritte hallten auf dem nackten Betonboden, als sie sich dem hinteren Ende des Gebäudes näherten. Neben einem dreckbeschmierten Waschbecken gab es eine weitere Metalltür, die offenbar in einen separaten Raum führte. Hain zog seine Dienstwaffe, entsicherte sie und stellte sich breitbeinig, die Pistole nach vorne gerichtet, in Position. Lenz drückte vorsichtig den Griff herunter bis zum Anschlag, riss mit voller Kraft an der Tür und flog dann, akustisch untermalt von einem lauten Schmerzensschrei, zurück in die Halle.

Hain ließ die Waffe sinken und sah seinem Chef erstaunt nach.

Der Hauptkommissar lag, den Türgriff noch immer mit der rechten Faust umklammert, halb unter einem dunkelbraunen Volkswagen Derby und stöhnte.

»Ich hab das verdammte Ding herausgerissen und bin auf die Schulter geknallt«, presste er hervor.

»Den Griff kannst du jetzt loslassen, der hilft dir im Moment nichts«, erwiderte Hain und versuchte, sein Lachen zu unterdrücken. Dann prustete er doch los, steckte die Waffe zurück und half Lenz auf die Beine.

»Das hätte ich gerne noch mal in Zeitlupe. So hab ich dich noch nie beschleunigen sehen, Paul.«

Lenz klopfte sich den Dreck von Jacke und Hose und entdeckte dabei einen Ölfleck auf seinem rechten Hosenbein.

»Verdammt«, brummte er.

Er spannte die Muskeln im Oberkörper an und tastete seine rechte Schulter ab. Im ersten Überblick schien die ramponierte Hose der einzige Schaden zu sein. Er sah auf den Griff, den er noch immer in der Hand hielt, und deutete auf die Tür.

»Unglaublich, oder? Ich habe die ganze Klinke aus der Tür gerissen.«

Hain begutachtete mit hochgezogenen Augenbrauen das Schloss.

»Leider muss ich dir widersprechen, Chef. Das Ding war nur aufgesteckt.«

Er nahm Lenz die Klinke aus der Hand, bugsierte den Vierkant in die dafür vorgesehene Öffnung und bewegte den Arm nach unten.

»Abgeschlossen«, stellte er lakonisch fest.

Wieder griff er zu seinem Lederetui, und kurze Zeit später öffnete sich mit einem leisen Quietschen die Tür. Sie sahen in einen leeren Raum ohne Fenster. Lenz trat einen Schritt zurück.

»Und dafür das ganze Theater.«

Nach und nach nahmen sie die Halle und den Nebenraum genau unter die Lupe, aber es gab weder Hinweise auf Patzke noch auf seinen derzeitigen Aufenthaltsort.

»Lass uns abhauen, Paul, ich hab total kalte Füße. Und hier gibt's doch nichts zu finden.«

Der Hauptkommissar war auf dem Weg zum Auto, als ihm auf dem Nachbargrundstück ein orangefarbener Kleinbus auffiel.

»Ich gehe mal nach nebenan!«, rief er Hain zu, der sich offenbar schwer damit tat, die Eingangstür der Werkstatt wieder zu verschließen.

Das gegenüberliegende Terrain war unbebaut, was sich aber, wie es aussah, in der nächsten Zeit ändern sollte. Der Kleinbus gehörte zu einem Vermessungstrupp, der seiner Arbeit auf dem Gelände nachging. Das große Areal war komplett von einem Bauzaun umgeben, grob planiert und stand knöcheltief unter Wasser. Lenz rief nach den Arbeitern, die ihn aber wegen des Verkehrslärms der vierspurigen Straße, an der er stand, nicht registrierten. Er wartete, bis für einen Moment kein Auto zu hören war, und rief dann erneut. Einer der drei Männer, die grüne Warnwesten und gelbe Gummistiefel trugen, hörte ihn, blickte auf, stieß seinen Nachbarn an und deutete in Lenz' Richtung. Der Angestoßene drückte dem Dritten seine Kladde in die Hand und stapfte schwerfällig auf Lenz zu.

»Hallo«, sagte der Kommissar und hielt seinen Dienstausweis durch das Gitter des Bauzauns, als der Mann ihn erreicht hatte.

»Mein Name ist Lenz, Kripo Kassel.«

Der Arbeiter sah ihn erstaunt an und streckte die Hand aus.

»Kröger, Firma VTE, guten Tag. Ist etwas nicht in Ordnung?«

»Nein, nein. Wir haben uns nur mal auf dem Nachbargrundstück umgesehen. Wird hier gebaut?«

»Hier soll gebaut werden, ja. Wir sind gerade mit den Vermessungsarbeiten beschäftigt, wie man unschwer erkennen kann.«

»Nicht gerade das beste Wetter dafür.«

»Stimmt. Aber wir sind so weit fertig und machen gleich Feierabend.«

»Ein ziemlich großes Grundstück.«

»Die BBE will hier ihr neues Firmengebäude hinstellen. Wird ein ganz schöner Kasten.«

»Was ist die BBE?«

»Fragen Sie mich nicht. Ich glaube, die machen was mit Versicherungen, aber was genau, keine Ahnung. Geld müssen sie auf jeden Fall haben, sonst könnten sie hier nicht so groß bauen.« Er zuckte mit den Schultern. »Obwohl, groß gebaut haben auch schon andere, die keine Kohle hatten.«

Lenz deutete auf die alte Werkstatthalle.

»Wissen Sie vielleicht, was mit dem Nachbargrundstück wird?«

»Da soll das Parkhaus des Neubaus hin. Wir haben schon den Vermessungsauftrag, warten allerdings noch auf den Abriss. Der Inhaber ist pleitegegangen, jetzt gehört es eigentlich der Bank, aber der Insolvenzverwalter hat noch den Daumen drauf. Wie ich gehört habe, gibt es einen Vorvertrag mit dem Unternehmen, das hier baut.«

»Warum machen die denn keine Tiefgarage unter ihr schönes neues Haus?«

»Das geht nicht, wegen der Hochwassergefahr. Es wäre doch schade, wenn die ganzen schönen Autos der Herren Versicherungsvertreter bei ungünstiger Wetterlage bis zum Dach im Wasser stehen würden.«

»Und wann ist Baubeginn?«

»Spätestens im Februar, wenn im Januar passables Wetter ist, auch schon früher. Der Turm soll in 18 Monaten hochgezogen sein.«

»Was meinen Sie mit Turm?«

»Hier geht es 22 Stockwerke nach oben, wenn das Gebäude fertig ist. Für Kasseler Verhältnisse kann man da wohl schon von einem Turm sprechen.«

Lenz schluckte.

»Das stimmt.«

Der Kommissar spürte, wie ihm die Kälte an den Beinen emporstieg und seine Nase zum Laufen brachte. Der Wind war stärker geworden und peitschte die Wolken am Himmel mit atemberaubender Geschwindigkeit vor sich her.

»Ich danke Ihnen herzlich für Ihre Informationen. Jetzt muss ich los, mein Kollege wartet schon.«

Er deutete auf Hain, der im Auto saß und gerade den Motor startete.

»Wiedersehen.«

»Auf Wiedersehen«, sagte der Mann.

»Was rausgekriegt?«, fragte der Oberkommissar, als sie im Auto saßen und mit auf Höchstleistung arbeitender Heizung Richtung Präsidium fuhren.

Lenz erzählte seinem Kollegen in Kurzfassung, was er von dem Vermessungstechniker erfahren hatte.

»Kennst du diese Firma BBE?«

»Nie gehört. Das soll eine Versicherung sein?«

»Ja.«

»Egal. Hauptsache, wir finden jetzt möglichst schnell diesen Patzke.«

»Ich will trotzdem wissen, was sich hinter dieser Firma verbirgt. Vielleicht sprechen wir mal mit dem Insolvenzverwalter? Der kann uns bestimmt auch was zu Patzke sagen.«

Lenz nahm sein Mobiltelefon aus der Jacke und rief zuerst die Auskunft und dann das Amtsgericht an. Eine nette Stimme am Telefon informierte ihn darüber, dass ein Rechtsanwalt Dr. Rösler zum Insolvenzverwalter bestellt worden war, und gab ihm zum Schluss auch noch die Nummer der Kanzlei durch. Dort wurde nach dem dritten Läuten abgenommen. Rösler war selbst am Telefon und erklärte Lenz, dass er noch etwa eine Stunde im Haus wäre und natürlich gerne mit den Beamten über den Fall Patzke sprechen würde.

Die Kanzlei lag in der Oberen Königsstraße, der Einkaufsmeile von Kassel. Im dichten Schneetreiben und beleuchtet von Tausenden Glühbirnen der unvermeidlichen Weihnachtsdekoration über ihren Köpfen kämpften die beiden Polizisten sich durch die Heerscharen der Einkaufswütigen für das bevorstehende Weihnachtsfest. Lenz war immer wieder verblüfft, wie viele Menschen sich Jahr für Jahr in den Weihnachtstrubel stürzten, um viel zu viel

Geld für teuren Unsinn auszugeben. Er selbst versuchte ab Anfang Dezember einen großen Bogen um die Fußgängerzone, den Weihnachtsmarkt und den Geschenkewahnsinn zu machen.

Rösler war ein freundlicher Mann von Mitte 50, der mit einer Tasse Tee in der Hand an seinem riesigen Schreibtisch saß. Die junge Frau, die sie hereingelassen und in sein Büro geführt hatte, verabschiedete sich ins Wochenende und zog dann die dick gepolsterte Tür hinter sich zu.

»Guten Tag, meine Herren«, begrüßte der Rechtsanwalt die Polizisten.

Lenz stellte sich und seinen Kollegen vor und kam dann sofort zur Sache.

»Uns interessiert alles, was Sie über Siegfried Patzke wissen«, begann er, »und über sein ehemaliges Gewerbe an der Leipziger Straße.«

»Nehmen Sie mir die Frage nicht übel, meine Herren, aber woher rührt Ihre Neugier in Sachen Siegfried Patzke?«

»Wir suchen ihn als Zeugen.«

Rösler nippte an seinem Tee und fing an, vielsagend zu lächeln. Mit seinen grauen Haaren und dem Dreitagebart erinnerte er Lenz an den Hauptdarsteller einer Mafiaserie aus dem Fernsehen, deren Titel er längst vergessen hatte.

»Dann will ich mal besser nicht weiter insistieren und Ihre zweite Frage vorziehen«, antwortete der Advokat, »denn was das angeht, habe ich mir zumindest schon mal einen ersten Überblick verschafft. Herrn Patzke selbst kenne ich leider nicht persönlich, da muss ich Sie enttäuschen.«

Lenz sah ihn überrascht an.

»Die meisten Menschen machen sich ein falsches Bild von der Arbeit eines Insolvenzverwalters. Oftmals gleicht meine Arbeit mehr dem Zusammensetzen eines Puzzles als der Verwaltung einer Insolvenz. Und der von der Zahlungsunfähigkeit Betroffene bleibt dabei manchmal unsichtbar, so wie in diesem Fall auch.«

»Sie haben Herrn Patzke also nie kennengelernt?«

»Nicht persönlich, nein, wie ich schon gesagt habe. Wir haben zwei- oder dreimal miteinander telefoniert, zu Beginn meiner Arbeit.«

»Sind Sie nicht auf seine Kooperation angewiesen?«

»Es würde meine Arbeit erleichtern, sicher, doch Sie können mir glauben, dass ich in den vielen Jahren meiner Tätigkeit gelernt habe, auch ohne die Mitwirkung von Menschen wie Herrn Patzke zurechtzukommen.«

Das glaubte Lenz ohne Frage. Dr. Röslers Ausdruck, seine Mimik und seine Gestik waren beeindruckend. Jede Spur von Hektik war ihm fremd, jedes Wort und jede Bewegung waren geprägt von beeindruckender Souveränität.

»Eigentlich gäbe es zu dieser Insolvenz auch gar nicht viel zu sagen …«

»Eigentlich nicht, aber eigentlich doch?«, vollendete Lenz den Satz.

»Die Faktenlage ist klar. Herr Patzke ist stark überschuldet, er war zahlungsunfähig. Er hat schon vor einigen Jahren, als es ihm finanziell noch besser gegangen sein dürfte, damit angefangen, Vermögenswerte auf seine Frau zu überschreiben, unter anderem auch das Gelände Leipziger Straße. Allerdings hat er sich im Gegenzug ein lebenslanges Nießbrauchsrecht ins Grundbuch schreiben lassen. Und hier wird es kompliziert, denn die Immobilie wurde später mit einer Hypothek belastet, deren Hintergrund ein Kredit an Patzke war. Seine Frau hat für ihn gebürgt und das Grundstück als Sicherheit benutzt.«

Lenz tat sich schwer damit, die Erklärungen zu verstehen, hatte jedoch den Eindruck, dass er dem Anwalt zumindest rudimentär folgen konnte.

»Das Grundstück gehört also seiner Frau, aber er durfte damit machen, was er wollte.«

»Richtig. Das hat er dann auch gemacht, bis zum bitteren Ende.«

»Was bedeutet das für die Insolvenz?«

»Die Hypothek ist auf eine Bank eingetragen. Die Bank will das Gelände verwerten, was sich als ziemlich schwierig darstellt, weil eben noch besagter Nießbrauch eingetragen ist. Dieses Detail macht den Erwerb für potenzielle Investoren unattraktiv, obwohl die Lage erstklassig ist. Es handelt sich schließlich um eines der wenigen Grundstücke an der Leipziger Straße, die gleichzeitig interessant und auf dem Markt zu haben sind.«

»Nebenan soll groß gebaut werden«, merkte der Hauptkommissar an.

»Ich weiß. Der dortige Investor würde sich nur zu gerne auch das Patzke-Grundstück einverleiben. Dazu muss er allerdings Herrn Patzke überreden, auf sein Nießbrauchsrecht zu verzichten. Und mich, das zu tolerieren, was ich nie und nimmer tun würde. Aus diesem Recht ergeben sich nämlich Werte, die Patzkes Gläubigern zustehen.«

»Um was für Gläubiger handelt es sich dabei?«

Der Anwalt dachte einen Moment nach.

»In der Hauptsache zwei Banken. Und natürlich einige kleinere, zum Beispiel eine Krankenkasse, eine Berufsgenossenschaft und ein paar wenige Privatleute.«

»Das klingt nicht nach einem spektakulären Crash, den Herr Patzke da hingelegt hat«, bemerkte Hain.

»Ganz und gar nicht, da haben Sie recht. Das Volumen ist absolut betrachtet nicht bemerkenswert, aber für ihn hat es nun mal gereicht. Nach meiner Meinung haben die Altschulden ihm am Ende den entscheidenden Stoß versetzt.«

»Wer hat die Insolvenz beantragt?«

»Eine Krankenkasse, wie so häufig. Er war mit den Zahlungen für seine beiden Mitarbeiter im Rückstand, das war es dann.«

Lenz sah aus dem Fenster. Draußen bogen sich die Bäume beängstigend im immer stärker werdenden Wind.

»Kennen Sie die Firma, die das Grundstück neben Patzkes Gelände bebauen will?«

Über Röslers Gesicht huschte ein süffisantes Lächeln.

»Nein«, antwortete er knapp.

Lenz sah ihn verwundert an.

»Gar keine Informationen?«

Der Anwalt nippte bedächtig an seinem Tee, bevor er weitersprach.

»Ich lebe in dieser Stadt und habe Augen und Ohren, jedoch keine belastbaren Informationen. Und bevor ich Gerüchte weiterverbreite, halte ich lieber meinen Mund, Herr Kommissar.«

»Ich lebe auch in Kassel, Herr Rösler, aber ich habe noch nie von wie auch immer gearteten Gerüchten bezüglich dieser Firma gehört.«

Wieder entstand eine kleine Pause. Der Anwalt zog die Augenbrauen hoch und legte die Stirn in Falten.

»BBE, ein Versicherungsmakler, wurde von einem sehr jungen Versicherungskaufmann mit, wenn ich richtig informiert bin, russischen Wurzeln vor etwa vier Jahren gegründet. Seinen Aufstieg kann man durchaus kometenhaft nennen, auch, weil er seine Produkte vor allem an die große Community der Russlanddeutschen und Bürger aus den ehemaligen GUS-Staaten verkauft.«

»Was für Produkte?«

»Versicherungspolicen, hauptsächlich Krankenversicherungen, aber auch Lebensversicherungen. Man munkelt, die sogenannten Berater des Unternehmens gingen nicht immer zimperlich vor bei der Akquise neuer Kunden, doch das haben Sie nicht von mir.«

»Ist die BBE nie an Sie herangetreten wegen des Grundstücks?«

»Doch. Einmal hat mich ein Kollege angerufen, vor etwa drei Monaten. Ich habe ihm erklärt, dass ich das, was er gerne für seinen Mandanten erwerben würde, nicht im Programm habe. Seitdem habe ich nichts mehr gehört. Und das ist nun wirklich alles, was ich dazu sagen möchte.«

Lenz entschied, nicht weiter zu fragen, obwohl er sicher war, dass Rösler noch das eine oder andere zur BBE sagen könnte.

»Wie geht es jetzt weiter mit der Insolvenz von Patzke?«

»Viel Masse ist nicht da, doch es sieht nicht gänzlich hoffnungslos aus für die Gläubiger. Am meisten verspreche ich mir von einer Schadensersatzklage.«

»Gegen Herrn Goldberg?«

Nun war so etwas wie Verwunderung in Röslers Gesicht zu sehen.

»Darüber möchte ich zum jetzigen Zeitpunkt nicht sprechen. Ich bin schon überrascht, dass Ihnen sofort dieser Name einfällt. Bis jetzt war ich davon ausgegangen, diese Causa ohne großes Aufsehen erledigen zu können.«

»Daraus wird leider nichts. Herr Goldberg wurde letzte Nacht erhängt im Reinhardswald gefunden.«

Der Anwalt sah die beiden Polizisten mit großen Augen an und schien einen Moment lang nach Worten zu suchen. Dann hatte er sich wieder im Griff.

»Suizid?«

»Nein, wie es aussieht, nicht.«

In Röslers Gesicht zeichnete sich jetzt ein Erkennen ab.

»Herr Patzke ist eindeutig mehr als ein Zeuge für Sie, nehme ich an.«

»Zunächst nicht«, entgegnete Lenz, »aber wir ermitteln natürlich in alle Richtungen.«

9

Die Rückfahrt zum Präsidium dauerte fast eine Stunde. Der Feierabendverkehr an diesem Freitag wäre allein schon eine gute Rechtfertigung für das Verkehrschaos gewesen, in deren Mittelpunkt sie sich befanden, doch der aufgefrischte Wind hatte sich zu einem veritablen Schneesturm entwickelt und trug ein Übriges zum Zusammenbrechen des Verkehrs bei. Als sie endlich im Präsidium ankamen, war Lenz so müde, dass er nur noch nach Hause und in sein Bett wollte.

Auf seinem Schreibtisch fand er die Mitteilung eines Kollegen: in der Friedrich-Ebert-Straße 84 wohne eine Roswitha Krauss. Eine andere Frau mit dem Vornamen Roswitha sei in dieser Straße nicht gemeldet.

Lenz ging nach nebenan. Dort packte Hain gerade seinen Rucksack. Der Hauptkommissar wedelte mit dem Zettel.

»Feierabend ist nicht.«

Hain sah ihn ungläubig an.

»Schick doch die Jungs vom Kriminaldauerdienst hin, Paul. Ich kann kaum auf den Beinen stehen, so müde bin ich.«

Lenz sah noch einmal auf die Adresse.

»Es ist ganz in der Nähe. Lass uns zusammen vorbeifahren, dann bringst du mich nach Hause. Sonst muss ich mir jemanden suchen, alleine geht das auf keinen Fall, weil wir es schließlich mit einem Verdächtigen in einem Mordfall zu tun haben.«

Dieser Argumentation konnte Hain sich nicht entziehen.

»Schon gut«, erwiderte er gequält, »ist ja schon gut …«

Sie brauchten für die etwa zwei Kilometer, die unter normalen Umständen in drei Minuten zu schaffen waren, eine gute halbe Stunde. Alle großen Kreuzungen der Stadt waren verstopft von quer stehenden und zugeschneiten Fahrzeugen.

Hausnummer 84 lag in einem Hinterhof. Als sie den Torbogen passierten, der den Innenhof von der Straße trennte, musste Lenz grinsen.

»Auf diesem Autofriedhof muss sich Patzke doch einfach wohlfühlen.«

Trotz des Schneesturmes konnte man erkennen, dass der Innenhof als illegaler Schrottplatz missbraucht wurde. Einige der kreuz und quer abgestellten Fahrzeuge waren offensichtlich abgemeldet. Bei zwei anderen standen die Heckklappen offen.

»Wie sieht es denn hier aus?«, fragte Hain mehr sich selbst, nachdem er den Motor abgestellt hatte.

Sie stiegen aus dem Wagen und rannten durch den Sturm auf die Haustür zu. Ein Klingelbrett im eigentlichen Sinn gab es wohl schon lange nicht mehr, stattdessen Löcher in einer Aluminiumplatte und Klebestreifen mit vagen Fragmenten von Namen. Nach einem Lichtschalter hätte hier nicht einmal der größte Optimist gesucht.

Hain holte sein Mobiltelefon aus der Jacke und schaltete die Taschenlampe ein. Im Widerschein der tanzenden Schneeflocken versuchte er, einen Namen zu erkennen.

»Unmöglich«, brüllte er in den Sturm.

»Selbst wenn man etwas sehen würde, die Leute, die hier wohnen, wollen wohl lieber inkognito bleiben.«

Lenz nickte, trat auf die Haustür zu und drückte dagegen. Sie war verschlossen. Mit zwei schnellen Schritten sprang Hain neben seinen Chef und zog energisch an der Tür, die ihm sofort entgegenflog.

»Mit Türen hast du es heute nicht so«, frotzelte der Oberkommissar, als sie im Hausflur standen.

»Du wusstest natürlich, dass sie nach außen aufgeht …«

»Ich wusste es nicht, aber mein alter Mentor hat mir mal erklärt, dass es bei Türen immer zwei Richtungen gibt, nach denen sie schwingen können.«

»Damals war der Typ bestimmt nicht so müde wie heute«, seufzte Lenz.

Im Haus zu sein, bedeutete für die beiden Polizisten noch lange nicht, auch die Wohnung von Roswitha Krauss gefunden zu haben. Da die Treppenhausbeleuchtung nicht funktionierte, mussten die Polizisten sich im matten Schein der Taschenlampe Stockwerk um Stockwerk emportasten. Auch ganz oben gab es kein Klingelschild mit dem Namen Krauss.

»Und jetzt?«, fragte Hain, als nur noch ein offenes Loch über ihren Köpfen zu sehen war, das den Aufgang zum Dachboden darstellte. Von jenseits des Daches war deutlich das Wüten des Windes zu hören.

Lenz zog die Schultern hoch.

»Wir können auch anders«, murmelte er, ging auf die nächste Tür zu und klopfte laut dagegen.

Eine Minute und zwei weitere Klopfeinlagen später wurde das Gesicht eines jungen Mannes in einem schmalen Spalt sichtbar. Er sah verängstigt aus.

Lenz ließ ihn erst gar nicht zu Wort kommen, parkte aber vorsichtshalber seinen rechten Fuß in der Öffnung.

»Wohnt hier eine Roswitha Krauss?«

»Nein, hier nicht. Die wohnt zwei Stock tiefer.«

»Welche Tür?«

»An der Treppe rechts.«

Lenz zog den Fuß zurück. Noch bevor er ›danke‹ sagen konnte, flog die Tür mit einem lauten Krachen zu.

Zwei Stockwerke tiefer musste Lenz nur einmal klopfen, dann hörten die Polizisten eine nasale Frauenstimme.

»Ja?«

»Kripo Kassel, machen Sie bitte auf.«

»Warum?«

»Das erklären wir Ihnen dann.«

Für ein paar Sekunden war Stille auf der anderen Seite.

»Hier hat's schon einmal einen Überfall gegeben, da haben sich die Jungs auch als Polizisten ausgegeben«, sagte sie mit russischem Akzent.

»Wir sind echt. Also machen Sie jetzt bitte auf.«

Wieder eine kurze Pause auf der anderen Seite. Dann die leiser werdende Stimme.

»Ich denk ja gar nicht dran.«

In diesem Moment wurde Lenz wirklich sauer. Er ballte die Faust, trat und schlug mit aller Kraft gegen die Tür und brüllte dabei so laut er konnte: »Aufmachen«.

Das schien die Frau nun doch zu beeindrucken, denn zwei Sekunden später klickte das Schloss, und die Tür öffnete sich langsam.

»Schon gut, ich will keinen Ärger.«

Die beiden Kommissare sahen sich verdutzt an. Vor ihnen stand eine etwa 20 Jahre alte Frau im Bademantel. Sie hatte rote Haare, ein hübsches Gesicht und hielt die Hände mit den frisch lackierten Fingernägeln in die Höhe.

»Sind Sie Frau Krauss? Roswitha Krauss?«

»Ja. Wer sind Sie?«

Lenz stellte Hain und sich vor. Beide zückten ihre Dienstausweise, denen die Frau jedoch keine Beachtung schenkte.

»Und was wollen Sie?«

»Kennen Sie Siegfried Patzke?«

»Ja, natürlich. Siggi.«

»Ist er hier?«

»Nein.«

Hain ließ die beiden im Flur stehen und sah sich in der kleinen Wohnung um. Die Frau zog vorsichtig ein Papiertaschentuch aus dem Bademantel und schnäuzte sich.

»Ich habe Schnupfen.«

Der Oberkommissar kam kopfschüttelnd zurück. Patzke war nicht in der Wohnung.

»Wann haben Sie ihn zuletzt gesehen?«

»Am Sonntag. Danach nicht mehr.«

»Hat er angerufen?«

Sie überlegte einen Moment.

»Montagabend, ganz spät. Er war betrunken und wollte noch vorbeikommen. Aber ich muss früh aufstehen, deswegen war das nicht möglich.«

»Seit wann geht das mit Ihnen?«

»Ein paar Wochen, aber es ist nichts Festes. Er kommt, wann er will, ich mache auf, wenn ich will. Das ist alles.«

»Klingt romantisch.«

»Siggi ist über 50. Ist ein lieber Kerl, aber nichts für immer.«

»Haben Sie seine Telefonnummer?«, fragte Hain.

»Ja«, antwortete sie, griff erneut sehr vorsichtig in die Tasche des Bademantels und zog mit spitzen Fingern ein Mobiltelefon heraus. »Aber nicht im Kopf.«

Dann sagte sie dem Oberkommissar eine Nummer an, die er sofort in sein Telefon eintippte.

»Wo könnte er stecken? Haben Sie eine Idee?«

»Nein, leider nicht. Hat Siggi etwas verbrochen?«

»Vielleicht. Hat er mit Ihnen über irgendwas gesprochen?«

»Nein, hat er nicht.«

Lenz drückte ihr seine Visitenkarte in die Hand.

»Wenn er kommt oder Sie anruft, sagen Sie ihm bitte, dass er sich auf jeden Fall bei uns melden soll. Es ist wichtig. Und es ist besser für ihn.«

»Mache ich«, nickte sie artig.

Zurück im Wagen, wählte Hain die Nummer, die ihm Roswitha Krauss genannt hatte. Der Anschluss war nicht erreichbar.

»Ich versuche es weiter«, meinte er und steckte das Gerät zurück in seine Jacke.

Als Lenz sich eine Stunde später ins Bett legte, tobte draußen noch immer der Sturm. Windböen mit bis zu 140 Stundenkilometern, hatte sein Radio im Bad angekündigt, als er unter der Dusche stand. Im Verlauf der Nacht sollte es noch schlimmer werden.

In den Minuten vor dem Einschlafen dachte er über Wolfgang Goldberg, den Brand in dessen Wohnung und die Wanzen in seinem Büro nach. Und über Patzke, nach dem mit Hochdruck gefahndet wurde und der vermutlich untergetaucht war.

Er schlief unruhig, weil der Wind ständig den Rollladen zum Klappern brachte. Zweimal wurde er kurz wach, schlief aber immer dann wieder ein, wenn er an Maria und das Treffen mit ihr am nächsten Tag dachte.

10

Der Sturm hatte nachgelassen. Am blassrosa dämmernden Himmel war keine Wolke zu sehen, aber die klirrende Kälte hatte die Stadt fest im Griff. Lenz saß im Bus und betrachtete die Schäden der vergangenen Nacht. In einigen Vorgärten lagen Bäume, die noch am Tag zuvor, beleuchtet von wetterfesten Lichterketten, für weihnachtliche Stimmung gesorgt hatten. Die verschneiten Straßen waren übersät mit Ästen, Zweigen und sonstigem Allerlei, das in den letzten Stunden fliegen gelernt hatte. An vielen Ecken und Mauern hatte der Wind den Schnee meterhoch aufgetürmt.

Der Kommissar wollte ein paar Meter zu Fuß gehen, deshalb verließ er den Bus am Ständeplatz und ging Richtung Fußgängerzone. Dort bot sich ihm ein Bild der Verwüstung. Ein großer Teil der Weihnachtsdekoration war vom Sturm abgerissen worden und baumelte trostlos an den Spannseilen. Zwei Handwerkertrupps mit speziellen Hebebühnen waren damit beschäftigt, größere Teile vor dem Absturz zu retten. Einige der Buden des Weihnachtsmarktes auf dem Friedrichsplatz waren in sich zusammengefallen oder vom Wind umhergetrieben worden. Und trotz der unchristlichen Uhrzeit standen Dutzende von Gaffern frierend und mit geheuchelter Anteilnahme daneben und sahen den Helfern und Handwerkern bei der Arbeit zu. Lenz ging weiter zum Königsplatz, auch dort waren die Betreiber der Weihnachtsmarktstände stark betroffen. An der Fassade eines Einkaufscenters hatte sich eine riesige Werbetafel gelöst und schaukelte träge hin und her.

Auch das Polizeipräsidium, wo Lenz zehn Minuten später ankam, war nicht verschont geblieben. Der Sturm hatte einem Besucher die Tür des Haupteinganges aus der Hand geschlagen und die Wucht des Aufpralls das Glas darin zerstört.

Hain saß schon am Schreibtisch und las in einer Akte.

»Moin«, begrüßte er seinen Chef. »Ausgeschlafen?«

»Morgen, Thilo. Ja, hab ich. Gibt's schon Kaffee?«

Sein Kollege hob die Akte hoch und hielt sie Lenz vor die Nase.

»Lies das. Ich hol dir einen.«

Der Hauptkommissar nahm den Ordner in die Hand und wollte gerade anfangen zu lesen, als sein Mobiltelefon klingelte.

»Lenz.«

»Guten Morgen, Herr Hauptkommissar. Hier spricht Pia Ritter vom Polizeirevier Ost. Haben Sie einen Moment Zeit?«

»Morgen, Frau Ritter. Was gibt's denn?«

Lenz hatte den Namen der Kollegin schon einmal gehört, konnte aber kein Gesicht damit in Verbindung bringen.

»Wir haben hier eine komische Geschichte, Herr Lenz. Letzte Nacht gab es einen Verkehrsunfall auf der B 83, kurz hinter der Stadtgrenze. Der Pkw fuhr Richtung Bergshausen, kam in Höhe des Kieswerkes von der Straße ab, hat einen Zaun durchbrochen und ist dann gegen einen Baum geprallt. Trotz des schlechten Wetters ist er vermutlich viel zu schnell unterwegs gewesen. Es hat leider bis heute Morgen um fünf gedauert, ehe die Sache einer Streife aufgefallen ist. Solange hat der Fahrer bewusstlos neben dem Auto gelegen.«

»Ja …?«, formulierte der Kommissar vorsichtig, weil er sich fragte, was die Kollegin eigentlich von ihm wollte.

»Na ja, es sieht ziemlich übel aus für ihn. Die Ärzte im Klinikum sagen fifty-fifty, wenn es gut läuft. Auch, weil er überall Erfrierungen hat. Aber auf der anderen Seite glauben sie, dass die Kälte ihn davor bewahrt hat, zu sterben. Merkwürdig, oder?«

Lenz hatte keine Lust, sich in Dinge einzumischen, von denen er nicht den Hauch einer Ahnung hatte.

»Stimmt, das klingt paradox. Wenn die Ärzte es sagen …«

»Also, wir waren an der Unfallstelle und haben die Personalien aufgenommen. Dabei haben wir in seiner Brieftasche eine Visitenkarte von Ihnen gefunden. Und jetzt dachte ich, ich sage Ihnen Bescheid, vielleicht handelt es sich bei dem Mann ja um einen Freund oder Bekannten von Ihnen.«

»Wie heißt der Mann denn, Frau Ritter?«

»Frommert. Waldemar Frommert.«

Lenz klappte sein Telefon zusammen, steckte es in die Jacke und setzte sich. Als Hain mit dem Kaffee in der Hand zurückkam, empfing der Hauptkommissar seinen Kollegen mit einem verstörten Gesichtsausdruck und erntete dafür einen fragenden Blick.

»Was ist denn mit dir plötzlich los?«

»Frommert ist letzte Nacht mit seinem Auto verunglückt.«

»Der IHK-Frommert?«

Lenz nickte und legte den Ordner, den er während des Telefongespräches mit der Kollegin in der Hand gehalten hatte, zur Seite.

Hain stellte die Tasse auf den Tisch und angelte mit dem Fuß nach einem Stuhl.

»Ist er tot?«

»Noch nicht ganz, aber es sieht verdammt schlecht aus für ihn.«

Lenz gab seinem Kollegen weiter, was die Polizistin ihm erzählt hatte und stand dann auf.

»Wir müssen ins Klinikum, vielleicht ist er ja doch irgendwie ansprechbar. Ich will wissen, was da passiert ist. Und wir müssen uns sein Auto ansehen.«

Frommert war alles andere als ansprechbar. Der zuständige Arzt der Notaufnahme erklärte den Polizisten, dass er im OP sei und sein Leben am seidenen Faden hinge.

»Er ist als Polytrauma bei uns im Schockraum angekommen, das heißt, er hat mehrere lebensbedrohliche Verletzungen. Seine Milz ist gequetscht, was zu inneren Blutungen geführt hat, und er hat einen offenen Bruch des rechten Oberschenkels. Daneben hat er Erfrierungen an den Extremitäten. Die größte Sorge macht uns ein Schädel-Hirn-Trauma dritten Grades mit starker Blutung. Meine Kollegen sind seit halb sieben mit ihm im OP, aber es wird sicher noch einige Stunden dauern. Und wenn er danach noch lebt, legen sie ihn höchstwahrscheinlich ins künstliche Koma.«

»Drücken wir ihm die Daumen«, sagte Lenz mit echter Anteilnahme.

»Wenn Sie meinen, dass es hilft, machen Sie das«, entgegnete der Arzt und verabschiedete sich.

»Wir sehen uns seinen Wagen an, Thilo.«

Es dauerte ein paar Minuten, bis sie herausgefunden hatten, dass der Unfallwagen auf dem Hof eines Abschleppdienstes im Stadtteil Bettenhausen stand.

Der Schnee knirschte unter ihren Sohlen, als sie aus dem Wagen stiegen und sich dem großen Rolltor näherten. Ein Rottweiler auf der anderen Seite des Zauns folgte jedem ihrer Schritte mit dem Kopf. Hain fand einen Klingelknopf und legte den Finger darauf. Sofort sprang der Hund hoch und jagte auf sie zu. Mit einem dumpfen Knurren blieb er etwa einen Meter von ihnen entfernt stehen.

»Hierher, Rocky!«, ertönte eine Frauenstimme aus einer der drei großen Hallen.

Der Köter drehte unsicher den Kopf und trabte dann auf die Frau zu, die nun mit einem Lappen in der Hand auf die Polizisten zukam.

»Ja?«

Lenz hielt seinen Dienstausweis hoch.

»Kripo Kassel. Wir würden uns gerne den Wagen ansehen, der heute Morgen am Kieswerk den Unfall hatte.«

Sie zog eine kleine Fernbedienung aus der Tasche und ließ damit das Tor etwa einen Meter zurückfahren. Die Polizisten sahen unschlüssig zu dem Hund und der Frau.

»Der macht nichts, wenn ich dabei bin. Nur keine Angst, kommen Sie rein.«

Sie schloss das Tor hinter ihnen, wies mit einem Kopfnicken auf ein abgezäuntes Geländeteil, das in der hinteren Ecke des riesigen Hofes lag, und stapfte los. Dann holte sie ein dickes Schlüsselbund aus der Tasche und öffnete ein Vorhängeschloss, mit dem das Areal für sichergestellte Fahrzeuge gesichert war. Quietschend zog sie die beiden Flügel des hohen Tores auseinander, deutete mit der Hand auf ein silbernes Autowrack und trottete mit dem Hund im Schlepptau davon. Große Worte schienen nicht ihr Ding zu sein.

Hain ging auf den großen BMW-Geländewagen zu und sah sich die Beschädigungen auf der rechten Seite an.

»Der ist mit ziemlich viel Geschwindigkeit in den Baum eingeschlagen. Das sieht man hier, vorne rechts. Da fehlen glatt 50 oder 60 Zentimeter der ursprünglichen Länge des Autos. Und das soll bei so einem Panzer schon was heißen.«

Lenz trat neben ihn und sah sich die Beschädigung an.

»Hm«, knurrte er.

Sein Kollege setzte unbeirrt von seiner Reaktion die subjektive Rekonstruktion des Unfallhergangs fort.

»Und hier, weiter hinten, kann man sehen, dass er den Zaun im spitzen Winkel erwischt hat. Alles verkratzt.«

Lenz sah in den Wagen.

»Hat so ein Ding keinen Airbag?«

»Klar, Paul. Der hat sogar einen Haufen Airbags«, antwortete Hain belehrend, stellte sich neben ihn und sah erstaunt ins Innere des Wracks.

»Ups, vielleicht doch nicht? Möglicherweise hat Frommert die absolute Basisversion bestellt, ohne Luftsäcke.«

Weder auf der Fahrerseite noch auf der Beifahrerseite war ein geöffneter Airbag zu sehen.

»Das gibt's doch gar nicht. Nach einem solchen Crash müssten mindestens acht Airbags offen stehen.«

»Vielleicht war er nicht schnell genug?«

»Dann müsste er aber im Anschluss an den Unfall die rechte Seite selbst kaputt getreten und sich danach den

Kopf furchtbar böse angehauen haben.« Der Oberkommissar schaute gequält. »Nein, hier ist was faul.«

Er ging zum hinteren Teil des Fahrzeugs und betrachtete die dicht am Zaun geparkte linke Seite des Autos.

»Komm mal her, Paul. Hier wird es nämlich richtig spannend.«

Lenz stellte sich neben ihn und sah seiner Hand nach. Hain zog ihn ein weiteres Stück in seine Richtung.

»Alles verkratzt und verbeult.«

»Und?«

»Oh Mann, Paul. Er schießt nach rechts von der Straße, rasiert mit der rechten Seite den Zaun und trifft dann mit dem rechten Vorderwagen den Baum. Merkst du was?«

Lenz schluckte.

»Vielleicht hat er sich ja gedreht? Oder er ist umgefallen, nachdem er im Baum gelandet war?«

Hain schlug sich mit der flachen Hand zweimal gegen die Stirn und verzog das Gesicht dabei.

»Quatsch. Irgendjemand hat nachgeholfen, als unser netter Herr Frommert ins Unterholz abgebogen ist.«

Lenz sah seinen Kollegen ungläubig an.

»Du meinst …?«

»Genau das meine ich.«

Der Oberkommissar zog die Jacke aus, zwängte sich zwischen Zaun und Karosserie durch und bewegte sich langsam nach vorne, immer darauf bedacht, nicht mit dem Blech in Berührung zu kommen.

»Hier sind gelbe Farbreste, Paul. Und die Schrammspuren sind eindeutig. Frommert wurde von der Straße gedrängt.«

Lenz dachte zehn Sekunden nach. Dann nahm er sein Telefon aus der Tasche.

»Hallo, RW, ich bin es, Paul.«

Hauptkommissar Rolf-Werner Gecks, von allen nur RW genannt, hatte an diesem Wochenende Bereitschaftsdienst.

»Im Klinikum liegt ein Schwerverletzter, Waldemar Frommert. Zurzeit ist er wohl noch im OP, vielleicht ist er aber auch schon tot, keine Ahnung. Falls er da lebend rauskommt und es bis auf die Intensivstation schafft, wird er ab sofort rund um die Uhr von zwei Kollegen bewacht. Klar? Dann läuft eine Fahndung nach einem Siegfried Patzke. Die Daten findest du im Computer. Mach ihn von mir aus zum Staatsfeind Nummer eins, aber sorg dafür, dass jeder Polizist in der Republik mit seinem Foto in der Tasche rumrennt.« Er machte eine kurze Pause, um Luft zu holen. »Außerdem brauchen wir einen Kfz-Sachverständigen, der sich mit Unfallrekonstruktion auskennt und spätestens in einer halben Stunde hier bei Seiler in Bettenhausen ist, um sich einen Unfallwagen anzusehen.«

Ohne eine Antwort abzuwarten, beendete er das Gespräch und klappte das Telefon zusammen.

»Langsam wird die Geschichte unangenehm, Thilo. Zuerst Goldberg, jetzt Frommert. Wer weiß, was sich da bei und über der IHK noch alles zusammenbraut?«

»Meinst du, Patzke steckt dahinter?«

»Keine Ahnung. Bis jetzt wissen wir ja nicht einmal, ob Frommert ihn überhaupt gekannt hat. Aber wenn der gute Siggi jetzt Amok läuft, müssen wir ihn möglichst schnell stoppen.«

»Soll ich ins Klinikum fahren und dafür sorgen, dass dort alles glattgeht?«

»Gute Idee. Du wartest auf den oder die Kollegen und weist sie ein. Bis dahin kannst du dich selbst darum kümmern, dass Frommert keine externen Komplikationen bekommt.«

20 Minuten, nachdem Hain den Hof verlassen hatte, tauchte ein etwa 45-jähriger, drahtig wirkender Mann mit schütterem Haar am Zaun des Geländes auf, der eine große Ledertasche schleppte.

»Jürgen Schwarz«, stellte er sich vor, nachdem ihn der Hund angeknurrt und die Frau hereingelassen hatte.

»Paul Lenz, Kripo Kassel.«

»RW hat mich angerufen. Er sagt, hier gäbe es Arbeit für einen Kfz-Sachverständigen.«

Lenz schilderte den Unfallhergang sowie Frommerts Verletzungen und erklärte ihm kurz, welche Informationen er möglichst schnell brauchte.

Schwarz machte sich ohne weitere Fragen an die Arbeit. Zuerst fotografierte er den Unfallwagen von den drei Seiten, die problemlos zugänglich waren. Er ging ins Büro des Abschleppers, holte sich den Schlüssel eines großen Lkw des Unternehmens, der auf dem Hof parkte, und zog den BMW in die Mitte des Platzes.

»Jetzt können wir besser arbeiten«, erklärte er Lenz, der sein Treiben zunächst skeptisch beäugt hatte.

Im Anschluss untersuchte er die für Lenz entscheidende linke Seite des Autos. Immer wieder machte er sich Notizen und sprach in ein Diktiergerät. Nach der Karosserie widmete er sich dem Motorraum, was Lenz nicht verstand, aber er ließ den Mann seinen Job machen. Dann begab sich Schwarz erneut ins Büro, diesmal, um den Schlüssel des BMW zu holen.

Mehrmals machte er Tests mit einem kleinen Diagnosegerät, das er an eine Buchse im Motorraum anschloss.

Trotz des blauen Himmels und der grellen Sonne war es ein eiskalter Tag, und Lenz wippte von einem Fuß auf den anderen in dem Versuch, sich so die Kälte vom Leib zu halten. Schwarz schien davon nichts zu bemerken.

Er war, seit er begonnen hatte, in seine eigene Welt abgetaucht. Während er im Innenraum zwischen den Sitzen herumkroch, hörte Lenz einen Laut des Erstaunens von ihm.

»Was gefunden?«

Der Gutachter stieg mit dem Hintern zuerst aus dem Autowrack, zuckte wortlos mit den Schultern, nahm ein paar Werkzeuge aus seinem Koffer und kletterte zurück. Fünf Minuten später stand er mit einem kleinen Metallteil, das er in einer länglichen Zange eingeklemmt hielt, vor dem Kommissar.

»Ja, ich habe etwas gefunden, aber das wird Ihnen vermutlich mehr Arbeit als Spaß machen.« Er sah auf das Metallteil, das in der Mittagssonne matt glänzte. »Eigentlich habe ich eine ganze Menge gefunden, das Ihnen Arbeit machen dürfte. Anfangen will ich mit der linken Seite. Dort sind, wie Sie richtig vermutet haben, die Spuren eines Anstoßes zu erkennen. Der Wagen wurde, vorbehaltlich der Prüfung, dass die Spuren nicht zwei oder drei Tage alt sind, von der Straße gedrängt. Das ist nicht alles. Das Airbagsystem wurde manipuliert, was nichts anderes heißt, als dass es nicht gewirkt hat. Und der, der es manipuliert hat, kannte sich sehr gut mit dem aus, was er da gemacht hat, denn er hat auch das Signal unterbrochen, das das System in diesem Fall an die Kontrollleuchte schickt. Der Fahrer wusste also nicht, dass er ohne funktionierende Airbags unterwegs war. Dasselbe mit dem ABS: Kontakt unterbrochen, kein Signal an die Kontrollleuchte.«

Schwarz schwenkte die Zange in seiner Hand.

»Zum guten Schluss war der Haltebolzen im Gurtschloss so manipuliert, dass er bei einer sehr geringen Kraft brechen musste. Nehmen Sie es mir nicht übel, aber hier hat jemand ganze Arbeit geleistet.«

»Wie viel Fachmann muss man sein, um die Detailkenntnisse zu haben, die für eine solche Manipulation notwendig sind?«

»Eigentlich braucht es dafür einen Ingenieur oder zumindest einen sehr gut ausgebildeten Kfz-Mann. Einen Meister, vielleicht einen richtig guten Gesellen.«

»Und wie lange dauert es, bis das Auto so präpariert ist?«

Schwarz dachte einen Moment nach.

»Die meiste Zeit dürfte für die Sache am Gurtschloss draufgegangen sein. Wenn man weiß, was man macht und wo man hingreifen muss, ist das trotzdem alles in zehn Minuten zu schaffen. Zu zweit geht es wesentlich schneller.«

»Aber man muss erst mal im Auto sein«, gab der Kommissar zu bedenken.

Schwarz lächelte gequält.

»Rechnen Sie 15 Sekunden oben drauf, mehr Zeit braucht ein Spezialist nicht, um auf dem Fahrersitz Platz zu nehmen.«

11

Der Sachverständige hatte Lenz am Präsidium abgesetzt. Dort hatte der Kommissar in der Kantine etwas gegessen und danach mit Ludger Brandt telefoniert, um ihn über den Anschlag auf Frommert zu informieren. Er hatte gerade das Gespräch beendet und wollte sich aus Hains Büro den Ordner holen, den er wegen des überstürzten Aufbruchs am Morgen nicht hatte lesen können, als sein Mobiltelefon klingelte.

»Lenz.«

»Patzke hier«, meldete sich nuschelnd eine Frauenstimme.

Lenz brauchte eine Sekunde, bis er wusste, mit wem er sprach.

»Hallo, Frau Patzke. Was gibt es denn?«

»Ich würde gerne mit Ihnen was bereden. Wenn's geht, sofort.«

Lenz sah aus purer Gewohnheit auf die Uhr.

»Jetzt ist es halb zwei. Ich könnte in einer halben Stunde bei Ihnen sein.«

»Dann bis gleich«, sagte sie und legte auf.

Weil Hain sich noch nicht aus dem Krankenhaus zurückgemeldet hatte, fuhr Lenz alleine zu der Frau. Pünktlich um zwei Uhr stellte er vor ihrem Haus den Motor des zivilen Dienstwagens ab. Sie sah ihm von der anderen Seite des Fensters aus zu und öffnete dann die Tür. Als Lenz ihr Gesicht sah, erschrak er.

»Was ist denn mit Ihnen passiert?«

Sie winkte ab und bedeutete ihm, ihr zu folgen. Wieder landeten sie in der überheizten Küche. Dort setzte sie sich, zog eine Zigarette aus einer Packung, die auf dem Tisch lag, und zündete sie an. Lenz hatte einen Moment Zeit, sich ihr Gesicht genauer anzusehen.

Beide Augen waren blau und geschwollen, das Innere blutunterlaufen. Ihre Nase stand in einem merkwürdigen Winkel ab, wahrscheinlich war sie mehrfach gebrochen. In ihrem Oberkiefer fehlten zwei Zähne, die dazugehörige Lippe war angeschwollen, und anscheinend hatte man ihr auch eine größere Partie Haare ausgerissen. Das Ganze wurde von eingetrocknetem Blut am Hals garniert.

»Wer das gewesen ist, können Sie mir später erzählen, jetzt sollten wir uns erst mal auf den Weg ins Krankenhaus machen, was meinen Sie?«

Die Frau zog an der Zigarette und schüttelte bestimmt den Kopf.

»Nix da. Das vergeht alles. Außerdem hab ich Sie nich herbestellt, damit Sie für mich den Samariter spielen.«

Lenz zog sich einen Stuhl heran und setzte sich.

»Und warum haben Sie mich dann herbestellt?«

Wieder zog sie an der Zigarette.

»Ich glaub, Siggi sitzt in der Scheiße«, erklärte sie dem Polizisten und deutete auf die Verletzungen in ihrem Gesicht.

»Das waren so zwei Russen …«

Sie stockte und sah Lenz unsicher an.

»Auf jeden Fall haben sie geredet wie Russen. Und sie haben mir erklärt, dass sie wiederkommen und es Nachschlag gibt, wenn ich ihnen nicht das Gelände verkaufe, wo Siggi seine Werkstatt drauf hat.«

Lenz sah sie mit großen Augen an.

»Deswegen haben die Sie so verprügelt? Weil sie die Werkstatt kaufen wollen?«

»Deswegen, ja. Zumindest haben sie fast von nichts anderem geredet.«

»Aber die hätten doch ganz einfach fragen können, ob Sie das Gelände abgeben wollen.«

»Ham se ja. Zuerst.«

»Was haben Sie geantwortet?«

»Ich hab gesagt, dass sie mich mal können. Dann ging's los mit Haue.«

Wenn die Frau nicht so übel zugerichtet gewesen wäre, hätte Lenz losgebrüllt vor Lachen.

»Warum glauben Sie, dass Ihr Mann in der Bredouille steckt. Haben die beiden so was gesagt?«

Sie nickte mit dem Kopf, obwohl ihr offensichtlich jede Bewegung schwerfiel.

»Ja. Sie haben davon geredet, dass Siggi das mit dem Goldberg war. Aber ich glaub's nich. Er ist zwar manchmal ein bisschen, na ja, schnell mit der Hand, aber einen umbringen?«

Sie sah den Kommissar mit festem Blick an. »Einen umbringen, das könnte mein Siggi gar nich.«

»Haben die erzählt, woher sie wissen, dass Siggi was mit Goldbergs Tod zu tun haben soll?«

»Nee, keine Ahnung. Irgendwann bin ich dann auch ohnmächtig geworden.«

»Wie ging es weiter?«

»Als ich zu mir kam, waren sie weg. Das war heute Morgen, so um zehn. Ich hab dann die ganze Zeit überlegt, ob ich bei Ihnen anrufen soll. Der Siggi ist ja nicht zu erreichen.«

»Stimmt. Wahrscheinlich ist er untergetaucht. Und das wäre er bestimmt nicht, wenn er nichts ausgefressen hätte, oder?«

Sie zuckte mit den Schultern.

»Nee, das ist schon richtig. Aber umgebracht hat er keinen, das weiß ich ganz genau.«

Lenz hatte unendliche Lust auf eine Zigarette, strich jedoch nur über sein Nikotinpflaster und nahm einen tiefen Zug der Raumluft. Passivrauchen ist gar nicht so gefährlich, dachte er. Ganz im Gegenteil.

»Da is noch was«, sagte sie kleinlaut.

»Ja?«

»Ich hab vor zwei Wochen in einer von Siggis Hosen einen Zettel gefunden, mit einer Telefonnummer drauf. Eine Handynummer.«

»Und?«

»Roswitha stand auch noch drauf.«

»Deswegen wissen Sie, dass er was mit einer Roswitha angefangen hat?«

»Hm. Ich hab ihn einfach gefragt, und er hat ›ja‹ gesagt. Weil, ehrlich ist er immer, der Siggi.«

Sie zündete mit der aufgerauchten Zigarette eine neue an und drückte den Stummel aus.

»Letzte Nacht hab ich den Zettel auf dem Küchenschrank liegen sehen und da angerufen.«

Der Kommissar sah sie erstaunt an.

»Bei dieser Roswitha?«

Sie nickte, und wieder musste der Kommissar einen Moment warten, bis sie antwortete.

»Es hat sich ein Mann gemeldet. Ich könnt es nich beschwören, aber ich glaube, dass der Kerl, der drangegangen ist, einer von den beiden war, die heute Morgen hier gewesen sind.«

»Einer von denen, die Sie verprügelt haben?«

»Logisch, einer von denen.«

»Was haben Sie gemacht, letzte Nacht, als der Mann ans Telefon gegangen ist?«

»Na, was wohl? Ich hab nach dieser Roswitha gefragt, aber sie wusste auch nich, wo Siggi steckt.«

Wir leben in einer kranken Welt, dachte Lenz.

»Haben Sie den Mann heute Morgen darauf angesprochen, dass er …?«

»Nee«, unterbrach ihn die Frau. »Das is mir erst gedämmert, nachdem ich wieder zu mir gekommen bin. Während die beiden hier waren, hatte ich andere Sorgen, als über seine Stimme nachzudenken, das können Sie mir glauben, Herr Kommissar.«

»Wie sahen die beiden denn aus?«

Sie runzelte die Stirn.

»Die Gesichter könnte ich Ihnen jetzt gar nicht so genau beschreiben, vielleicht weil ich so dolle Kopfschmerzen hab. Aber der eine ist auf jeden Fall groß und der andere ziemlich klein, daran kann ich mich erinnern. Dass sie mit russischem Akzent geredet haben, hab ich Ihnen ja schon gesagt.«

»Und was haben sie angehabt?«

»Mäntel. Beide haben Mäntel angehabt, der Große einen rehbraunen und der Kleine einen schwarzen. Ich hab noch gedacht, als sie geklingelt haben, was für schöne Mäntel die anhaben.«

Lenz sah auf die Uhr.

»Wir beide fahren jetzt zum Klinikum, und dort lassen Sie sich untersuchen. Kann sein, dass Sie ein paar Tage dableiben müssen, dann hätten Sie auch Ruhe vor den Russen. Ich schicke Ihnen jemand vorbei, der Zeichnungen von den beiden anfertigt.«

Sie hob den Brustkorb und wollte widersprechen, aber Lenz ließ sie nicht zu Wort kommen.

»Keine Widerrede. Los, anziehen.«

Nachdem er die Frau in der Notaufnahme abgesetzt hatte, traf er sich mit Hain. Der saß mit einer Zeitung in der Hand vor dem Zimmer der Intensivstation, in das Frommert nach der Operation gebracht worden war. Ihm gegenüber hatte ein Uniformierter Platz genommen, der Lenz begrüßte und sich anbot, Kaffee zu besorgen.

»Wie geht's ihm?«

Hain gähnte herzhaft, legte die Zeitung zur Seite und rieb sich die Augen.

»Schlecht, sagen die Ärzte. Er liegt im künstlichen Koma, aber niemand würde eine Wette annehmen, dass er durchkommt. Und wenn, hätte er wahrscheinlich einen dauerhaften Hirnschaden.«

Lenz ließ sich auf dem Stuhl neben seinem Kollegen nieder und erzählte ihm von den Erkenntnissen des Kfz-Sachverständigen und seinem Besuch bei Frau Patzke. Hain hörte ihm mit immer größer werdenden Augen zu.

»Das gibt's doch gar nicht. Erst hängt der Justiziar der IHK im Wald, dann brennt seine Bude ab. Sein Büro ist verwanzt, wie wir feststellen mussten, und seine zufällig auftauchende Sekretärin liefert uns einen Tatverdächtigen, der jedoch verschwunden ist. Zum schlechten Schluss will jemand seinen Boss umbringen. Und als ob das noch nicht genug wäre, versuchen zwei Russen, die Frau des Hauptverdächtigen mit reichlich was aufs Maul davon zu überzeugen ihnen ihr Grundstück zu verkaufen.« Er schüttelte den Kopf.

»Da komme ich ehrlich nicht mehr mit, Paul.«

Lenz stierte auf einen imaginären Punkt an der Wand.

»Scheinbar hängt alles mit allem irgendwie zusammen, Thilo. Ich habe noch keine Ahnung, wie. Mal angenommen, Goldberg war im Besitz von irgendetwas, das sein Mörder, also vielleicht Patzke, haben will. Nachdem er ihn umgebracht hat, durchsucht er seine Wohnung, findet jedoch das Gesuchte nicht. Um sicherzugehen, dass es auch kein anderer findet, zündet er kurzerhand das ganze Haus an. Auch eine Methode, Beweismittel zu vernichten, allerdings nur, wenn sie brennen. Deswegen gehen wir mal von Papier aus.«

»Denkbar, aber nicht sicher, du Technikfeind«, gab Hain zu bedenken. »Es könnte eine Diskette oder ein anderer Datenträger sein.«

»Stimmt. Was mir dennoch überhaupt nicht in den Kopf will, ist der Aufwand, mit dem der gute Frommert ins Jenseits befördert werden sollte. Patzke, oder wer auch immer es gewesen ist, hat doch schon bewiesen, dass er vor Mord nicht zurückschreckt. Wozu also der ganze Aufwand? Warum sollte es unbedingt wie ein Unfall aussehen?«

Hain zuckte mit den Schultern.

»Ein Mord an einem IHK-Mitarbeiter kann Zufall sein, zwei Morde deuten darauf hin, dass es etwas mit ihrem Job zu tun hat.«

»Es wäre eine Erklärung. Wenn ich das, was ich bis jetzt über Patzke weiß, richtig einschätze, ist es ein paar Schuhnummern zu groß für ihn. Dann fällt er als Täter aus.«

»Und wenn die eine Sache doch nichts mit der anderen zu tun hat?«

Lenz betrachtete seinen Kollegen mit einer Mischung aus Skepsis und Unverständnis.

»Das glaubst du doch selbst nicht …?«

Weiter kam der Hauptkommissar nicht, weil in diesem Moment sein Mobiltelefon klingelte. Er sah sich schuldbewusst um, doch es gab niemanden, der ihn deswegen mit bösen Blicken bedachte, also nahm er das Gespräch an und hörte 20 Sekunden zu. Dann sagte er nur kurz ›wir sind unterwegs‹, und steckte das Telefon zurück.

»Patzke ist aufgetaucht.«

Über Hains Gesicht huschte ein zufriedenes Lächeln.

»Geil! Von alleine?«

»Sozusagen, ja.«

12

Die beiden Kommissare parkten an der gleichen Stelle wie 37 Stunden zuvor, mussten sich jedoch einen anderen Weg durch das schneebedeckte Unterholz suchen, weil der

Sturm der vergangenen Nacht eine Menge Bäume entwurzelt hatte, die nun kreuz und quer im Wald lagen. Bald hatten sie die kleine Lichtung erreicht, wo Rolf-Werner Gecks bereits auf sie wartete und zwei Techniker dabei waren, einen Lichtmast zu installieren. Neben einem umgestürzten Baum, dessen aus dem Boden gerissenes Wurzelwerk ein großes Loch hinterlassen hatte, standen ein paar Uniformierte und sahen den in weißen Overalls steckenden Spurensicherern bei der Arbeit zu, die mit ihren Mundschutzmasken wie Wesen aus einer anderen Welt wirkten.

»Schöne Scheiße!«, sagte ihr Kollege zur Begrüßung.

»Das kannst du laut sagen«, antwortete Lenz. »Wenn er es denn wirklich sein sollte.«

Gecks reichte dem Hauptkommissar einen Klarsichtbeutel.

»Er ist es, mitsamt Personalausweis und Führerschein. Sein Mörder hat sich nicht einmal die Mühe gemacht, ihm die Brieftasche abzunehmen.«

»Erschossen?«, fragte Lenz knapp.

»Ja. Einen in die Brust, einen in den Kopf, aus nächster Nähe vermutlich, aber nicht aufgesetzt. Es hat ihm den halben Schädel weggerissen.«

Er drehte sich um und bedeutete Lenz und Hain, ihm zu folgen.

»Schaut's euch halt an, obwohl es wirklich kein schöner Anblick ist.«

Damit lag er richtig. Patzkes Leiche sah schrecklich aus, nicht nur wegen des deformierten und teilweise fehlenden Schädels, sondern auch, weil sich schon Tiere an dem Leichnam bedient hatten.

»Das waren vermutlich Wildschweine.«

Lenz hob den Kopf und sah in das freundliche Blut-hochdruckgesicht von Hermann-Josef Ruppert, der sich aus der Gruppe der Uniformierten gelöst hatte und auf ihn zukam. Er trug die gleiche Jägeruniform wie in der Nacht, in der er Goldberg entdeckt hatte, auch seinen Hund hatte er wieder dabei.

»Haben Sie auch ihn gefunden?«

Über Rupperts Gesicht huschte der Anflug eines Lächelns.

»Ich habe schon zu meiner Frau gesagt, dass die Polizei jetzt vielleicht denkt, dass ich etwas mit den Toten zu tun haben könnte. Das stimmt zwar nicht, aber ich habe ihn gefunden, ja.«

»Wann war das?«, wollte Hain wissen, der schon seinen Notizblock in der Hand hielt.

»Um Viertel nach zwei. Ich habe es dann gemacht wie beim vorigen Mal auch, bin nach Hause gefahren und habe Sie verständigt.«

»Haben Sie irgendetwas an der Leiche verändert?«

Ruppert sah den jungen Kommissar entrüstet an.

»Nein, wo denken Sie hin? Ich habe angerufen, bin wieder hierher gefahren und habe auf Ihre Kollegen gewartet. Vermutlich fragen Sie wegen seiner merkwürdigen Haltung.«

»Nicht direkt«, versuchte Hain zu beschwichtigen.

Ruppert schien den Einwand gar nicht gehört zu haben, sondern setzte gleich zu einer Erklärung an.

»Ohne den Sturm der letzten Nacht wäre der Leichnam vermutlich nie mehr aufgetaucht. Er war mindestens einen Meter tief vergraben, zu tief, als dass die Wildschweine ihn gewittert hätten. Sein Glück war, dass er ganz nah am Wurzelwerk dieser Buche lag, die letzte Nacht vom Sturm umgelegt wurde. So wurde er praktisch mit ausgegraben, als das Wurzelwerk hochkam. Und wenn ich nicht heute oder morgen zufällig hier vorbeigekommen wäre, hätten Sie auch nichts mehr von ihm gefunden, weil die Wildschweine sich solch einen Festschmaus nicht entgehen lassen.«

»Aber er liegt doch ein gutes Stück vom eigentlichen Loch entfernt«, hakte Lenz nach.

»Das haben Ihre Kollegen auch schon festgestellt. Wahrscheinlich hat ihn ein Wildschwein herausgezogen, um besser an ihn heranzukommen. Man kann noch die Schleifspuren im Schnee erkennen.«

Lenz sah zu den Männern der Spurensicherung, die den Vortrag des Jägers verfolgt hatten. Einer von ihnen nahm den Mundschutz vom Gesicht und nickte. Es war Martin Hansmann, der zusammen mit Kostkamp die Wanzen in Goldbergs Büro entdeckt hatte. Er kam auf Lenz zu, gab ihm und Hain die Hand und deutete auf die Leiche.

»Stimmt, so dürfte es sich abgespielt haben. Die Viecher haben schon ein paar nette Brocken abgepickt. Und vermutlich hat ihn ein Wildschwein aus dem Boden herausgezogen und ein paar Meter geschleift, es gibt Abdrücke von Tieren.«

»War er gefesselt?«

»Nein, und wir haben auch keine Spuren von Fesseln gefunden.«

»Jetzt wäre es wichtig zu wissen, ob sein Todeszeitpunkt im gleichen Rahmen wie der von Goldberg liegt«, bemerkte Hain.

»Wir warten auf den Arzt. Dr. Franz ist nicht im Dienst, eine Kollegin von ihm ist auf dem Weg hierher. Aber so ganz abwegig scheint es nicht.«

Lenz sah sich um.

»Wie weit ist diese Stelle hier von der entfernt, an der Sie die andere Leiche gefunden haben, Herr Ruppert?«

Der Jäger drehte sich um und deutete auf eine markante Baumgruppe in etwa 200 Metern Entfernung.

»Dort drüben hing der andere. Keine 300 Meter, würde ich sagen.«

Schemenhaft erkannte der Hauptkommissar in der Dämmerung die Reste des Trassierbandes, mit der Goldbergs Fundstelle abgesperrt war.

»Meinst du, ihr findet noch Fußabdrücke?«, fragte er Hansmann.

Der nickte.

»Haben wir schon. Insgesamt vier verschiedene, wegen der Größen vermutlich alles Männer. Ob es die gleichen sind wie bei dem anderen, müssen wir im Labor prüfen.«

Hain schrieb mit und fing an zu rechnen.

»Hier vier, drüben waren es nach Aussage von Heini nur drei. Das bedeutet wohl, dass Patzke zuerst ins Gras gebissen hat, und dann der Justiziar.«

»Davon müssen wir ausgehen«, bestätigte Lenz.

20 Minuten später verließen sie die Waldlichtung und stapften zurück zu ihrem Dienstwagen.

»Wie gewonnen, so zerronnen«, reimte Hain, während er den Motor startete und den ersten Gang einlegte. Lenz sah ihn fragend an.

»Na ja«, fuhr der Oberkommissar fort, »uns ist gerade unser Hauptverdächtiger abhandengekommen. Jetzt wird es vermutlich nichts mit der schnellen Aufklärung.«

»Ganz im Gegenteil, da hast du recht. Einer von uns beiden muss seiner Frau die Nachricht vom Ableben ihres Mannes überbringen.«

Hain verzog das Gesicht.

»Och nö, Paul. Das kann ich nicht so gut, das weißt du doch. Ich bring dich zum Klinikum, steig in mein Auto und fahr zum Präsidium. Du machst das doch mit der Routine des alten Kriminalers.«

Lenz wollte widersprechen, überlegte es sich aber anders, weil ihm in diesem Moment einfiel, dass er noch kein Auto bei der Carsharing-Agentur für die Fahrt nach Fritzlar und das Treffen mit Maria reserviert hatte.

»Schon in Ordnung. Blöderweise stehen wir jetzt wieder ganz am Anfang im Fall Goldberg. Und haben einen weiteren dazubekommen.«

Er dachte einen Moment nach.

»Ich stelle mir gerade vor, wie sich das alles praktisch abgespielt haben soll. Man verabredet sich zu einem vertraulichen Tête-à-Tête im Reinhardswald, aber zwei dürfen nicht wieder mit nach Hause? Patzke hatte einen dicken Hals wegen Goldberg, weil der ihn angeblich in die Pleite geschickt hatte, da trifft er sich doch nicht mit ihm hier draußen. Und wer hat das Loch gegraben, in dem Patzke verscharrt wurde? Goldberg?«

Hain grinste.

»Aber mit den bloßen Händen, dann hätten wir wenigstens eine Erklärung dafür, warum die so dreckig waren.«

»Und Patzke scheint freiwillig mitgefahren zu sein, weil er ja nicht gefesselt war, ganz im Gegensatz zu Goldberg, bei dem der Doc Fesselspuren gefunden hat.«

13

Carola Patzke weinte nicht, sie schluchzte nicht und sie schrie auch nicht, als Lenz ihr von dem Mord an ihrem Mann berichtete. Sie saß mit ihrem verbundenen Kopf auf dem frisch bezogenen Krankenhausbett, ließ die Beine baumeln und starrte die Wand an. Eine Minute, zwei Minuten, fünf Minuten. Der Kommissar fühlte sich zunehmend unwohl und hatte keine Ahnung, was er sagen sollte, aber einfach davonstehlen wollte er sich auch nicht. Also starrte er die gleiche Wand an.

»Es wär' ja auch zu schön gewesen«, sagte sie irgendwann in die Stille.

»Was?«

»Ich hab schon befürchtet, dass ihm was passiert ist, weil untertauchen war noch nie seine große Stärke.«

Sie drehte den Kopf und sah Lenz mit einem unendlich traurigen Blick an.

»Der kriegte ja schon Heimweh nach mir, wenn er sich nur 'ne Nacht mit 'nem anderen Frauenzimmer gegönnt hatte. Und dann gleich vier Tage? Nee, nich mein Siggi. Aber es wär' halt schön gewesen, wenn ich mich getäuscht hätte.«

»Ja«, bestätigte Lenz mehr aus Höflichkeit, »schön wäre es sicher gewesen.«

»Mit der anderen Sache, also dem Mord, hat er nichts zu tun gehabt, was meinen Sie?«

»Dem Mord an Goldberg?«

»Hmm.«

»Wissen wir noch nicht, aber eher nicht. Ihr Mann dürfte vor ihm gestorben sein.«

Sie schüttelte verständnislos den Kopf.

»Und das alles wegen der blöden Sache mit den Abgasen.«

Lenz hatte keine Idee, wovon sie sprach.

»Welche Abgase?«

»Na, die Sache mit Goldberg ging doch los, als Siggi nich ordentlich die Abgase bei den Autos dazugeschrieben hatte.«

»Sie meinen die Schadstoffwerte?«

»Von mir aus. Jetzt ist er tot, und der Goldberg ist auch tot, und beide sind umgebracht worden. Das ist mir zu hoch.«

»Ich verstehe auch noch nicht, wie das alles zusammenpasst. Und dass es dabei nur um diese Strafe gehen soll, die Ihr Mann aufgebrummt bekommen hat, glaube ich nicht.«

»Aber Siggi kannte doch den Typen von der IHK vorher gar nicht. Er ist nur zu ihm hin, weil er was wissen wollte über diese …«

Sie stockte und suchte nach dem passenden Wort.

»Schadstoffwerte?«, half ihr der Kommissar.

»Schadstoffwerte, genau, und was er machen muss, damit es keinen Ärger gibt. Der Rechtsverdreher hat ihm Mist erzählt, und das war's dann.«

In diesem Moment wurde die Frau doch von so etwas wie sichtbarer Trauer erfasst. Sie zog die Nase hoch und hinderte sich damit am Weinen. Lenz ging vorsichtig auf sie zu und hielt ihr ein Papiertaschentuch hin.

»Nee«, sagte sie, »geht schon.«

»Wie lange müssen Sie denn hierbleiben?«, wollte der Kommissar wissen.

»Der Doktor sagt, mindestens eine Woche, weil mein Jochbein gebrochen ist. Dann kann ich nach Hause.«

»War schon jemand bei Ihnen wegen der Zeichnungen?«

»Bis jetzt nich. Aber es kommt bestimmt noch einer, oder?«

»Sicher.«

Der Polizist setzte sich auf das Bett gegenüber.

»Ich würde gerne bei Ihnen bleiben, habe jedoch leider noch einen Termin außerhalb. Kann ich trotzdem irgendwas für Sie tun?«

Sie sah ihm in die Augen.

»Finden Sie den Kerl, der Siggi umgebracht hat. Mehr verlang ich nich.«

»Ich tue mein Bestes, das verspreche ich Ihnen.«

Als die Tür hinter dem Kommissar ins Schloss gefallen war, atmete er erleichtert durch. Er telefonierte mit Hain, damit auch Carola Patzke einen Aufpasser vor die Tür gesetzt bekam. Im Anschluss reservierte er ein Auto bei der Carsharing-Agentur, holte es gleich ab, fuhr nach Hause, um zu duschen, und machte sich dann auf den Weg nach Fritzlar. An einer Tankstelle auf der Autobahn besorgte er eine Flasche Sekt und Knabberkram, verspürte aber weder auf das eine noch auf das andere große Lust.

Kurz vor der Ausfahrt Fritzlar klingelte sein Telefon. Hain ließ ihn wissen, dass der Personenschutz für die Frau auf dem Weg sei und er nun Feierabend machen würde.

»Mach das. Ich bin auch schon auf dem Weg ins Bett.«

»Aber das klingt doch, als würdest du mit 200 über die Autobahn brummen. Wo willst du denn hin?«

»Schlaf gut, Thilo. Wir sehen uns morgen früh im Büro.« Ohne eine Antwort abzuwarten, beendete er das Gespräch und legte das Telefon auf den Beifahrersitz.

»Bitte fall auf der Stelle über mich her, sonst bekomme ich eine akute Depression.«

Maria stand in der Tür zur psychiatrischen Praxis seines Freundes Christian und sah ihn mitleidheischend an. Lenz lachte, zog sie in den Flur und warf mit dem Fuß die Tür ins Schloss. Dann küsste er sie leidenschaftlich. Sie ließ ihre Tasche fallen, zog sein Hemd aus der Hose und streifte mit den Händen über seinen Rücken.

»Gott, wie ich das vermisst habe«, murmelte sie ihm ins Ohr.

Er machte sich von ihr frei und trat einen Schritt zurück.

»Und weshalb bekommst du eine akute Depression, wenn ich dich nicht sofort und auf der Stelle hier im Flur nehme?«

Sie zog die Mundwinkel nach unten und versuchte ein trauriges Gesicht zu machen.

»Erich hat mich gefragt, ob ich mich liften lassen würde. Er ist der Meinung, ich hätte in den letzten Jahren ziemlich viele Falten bekommen.«

Lenz tastete nach dem Lichtschalter, knipste die Neonbeleuchtung an und betrachtete grinsend ihr Gesicht.

»Na ja, so ganz unrecht hat er nicht, würde ich …«

Weiter kam er nicht, denn sie sprang ihm direkt in die Arme und trommelte auf seine Schultern ein.

»Noch ein Wort, du Mistkerl, und ich fahre auf der Stelle nach Hause und vollziehe zum ersten Mal seit sieben Jahren wieder die Ehe mit meinem Mann.«

»So lange ist das her?«, fragte er scheinheilig, schaltete mit der rechten Hand das Licht aus und trug sie auf die Couch im Ruheraum.

»Dann wollen wir mal sehen, ob Sex wirklich hilft bei Depressionen.«

»Ich bin nicht wirklich faltig, oder?«

Lenz zog ihren verschwitzten, nackten Körper näher heran und streichelte ihr über den Rücken.

»Nicht wirklich, nein.«

Sie griff nach der Decke und sah ihn fragend an.

»Was heißt denn das jetzt schon wieder? Bin ich nun faltig oder nicht?«

»Du bist über 40.«

»Du auch.«

Er zwickte sie sanft in den Po.

»Maria, wir müssen der Realität ins Auge sehen, wir sind keine 20 mehr. Meinen Bauch halbwegs unter Kontrolle zu halten, wird immer schwerer. Manchmal stehe ich morgens auf und habe das Gefühl, ich sollte sofort den Pensionsantrag stellen. Früher bin ich mit fünf Stunden Schlaf in der Nacht ausgekommen, das geht heute nicht mehr, zumindest nicht dauerhaft. Auch du musst akzeptieren, dass deine Haut ganz, ganz langsam ihre Spannkraft verliert. Und dass das normal ist.«

Er streifte mit seinem Handrücken über ihr Gesicht.

»Aber ich verspreche dir, dass ich nie von dir verlangen werde, dich deswegen operieren zu lassen. Ich liebe nämlich jedes einzelne Fältchen an deinem Körper.«

»Ehrlich?«

»Ganz ehrlich. Versprochen.«

Sie setzte sich aufrecht und zog die Beine an.

»Rauchen wir heute keine Zigarette danach?«

»Nein.«

»Warum nicht?«

»Rauchen macht Falten.«

»Erzähl keinen Quatsch.«

»Klar macht Rauchen faltig, glaub mir. Aber das ist nicht der Grund, warum wir heute auf unsere Zigarette verzichten.«

Er deutete auf das kleine Pflaster neben seiner Achselhöhle.

»Ich hab aufgehört damit.«

Maria sah ihn völlig entgeistert an.

»Du hast was?«

»Mensch, Maria, mach daraus bloß kein Drama. Ich hatte einfach keine Lust mehr drauf. Es war mir echt zu blöd, mich zum Rauchen immer irgendwohin verziehen zu müssen. Egal ob Kneipe oder Restaurant, immer hab ich mich mit ein paar anderen Irren vor der Tür getroffen und dort gequalmt, das will ich nicht mehr. Es ist zwar erst eine Woche her, aber seitdem kann ich morgens nach dem Aufstehen viel unbeschwerter Luft holen.«

Sie kniete sich vor ihn und küsste seine Nase.

»Mir ist das recht, Paul, auch wenn du eben einen anderen Eindruck gehabt haben solltest. Ich habe sowieso nur mit dir und nach dem Vögeln geraucht, und darauf zu verzichten, fällt mir bestimmt nicht schwer. Eigentlich ganz im Gegenteil, ich freue mich sogar darüber. Auch weil ich mir dann am nächsten Morgen nicht mehr das Genöle von Erich anhören muss, wie sehr meine Klamotten nach Rauch stinken.«

»Stimmt, das ist ein weiterer Vorteil.«

Er stand auf, schaltete das kleine Kofferradio auf der Fensterbank ein und sah hinaus auf das verschneite Kopfsteinpflaster der Fritzlarer Altstadt.

»Apropos Erich. Wie war die Ordensverleihung?«

Ihr Gesicht verfinsterte sich schlagartig.

»Die Frage meinst du jetzt nicht im Ernst, oder?«

»Eigentlich schon«, erwiderte er und ließ sich wieder neben sie fallen.

»Mein Mann war gestern Abend der Star von Wiesbaden, und er hat es in vollen Zügen genossen. Um zwölf war er sternhagelvoll und so peinlich, dass ich mich ins Hotel verzogen habe. Der Ministerpräsident, seine Kumpels und Erich haben bis morgens um vier gemacht, dann hat er sich auf die Hotelcouch gelegt und geschnarcht. Wahrscheinlich ist er jetzt noch betrunken.«

»Wofür hat er eigentlich den Orden bekommen?«

Maria lachte verächtlich.

»Für sein Parteibuch. Mittlerweile hängen sich seine Parteibonzen und er gegenseitig die Orden um die Hälse, auch ein netter Zeitvertreib.«

»Kennst du eine Firma BBE aus Kassel?«

»Was?«, fragte Maria, die seinem überraschenden Gedankensprung auf die Schnelle nicht folgen konnte.

Lenz wiederholte die Frage.

»Ja, klar. Die ganze Stadt redet doch von denen. Warum?«

»Ich hatte dir doch am Telefon von dem Toten aus dem Reinhardswald erzählt, einem IHK-Mitarbeiter. Jetzt liegt nach einem Mordversuch sein Chef auf der Intensivstation, und die Leiche unseres heißesten Tatverdächtigen wurde heute Mittag gefunden. Auch im Reinhardswald, aber erschossen. Und irgendwie spielt diese BBE eine Rolle bei der Geschichte.«

»Was für eine?«

Lenz drängelte sich neben sie unter die Decke und erzählte ihr alles, was seit dem Auftauchen von Goldbergs Leiche passiert war.

»Wenn diese Frau Patzke wirklich von zwei Russen zusammengeschlagen wurde, könnte es tatsächlich einen Zusammenhang geben. Allerdings gibt es ziemlich viele Russlanddeutsche und echte Russen in der Stadt, es könnte also genauso gut ein Zufall sein.«

»Vergiss nicht, dass die BBE ihr Grundstück haben will. Zuerst haben sie es über den Insolvenzverwalter versucht, jetzt wird die Frau verprügelt und genötigt. Ich kann nicht glauben, dass das ein Zufall sein soll.«

»Und dieses Grundstück soll nur als Parkfläche dienen?«

»So hat es mir der Vermessungsingenieur erzählt.«

»Na ja, wenn es stimmt, was man sich in der Stadt über die Firma erzählt, dann brauchen sie schon einen großen Parkplatz. Die meisten Mitarbeiter sollen schon nach relativ kurzer Zeit bei der BBE teure Sportwagen fahren. Vermutlich gehört ihnen zwar nicht mal das Reserverad, aber Details bekommen Außenstehende ja nicht mit, wenn die Herrschaften ihre Runden durch die Stadt drehen.«

»Weißt du was Genaueres über den Chef? Der Insolvenzverwalter hat erwähnt, er soll ziemlich jung sein.«

»Davon habe ich gehört. Irgendjemand hat mal erzählt, er sei Mitte oder Ende 20. Erich hat ihn auch schon zu ein paar Veranstaltungen eingeladen, als das neue ökonomische Wunderkind der Stadt sozusagen, daran kann ich mich erinnern. Aber diese Anlässe fanden ohne meine Beteiligung statt, zu meinem Glück wahrscheinlich.«

»Also ist er schon prominent, der Herr. Wie heißt er eigentlich?«

»Keine Ahnung. Ich weiß nur, dass BBE etwas mit seinen Initialen zu tun hat.«

»Macht nichts. Das herauszufinden, ist kein Problem.«

Sie sah ihn mit leicht zusammengekniffenen Augen und Ganovenblick an.

»Ich weiß, Herr Kommissar, das ist reine Routine für einen Superbullen wie Sie.«

Dann drehte sie ihm den Rücken zu und machte auffordernde, laszive Bewegungen mit ihrem Becken.

Eine Stunde später lagen sie restlos erschöpft und mit geschlossenen Augen nebeneinander.

»Geht's dir gut?«, fragte er leise.

»Wundermild. Wundermild und supersanft.«

Lenz musste lachen.

»Du und dein Werbungsgequatsche.« Er streifte mit dem Handrücken über ihren feuchten Bauch.

»Hast du eigentlich Kontakte zur IHK?«

Sie drehte den Kopf langsam in seine Richtung.

»Wenn ich dich nicht so gut kennen würde, könnte ich vermuten, du willst mich ausfragen.«

»Will ich auch. Erst aussaugen und dann ausfragen. Also, hast du?«

»Erich und der IHK-Boss Roll haben das gleiche Parteibuch, die beiden kennen sich also ziemlich gut. Außerdem ist Erich als OB daran interessiert, gut mit der IHK zusammenzuarbeiten, aber das läuft sowieso wie geschmiert. Da hackt eine Krähe der anderen kein Auge aus. Viel mehr kann ich dir dazu nicht sagen, weil mich diese Truppe noch nie sonderlich interessiert hat.«

Sie hob den linken Arm und versuchte, die Uhrzeit zu erkennen.

»Außerdem ist es jetzt halb drei, und ich mache mich auf den Heimweg, so gerne ich auch den Rest der Nacht hier mit dir verbringen würde. Wenn du willst, höre ich mich ein bisschen um, was Erich oder den anderen Honoratioren der Stadt so zum Tod des Justiziars der IHK einfällt, aber jetzt muss ich los.«

Lenz zog sie zu sich heran und küsste ihren Hals. Sie machte sich aus seiner Umklammerung frei.

»Versuch's erst gar nicht, Paul, ich glaube nämlich, das würdest du nicht mehr schaffen.«

Damit sprang sie lachend von der Couch und griff nach ihrer Unterwäsche.

»Du bist nämlich, wie du vorhin richtig festgestellt hast, längst keine 20 mehr.«

»Als ob du dich beschweren könntest.«

»Nie, mein Held«, flötete sie, küsste seine Nase und stieg in ihren Slip.

14

Lenz fegte mit der Hand den frischen Schnee von der Frontscheibe des französischen Kleinwagens, stieg ein und verließ Fritzlar. Auf der Autobahn dachte er an Carola Patzke und wie gefasst sie die Nachricht vom Tod ihres Mannes aufgenommen hatte. Vermutlich hatte sie auch ihren Mann so gefasst aufgenommen, wenn er mal wieder morgens von einem seiner ›Schnittchen‹, wie sie es genannt hatte, nach Hause gekommen war.

Er konnte sich nicht vorstellen, wie eine solche Beziehung mehr als 30 Jahre funktioniert hatte, aber scheinbar war die Frau irgendwie damit zufrieden gewesen.

An der Tankstelle vor Kassel widerstand er der Versuchung, anzuhalten und eine Packung Zigaretten zu kaufen, worauf er unendlich stolz war, als er sich um vier Uhr ins Bett legte. Eine Minute später war er eingeschlafen.

Den Sonntagvormittag verbrachte Lenz in seinem Büro und las Berichte. Am interessantesten waren für den Hauptkommissar die Erkenntnisse von Dr. Franz, dem Rechtsmediziner. Nach dessen Ausführungen war Wolfgang Goldberg ohne Zweifel durch Fremdeinwirkung gestorben. Mit dem Todeszeitpunkt tat sich der Arzt um einiges schwerer, er gab einen Zeitraum von 50 bis 70 Stunden vor der Obduktion an, war sich aber sicher, dass Goldberg im Laufe des Dienstags der vergangenen Woche ermordet worden war. Als wahrscheinlichste Uhrzeit nannte er nach der Analyse des Mageninhalts den frühen Nachmittag. Weiterhin hatte der Mediziner im Blut des Juristen einen hohen Anteil an Lorazepam gefunden, einem Beruhigungsmittel.

›Der war mächtig gedopt‹, hatte er mit Bleistift an der Seite vermerkt.

Und er hatte unter den Fingernägeln und an den Händen des Toten jede Menge Dreck und Laubreste aus dem Reinhardswald gefunden.

Die Kriminaltechnik hatte schon einen vorläufigen Bericht angefertigt. Goldbergs Büro war demnach frei von Fingerabdrücken gewesen, ebenso die Ordner, die Kostkamp mitgenommen hatte. Deren Inhalt entpuppte sich als wertloser Werbekram, den jemand zu Schauzwecken eingeheftet hatte. Auch die Suche nach DNA-Spuren war erfolglos geblieben. Die Wanzen waren zum LKA nach Wiesbaden geschickt worden, um bestimmen zu lassen, aus welcher Quelle sie stammen. Das Schloss zu Goldbergs Wohnung war nach Meinung der hinzugezogenen Einbruchsspezialisten aufgebrochen worden, und die Spurenlage deutete darauf hin, dass der Brandstifter die ganze Wohnung vor dem Legen des Feuers systematisch durchsucht hatte.

Dass es sich um Brandstiftung handelte, hatten die Spezialisten der Feuerwehr in ihrem Bericht explizit festgestellt. Im Schlafzimmer des Juristen war Brandbeschleuniger benutzt worden. Zum Schluss wurde auf das in der Nähe von Goldbergs Leiche im Wald gefundene Feuerzeug hingewiesen. Darauf war ein Fingerabdruck sichergestellt worden, der allerdings nicht registriert war.

Lenz gähnte, legte den Ordner der Kriminaltechnik zur Seite und die Füße auf den Schreibtisch.

In dieser Position habe ich früher am liebsten geraucht, dachte er, und streifte über das am Morgen erneuerte Nikotinpflaster.

Dann griff er zum Telefon, wählte die Nummer des Klinikums und ließ sich mit der Station verbinden, auf der Frommert lag. Die Ärztin, die das Gespräch entgegennahm, klang, als wäre sie gerade aufgestanden.

»Nein«, antwortete sie gedehnt auf seine Frage nach Veränderungen in Frommerts Gesundheitszustand, »es gibt nichts Neues.«

Lenz dankte ihr und bat sie, ihn mit der Station zu verbinden, auf der Carola Patzke behandelt wurde. Dort erklärte ihm ein Pfleger, dass Frau Patzke eine ›ganz schlimme Nacht‹ hinter sich habe und sediert sei.

»Quasi weggeschossen, verstehen Sie?«

Der Kommissar beantwortete seine Frage nicht, bedankte sich aber auch bei ihm, legte auf, nahm die Füße vom Tisch und schlenderte ins Büro nebenan, wo Hain am Computer saß.

»Komm, wir gehen was essen«, forderte er seinen jungen Kollegen auf. Der antwortete nicht, hob aber eine Hand zum Zeichen, dass er seinen Chef wahrgenommen hatte.

»Interessant«, murmelte er dann.

Lenz trat neben ihn und sah auf den Monitor.

»Was ist interessant?«

»Ich bin gerade auf der Internetseite dieser BBE. Als Erstes ist mir gleich mal aufgefallen, dass die bei der Zahl der Mitarbeiter lügen wie gedruckt.«

Lenz sah ihn erstaunt an.

»Wie kommst du darauf?«

Der Oberkommissar deutete mit dem Finger auf eine Zahl.

»Deswegen. In diesem Interview von letzter Woche sagt dieser Boris Blochin, dass sein Unternehmen 425 Mitarbeiter beschäftigt, Innendienst und Außendienst.«

Er öffnete eine neue Seite.

»Hier sind nach Informationen der Firma alle mit Bild aufgeführt. Ich habe mir die Mühe gemacht, nachzuzählen, und bin nur auf 205 gekommen. Komisch, oder?«

»Stimmt«, brummte Lenz, »aber auf seiner Internetseite zu schummeln ist nicht strafbar.«

»Da hast jetzt du recht, aber seriös ist anders.«

»Was hast du sonst noch erfahren?«

Hain nahm seinen Notizblock zur Hand.

»Gegründet 2003 als BBE GmbH & Co KG. Vor zwei Jahren, also 2005, hat der Gründer, Boris Blochin, den Mantel einer AG gekauft und seiner Firma übergestreift. Das macht man, wenn es mit der Gründung der AG schnell gehen soll, und das ist auch legal. Seitdem ist die BBE eine AG, die jedoch nicht an der Börse notiert ist.«

»Dann ist bis hierhin alles in Ordnung?«

»Ja. Das Unternehmen macht nach Aussagen von Blochin gute Geschäfte mit Krankenversicherungen. Allerdings verkaufen sie keine eigenen Produkte, sondern sind als Makler für andere unterwegs. Wobei unterwegs die falsche Wortwahl ist, denn die machen ihre Geschäfte fast ausschließlich am Telefon. Anrufen, Vertrag abschließen, kassieren.«

Er griff in eine Schublade und steckte sich ein Kaugummi in den Mund.

»Weiter. So weit wäre an der ganzen Geschichte nichts auszusetzen, aber es schwimmen doch ein paar ziemlich dicke Haare in der schönen Suppe.«

Lenz zog einen Stuhl heran und setzte sich.

»Erzähl.«

»Na ja, zunächst habe ich mal in den einschlägigen Suchmaschinen recherchiert, was dort über Blochin und die BBE so alles drin ist, und das ist eine ganze Menge. In einem Forum zum Beispiel tauschen sich viele ehemalige Mitarbeiter aus, übrigens alle anonym. Da wird von Stasimethoden der Unternehmensleitung gesprochen, von Nötigung, um an Verträge zu kommen, von einer riesigen Blase, die sicher irgendwann einmal platzen wird, und davon, dass dieser Herr Blochin ein richtiges Arschloch sein soll. Vornherum und vor Kameras immer smart und jovial, aber im richtigen Leben ein brutaler Ausbeuter.«

Er fuhr mit der Maus über den Monitor, worauf sich ein weiteres Bild aufbaute. Lenz zog die Lesebrille von der Stirn auf die Nase und erkannte einen hellen Sportwagen, der mit schwarzer Farbe überzogen war.

»Das hier ist ein eher witziges Detail. Einer der Vertreter hatte sich wohl jemanden zum Feind gemacht, der seinem Zuffenhausener Spaßmobil dafür zu einer neuen Teillackierung verholfen hat. Schick, oder?«

»Was kostet so ein Auto?«

Hain sah sich das Bild genauer an.

»100.000 aufwärts. Das ist übrigens auch etwas, was in dem Forum angesprochen wird. Viele Mitarbeiter fahren nach einem, zwei Monaten in Diensten der BBE sauteure Sportwagen. Angeblich sind sie alle geleast, aber so genau rückt damit keiner heraus.«

Wieder öffnete sich eine neue Maske auf dem Bildschirm.

»Das ist die Strafanzeige zu der Farbgeschichte. Der Wagen war damals, im Mai, zwei Monate alt. Weil kein Täter zu ermitteln war, hat die Staatsanwaltschaft die Sache vor sechs Wochen eingestellt.«

»Hast du ein Bild von diesem Blochin?«

»Eins? Der Typ scheint jeder Kamera hinterherzugrinsen, es gibt hunderte. Hier ist er dabei, Trikots an einen Sportverein zu übergeben, was wohl eines seiner Hobbys ist. Alle größeren Vereine in der Gegend und aus allen wichtigen Sportarten rennen mit dem BBE-Logo auf der Brust herum. Angeblich lässt er sich dieses Engagement vier Millionen im Jahr kosten.«

Lenz betrachtete das Foto. Er sah einen jugendlich wirkenden, nicht sonderlich großen, hellhäutigen Mann, eingerahmt von grinsenden Sportlern in Trainingsanzügen.

»Das ist der Typ? Der sieht doch aus wie ein Lehrling.«

Hain verzog das Gesicht.

»Lehrling hin oder her, der Mann ist dick im Geschäft. Wie Rösler, der Insolvenzverwalter, schon sagte, macht er die meiste Kohle mit Russlanddeutschen, aber nach meinen Recherchen dringt er gerade in neue Kundenschichten vor.«

Der Hauptkommissar legte die Stirn in Falten.

»Das ist ja alles schön und gut, Thilo, aber dicke Haare kann ich in der Suppe keine entdecken.«

»Nicht so ungeduldig, mein Meister und Mentor«, bremste der Oberkommissar und gab erneut ein paar Befehle in den Computer ein.

»Das hier ist was, da könnte man schon von einem Haar sprechen.«

Lenz überflog einen Vorgang, mit dem sich die Staatsanwaltschaft seit etwa zwei Monaten beschäftigte. Ein Mitarbeiter war nach seinem Ausscheiden bei der BBE zweimal verprügelt worden. Zudem hatte ihn die Firma mit, wie der Mann in seiner Strafanzeige behauptete, völlig überzogenen Rückzahlungsforderungen zu ruinieren versucht. Außerdem sei seine Frau mehrere Male in der Öffentlichkeit bedroht und seinem Kind nach der Schule aufgelauert worden.

»Und das ist kein Einzelfall«, erklärte Hain seinem Chef und wechselte erneut zu einer anderen Seite.

»Hier geht es um Nötigung, da um Körperverletzung, Betrug ist auch im Spiel. Insgesamt sind zurzeit elf Anzeigen gegen Blochin und die BBE anhängig.«

Lenz sah ihn skeptisch an.

»Na, Thilo, ein paar ehemalige Mitarbeiter zu verprügeln und ein paar Menschen umzubringen, das sind doch zwei verschiedene Paar Schuhe. Außerdem kann ich keine Verbindung zwischen der BBE und der IHK erkennen.«

»Noch nicht, aber gleich«, gab Hain mit gespielter Überheblichkeit zurück und rief erneut die Internetseite der BBE auf.

»Hier. Das Impressum gibt sein kleines Geheimnis preis …«

Zuständige Aufsichtsbehörde für die Versicherungsvermittlung ist die Industrie- und Handelskammer Kassel, las der Hauptkommissar kopfschüttelnd.

»Die IHK hat also dafür zu sorgen, dass bei der BBE alles im Rahmen der Legalität abläuft. Das ist doch mal eine Spur, mit der wir etwas anfangen können.«

Er lehnte sich zurück und schob die Lesebrille nach oben.

»Gut gemacht, Thilo. Das heißt zwar noch nicht sicher, dass Blochin und einzelne Mitarbeiter der IHK gemeinsam Dreck am Stecken haben, aber es deutet doch einiges darauf hin.«

Er sah auf die Uhr.

»Halb zwei. Jetzt hast du dir ein schönes Mittagessen verdient, ich lad dich ein.«

Damit sprang er auf, streckte sich und ging Richtung Tür.

Hain zog seine Daunenjacke über und drängte sich neben ihn.

»Das bringt mir doch meine Frage von gestern Abend zurück in den Sinn: Wo zum Teufel bist du an diesem Samstagabend um diese Zeit und bei diesem Wetter mit wem im Arm hingefahren?«

»Ich könnte es dir erzählen, Thilo, aber ich befürchte, du hast zu kleine Hände, um es zu begreifen.«

Eine halbe Stunde später saßen sie sich bei zwei dampfenden Tellern Pasta gegenüber und besprachen während des Essens ihr weiteres Vorgehen.

»Wir sollten mindestens zwei Kollegen von ihren derzeitigen Fällen abziehen«, schlug Hain vor.

»Das reicht nicht, Thilo. Mir wäre es am liebsten, wir würden eine Sonderkommission bilden, dann hätten wir einen besseren Zugriff auf Leute und Ressourcen. Brisant genug dafür ist die Sache auf jeden Fall. Wie auch immer, wir müssen noch einmal mit dieser Roswitha aus der Friedrich-Ebert-Straße sprechen. Wenn es stimmt, dass einer der Männer, die Frau Patzke verprügelt haben, bei ihr ans Telefon gegangen ist, steckt sie tiefer in der Sache, als es zunächst den Anschein hatte. Das machen wir am besten gleich nach dem Essen.«

Hain legte die Gabel zur Seite und zog seinen Notizblock aus der Jackentasche.

»Ich schreib mal besser mit, wenn du so anfängst.«

»Dann statten wir morgen Vormittag der BBE und diesem Herrn Blochin einen Besuch ab. Vermutlich bringt es nichts, aber ich will den Kerl persönlich kennenlernen. Und wir befragen die Familie von Frommert, vielleicht hat er seiner Frau ja irgendwas erzählt.«

Er drehte einen Bissen Nudeln und ließ sie im Mund verschwinden.

»Außerdem müssen wir uns mit dem Chef der IHK unterhalten, wie hieß der gleich noch?«

Hain blätterte ein paar Seiten zurück.

»Roll.«

»Genau. Und Goldbergs Sekretärin, dieser Frau Hohmann, fühlen wir auch noch mal auf den Zahn. Vielleicht weiß sie mehr, als sie mir vorgestern erzählt hat. Und wir brauchen die Phantombilder der beiden Russen von Frau Patzke, auch darum kümmern wir uns heute noch.«

Hain schob seinen Teller zurück und klappte den Block zu.

»Ich liebe diese ruhigen und erholsamen Sonntage.«

Der Hinterhof in der Friedrich-Ebert-Straße sah am Tag noch verwahrloster aus als nachts im Schneesturm. Trotz des kniehoch liegenden Schnees sahen die beiden Polizisten neben den im Hof geparkten Autowracks jede Menge Abfallsäcke und losen Müll, der sich in den Ecken stapelte.

Im Treppenhaus roch es nach Knoblauch und Urin, und von irgendwoher wummerte der Bass eines Hip-Hop-Stückes. Auf der letzten Treppe vor Roswitha Krauss' Wohnung zog Hain seine Dienstwaffe, entsicherte sie und steckte sie zurück.

»Man kann nie wissen«, murmelte er dabei.

Lenz legte ein Ohr an die Tür, konnte jedoch keine Geräusche aus der Wohnung wahrnehmen. Deshalb trat er zurück und klopfte mehrmals laut. Hinter der Tür blieb es ruhig. Er wartete kurz, dann schlug er mit der Faust gegen das Holz. Wieder kam keine Reaktion.

»Frau Krauss?«

Nachdem eine halbe Minute und zwei weitere Versuche später noch immer niemand geantwortet hatte, sah Lenz seinen Kollegen unsicher an. Der zog die Schultern hoch.

»Frag mich nicht. Wir sind in zehn Sekunden drin, wenn es sein muss, aber vielleicht liegt sie nur im Bett und schläft oder macht sonst was und hat keine Lust auf die Bullen. Dann reißt uns Ludger den Kopf vom Hals.«

Lenz trat unsicher von einem Bein aufs andere und überlegte.

»Du hast recht. Es gibt Ärger, wenn sie drin ist. Doch wir gehen trotzdem rein. Ich halt die Rübe hin, wenn es schiefgeht.«

Hain zog die Augenbrauen hoch, nahm sein Werkzeug aus der Jacke, öffnete vorsichtig das Schloss und schob die Tür nach innen. Dann zog er wieder seine Waffe und bewegte sich langsam in den Flur. Lenz blieb einen Meter hinter ihm.

»Frau Krauss?«, rief Hain in die Wohnung. Als keine Antwort kam, schnellte er mit dem Kopf nach vorne, blickte kurz in die Küche, zog den Kopf wieder zurück und gab Lenz zu verstehen, dass von dort keine Gefahr drohte. Der Hauptkommissar drängte sich an ihm vorbei und spähte vorsichtig in den Raum. Außer ein paar leeren Kaffeetassen, die vermutlich schon länger auf dem Tisch standen, gab es dort nichts zu sehen, also ging er weiter und öffnete vorsichtig die verglaste Wohnzimmertür.

»Frau Krauss, hallo?«

Ein lautes Geräusch ließ ihn zusammenzucken, und noch bevor ihm wirklich klar war, was er gehört hatte, fuhr seine rechte Hand in die Jacke, zog das klingelnde und vibrierende Mobiltelefon aus der Tasche, wies das Gespräch ab und schaltete das Gerät aus. Hinter ihm atmete Hain deutlich hörbar durch.

»Mensch, Paule …«

Lenz steckte das Telefon weg, ging vorsichtig einen Schritt nach vorne und sah sich im Wohnzimmer der Frau um.

»Sauber«, ließ er seinen Kollegen wissen, nachdem er sicher war, dass sich auch dort niemand aufhielt, drehte sich um und nahm Kurs auf das Bad. Hier gab es in der Tür eine kleine Milchglasscheibe, durch die er erkennen konnte, dass es dahinter dunkel war. Langsam drückte er die Klinke nach unten, öffnete behutsam die Tür und versuchte, etwas zu erkennen.

»Oh, Scheiße!«, schrie er auf, sprang vorwärts, rutschte auf einem am Boden liegenden Badetuch aus und riss das leblose Bündel, das von der Decke hing, herunter. Zusammen mit dem Duschvorhang, der dazugehörigen Stange und dem Bademantel, der daran aufgehängt war, flog er krachend über den Badewannenrand und blieb fluchend unter dem Bündel Stoff liegen. Hain, der noch in der Tür stand, knipste das Licht an und betrachtete mit sichtbarem Vergnügen die Situation, sagte aber nichts. Lenz lag mit hochrotem Kopf wie ein Maikäfer auf dem Rücken und strampelte mit den Füßen.

»Hör auf, so dämlich zu grinsen und hilf mir lieber hoch«, fluchte der Hauptkommissar ärgerlich.

Hain allerdings konnte sich nun nicht mehr halten, prustete los und streckte seinem Kollegen die Hand hin.

Lenz funkelte ihn böse an, griff nach der Hand und fing selbst an zu lachen; zuerst leise und verschämt, dann laut und ungehalten. Nachdem er sich mit Hains Hilfe aus seiner unglücklichen Position befreit hatte, setzte er sich auf den Klodeckel.

»Ich dachte wirklich, dass sie da hängen würde«, erklärte er dem Kollegen die Situation. Der Oberkommissar wischte sich eine Träne aus dem Gesicht und ließ sich auf dem Badewannenrand nieder.

»Auf den ersten Blick hätte ich wahrscheinlich das Gleiche gedacht, also sei nicht sauer, dass ich so losgerölt hab. Aber du hast wirklich zu bescheuert ausgesehen bei deiner Flugeinlage.«

Der Hauptkommissar sah ihn mit zusammengekniffenen Augen an.

»Schön, wenn ich dich gut unterhalten habe.«

Er stand auf und trat in den Flur.

»Jetzt sehen wir uns hier noch ein bisschen genauer um, dann verduften wir, bevor sie zurückkommt.«

Fünf Minuten später war beiden klar, dass Roswitha Krauss nicht in diese Wohnung zurückkehren würde. Alle Schränke, in die sie sahen, waren leer geräumt. Es gab nirgendwo einen persönlichen Gegenstand, der daran erinnerte, dass hier jemand gelebt hatte, mit Ausnahme des Bademantels. Hain sah aus dem Fenster auf die schneebedeckte Friedrich-Ebert-Straße.

»Überhasteter Auszug, würde ich sagen.«

»Stereoanlage, Flachbildfernseher, Kaffeemaschine, alles zurückgelassen. Scheint so, als hätte sie ihr Bündel gepackt und wäre abgehauen.«

»Oder abgeholt worden«, ergänzte Hain düster.

»Auch das kann sein, Thilo. Morgen sollten wir herausfinden, wer diese Wohnung überhaupt angemietet hat. Vielleicht gehört ihr der ganze Kram ja gar nicht. Und wir besorgen uns einen Durchsuchungsbeschluss, jagen die Spurensicherung durch und sehen, ob die was findet.«

Zurück im Büro, schaltete Lenz sein Mobiltelefon ein und hörte die Mailbox ab. Maria war die unpassende Anruferin eine Stunde zuvor gewesen und hatte hinterlassen, dass sie in den nächsten Stunden erreichbar sei und ›hochbrisante Informationen‹ für ihn hätte.

»Da bin ich aber gespannt, was du mir zu erzählen hast«, begann er das Telefonat, nachdem sie sich gemeldet hatte.

»Hallo, Paul. Das kannst du auch sein, aber ich erzähle dir erst davon, nachdem du mir eine wirklich romantische Liebeserklärung gemacht hast.«

Er lachte laut auf.

»Vergiss es! Ich zahle nie, bevor ich den Wert der Informationen kenne und ihn einschätzen kann.«

»Dann musst du eben auf die neuesten Nachrichten aus dem Büro des OB verzichten, die sich mit den Machenschaften und Geheimnissen bei der IHK beschäftigen.«

Lenz wurde neugierig.

»Du hast doch gar nichts herausgefunden und willst mich nur zu einer unüberlegten Liebeserklärung nötigen. Nein, Maria, nicht mit mir, immerhin bin ich Hauptkommissar und Leiter der Mordkommission.«

»Dann halt nicht«, sagte sie vergnügt und legte auf.

Lenz sah auf das Telefon und drückte die Taste der Wahlwiederholung.

»Ja, bitte«, meldete sie sich.

»Ich liebe dich«, nuschelte er kaum vernehmbar.

»Oje, das ist gar nicht romantisch. Versuch's doch bitte noch mal.«

Er wiederholte den Satz, deutlicher und mit viel Schmelz in der Stimme.

»Romantisch habe ich mir zwar immer anders vorgestellt, aber von mir aus. Wenn du es nicht besser hinbringst, muss ich mich damit zufriedengeben.«

»Gut. Dann habe ich jetzt meine Vorleistung erbracht und erwarte einen adäquaten Gegenwert.«

»Goldberg wollte zur BBE wechseln.«

Lenz brauchte einen Moment, um zu verstehen, was sie meinte.

»Du meinst, er wollte für die BBE arbeiten?«

»Genau. Erich hat mir beim Frühstück verraten, dass Roll ihm vor etwa zwei Wochen erzählt hat, die IHK müsse sich einen neuen Justiziar suchen, weil Goldberg zur BBE wechseln würde.«

»Das war nicht für die Öffentlichkeit bestimmt?«

»Nein, wo denkst du hin? Wenn ich ihn richtig verstanden habe, war das ein großes Geheimnis, weil die IHK es gar nicht gerne sieht, wenn Mitarbeiter zu Unternehmen wechseln, mit denen sie vorher schon im Rahmen ihrer Tätigkeit zu tun hatten.«

»Und das hatte Goldberg?«

»Ja.«

Lenz machte eine kurze Pause.

»Ich liebe dich mit Haut und Haaren und du bist das Beste, was mir in meinem ganzen Leben passiert ist.«

»Was war denn das jetzt?«, fragte Maria verstört.

»Das war hoffentlich die romantischste Liebeserklärung, die man dir je am Telefon gemacht hat.«

Sie lachte.

»Weil meine Informationen so brisant sind, oder?«

»Nein, weil es so ist.«

»Schön«, antwortete sie leise.

»Du darfst niemandem sagen, dass du es von mir hast, sonst macht Erich sich bestimmt seine ganz speziellen Gedanken dazu. Ich glaube zwar nicht, dass er als Einziger davon wusste, aber sei bitte vorsichtig.«

»Versprochen«, beruhigte er sie.

Nachdem er das Gespräch beendet hatte, legte er die Beine auf die Schreibtischkante, senkte die Lehne des Stuhles und dachte intensiv an eine Zigarette. Dieser Zustand der verebbenden Abhängigkeit wurde von Hain empfindlich gestört, der mit zwei Phantombildern in der Hand und mit Wut im Gesicht ins Zimmer gestürmt kam.

»Das ist nicht zu glauben«, schimpfte er los. »Die Bilder sind schon seit gestern Abend fertig, aber keiner hat es für nötig befunden, sie hochzuschicken. Wenn ich nicht das ganze Computersystem auf den Kopf gestellt hätte, wüssten wir wahrscheinlich in vier Wochen noch nichts davon.«

Lenz nahm die Beine vom Schreibtisch und griff nach den Bildern.

»Schon gut, Thilo, es hat ja geklappt«, beruhigte er seinen Kollegen.

Die beiden Porträts sahen unwirklich aus, wie alle Phantombilder. Sie zeigten einen pausbäckigen und einen hageren Mann, beide etwa 40 Jahre alt.

»Unser System kennt sie nicht«, erklärte Hain, »immerhin das haben die Kollegen schon geprüft.«

Lenz las, was Carola Patzke noch zu den beiden eingefallen war.

Der Hagere soll etwa 1,95 m groß sein, der Pummelige 1,60 m. Beide waren gut gekleidet und sprachen mit russischem Akzent. Das war alles.

Nicht viel, dachte Lenz, aber immerhin gibt es die Bilder.

»Läuft die Fahndung schon?«

»Ich wollte dir die Kerle erst zeigen. Wenn du sie nicht kennst, geht die Fahndung raus.«

Lenz sah ihn erstaunt an.

»Raus damit, Junge. Ich kenne die beiden ganz bestimmt nicht.«

15

14 Stunden später, um halb neun am Montag, saß Lenz mit Ludger Brandt, Thilo Hain und sieben Kollegen in einem Besprechungsraum des Polizeipräsidiums zur ersten Sitzung der Sonderkommission ›Reinhardswald‹. Er informierte seine Kollegen im Detail über die bisherigen Ereignisse und Ermittlungsergebnisse und verteilte die zu erledigenden Aufgaben. Nach einer halben Stunde löste sich die Runde auf. Lenz hatte schon um halb acht den Durchsuchungsbeschluss für die Wohnung von Roswitha Krauss beantragt und hielt ihn nun in der Hand.

»Ich will lieber gar nicht wissen, wie ihr gestern in die Wohnung der Frau gekommen seid«, sagte Brandt ernst und fixierte Hain dabei durchdringend. Der zuckte mit den Schultern.

»Die Tür war nur angelehnt. Weil wir uns um die Frau gesorgt haben, sind wir rein und haben uns umgesehen.«

Lenz nickte.

»Genau so war's, Ludger.«

Der Kriminalrat sah vom einen zum anderen.

»Ihr verarscht mich. Ich weiß es, ihr wisst es, lassen wir es damit gut sein. Ich will nämlich gar nicht erst darüber nachdenken, was passiert wäre, wenn euch dort jemand erwischt hätte.«

Die Wohnung präsentierte sich so, wie Lenz und Hain sie am Vortag verlassen hatten. Heini Kostkamp und seine Männer stiegen in ihre weißen Tyvekoveralls und machten sich an die Arbeit.

»Und ihr beiden verduftet besser, bevor ihr noch mehr Spuren verwischt oder legt«, forderte Kostkamp die beiden Kommissare auf.

»Ist gut, Heini, wir sind schon weg.«

Im Treppenhaus begegnete ihnen der junge Mann, der ein paar Nächte zuvor den Hinweis zur Wohnung von Roswitha Krauss gegeben hatte.

»Scheißbullen«, murmelte er, als er auf dem nächsten Treppenabsatz angekommen war. Hain spannte den Körper und wollte hinter ihm her, aber Lenz kniff die Augen zusammen.

»Lass ihn, wir haben Wichtigeres zu tun.«

Das Firmengelände der BBE im Stadtteil Niederzwehren drückte vor allem eines aus: Geld.

Die Aluminiumfassade des vierstöckigen Hauses glänzte in der Wintersonne und ließ das Gebäude um einiges größer erscheinen, als es tatsächlich war. Über dem verglasten Eingangsbereich hing eine riesige Werbetafel mit dem blau-roten Logo der BBE.

Hain parkte das kleine Cabriolet zwischen einer ganzen Armada von Luxuslimousinen und Sportwagen.

»Beeindruckend. Hier stehen zwei Millionen auf Rädern rum. Fragt sich, wem der ganze Kram wirklich gehört.«

Lenz stieg aus und zuckte mit den Schultern.

»Mir fällt gerade mal wieder auf, dass ich noch nie ein Autofreak war, aber diese Ansammlung macht schon was her, das muss ich zugeben.«

Sie überquerten den Hof und steuerten auf den Eingang zu. Jeder ihrer Schritte wurde von mehreren beweglichen Kameras verfolgt.

Hinter den lautlos aufschwingenden Glastüren wurden

sie von zwei in blaue Kostüme gehüllte Schönheiten mit einem Lächeln in Empfang genommen, die rechts und links neben einem Edelstahltresen saßen.

»Guten Tag«, wünschte die Linke mit einem gewinnenden Augenaufschlag. »Kann ich Ihnen helfen?«

»Hauptkommissar Lenz, Kriminalpolizei Kassel, das ist mein Kollege Thilo Hain. Wir hätten gerne Herrn Blochin gesprochen.«

Sie stand auf, kam auf die Beamten zu und drückte beiden die Hand.

»Wesna Hollerbach, sehr angenehm. Ich bin die stellvertretende Leiterin der Abteilung Öffentlichkeitsarbeit. Haben Sie einen Termin?«

Lenz verzog kaum merklich das Gesicht.

»Nein, haben wir nicht. Aber es ist wichtig. Ist Herr Blochin im Haus?«

Wesna Hollerbach legte die Stirn in Falten und machte dabei ein unglückliches Gesicht.

»Im Haus ist er, ja. Leider ist seine Terminsituation heute sehr angespannt.«

Sie machte die Andeutung einer entschuldigenden Geste.

»Überaus angespannt.«

»Könnten Sie ihn kurz anrufen und bitten, sich eine Viertelstunde Zeit für uns zu nehmen? Wir würden auch einen Moment warten, kein Problem.«

»Wie ich schon sagte, heute ist leider keine Minute frei in Herrn Blochins Terminkalender. Nächste Woche sieht es allerdings wieder sehr viel besser aus. Entspannter. Worum geht es eigentlich?«

Lenz senkte den Blick und sah sich die langen Beine der Frau an. Seine Augen suchten den Kontakt zu ihren Augen, fanden ihn und blieben darauf geheftet.

»Melden Sie uns bitte an. Sollte es Schwierigkeiten geben, sind wir in einer Stunde mit einer Vorladung zurück, dann wird Herr Blochin mit uns sprechen müssen. Und Ihnen als …« Er machte eine kurze, süffisante Pause, bevor er weitersprach, »stellvertretender Leiterin der Abteilung Öffentlichkeitsarbeit muss ich sicher nicht erklären, dass so etwas erstaunlich häufig den Weg in die Medien findet, und das wollen vermutlich weder Sie noch wir, oder?«

Die Frau zog die Augenbrauen hoch, atmete tief ein, presste die Lippen zusammen und setzte sich in Bewegung.

»Bitte warten Sie hier. Ich werde sehen, was ich für Sie tun kann.«

Damit trat sie in die offen stehende Fahrstuhltür rechts an der Wand und drückte hektisch einen Knopf. Nachdem die Tür sich geschlossen hatte, drehte Lenz den Kopf und sah sich in der großzügig dimensionierten Halle um. Auch hier waren nur edelste Materialien verarbeitet. Der Boden war mit sündhaft teurem Jatobaparkett ausgelegt, an den Wänden war, ebenso wie am Tresen der beiden Damen, gebürsteter Edelstahl verwendet worden. Dezent angebrachte Leuchten verbreiteten ein angenehmes Licht.

In einer Ecke entdeckte Hain eine lebensgroße, ausgestopfte Giraffe. Er ging darauf zu und verdrehte die Augen.

»Die stand auf der ›Documenta‹«, flüsterte er seinem Chef zu, als der sich neben ihn stellte.

»Das Ding?«

Hain nickte.

»Das Ding, wie du es nennst, war eine der Attraktionen.«

Er dachte kurz nach.

»Na ja, so viele Attraktionen gab es eigentlich nicht. Aber ich frage mich, wie es hierher kommt.«

»Frag doch den Herrn Blochin«, raunte Lenz, weil sich in diesem Moment die Fahrstuhltür öffnete und Frau Hollerbach auf sie zukam. Der gereizte Gesichtsausdruck, mit dem sie die beiden in der Halle zurückgelassen hatte, war komplett verschwunden.

»Ich freue mich, Ihnen sagen zu können, dass Herr Blochin es einrichten kann, Sie zu empfangen, meine Herren. Wenn Sie mir bitte folgen wollen.«

Lenz folgte Hain und der Frau mit feuchten Handflächen, drängte sich vor den beiden in die kleine Liftkabine und sah zur verspiegelten Wand. Wesna Hollerbach trat neben ihn, sah ihn lächelnd an und drückte den Knopf für die vierte Etage.

»Angst in Fahrstühlen ist ein weitverbreitetes, aber sehr gut therapierbares Phänomen, Herr Hauptkommissar.«

Lenz betrachtete weiterhin sein Konterfei im Spiegel und schwieg. Nach einer für den Kommissar erfreulich kurzen Zeit stoppte der Lift, und die Türen öffneten sich.

Die Frau ging nach links und machte eine einladende Bewegung, ihr zu folgen. Vorbei an einem Großraumbüro, in dem Dutzende von Menschen mit Headsets saßen und telefonierten, kamen sie am Ende des Korridors zu einer Tür, vor der Frau Hollerbach stehen blieb, ihren Rock glatt strich und anklopfte. Lenz war für einen Moment verwirrt, weil irgendetwas mit der Tür nicht zu stimmen schien, dann fiel ihm auf, was es war. Es gab keine Klinke. Dafür wurden sie von zwei Kameras über ihren Köpfen aufgenommen.

Ein leises Klacken leitete das automatische Öffnen der Tür ein.

»Die beiden Herren von der Polizei, Boris«, sagte sie und deutete auf die Kommissare. Ihr Ausdruck hatte jetzt etwas Devotes, und sie war spürbar nervös. Dann trat sie zur Seite.

Erst jetzt konnte Lenz einen Blick in den Raum werfen, der offenbar an einer Ecke des Hauses lag. Es war ein riesiges Büro, das von zwei langen Fensterflächen und einem monströsen Schreibtisch dominiert wurde. Dahinter saß der Mann, den Lenz und Hain von den Bildern der Internetrecherche kannten.

»Ich grüße Sie, meine Herren«, flötete er in einer unangenehm hohen Stimmlage, stand auf und kam um den Schreibtisch herum auf die beiden zu.

»Boris Blochin«, stellte er sich vor und drückte jedem der Polizisten lange die Hand. Nach dieser etwas bizarr anmutenden Begrüßung rückte er die vor dem Schreibtisch stehenden Stühle zurecht.

»Bitte nehmen Sie Platz. Kann ich Ihnen etwas zu trinken bringen lassen? Kaffee? Tee? Wasser?«

»Nein danke«, antwortete Lenz knapp und setzte sich. Hain blieb stehen, drehte den Kopf und sah Wesna Hollerbach an, die noch immer in der Tür stand. Sofort blickte sie verlegen zu Boden.

»Für mich auch nichts«, ließ der Oberkommissar sie wissen und setzte sich ebenfalls.

Blochin, der Designerjeans, weißes Hemd und Sakko trug, ging zurück zu seinem teuer aussehenden Bürostuhl.

»Veranlasst du bitte, dass Irina mir einen Kaffee bringt«, trug er seiner stellvertretenden Leiterin der Abteilung Öffentlichkeitsarbeit auf, bevor er mit einem Knopfdruck die Tür hinter ihr schloss. Danach schaute er zuerst Hain und dann Lenz an, öffnete einladend die Arme vor der Brust und stützte sich dann mit den Händen auf dem Schreibtisch ab.

»Also, wie kann ich Ihnen helfen, meine Herren?«

Lenz setzte sich aufrecht und hatte gnadenloses Verlangen nach einer Zigarette.

»Sie wollen bauen, haben wir gehört«, begann Hain.

Blochin zog irritiert eine Augenbraue hoch.

»Ja, sicher. Ist etwas mit meiner Planung nicht in Ordnung?«

»Nein, Ihr Bau interessiert uns nur am Rande. Ihr Bauplatz liegt neben der ehemaligen Werkstatt eines Herrn Patzke. Siegfried Patzke.«

Blochin ließ den Kopf ins Genick fallen, sah für einen Moment an die Decke und vermittelte den Eindruck, als würde er überlegen.

»Siegfried Patzke? Das tut mir leid, da muss ich passen, meine Herren. Den Namen habe ich noch nie gehört.«

»Ihr Anwalt scheint da besser informiert zu sein als Sie, Herr Blochin. Zumindest hat er sich schon einmal um das Grundstück bemüht.«

»Welchen Anwalt meinen Sie, Herr Kommissar? Ich beschäftige mehrere hochkarätige Advokaten, die meine Interessen vertreten.«

In diesem Moment ertönte ein leises Summen. Blochin warf einen kurzen Blick auf den Monitor des Laptops, das auf dem Schreibtisch stand, und drückte dann eine Taste. Die Tür schwang auf, eine dunkelhaarige Frau im kurzen Rock und mit wunderschönen Beinen kam herein und servierte ihrem Chef Kaffee. Dann verzog sie sich ebenso lautlos, wie sie gekommen war, und die Tür schloss sich wieder.

Lenz holte tief Luft.

»Wir haben keine Ahnung, welcher Ihrer Anwälte in Ihrem Namen das Nachbargrundstück kaufen wollte, aber es sollte für Sie doch sicher kein Problem sein, das herauszufinden.«

Blochin versenkte zwei Stück Würfelzucker in seinem Kaffee, rührte bedächtig um, trank einen Schluck und stellte die Tasse zurück.

»Mal angenommen, ich hätte Interesse an dem Grundstück bekundet. Was hätte dieses Interesse mit der Polizei zu tun?«

»Herr Patzke ist ermordet worden, seine Frau wurde misshandelt, genötigt und bedroht.«

Blochin blieb völlig ungerührt.

»Und warum kommen Sie damit zu mir? Wollen Sie sagen, ich hätte etwas mit diesen Dingen zu tun?«

»Nein. Aber wir müssen unsere Ermittlungen nach allen Seiten offen gestalten. Und eine dieser Seiten sind Sie.«

»Weil ich mich für sein Grundstück interessiert haben könnte?«

Hain beugte sich nach vorne.

»Haben Sie?«

Wieder führte Blochin die Kaffeetasse zum Mund und trank.

»Nein.«

»Was machen Sie eigentlich hier, Herr Blochin? Womit genau verdienen Sie Ihr Geld?«

»Wir sind der größte deutsche Versicherungsmakler im Bereich Krankenversicherungen.«

»Werden die Versicherungen von hier aus verkauft?«

»Alle, ja. Wir arbeiten ausschließlich per Telefon.«

»Wie viele Menschen arbeiten für Sie?«

»Im Moment etwa 400. Davon sind 250 freiberuflich tätig.«

Lenz sah aus dem Augenwinkel, dass Hain ansetzte, um Blochin auf das offensichtliche Missverhältnis zwischen seiner Aussage und der Darstellung im Internet hinzuweisen.

»Schön«, sagte er schnell, »und wie hoch soll Ihr neues Firmengebäude an der Leipziger Straße werden?«

Hain drehte den Kopf und sah ihn gekränkt an.

»Wir planen das höchste Haus der Stadt mit 28 Stockwerken und einer Gesamtfläche von …«

»Sind Sie sicher«, unterbrach Lenz seine Ausführungen, »dass es 28 Stockwerke werden sollen? Ich habe gehört, es soll 22 Etagen haben.«

Blochin fing an zu grinsen.

»28, 22, so groß ist der Unterschied doch nicht. Aber ich glaube, ich muss noch mal mit meinen Architekten sprechen. Wenn die mir ein Gebäude bauen, das nur 22 Stockwerke hat, bin ich damit nicht einverstanden.«

Lenz ließ sich nicht anmerken, dass er sich zutiefst verarscht fühlte, als er weiterfragte.

»Und für das Parkhaus brauchen Sie das Nachbargrundstück?«

»Noch einmal: Davon weiß ich nichts. Das müssen Sie mit den Leuten besprechen, die diesen Unsinn erzählt haben. Wir haben auf unserem Grundstück genügend Parkfläche.«

»Und Sie haben nie von einem Siegfried Patzke gehört?«

»Nein, nie.«

»Carola Patzke?«

»Wer soll das sein?«

»Seine Frau, die man verprügelt hat.«

»Nein, auch nicht.«

»Gut«, sagte Lenz freundlich und stand auf, »dann haben wir im Moment keine Fragen mehr.«

Hain sah ihn irritiert an, doch sein Chef ließ sich nicht aus der Ruhe bringen. Er kramte nach einer Visitenkarte, beugte sich über den Tisch und drückte sie Blochin in die Hand.

»Wenn Ihnen doch noch einfallen sollte, wie hoch Ihr Haus tatsächlich wird oder wie viele Mitarbeiter Sie wirklich beschäftigen, rufen Sie mich einfach an. Für Sie bin ich immer zu erreichen, Herr Blochin.«

Er sah auf seinen Kollegen, der noch immer saß.

»Komm, Thilo, wir wollen los.«

Hain stand auf und folgte ihm Richtung Tür, die sich mit dem vertrauten Klacken öffnete und ihnen langsam entgegenschwang.

Kurz bevor Lenz den Ausgang erreicht hatte, drehte er sich erneut um.

»Goldberg? Kennen Sie vielleicht einen Wolfgang Goldberg?«

Blochin zog als einzige Regung die Augenbrauen hoch.

»Nein, wer soll das sein? Mein Nachbar auf der anderen Seite der Leipziger Straße?«

»War nur so eine Idee, nichts für ungut. Auf Wiedersehen, Herr Blochin.«

Hain bedachte den Mann mit einem Kopfnicken, dann waren sie im Flur und hörten hinter sich das Klacken der Tür.

»Wir nehmen die Treppe«, entschied Lenz.

16

»Die hast du ja alle ins Herz geschlossen«, feixte Hain, als sie vom Hof der BBE rollten.

Lenz griff in die Innentasche seiner Jacke und zog eine Packung Kaugummi heraus.

»Was für eine Bande. Wenn die keinen Dreck am Stecken haben, heiße ich Egon.«

»He, he, nun mal bescheiden«, bremste Hain.

»Mein alter Mentor Paul L. hat mich immer wieder gelehrt, kriminalistische Erkenntnisse nicht durch das Einsickern von persönlichen Antipathien zu verwässern. Was ist jetzt bei dir Erkenntnis und was Antipathie?«

Lenz kratzte sich am Ohr.

»Stimmt schon, der Kerl ist für mich so angenehm wie Zahnweh.«

»Klar ist da nicht alles koscher. Aber wie weit das geht und was wir bis jetzt davon beweisen können, ist ziemlich unklar.«

Er machte eine anerkennende Geste.

»Aber wie du mit der stellvertretenden Leiterin der Abteilung Öffentlichkeitsarbeit Schlitten gefahren bist, das hat mich wirklich beeindruckt. Clint Eastwood als ›Dirty Harry‹ war gar nichts dagegen.«

»Ja, fand ich auch. Ich hab mich richtig wohlgefühlt dabei. Die war doch wirklich …«

Das Klingeln seines Mobiltelefons unterbrach ihn.

»Lenz«, meldete er sich.

»Hallo, Paul, hier ist Heini. Heute scheint dein Glückstag zu sein.«

Der Hauptkommissar seufzte.

»Was macht dich da so sicher, mein Freund.«

»Der Fingerabdruck, den ich mir gerade ansehe. Wir haben auf dem Badewannenrand hier in der Wohnung einen Fingerabdruck gefunden. Und du errätst nie, wo ich den schon einmal gesehen habe.«

Lenz verschluckte fast sein Kaugummi, biss sich auf die Lippe und hüstelte.

»Das kann ich dir alles erklären, Heini. Gestern …«

»Vergiss es. Mich interessiert nicht, warum es hier im Bad von euren Fingerabdrücken wimmelt, aber mit dem einen, den ich meine, habt ihr beiden nichts zu tun.«

»Und welchen meinst du?«

»Den gleichen, den ich auf dem pinkfarbenen Feuerzeug gefunden hab, das irgendjemand bei Goldbergs Leiche im Reinhardswald liegen gelassen hat.«

»Das gibt's doch gar nicht. Wie hast du denn die Übereinstimmung in dieser kurzen Zeit herausgefunden?«

»Zufall. Weil die Fläche am Finger irgendwann mal durch einen ziemlich deftigen, tiefen Schnitt mit dazugehöriger Vernarbung verletzt wurde, ist es ein ziemlich auffälliger Abdruck. Ich wusste sofort, dass es der gleiche ist, habe mir jedoch zur Sicherheit noch mal den anderen auf meinen PDA spielen lassen. Die Sache ist eindeutig: Der Kerl, der das Feuerzeug im Wald gelassen hat, war auch hier in der Wohnung.«

Lenz kratzte sich am Kinn.

»Irgendwelche Hinweise auf die Frau?«

»Bis jetzt nicht, aber wir sind noch am Arbeiten.«

»Sollen Thilo und ich vorbeikommen?«

»Wozu? Wollt ihr beiden mir den Pinsel halten.«

»War ja nur so eine Idee, Heini. Wir sehen uns dann im Präsidium. Und danke für deinen Anruf.«

Der Kommissar steckte das Telefon zurück und sah zu Hain, dessen Kopf sich in gespannter Erwartung zwischen ihm und der Straße hin und her bewegte.

»Nun sag schon, was gibt's?«

»Heini hat in der Wohnung den gleichen Fingerabdruck gefunden wie auf dem Feuerzeug im Reinhardswald.«

Hain glotzte einen Sekundenbruchteil zu lang seinen Chef an und hätte um ein Haar einen Lieferwagen gerammt, dessen Fahrer an einer Ampel bremsen musste. Beide Polizisten saßen für einen Moment mit durchgestreckten Beinen und weit aufgerissenen Augen im Auto.

»Das ist ja ein Ding! Dann wissen wir jetzt mit an Sicherheit grenzender Wahrscheinlichkeit, dass der Mörder von Patzke und Goldberg in der Wohnung gewesen ist. Aber wie passt die Frau in die Geschichte?«

»Ich habe keine Ahnung. Und ich frage mich darüber hinaus, ob sie die Bude wirklich freiwillig geräumt hat.«

»Richtig. Vielleicht sollten wir sie einfach zur Fahndung ausschreiben, dann haben wir die beste Chance, sie so schnell wie möglich vernehmen zu können.«

»Mach ich«, antwortete Lenz, zog sein Telefon aus der Jacke und beauftragte einen Kollegen im Präsidium, die Frau als dringende Zeugin in einem Mordfall auf die Fahndungsliste zu setzen.

»Und wir fahren jetzt zu Frommerts Frau und sehen, ob sie uns etwas über die Arbeit ihres Mannes und vielleicht darüber hinaus etwas erzählen kann.«

Hain fuhr aus Niederzwehren in Richtung Autobahn, als Lenz' Telefon erneut klingelte.

»Jetzt geht mir das langsam auf die Nüsse«, fluchte er, griff trotzdem in die Jacke und nahm das Gerät heraus.

»Ja, Lenz.«

»Herr Lenz, guten Tag. Hier ist Zeislinger.«

Lenz wollte schon ›ich kenne keinen Zeislinger‹ antworten, als ihm klar wurde, wer da am anderen Ende der Leitung sprach.

»Herr Oberbürgermeister?«

»Ja, ganz richtig, Herr Lenz, hier ist Oberbürgermeister Zeislinger.«

Dem Hauptkommissar verschlug es für einen kurzen Moment die Sprache, dann hatte er sich wieder unter Kontrolle.

»Schön, Herr Zeislinger, was kann ich denn für Sie tun?«

»Ich will gar nicht groß Ihre Zeit in Anspruch nehmen, Herr Lenz, nicht, aber ich bin gerade von einem sehr honorigen Bürger unserer Stadt angerufen worden, der sich bitter über Sie beschwert hat. Ich meine Herrn Blochin, Boris Blochin.«

Lenz nahm das Telefon vom Ohr und sah das Gerät und danach Hain kopfschüttelnd an. Dann hörte er wieder die Stimme des OB.

»Herr Lenz?«

»Ich vermute, ich war in einem Funkloch, Herr Zeislinger. Jetzt scheint die Verbindung wieder besser zu werden. Können Sie bitte wiederholen, was Sie gesagt haben?«

Zeislinger räusperte sich.

»Nun ja, eigentlich geht mich die Sache ja nichts an, und Sie haben sicher Ihre Gründe, so mit Herrn Blochin umzuspringen, aber ich möchte darauf hinweisen, dass er in dieser Stadt zu den größten Arbeitgebern zählt, nicht, und in den letzten Jahren viele Hundert Arbeitsplätze geschaffen hat.«

Lenz sah Hain an, der sein Lachen kaum unterdrücken konnte.

»Das bestreitet doch niemand, Herr Oberbürgermeister. Worüber hat er sich denn genau beschwert?«

»Er sagte, Sie hätten ihn mit völlig haltlosen Vorwürfen überzogen, nicht. Und zum Schluss seien sie unflätig geworden und wären auch vor ausländerfeindlichen und diffamierenden Äußerungen nicht zurückgeschreckt.«

Lenz bemerkte, wie ihm die Wut über den Brustkorb und den Hals ins Gesicht stieg.

»Das ist völliger Quatsch, Herr Zeislinger. Mein Kollege neben mir kann bezeugen, dass …«

»Entschuldigen Sie, dass ich Sie unterbreche, Herr Lenz, nicht, aber Herr Blochin sagte, es seien vier seiner Mitarbeiter dabei gewesen, als Sie die betreffenden Aussagen gemacht haben.«

»Auch das ist Unsinn. Wie kommt der Mann eigentlich dazu, sich deswegen mit Ihnen in Verbindung zu setzen? Sie haben mit der Polizei und ihrer Arbeit doch rein gar nichts zu tun.«

»Herr Blochin ist Bürger dieser Stadt, wie Sie und ich. Und er hat sich von Ihnen verunglimpft gefühlt. Er hat es vorgezogen, zuerst einen Versuch über den kleinen Dienstweg zu machen, nicht, und wollte Ihre Äußerungen nicht gleich an die große Glocke hängen. Aber Ihre Reaktion zeigt mir, dass das vielleicht ein Fehler gewesen sein könnte. Sie wirken auch auf mich sehr aggressiv.«

Lenz erwiderte nichts. Stattdessen klopfte er ein paar Mal mit dem Finger auf das Mikrofon des Telefons und machte dabei ein paar unverständliche Laute.

»Funkloch«, sagte er noch, bevor er das Gespräch beendete und sich wutschnaubend Hain zuwandte.

»Was für ein Arschloch. Was bildet der Kerl sich eigentlich ein? Halt an, sofort!«

Der Oberkommissar steuerte den Wagen auf den Standstreifen, schaltete die Warnblinkanlage ein und starrte Lenz an. Der riss die Tür auf, sprang aus dem Auto und setzte seine Fluchtirade fort.

»Penner. Pisser. Wichser. Der ist doch total panne.«

Hain schälte sich aus dem kleinen Cabrio und ging vorsichtig auf Lenz zu.

»Von wem sprichst du denn? Vom OB?«

»Von Blochin, diesem Arsch.«

Hain trat neben den Hauptkommissar, nahm ihn am Arm, drückte ihn mit sanfter Gewalt zurück ins Auto und stieg dann selbst wieder ein.

»Nun mal ganz ruhig, Paul. Was ist passiert? Und hör mit dieser verdammten Brüllerei auf, das geht mir nämlich ziemlich auf die Nerven.«

Lenz steckte das Telefon, das er noch immer in der linken Hand gehalten hatte, zurück in die Jacke, holte ein paar Mal tief Luft und sah seinen Kollegen an.

»Blochin hat sich beim OB über uns beschwert. Wahrscheinlich waren wir noch nicht aus der Tür, da hatte er ihn schon am Rohr. Ich hätte ihn mit haltlosen Verdächtigungen überzogen, sei unflätig geworden und dann noch ausländerfeindlich.«

»Aber das ist doch Quatsch. Ich war dabei, das hast du Zeislinger doch …«

»Er sagt, vier von Blochins Mitarbeitern hätten es gehört.« Der Hauptkommissar schüttelte den Kopf. »Vermutlich würden die auch bezeugen, dass ich ihn umgehauen habe, wenn es sein müsste.«

Zehn Minuten später saßen die beiden Polizisten in einem Café im nahe gelegenen Einkaufszentrum, jeder hatte einen Kaffee vor sich stehen.

»Wenn das an die Öffentlichkeit dringt, haben wir ein echtes Problem, egal ob Blochin die Wahrheit sagt oder nicht«, gab Lenz, nun deutlich ruhiger, zu bedenken.

»Warum? Bis jetzt steht noch Aussage gegen Aussage. Und ob er damit wirklich an die Öffentlichkeit geht, ist noch nicht ausgemacht.«

»Ich weiß. Aber es ist auf jeden Fall großer Mist, wenn über so was in der Zeitung berichtet wird. Wir sind die bösen Bullen, die einem, wie Zeislinger sich ausgedrückt hat, honorigen Mitbürger der Stadt die Hölle heiß gemacht haben. Darauf werden sich die Medien stürzen. Ich kann die Schlagzeile schon sehen: ›Polizisten diffamieren und beleidigen honorigen Mitbürger mit Migrationshintergrund‹.«

»Nun mal halblang. Vielleicht sind wir ja nicht ganz so hilflos und doof, wie dieser Blochin glaubt«, erwiderte Hain, dachte einen kurzen Moment nach, stand auf, warf einen 5-Euro-Schein auf den Tisch und wandte sich zum Gehen. Lenz hatte keine Ahnung, wovon sein Kollege sprach.

»Nun beweg dich. Vielleicht kommt es gar nicht zum großen Schlagzeilenschreiben, aber du musst mir vertrauen und darfst dich nicht einmischen.«

Die anschließende Fahrt verlief schweigend. Auf dem Weg zum Auto hatte Lenz versucht herauszubekommen, was sein Kollege plante, bekam jedoch keine Erklärung.

Ein paar Minuten später stellte Hain den Wagen auf dem gleichen Parkplatz vor dem Gebäude der BBE ab wie eine Stunde zuvor.

»Du aktivierst jetzt die Diktiergerätfunktion in deinem Telefon«, forderte der Oberkommissar seinen Chef auf. Lenz sah ihn fragend an.

»Gib mir das Ding, Paul.«

Ein paar Sekunden später hielt Lenz sein Telefon wieder in der Hand.

»Ab jetzt wird alles, was wir sprechen, aufgezeichnet. Das könnte wichtig sein, also lass die Finger von den Knöpfen. Und halt dich immer hinter mir, dann passiert dir nichts.«

»Mach bloß keinen Scheiß, Thilo, sonst …«, weiter kam er nicht, denn der Oberkommissar war schon ausgestiegen und auf dem Weg zum Eingang.

»Wir müssen noch einmal zu Herrn Blochin!«, rief Hain der verdutzt dreinblickenden stellvertretenden Leiterin der Abteilung Öffentlichkeitsarbeit zu und steuerte, ohne eine Antwort abzuwarten, das Treppenhaus an.

Wesna Hollerbach sprang von ihrem Stuhl auf, rief ihrer Kollegin ein kurzes ›ruf oben an!‹ zu und hetzte dann mit kurzen Schritten und begleitet vom lauten Stakkato ihrer Absätze hinter den beiden Polizisten her. Noch bevor sie die erste Stufe erreicht hatten, baute sie sich vor Hain auf.

»Herr Blochin hat einen ganz wichtigen Termin und kann Sie jetzt unter gar keinen Umständen empfangen, meine Herren!«, rief sie schwer atmend und mit hoher Stimme.

Hain ging um sie herum und betrat, zwei Stufen auf einmal nehmend, ohne zu antworten, die Treppe. Lenz hatte große Mühe, seinem Tempo zu folgen, Frau Hollerbach allerdings noch größere, da sie auf der Außenbahn einen weiteren Weg gehen musste und gleichzeitig auf die Polizisten einredete.

»Das geht jetzt wirklich nicht, meine Herren. So warten …«

Sie knickte um und verlor leicht den Anschluss.

»Bitte bleiben Sie stehen, sonst muss ich die Polizei rufen.«

Dann allerdings hielt sie inne, offenbar selbst überrascht von der Absurdität ihrer Drohung. Hain ließ sich nicht beirren und ging mit Lenz im Schlepptau einfach weiter. Die stellvertretende Leiterin der Abteilung Öffentlichkeitsarbeit gab nun offensichtlich auf, denn von hinten hörten die Polizisten, wie sich ihre Schritte entfernten.

Sie waren in der obersten Etage angekommen. Kurz vor der Tür zu Blochins Büro blieb Hain stehen und sah den keuchenden Lenz an.

»Telefon?«, fragte er knapp.

Lenz hielt das Gerät hoch und nickte.

»Also los«, nuschelte der Oberkommissar kaum vernehmbar und zog dabei sein eigenes Mobiltelefon aus der Tasche.

In diesem Moment öffnete sich leise die Tür und gab den Blick frei auf Blochin, der noch immer oder schon wieder hinter dem Schreibtisch saß und grinste. Hain grinste zurück.

»Wir haben was vergessen, Herr Blochin.«

Lenz, der dicht hinter seinem Kollegen durch die Tür gekommen war, sah die beiden breitschultrigen Männer zuerst. Sie standen mit vor den Genitalien ineinander gelegten Händen rechts und links neben der Tür, trugen schwarze Anzüge und Sonnenbrillen und sahen aus wie Karikaturen von Schlägern. Gleichzeitig vermittelte ihr Auftreten jedoch, dass mit ihnen bestimmt nicht zu spaßen war.

Hain drehte sich um und sah die beiden kurz an, ließ sich aber keinerlei Verunsicherung anmerken.

»Netter Bluff, die Geschichte mit dem Bürgermeister«, sagte er und stützte sich mit beiden Händen auf die Schreibtischkante.

Blochin wollte zu einer Erwiderung ansetzen, doch der Oberkommissar schnitt ihm das Wort ab.

»Lassen Sie diesen Blödsinn, Herr Blochin, sonst belangen wir Sie wegen übler Nachrede. Und was die vier Mitarbeiter angeht, die Sie ins Spiel gebracht haben, das erfüllt ohne Bedenken den Straftatbestand der Aufforderung zu einer Straftat.«

Blochin grinste noch immer.

»Ich habe vier Zeugen, die alles gehört haben«, entgegnete der Russe selbstbewusst, »und was haben Sie?«

Nun fing Hain an zu lachen und hob die Hand mit seinem Mobiltelefon darin.

»Eine Bandaufzeichnung. Weil ich nie zu einem Versicherungsvertreter gehen würde, ohne die Diktiergerätfunktion meines Telefons gestartet zu haben. Ist nun mal eine verrufene Branche, in der Sie arbeiten, Herr Blochin.«

Blochins Gesicht erstarrte zu einer verzerrten Grimasse.

»Sie erzählen Märchen, Herr Polizist. Sie haben gar nichts.«

Hain steckte das Gerät mit einem provozierenden Augenaufschlag in die Jacke und beugte sich ein weiteres Stück nach unten. Trotzdem war sein Gesicht noch mehr als einen Meter von dem des Russen entfernt.

»Ich freue mich auf den Moment, in dem ich Ihnen das Gegenteil beweisen kann. Am besten rufen Sie gleich noch einmal den Bürgermeister an und erklären ihm, dass alles ein großes, bedauernswertes Missverständnis gewesen ist. Guten Tag, Herr Blochin.«

Damit richtete er sich auf, drehte sich um und nickte Lenz zu. Der Hauptkommissar war mit zwei Schritten aus der Tür, Hain folgte ihm. Auf dem Flur stand etwa ein Dutzend Menschen, die alle gebannt in ihre Richtung starrten, aber niemand sagte etwas. In der Halle nickte Hain der stellvertretenden Leiterin der Abteilung Öffentlichkeitsarbeit freundlich zu.

»Sie hatten recht, scheint wirklich ein ganz wichtiger Termin gewesen zu sein, den Herr Blochin wahrnehmen musste. Freundlicherweise hat er sich doch einen kurzen Moment für unser Anliegen Zeit genommen. Vielen Dank dafür, Frau Hollerbach, und auf Wiedersehen.«

17

»Mein lieber Mann, als ich die beiden Kleiderschränke hinter der Tür gesehen hab, ist mir richtig schlecht geworden, Thilo.«

Die beiden saßen in Hains Büro im Präsidium. Lenz streichelte seit zehn Minuten intensiv das Nikotinpflaster auf seinem Oberarm.

»Und mir erst. Aber da war sowieso schon alles zu spät.«

Der Hauptkommissar sah seine immer noch zitternden Hände an.

»Warum hast du denn nicht gesagt, was du vorhast?«

»Weil wir es dann nicht gemacht hätten. Du hättest dieser Nummer nie zugestimmt.«

»Worauf du dich verlassen kannst, Junge. Und ich bin nicht sicher, ob wir damit Erfolg haben werden.«

»Darauf kannst du dich jetzt verlassen, Paul. Der nette Herr Blochin wird gar nichts unternehmen.«

»Was macht dich da so sicher?«

»Sein Gesicht. Ich habe sein Gesicht gesehen. Das ist einer, der es gewohnt ist, dass alles immer so läuft, wie er es will, und der immer die Spielregeln festlegt. Es hat ihm unheimlich gestunken, als ich da vor ihm gestanden hab und er nach meinen Regeln spielen musste.«

Der Oberkommissar zog die Schultern hoch.

»Vielleicht glaubt er wirklich nicht, dass wir einen Mitschnitt haben, aber er wird es nicht darauf anlegen; davon bin ich überzeugt, weil er viel mehr zu verlieren hat als wir.«

»Das wäre schön.«

Lenz hörte das Klingeln des Telefons auf seinem Schreibtisch im Zimmer nebenan, erhob sich, ging hinüber, schob die Tür hinter sich zu und nahm den Hörer ab.

»Lenz.«

»KTI beim BKA Wiesbaden, Weingarten, guten Tag. Spreche ich mit Hauptkommissar Lenz?«

»Ja, richtig. Hier ist Hauptkommissar Lenz.«

»Schön. Ich rufe an wegen eines Projektils, das uns heute Morgen zur Untersuchung zugegangen ist.«

»Zum BKA? Es tut mir leid, aber wir haben kein Projektil zum BKA geschickt.«

»Ich weiß. Die Gerichtsmedizin hat es zum LKA geschickt, doch bei denen ist ein geregelter Betrieb wegen des Umbaus im Moment nicht möglich, deswegen haben die Kollegen das Projektil direkt an uns weitergeleitet.«

Lenz erinnerte sich, irgendwo darüber gelesen zu haben, dass die Kriminaltechnik des LKA zurzeit vergrößert und modernisiert wurde.

»Und was haben Ihre Untersuchungen ergeben, Herr …?«

»Weingarten. Klaus Weingarten. Nun ja, interessante Ermittlungsergebnisse würde ich sagen. Natürlich bekommen Sie noch einen detaillierten Bericht, doch die Sache ist so brisant, dass ich Sie gleich darüber informieren wollte.«

Lenz sagte nichts und wartete.

»Also, wie gesagt, es geht um das Projektil in der Tötungssache Patzke. Sie wissen, wovon ich spreche?«

Lenz beschlich der Verdacht, Herr Weingarten arbeitete an einem Drehbuch und übte sich darin, die Spannung ins Unermessliche zu steigern.

»Weiß ich, Herr Weingarten.«

»Sie können sich ja glücklich schätzen, dass wir vom BKA das besagte Objekt in die Finger bekommen haben, sonst wäre die Übereinstimmung erst in ein paar Tagen offensichtlich geworden, wenn die Kollegen vom LKA die Daten zum Routineabgleich herübergeschickt hätten.«

Übereinstimmung? Nun wurde Lenz doch neugierig.

»Von welcher Übereinstimmung sprechen Sie?«

»Auf das Opfer wurde mit einer Waffe geschossen, die im Zusammenhang mit einem Doppelmord bei Ihnen da oben schon einmal benutzt wurde, Herr Lenz.«

›WELCHEM DOPPELMORD?‹, hätte Lenz am liebsten in den Hörer gebrüllt.

»Interessant. Von welchem Doppelmord sprechen Sie, Herr Weingarten?«, flötete er stattdessen.

»Moment, ich muss gerade mal die Akte ziehen.«

Lenz hörte, wie der Hörer abgelegt wurde und Papier raschelte.

»Hier habe ich es. Im Mai diesen Jahres wurde in Baunatal bei Kassel ein Ehepaar erschossen. Doppelmord.«

Ach, dachte Lenz, aber ihm war sofort klar, von welchem Doppelmord der gute Herr Weingarten sprach.

»Die Hainmöllers«, dachte er laut.

»Nein, nicht ganz, Herr Lenz. Johannes und Hedwig Hainmüller.«

Er zog den Umlaut extrem in die Länge.

»Stimmt, Herr Weingarten, Hainmüller.«

Auch er ließ sich nun bei der Umlautbetonung nicht lumpen, aber trotzdem arbeitete sein Gehirn fieberhaft. Der ungeklärte Mord an den Hainmüllers lag mehr als sechs Monate zurück und hatte bis zu diesem Moment mit den Geschehnissen um den IHK-Justiziar und Siegfried Patzke nicht das Geringste zu tun.

»Kein Zweifel möglich?«

»100 Prozent Übereinstimmung. Alle Projektile sind beim Eintritt in die Körper nur marginal verformt worden, deshalb ist die Untersuchung ein Kinderspiel gewesen. Mit absoluter Sicherheit handelt es sich um ein und dieselbe Waffe, eine 9-Millimeter-Makarov.«

Nun fielen Lenz wieder die Details aus dem Bericht der Kriminaltechniker ein.

»Eine Makarov!«, rief er wie elektrisiert. »Aus Russland!«

Am anderen Ende war für einen Moment Schweigen. Dann räusperte Weingarten sich.

»Nein, nicht zwangsläufig. Die Makarov wird zwar noch immer in Russland gefertigt, aber natürlich nicht nur dort. Sie wird zum Beispiel auch bei uns in Deutschland gebaut, in Suhl, oder in Bulgarien. Und in China.«

»Ja, schon klar, Herr Weingarten.«

»Interessanter ist für Sie bestimmt die Tatsache, dass in den beiden Fällen unterschiedliche Munitionen verwendet wurde. Die Hainmüllers wurden mit tschechischer Munition vom Typ ›Sellier&Bellot‹ getötet, wohingegen Patzke mit russischer aus der Fabrik Tula erschossen wurde.« Er machte eine kurze Pause.

»Wie ich Ihnen schon gesagt hatte, die Details finden Sie alle in dem Bericht, den ich Ihnen zuschicke. Und falls Sie bis zum Eintreffen Fragen haben, können Sie mich einfach anrufen, es wird nämlich sicher eine Woche dauern.«

Lenz dachte einen Moment nach, hatte für den Moment allerdings keine Fragen mehr an den Kriminaltechniker.

»Dann danke ich Ihnen dafür, dass Sie mich so schnell über das Ergebnis der Untersuchung informiert haben, Herr Weingarten.«

Er verabschiedete sich, legte den Hörer zurück, die Füße auf die Schreibtischkante und kramte in seinem Gedächtnis nach den Details im Fall der Familie Hainmüller.

Zusammen mit Hain war er zur Wohnung der beiden nach Baunatal gefahren, um Johannes Hainmüller als Zeugen wegen einer Mordserie zu vernehmen, die Kassel seinerzeit in Aufregung versetzt hatte. Was sie dann gefunden hatten, waren die Leichen der beiden inmitten ihrer Mietwohnungsidylle gewesen, aus kürzester Entfernung brutal hingerichtet.

Alle Ermittlungen waren ohne Ergebnis geblieben, und nachdem einige Wochen vergangen waren, wurde die Sache zwar nicht ad acta gelegt, aber doch mit gebremstem Einsatz weiterverfolgt.

Und nun tauchten die beiden wieder auf, in einem ganz anderen Fall.

Er ging zur Tür und rief nach seinem Kollegen.

»Thilo, komm doch mal rüber.«

»Sofort«, tönte es erschrocken von nebenan, und ein paar Sekunden später stand ein verpennt aussehender Hain vor ihm.

»Mir sind die Augen zugefallen, ganz schlagartig. Das muss die Erregung gewesen sein«, erklärte er entschuldigend.

»Mir musst du so was nicht klarmachen, Thilo, ich kenn das. Setz dich und halt dich fest, jetzt wird es nämlich richtig spannend bei uns.«

Dann erläuterte er dem jungen Oberkommissar, was der Kriminaltechniker ihm eröffnet hatte. Hain hörte mit immer größer werdenden Augen zu. Als Lenz fertig war, schüttelte er noch immer ungläubig den Kopf.

»Was um alles in der Welt haben Hedwig und Johannes Hainmüller mit Wolfgang Goldberg und Siegfried Patzke zu tun?«

»Eine 9-Millimeter-Makarov«, antwortete Lenz.

»Aber das ergibt doch überhaupt keinen Sinn, Paul. Die sind vor einem halben Jahr umgebracht worden, ohne erkennbares Motiv und jeglichen Zusammenhang mit der aktuellen Geschichte, zumindest bis heute. Kann es nicht sein, dass die Kriminaltechnik sich einfach irrt?«

Lenz schob das Telefon auf dem Schreibtisch in seine Richtung.

»Ruf den guten Herrn Weingarten noch mal an und teil ihm deine Zweifel persönlich mit. Nachdem ich ihn auch schon danach gefragt habe, wird er sicher vor Begeisterung an die Decke springen.«

»Nee, lass mal, ich hab ja nur gemeint«, entgegnete Hain kleinlaut.

»Gehen wir also davon aus, dass die Jungs in Wiesbaden richtig liegen. Das heißt, wir werden unsere Ermittlungen in eine weitere Richtung lenken, nämlich die der Hainmüllers. Was immer sie mit der aktuellen Geschichte zu tun haben, wir müssen es herausfinden.«

»Und wenn es zwei verschiedene Täter waren, die aus irgendeinem Grund die gleiche Waffe benutzt haben?«

»Dann sollten wir besser auch das herausfinden, Thilo.«

Zwei Stunden später waren alle Mitglieder der SoKo ›Reinhardswald‹ über den Besuch der beiden Kommissare bei Blochin und die Erkenntnisse des BKA informiert. Ludger Brandt war auf dem Weg zu Kriminaldirektor Georg Wissler, seinem Vorgesetzten, um ihn über die neue Entwicklung zu unterrichten. Lenz und Hain saßen mit Rolf-Werner Gecks in Uwe Wagners Büro.

»Die Presse spielt mächtig verrückt, was den Mord an Goldberg angeht, da macht wohl irgendjemand Druck. Die Patzke-Geschichte dagegen wird noch gar nicht so richtig wahrgenommen, zumindest der Zusammenhang nicht. Aber das kommt noch, darauf könnt ihr euch verlassen. Und wenn erst mal publik wird, dass die beiden Hainmüllers mit der gleichen Kanone erschossen worden sind, brennt die Luft. Ich kann mich nämlich noch sehr gut an die Kritik von damals erinnern, als wir auch nach Wochen noch keine greifbaren Ergebnisse oder gar einen Tatverdächtigen präsentieren konnten.«

»Das war komisch«, mischte Gecks sich ein. »Die beiden führten ein völlig normales Leben, waren vielleicht ein klein wenig zu religiös für meinen Geschmack, aber sei's drum. Es gab kein ersichtliches Motiv, sie umzubringen.«

Hain warf ihm einen skeptischen Blick zu.

»Immerhin gab es einen leisen Verdacht gegen Hainmüller in der damaligen Mordsache«, gab er zu bedenken.

»Der sich in Luft aufgelöst hat«, ergänzte Lenz.

»Ich weiß. Aber es erscheint mir so abstrus, dass ihr Tod mit dem von Goldberg und Patzke in Zusammenhang stehen könnte.«

»Dann hilft nur eins, Männer«, empfahl Wagner, »ihr müsst die Verbindungslinien zwischen ihnen finden. Das sieht nach viel Arbeit aus.«

Er stand auf und goss den Kollegen Kaffee nach.

»Das ist leider nur ein Teil der Geschichte. Was zum Beispiel ist mit den Wanzen in Goldbergs Büro, wer hat ihn abgehört? Der Doppelmord im Wald ist außerdem so raffiniert gedreht worden, dass man dahinter Profis vermuten muss, was wieder zu den Wanzen passen würde, denn solche Dinger findet man sicher nicht in den Händen von Amateuren. Und musste Patzke am Ende nur dran glauben, weil er Goldberg kannte und ihm einmal gedroht hatte? Weiterhin denke ich gerade darüber nach, wie ungewöhnlich es ist, dass ein Herr Patzke den Justiziar der IHK überhaupt zu Gesicht bekommt. Normalerweise gibt sich einer wie Goldberg doch gar nicht mit solchen

Knallchargen ab, die landen eher bei einem untergeordneten Mitarbeiter. Da müsst ihr genau hinsehen.«

»Richtig, Uwe, das Gleiche habe ich schon die Sekretärin von Goldberg, diese Frau Hohmann, gefragt. Leider wusste sie keine Antwort, aber ungewöhnlich fand sie es auch.«

Gecks sah auf die Uhr, stellte seine Kaffeetasse auf den Schreibtisch, stand auf und ging langsam zur Tür.

»Leute, ich muss euch jetzt verlassen, ich habe nämlich einen Termin bei dem Verwalter der Wohnung in der Friedrich-Ebert-Straße. Er wollte den Mietvertrag heraussuchen lassen. Wir sehen uns später.«

Damit war er auch schon verschwunden. Lenz nahm einen großen Schluck Kaffee, druckste einen Moment herum und sah dann seine beiden Kollegen ernst an.

»Ich muss euch noch was erzählen, wovon ich bisher nichts gesagt habe. Aber es muss absolut unter uns bleiben, weil ich nicht damit herausrücken kann, wo ich es herhabe. Verstanden?«

Wagner und Hain sahen sich erstaunt an.

»Jetzt will er es richtig spannend machen«, meinte der Pressesprecher.

»Hör auf, der gibt doch nur an. Es gibt nichts, von dem Paul uns nicht erzählen könnte, woher er es weiß.«

Lenz leerte seine Tasse und stellte sie neben die von Gecks.

»Goldberg wollte bei der IHK aufhören und zur BBE wechseln. Das habe ich aus absolut zuverlässiger Quelle erfahren.«

Hain legte den Kopf schief und sah ihn fragend an.

»Bist du sicher?«

»Ganz sicher. Aber ich sag dir trotzdem nicht, woher ich es weiß.«

150

»Und seit wann weißt du davon?«

»Seit heute Morgen«, log Lenz.

»Dann hätten wir Blochin doch danach fragen können.«

»Eben nicht. Ich will natürlich um jeden Preis vermeiden, dass mein Informant auch nur in die Nähe der Enttarnung gerät. Und da ich nicht weiß, wie viele Menschen im Besitz dieser Information sind, ging das nicht.«

»Da muss ich dir recht geben. Aber das heißt auch, dass Blochin uns rotzfrech ins Gesicht gelogen hat.«

»Können wir ihm das beweisen? Was würde es belegen, wenn es tatsächlich so wäre?«

»Ich an seiner Stelle würde argumentieren, dass es sich dabei um Geschäftsinterna handelt, die ich nicht mit jedem hergelaufenen Bullen besprechen will«, mischte Wagner sich ein.

»Gut und schön«, erwiderte Lenz, »ich glaube aber nicht, dass es darum geht, ob er lügt oder nicht. Wir wissen, dass er es tut, also stellen wir uns zielführender die Frage nach dem ›Warum.‹«

Sein Telefon meldete in diesem Moment den Eingang einer SMS, der Hauptkommissar schenkte der kurzen Melodie jedoch keine Beachtung.

»Du hast eine SMS bekommen«, bemerkte Hain völlig überflüssig. »Willst du nicht wissen, wer dir geschrieben hat?«

»Später vielleicht.«

Wagner sah Lenz und dann Hain an.

»Wahrscheinlich wieder eine von diesen mysteriösen, ominösen Nachrichten, über deren Inhalt und vor allem Absenderin wir seit Jahren im Unklaren gelassen werden.«

»Genau«, bestätigte Lenz.

»Es gäbe eine, oder noch besser, zwei Möglichkeiten, wie wir sofort und ohne Aufsehen an die von uns so sehnsüchtig gewünschten Informationen kommen. Am einfachsten wäre, wenn Paul jetzt und hier eine leichte Herzattacke erleiden würde. Dann könnten wir unbehelligt nachsehen.«

»Famose Idee, Thilo«, bestätigte Lenz kopfschüttelnd. »Und Möglichkeit zwei?«

»Wir erschießen dich und lassen es wie Selbstmord aussehen.«

Nun musste der Hauptkommissar herzhaft lachen.

»Noch besser. Dann hätte ich die Sorge weniger, nach der Verbindung zwischen den Hainmüllers und unseren Toten aus dem Reinhardswald suchen zu müssen.«

Er deutete mit dem Zeigefinger auf Hain.

»Weil es nicht so weit kommen wird, müssen du und ich die ganzen Akten im Fall Hainmüller noch einmal durchgehen. Aber vorher schauen wir uns bei Frommerts Familie um, wie wir es heute Mittag schon vorhatten.«

Sie verabschiedeten sich von Wagner, und kurz darauf steckten sie im dicksten Feierabendverkehr. Der einsetzende Schneefall machte das Vorwärtskommen noch mühsamer. Sie hatten die Stadt hinter sich gelassen und befuhren die Ausfallstraße in Richtung Bergshausen. Lenz nutzte die Zeit, um jene Nachricht anzuschauen, die er in Wagners Büro ignoriert hatte.

Ich bin heute Abend ab
20:00 im Frasenweg 12
bei Stoddart und freue mich,
wenn du kommen kannst.
M.

Irritiert las er die Nachricht ein zweites und ein drittes Mal. Sie war unzweifelhaft von Maria, doch er kannte weder die angegebene Adresse, noch hatte er jemals von einem Menschen namens Stoddart gehört. Verwirrt steckte er das Telefon in die Jacke.

»Gute Nachrichten?«, fragte Hain ketzerisch.

»Sehr gute, vielen Dank.«

Das Haus der Frommerts an der Crumbacher Straße sah aus, als wäre es erst kürzlich bezogen worden. Hain stellte den Wagen ab und sah auf das großzügige, moderne Gebäude, das ganz und gar nicht mit der sonstigen Bebauung harmonierte.

»Big is beautyful. Da hat's der gute Waldemar doch mal richtig krachen lassen.«

Sie stiegen aus und gingen über einen gekiesten Weg zur Haustür. Hain legte den Finger auf einen klobigen, bronzefarbenen Ring, der als Auslöser für die Klingel diente. 15 Sekunden später ging im Innern eine Lampe an, und eine Person näherte sich der Tür.

»Was kann ich für Sie tun?«, fragte ein etwa 55-jähriger Mann die Polizeibeamten, nachdem er geöffnet hatte. Er trug einen teuer aussehenden Anzug und ebensolche Schuhe. Sein graumeliertes Haar fiel ihm auf die Schultern, was seinem Auftritt etwas von einem Bohemien gab.

»Kripo Kassel, Hauptkommissar Lenz. Guten Tag. Das ist mein Kollege Hain. Mit wem haben wir das Vergnügen?«, fragte Lenz unverbindlich.

Der Mann an der Tür zog eine Augenbraue hoch.

»Ich bin ein Freund des Hauses. Wie Sie vielleicht wissen, hatte Herr Frommert einen schweren Unfall. Ich bin hier, um Frau Frommert in dieser unglücklichen Zeit beizustehen.«

»Ist Frau Frommert zu Hause?«

»Selbstverständlich ist sie zu Hause, sie möchte jedoch keinen Besuch empfangen. Außerdem hat der Arzt ihr ein Beruhigungsmittel verabreicht.«

»Wir hätten ein paar kurze Fragen zu Freitagabend, es dauert sicher nur einen kurzen Moment. Wie ich schon gesagt habe, Herr ...?«

Der Mann an der Tür zögerte einen Moment.

»Roll. Dr. Herbert Roll.«

Lenz und Hain tauschten einen kurzen, erstaunten Blick.

»Dr. Roll, der Geschäftsführer der IHK Kassel?«

»Ganz richtig. Ich wüsste jedoch nicht, woher wir uns kennen.«

»Das tun wir auch nicht, Herr Dr. Roll, aber es ist schön, dass wir uns hier treffen. An Sie hätten wir nämlich auch ein paar Fragen.«

Der Geschäftsführer machte die Andeutung eines Kopfschüttelns und wirkte dabei ein wenig ungehalten.

»Ich kann mir nicht vorstellen, was ich mit der Polizei zu besprechen hätte, meine Herren. Wenn Sie wirklich etwas auf dem Herzen haben, rufen Sie meine Sekretärin an, die macht gerne einen Termin mit Ihnen. Mehr gibt es jetzt nicht zu sagen. Guten Tag.«

Damit schlug er die Tür zu. Die Polizisten konnten durch die Milchglasscheibe erkennen, dass er sich entfernte, dann ging das Licht im Hausflur aus, und sie standen wie die Deppen vor der Tür.

»Das glaub ich jetzt nicht«, sagte Lenz leise.

»Was zum Teufel bildet der sich denn ein?«

Hain griff erneut an den Klingelring und sah seinen Chef dabei fragend an.

»Warte. Was passiert, wenn er sauer wird?«, gab der Hauptkommissar zu bedenken.

»Na ja, vermutlich ruft er den OB an und beschwert sich über uns. Oder gleich den Polizeipräsidenten, was weiß ich. Du willst dich doch hier nicht so abfertigen lassen, oder?«

»Ich hab keine Lust auf Theater, Thilo. Und wenn du jetzt noch mal auf die Klingel drückst, kriegen wir Theater.«

Er dachte einen Moment nach.

»Mach's.«

»So liebe ich dich, Chef«, antwortete der Oberkommissar begeistert und betätigte die Klingel.

Diesmal dauerte es keine zehn Sekunden, dann stand Roll wieder in der Tür.

»Habe ich mich nicht klar genug ausgedrückt, meine Herren? Frau Frommert ist nicht vernehmungsfähig, und ich habe nichts mit Ihnen zu besprechen. Also, bitte.«

»Nichts für ungut, Herr Dr. Roll, über die Vernehmungsfähigkeit von Frau Frommert würden wir uns gerne unser eigenes Urteil bilden. Wenn Sie also bitte zur Seite treten würden.«

Roll funkelte die beiden Polizisten wütend an. Es sah aus, als würde er fieberhaft überlegen, wie weit er gehen konnte. Dann nahm er die Hand von der Türklinke und ging wortlos ins Haus.

Lenz und Hain sahen sich triumphierend an und folgten ihm. Über einen langen Flur gelangten sie in ein Esszimmer, dem sich ein riesiges Wohnzimmer anschloss. Dort saß eine etwa 40 Jahre alte, dunkelhaarige Frau mit angezogenen und in eine Decke gehüllten Beinen in der Ecke einer großen Couch. Im Hintergrund knisterte ein offener Kamin und sorgte für eine rötliche Grundtönung des nur von einer kleinen Stehlampe diffus beleuchteten Raumes.

Roll stellte sich hinter die Frau und machte eine Handbewegung, die Lenz als Sprecherlaubnis definierte.

Er ging noch einen halben Meter auf die beiden zu, um sie besser sehen zu können.

»Guten Abend, Frau Frommert. Ich bin Hauptkommissar Lenz von der Kriminalpolizei in Kassel, das ist mein Kollege Thilo Hain. Es tut mir leid, dass wir Sie stören müssen, aber wir haben ein paar Fragen zum Unfall Ihres Mannes.«

Die Frau sah ihn an, wischte sich mit einem Taschentuch, das sie in der Faust umklammert hielt, über die Augen und nickte.

»Bitte, Herr Hauptkommissar.«

»Woher kam Ihr Mann in der Nacht, als er den Unfall hatte?«

»Da kann ich Ihnen am besten helfen, Herr Hauptkommissar«, mischte Roll sich ein. »Herr Frommert und ich hatten eine Besprechung. Wir saßen bis kurz nach halb eins zusammen, dann haben wir uns, jeder in seinem Wagen, getrennt auf den Heimweg gemacht.«

»Wo saßen Sie zusammen?«

Hain zückte seinen Notizblock und einen Stift.

»In einem Restaurant in der Stadt. In Kassel, meine ich.«

»Welches Restaurant?«

»Was tut das denn zur Sache? Wir waren in einem Restaurant und haben dort gegessen, basta. Dann ist Herr Frommert nach Hause gefahren und dabei verunglückt.«

Lenz wandte den Blick von Roll ab und sah die Frau an. Sie zog die Decke ein Stück höher.

»Frau Frommert, würde es Ihnen etwas ausmachen, auf die Anwesenheit von Dr. Roll während unseres Gespräches zu verzichten? Ich habe ein paar Fragen, die ich gerne mit Ihnen unter vier Augen erörtern möchte.«

Sie sah den Kommissar unsicher an. Dann nickte sie.

»Es ist gut, Herbert. Ich komme schon zurecht. Außerdem wolltest du ohnehin längst zu Hause sein.«

Roll blähte die Lungen zu einem Protest, doch die Frau griff nach seiner Hand und deutete mit einem Kopfnicken an, dass sie wirklich ohne ihn zurechtkommen würde.

»Wie du willst, Hanne.«

Er ging um die Couch herum, gab ihr einen Kuss auf die Wange und flüsterte ihr dabei etwas ins Ohr. Sie nickte erneut.

»Ich bringe Sie raus«, bot Hain ihm an, doch der IHK-Mann lehnte ab.

»Ich finde schon allein hinaus«, erwiderte er schmallippig.

Hain ging trotzdem hinter ihm her und drückte die Haustür kräftig ins Schloss, nachdem Roll das Haus verlassen hatte.

»Schön, dass Sie meinem Wunsch nachgekommen sind, Frau Frommert«, begann Lenz das Gespräch.

»Herbert …, Dr. Roll, ist der beste Freund meines Mannes, nur manchmal ein wenig übereifrig. Es ist im Moment eine ganz schwere Zeit für mich, deswegen habe ich mich über seinen Besuch wirklich gefreut.«

»Gibt es etwas Neues von Ihrem Mann?«, fragte Lenz vorsichtig.

»Nein, leider nicht. Er liegt seit dem Unfall im Koma, und die Prognose ist nicht gut. Wenn er jemals wieder zu sich kommen sollte, ist nicht auszuschließen, dass er ein Pflegefall sein wird.«

Lenz wunderte sich, wie ruhig und abgeklärt die Frau über den Zustand ihres Mannes sprach.

»Ich habe bis heute Nachmittag bei ihm am Bett gesessen, dann ging es nicht mehr, und ich bin zusammengebrochen. Jetzt können wir nur warten und hoffen.«

»Sie haben Kinder?«

»Ja, zwei Mädchen. Neun und sieben. Sie sind bei meinen Eltern. Ich dachte, ich würde noch länger am Krankenbett bleiben, und die beiden sind noch nicht alt genug, um sich alleine zu versorgen.«

»Sie wohnen noch nicht lange hier, wie es aussieht.«

»Nein. Wir sind erst im Sommer hierher gezogen. Vorher hatten wir ein kleines, gemütliches Haus in Kassel. Es war der große Traum meines Mannes, ein solches Haus zu bauen und darin zu leben.«

Erneut wischte sie mit dem Taschentuch über ihr Gesicht.

»Aber Sie sind doch nicht zu mir gekommen, um sich über den Zustand meines Mannes zu informieren; das könnten Sie viel einfacher haben.«

Ihr Blick pendelte zwischen Lenz und Hain hin und her.

»Und wenn ich Sie vorhin richtig verstanden habe, sind Sie von der Kriminalpolizei. Was hat die Kriminalpolizei mit dem Unfall meines Mannes zu tun?«

Lenz nahm kurz den Blick von ihrem Gesicht und sah durch das große Fenster hinaus in den dunklen Garten, bevor er antwortete.

»Es gibt starke Anzeichen für ein Fremdverschulden am Unfall Ihres Mannes, Frau Frommert. Sehr wahrscheinlich müssen wir sogar von einem Verbrechen ausgehen.«

Sie nickte, schien jedoch nicht sofort zu verstehen, was Lenz gesagt hatte. Dann riss sie die Augen auf und sah ihn mit entgeistertem Blick an.

»Ein Verbrechen? Fremdverschulden?« Sie schüttelte heftig den Kopf. »Was reden Sie denn da? Wollen Sie damit sagen, jemand hätte meinen Mann von der Straße gedrängt? Das ist nicht Ihr Ernst!«

»Leider doch«, erwiderte Hain. »Wie mein Kollege schon sagte, gibt es mehr als deutliche Hinweise auf ein Verbrechen.«

Die Frau strampelte mit den Füßen die Decke weg, setzte sich aufrecht und fing an zu schluchzen.

»Wer sollte denn so etwas machen? Wer sollte versuchen meinen Mann ... umzubringen?«

»Das wissen wir nicht, aber wir sind hier, weil wir es herausfinden wollen, Frau Frommert«, sagte Lenz beruhigend.

»Hat Ihr Mann Feinde, von denen Sie wissen?«, fuhr er fort.

»Feinde? Mein Mann hat keine Feinde. Wir haben Freunde, aber doch keine Feinde.«

»Gehörte zu den Freunden auch Wolfgang Goldberg?«

»Ja, natürlich, auch Wolfgang. Eine schreckliche Sache, die ihm passiert ist.«

»Wir fragen uns, ob es zwischen dem Tod von Herrn Goldberg und dem Unfall Ihres Mannes einen Zusammenhang geben könnte. Zwei leitende Mitarbeiter der IHK Kassel, die innerhalb von wenigen Tagen Opfer von Verbrechen werden ... Da fällt es schwer, an einen Zufall zu glauben.«

»Leider kann ich Ihnen trotzdem nicht mit Feinden dienen, Herr Kommissar. Mein Mann und ich haben zwar nicht viel über seinen Beruf gesprochen, weil mich das nie interessiert hat, aber selbst wenn dort etwas Derartiges vorgekommen wäre, hätte er mir sicher davon erzählt.«

»Was meinen Sie mit ›etwas Derartiges‹?«

Sie sah ihn erschrocken an und überlegte einen Moment. Einen langen Moment.

»Nun ja, etwas Derartiges wie Feindschaft. Sie haben mich doch nach Feinden gefragt.«

»Hat Ihr Mann Ihnen erzählt, wo er am Freitagabend hin wollte? Oder mit wem?«

»Wie Herr Dr. Roll schon gesagt hat, die beiden waren verabredet. Mein Mann hatte mir nicht genau gesagt, wo sie sich treffen wollten, doch in der Regel finden solche Meetings immer im Restaurant ›Pfeffermühle‹ in der Frankfurter Straße statt.«

»Und es war ein Meeting, an dem nur Dr. Roll und Ihr Mann teilnehmen wollten?«

»Das weiß ich leider nicht, Herr Kommissar.«

»Ist es nicht ungewöhnlich, ein solches Treffen am Freitagabend?«

»Die beiden sind befreundet. Sie haben sich oft außerhalb des beruflichen Umfelds getroffen.«

Hain ließ den Blick durch das Zimmer wandern.

»Das ist ein sehr großes, luxuriöses und sicher auch sehr teures Haus, das Ihr Mann sich hier als Traum erfüllt hat. Ist es ein Geheimnis, wie viel Ihr Mann verdient?«, fragte er.

»Da müssen Sie sich schon gedulden, bis mein Mann aus dem Koma erwacht. Ich will Ihnen dazu keine Auskunft geben. Es ist genug, so viel kann ich Ihnen versichern.«

»Hat Ihr Mann sich vielleicht bei Ihnen gemeldet, als er auf dem Heimweg war?«

»Nein, das ist nicht nötig. Wir schlafen getrennt, also gab es dafür keine Veranlassung. Außerdem lag ich um neun im Bett, ich hatte starke Migräne. Das wusste er.«

Lenz sah auf die Uhr und stand dann langsam auf.

»Im Moment haben wir keine Fragen mehr, Frau Frommert. Aber es kann sein, dass wir Sie noch einmal belästigen müssen, wenn sich etwas Neues ergibt. Bis dahin danken wir Ihnen und hoffen, dass es Ihrem Mann möglichst bald besser geht.«

18

»Ich hätte zu gerne gewusst, was Roll ihr zum Abschied ins Ohr geflüstert hat«, sinnierte Hain, während er den Mazda auf die Hauptstraße lenkte.

»Und ich wüsste noch viel lieber, warum er aus dem Treffpunkt so ein Geheimnis gemacht hat.«

»Wollen wir kurz in der ›Pfeffermühle‹ vorbeifahren und nachfragen, ob die beiden am Freitagabend dort gewesen sind?«

»Das ist doch mal eine richtig gute Idee, Thilo. Lass uns das machen.«

Der Oberkommissar fuhr auf die Autobahn, verließ sie an der Ausfahrt Niederzwehren und parkte fünf Minuten später vor dem hell erleuchteten Restaurant in der Frankfurter Straße.

»Geh alleine rein, Thilo, ich muss noch einen Anruf erledigen.«

Hain sah ihn irritiert an.

»Das sagt der größte Kontrollfuzzi der westlichen Hemisphäre? Der Anruf muss ja was ganz Besonderes sein.«

Lenz lächelte, verzichtete jedoch auf eine Antwort.

Hain verließ ohne ein weiteres Wort den Wagen und war kurze Zeit später im Eingang der Gaststätte verschwunden. Lenz zog sein Telefon aus der Jacke, drückte die Kurz-wahltaste mit dem vielsagenden Kürzel M und wartete. Es klingelte sechs Mal, dann hörte er Marias Stimme.

»Ich bin leider zurzeit nicht erreichbar, bitte hinterlassen Sie mir eine Nachricht.«

Er beendete das Gespräch, dachte noch einmal mit Erstaunen an den von Maria vorgeschlagenen Treffpunkt, steckte das Telefon zurück und schmunzelte. Was immer das alles zu bedeuten hatte, er würde Maria an diesem Abend sehen.

Ein paar Minuten später tauchte Hain wieder im Eingang auf, kam langsam auf das Auto zu, öffnete die Fahrertür und beugte sich hinunter.

»Hier waren sie nicht«, sagte er und zwängte sich in den Sitz.

»Sicher?«

»Ganz sicher. Die Bedienung hat am Freitagabend Dienst gehabt, und es war so voll wegen der ganzen Weihnachtsfeiern, dass es im ganzen Lokal nur noch drei freie Tische gab. Sie kennt sowohl Roll als auch Frommert und ist sich ganz sicher, dass keiner von ihnen am Freitag dort war.«

»Dann müssen wir doch noch mal mit dem guten Herrn Dr. Roll sprechen. Ich will wissen, warum er uns nicht erzählen will, wo er sich wirklich mit Frommert getroffen hat.«

»Schön. Ich finde, wir haben uns unseren Feierabend für heute verdient. Wenn du nichts dagegen hast, mach ich jetzt Schluss.«

»Nein, für heute ist es gut.«

»Soll ich dich nach Hause bringen?«

»Nein, nein, ich will mir noch ein wenig die Beine vertreten. Und für den Rest nehme ich den Bus. Lass mich einfach am Rathaus raus.«

Lenz bat den Fahrer des Taxis, in das er am Friedrichsplatz gestiegen war, ihn an der Ecke Wolfhager Straße/Frasenweg aussteigen zu lassen. Den Rest ging er zu Fuß, bis er vor dem Eingang des Hauses Nummer zwölf stand. Es war ein großer, unpersönlicher, von außen jedoch sehr gepflegt wirkender Wohnblock mit etwa 40 Namensschildern, also perfekt für ein konspiratives, anonymes Treffen zwischen der Frau des OB und ihrem Geliebten. Trotzdem hätte Lenz sich besser gefühlt, wenn er etwas mehr über die Umstände und den Hintergrund der Adresse gewusst hätte. Er setzte seine Lesebrille auf, suchte so lange die Klingelschilder ab, bis er den Namen Stoddart gefunden hatte, und legte den Finger auf den kleinen Aluminiumknopf.

»Ja«, hörte er Marias vertraute Stimme aus der Sprechanlage.

»Pizzaservice«, sagte er grinsend und sah sich dabei in alle Richtungen um.

»Schön, kommen Sie hoch. Fünfter Stock, links hinten am Ende des Flurs.«

Lenz nahm die Treppe und stand kurze Zeit später leise keuchend vor der Tür mit dem Namen Stoddart. Er klopfte leise und trat einen Schritt zurück. In diesem Moment klackte es leise und das Licht im Flur ging aus, dann wurde die Tür geöffnet und Maria stand vor ihm.

»Komm rein«, flüsterte sie, zog ihn am Kragen hinter sich her in den Flur, warf die Tür krachend ins Schloss, umarmte und küsste ihn.

»Schön, dass du gekommen bist. Ich hatte schon Angst, meine Einladung wäre etwas kurzfristig für dich und deine Planung gewesen.«

»Nein, nein«, antwortete er, befreite sich sanft aus ihrer Umklammerung und versuchte, einen Blick in die Wohnung zu werfen.

»Immer im Dienst, der Herr Kommissar«, tadelte sie ihn mit gespieltem Vorwurf in der Stimme.

»Ich wollte nur wissen, ob wir allein sind.«

Sie deutete um die Ecke in ein angrenzendes Zimmer.

»Nein, sind wir leider nicht. Da drinnen sitzt Erich. Er hat ein paar Würfelbecher mitgebracht und erwartet von dir, dass du jetzt mit ihm um die Rechte an seiner Frau spielst.«

Lenz warf einen schnellen Blick um die Ecke. Außer einem einladenden französischen Bett und ein paar anderen Schlafzimmerutensilien gab es in dem Raum jedoch nichts zu sehen.

»Und was für eine Wohnung hast du hier besetzt?«

Maria ging nach links in die Küche, nahm zwei Tassen aus dem Schrank und füllte Kaffee ein.

»Du nimmst doch einen?«

»Ja, gerne.«

»Also, die Sache mit der Wohnung ist relativ schnell erzählt. Sie gehört einer Freundin von mir, Judy Stoddart. Sie ist Amerikanerin und wir kennen uns seit einer Ewigkeit. Als ihr Mann vor ein paar Jahren mit einer Jüngeren abgehauen ist, hat sie ihr Haus verkauft und sich dafür diese Wohnung zugelegt. Gestern hat sie mich angerufen und gefragt, ob ich in den nächsten Tagen oder Wochen, das wusste sie nicht genau, hier nach den Blumen sehen könnte. Sie musste nach Amerika fliegen, weil ihre Mutter vor ein paar Tagen einen Schlaganfall hatte.«

Maria küsste ihn auf die Nase, drückte ihm die Kaffeetassen in die Hand und schaltete das Licht aus.

»Und das ist der Grund, warum wir jetzt ein kleines Liebesnest hier in Harleshausen haben. Komm, wir gehen rüber in die Komfortzone.«

»Und es ist sicher, dass nicht irgendwann eine Putzfrau hier erscheint oder jemand, der sich um die Fische im Aquarium kümmern will?«

»Gibt kein Aquarium, Judy mag keine Tiere. Und sie ist sehr penibel und würde es nie zulassen, dass jemand anderes als sie selbst sich mit der Pflege ihrer vier Wände beschäftigt. Du musst keine Angst haben, Paul, wir sind hier ganz unter uns und ungestört. Sogar die Rollläden habe ich gleich runtergelassen, als ich gekommen bin.«

Maria schob ihn sanft vor sich her, bis sie vor einer halbrunden Ledercouch standen. Dort nahm sie ihm die Tassen ab, stellte sie auf den Tisch, zog ihm die Jacke aus und warf sie über einen Stuhl.

»Und jetzt hör bitte auf mit dieser Paranoia, setz dich hin und erzähl mir, wie viele Verbrecher du heute zur Strecke gebracht hast.«

»Gar keinen«, antwortete er resigniert und ließ sich nach hinten fallen.

Maria streifte ihre Schuhe ab, griff nach einer leichten Decke, die am unteren Ende des Sofas lag, und rollte sich darin ein, den Kopf auf seinen Beinen.

»Und warum gab es heute keine bösen Buben zu fangen?«

Es ist wie nach Hause kommen, dachte Lenz, bevor er antwortete.

»Na ja, den einen oder anderen hätte es schon gegeben.«

Und dann erzählte er ihr von seinem Tag. Sie hörte aufmerksam zu, nickte manchmal mit dem Kopf oder schüttelte ihn. Als Lenz auf den Anruf ihres Mannes zu sprechen kam, wurde sie ernsthaft wütend.

»So was erzählt er mir nie. Er tut immer, als sei er der Oberbürgermeister aller Kasseler, aber in Wahrheit hält er so wenig Kontakt wie möglich zu den einfachen Leuten. Nur seine Parteibonzen oder solche Wichtigtuer wie dieser Blochin, die haben einen direkten Draht zu ihm. Und natürlich diejenigen, die ihm vielleicht irgendwann noch einmal nützlich sein könnten. Manchmal kann ich nicht so schnell kotzen, wie mir schlecht wird.«

Er strich über ihr Haar, beugte sich nach unten und küsste sie auf die Stirn.

»Nun mal ganz ruhig, Maria. Ich kann deinen Ärger gut verstehen, aber er ist Politiker. Und er handelt wie ein Politiker.«

»Wie ging die Sache dann weiter?«, wollte sie wissen.

Er erzählte von Hains großartigem Bluff und dem Risiko, das sie damit eingegangen waren.

»Es wird schon gut gehen. Wir hoffen mal, dass Blochin glaubt, dass wir das Gespräch wirklich aufgezeichnet haben. Wenn nicht, stehen wir allerdings ganz schön mit dem Hintern an der Wand.«

Als er in seinen weiteren Schilderungen bei dem Anruf aus Wiesbaden und der möglichen Verbindung des ermordeten Ehepaars Hainmüller aus Baunatal zu dem aktuellen Fall angekommen war, setzte Maria sich auf die Knie.

»Die Geschichte von damals? Was soll es denn da für eine Verbindung geben? Die haben doch weder was mit der IHK noch mit der BBE zu tun gehabt.« Sie sah ihn mit gerunzelter Stirn an.

»Hast du schon irgendeine Idee, welche Verbindung es zwischen den Toten geben könnte?«

»Nein, leider gar keine. Aber wenn es eine geben sollte, werden wir sie finden.«

»Vielleicht hat ja ein Mörder dem anderen seine Pistole verkauft? Oder geliehen?«

Lenz war amüsiert.

»Auch diese Möglichkeit werden wir prüfen, wobei ich nicht ganz sicher bin, ob Mörder ihre Mordwaffen lieber auf dem Flohmarkt anbieten oder bei einem Online-Auktionshaus.«

Sie stieß ihm die Faust in die Rippen.

»Verarsch mich nicht. Du wirst sehen, am Ende habe ich bestimmt recht mit meiner Theorie.«

Er schob seine Hand unter ihren Pullover und begann langsam ihren Rücken zu streicheln.

»Versuch's erst gar nicht. Nach solchen Frechheiten bin ich immun gegen deine Annäherungsversuche.«

»Schade«, antwortete er, fuhr mit der Hand unter den Träger ihres BH und löste den Verschluss.

»Auch das bringt dich keinen Millimeter weiter«, zischte sie vergnügt, drehte sich auf den Bauch und verschränkte die Arme vor der Brust.

Lenz sah sie einen Moment lang an, dann stand er auf, zog seine Schuhe aus, setzte sich auf ihren Po, schob den Pullover hoch und begann mit beiden Händen ihren Rücken zu massieren.

»Das ist nicht fair, Paul. Du weißt, dass ich willenlos werde, wenn du so anfängst«, versuchte sie den Anschein von Widerstand zu wahren, schob allerdings gleichzeitig den Kopf nach vorne und strich sich die Haare aus dem Genick.

»Wie viel Zeit habe ich denn, um dich davon zu überzeugen, dass du nicht immun bist?«, fragte er scheinheilig und griff dabei vorsichtig unter ihren Achseln hindurch nach ihren Brustwarzen.

Sie stöhnte wohlig auf, stemmte den Oberkörper auf die Ellbogen und zog den Kopf zurück.

»Viel länger, als dir lieb sein dürfte, du Mistkerl.«

19

»Frommert ist letzte Nacht um halb drei gestorben.«

Lenz stand in der Tür zu Hains Büro und wäre am liebsten sofort wieder nach Hause gefahren.

»Vielleicht besser so für ihn«, antwortete der Hauptkommissar müde.

Maria und er hatten sich um halb vier voneinander verabschiedet, danach war er zu Fuß nach Hause gegangen.

»Alles in Ordnung mit dir?«

»Ich hab schlecht geschlafen«, log der Hauptkommissar, weil er seinem Kollegen nicht erklären wollte, dass er eigentlich gar nicht zum Schlafen gekommen war.

»Wie du schon bemerkt hast, für ihn ist es wahrscheinlich besser so; wir allerdings haben einen potenziellen Zeugen verloren. Ich bin mir sicher, dass er uns einiges über die Verbindung zwischen der IHK und der BBE hätte erzählen können, was meinst du?«, wollte Hain wissen.

Lenz gähnte.

»Wenn er denn gewollt hätte. Im Moment wissen wir leider nicht einmal, wie er in die ganze Sache hineinpasst.«

»Aber das wissen wir bei Goldberg und Patzke auch noch nicht so genau.«

»Wir sollten wenigstens nachsehen lassen, ob sein Büro auch verwanzt ist«, schlug Hain vor.

Lenz dachte einen Moment nach.

»Gute Idee. Stimm das doch mal mit der Staatsanwaltschaft und der Spurensicherung ab. Und danach gehen wir rüber zu Roll und lassen uns erzählen, wo sich die beiden am Freitag getroffen haben. Ich gehe in der Zwischenzeit in die Kantine und frühstücke was.«

Um halb zehn betraten die beiden Kommissare das Gebäude der IHK. Lenz hatte zwei Croissants gegessen, einen großen Milchkaffee getrunken und fühlte sich nun bedeutend besser, auch wenn er bezweifelte, dass dies ein schöner Tag für ihn werden würde.

»Zu Dr. Roll, bitte.«

Beide Polizisten hielten ihre Dienstausweise hoch. Die Dame am Empfang hieß Kratz und war um einiges freundlicher als ihre Kollegin Schiller ein paar Tage zuvor.

Zwei Minuten später saßen sie Roll an dessen Schreibtisch gegenüber. Er war bereits über Frommerts Tod informiert.

»Eine ganz traurige Nachricht, meine Herren. Ganz traurig, denn ich habe nicht nur meinen Stellvertreter, sondern auch einen guten Freund verloren.«

»Ja, sehr traurig«, paraphrasierte Lenz ironisch, »aber wir müssen jetzt trotzdem die Wahrheit darüber wissen, wo Sie und Herr Frommert den Freitagabend verbracht haben. Was Sie uns nämlich bisher darüber aufgetischt haben, passt hinten und vorne nicht zusammen, Herr Roll.«

Der Geschäftsführer legte die Hände vor seinem Gesicht zusammen. Nun sah er aus wie ein langhaariger Pastor, der zur Predigt ansetzt.

»Hanne, also Frau Frommert, hat mir schon davon berichtet, dass Sie davon ausgehen, sein Tod wäre kein Unfall gewesen. Zunächst einmal ist das für mich undenkbar. Wir haben zuerst unseren Justiziar durch ein Gewaltverbrechen verloren, und jetzt soll auch noch Waldemar Frommert umgebracht worden sein? Beim besten Willen, meine Herren, das kann ich mir nicht vorstellen. Wer sollte so etwas tun?«

»Um uns die Antwort auf diese Frage zu erleichtern, sollten Sie am besten mit der Wahrheit über den Freitagabend herausrücken.«

Roll atmete tief ein, sodass sich sein schmächtiger Brustkorb wölbte.

»Wir waren auf der Weihnachtsfeier eines Mitgliedsunternehmens. Ich mache daraus kein Geheimnis, bitte Sie aber trotzdem, diese Information mit der nötigen Diskretion zu behandeln.«

»Um welches Unternehmen handelt es sich dabei?«

»Die Firma BBE, einen großen Versicherungsmakler.«

Lenz und Hain sahen sich überrascht an.

»Warum sollten wir diese Information nach Ihrer Meinung mit Diskretion behandeln? Sie haben doch sicher an diesem Abend nichts Ehrenrühriges getan«, meinte Hain.

»Nun ja, wie man es nimmt.«

Lenz sah ihn erstaunt an.

»Jetzt machen Sie uns aber richtig neugierig, Herr Dr. Roll. Wie könnte man was denn nehmen, Ihrer Meinung nach?«

Roll legte die Hände auf den Schreibtisch und setzte sich aufrecht.

»Herr Blochin ist dafür bekannt, dass seine Partys, auch Weihnachtsfeiern, mehr den Charakter eines Events haben. Er ist sehr darum bemüht, den Teilnehmern einen größtmöglichen Unterhaltungsfaktor zu generieren. Das war natürlich auch am Freitag so.«

»Und worin bestand der Eventcharakter genau?«, wollte Hain wissen.

»Wie gesagt, ich muss mich da auf Ihre absolute Diskretion verlassen …«

»Können Sie, Herr Dr. Roll.«

Wieder dauerte es einen Moment, bis Roll weitersprach.

»Ab einem bestimmten Zeitpunkt haben ein paar Damen das Kommando übernommen.«

Er sah die Polizisten mit einem um Verständnis heischenden Blick an, doch weder Lenz noch Hain zeigten irgendeine Form von Regung.

»Damen, mit denen man sonst nichts zu tun hat, wenn Sie verstehen?«

Lenz strich sich mit der Handinnenfläche übers Kinn.

»Sie meinen Prostituierte?«

»Nun ja, wenn Sie es so nennen wollen, sprechen wir von Prostituierten. Ich allerdings würde den Begriff Begleitdamen vorziehen.«

»Begleitdamen?«

»Ja, Begleitdamen.«

»Sie können es nennen, wie Sie wollen, Herr Dr. Roll, ich verstehe es so, dass Blochin seine Weihnachtsparty mit ein paar Nutten aufgepeppt hat. Ist das richtig?«

Roll ließ den Kopf sinken.

»Ja, das ist richtig.«

»Uns ist es eigentlich völlig egal, wie die in der Region ansässigen Unternehmen ihre Weihnachtsfeiern gestalten. Allerdings haben wir in diesem Fall den Verdacht, dass währenddessen Frommerts Wagen dergestalt manipuliert wurde, dass er keine funktionierenden Airbags und kein ABS mehr hatte. Dann hat man ihn von der Straße gedrängt, um es wie einen Unfall aussehen zu lassen. Und nun sitzen wir hier, Herr Dr. Roll, und fragen uns, was bei Ihnen im Haus so schrecklich schiefläuft, dass zwei leitende Mitarbeiter innerhalb einer Woche ermordet werden. Helfen Sie uns weiter.«

Roll machte große Augen und sah die Polizisten empört an.

»Sie glauben, dass die Morde etwas mit unserer Organisation zu tun haben könnten? Das ist absurd, meine Herren, absolut absurd.«

»Wie würden Sie es denn erklären?«

»Es kann sich nur um eine unglückliche Duplizität der Ereignisse handeln. Herr Goldberg und Herr Frommert waren langjährige und integre Mitarbeiter, für die ich meine Hand ins Feuer legen würde.«

Hain zog sein Notizbuch aus der Tasche und blätterte darin.

»Sind Sie über eine Meinungsverschiedenheit zwischen Herrn Goldberg und einem gewissen Siegfried Patzke, einem Werkstattbesitzer, informiert?«

»Ja, sicher. Wir mussten einmal sogar von unserem Hausrecht Gebrauch machen und Herrn Patzke von der Polizei des Geländes verweisen lassen, weil er Herrn Goldberg in dessen Büro bedroht hatte.«

»Herr Goldberg hat ihn falsch beraten.«

»Moment, Moment. Da steht Aussage gegen Aussage. Ich bin der festen Überzeugung, dass Wolfgang Goldberg Herrn Patzke nach bestem Wissen und Gewissen beraten hat.«

»Wissen Sie, dass Herr Patzke ebenfalls tot ist? Er wurde erschossen aufgefunden, nur 300 Meter von Goldbergs Fundort entfernt.«

»Ich habe davon gelesen, ja. Aber was soll denn die eine Sache mit der anderen zu tun haben. Ich kann nur noch einmal darauf hinweisen, dass Wolfgang Goldberg ein qualifizierter und kompetenter Jurist gewesen ist.«

»Wie kommt es eigentlich, dass Herr Patzke von Herrn Goldberg persönlich beraten wurde? Ist das nicht ungewöhnlich, macht das nicht normalerweise ein Sachbearbeiter?«

»Darüber kann ich Ihnen keine Auskunft geben, weil ich den Fall nicht genau genug kenne. Aber grundsätzlich werden alle unsere Mitglieder von unseren Mitarbeitern gleich gut beraten, egal ob vom Justiziar oder vom Sachbearbeiter.«

»Ihre Zwangsmitglieder«, warf Lenz provozierend ein.

Roll hob abwehrend die Hände.

»Wir haben eine Pflichtmitgliedschaft, meine Herren, keine Zwangsmitgliedschaft. Der Gesetzgeber …«

»Das ist jetzt nicht unser Thema, Herr Dr. Roll. Uns würde vielmehr interessieren, in welcher Verbindung Herr Goldberg und die BBE standen. Ging die Zusammenarbeit über das normale Maß der Beratung eines IHK-Mitglieds hinaus?«

»Nein, nicht dass ich wüsste. Was meinen Sie damit?«

»Gab es eine Verbindung zwischen Ihrem Justiziar und der BBE, die den normalen Rahmen der Zusammenarbeit überschritten hat?«

Roll griff zu seinem Krawattenknoten und zog nervös daran herum.

»Noch einmal, nein. Darüber ist mir nichts bekannt.«

»Sind Sie da ganz sicher?«, fragte Lenz nun mit einem leicht drohenden Unterton in der Stimme.

»Was soll das bitte, Herr Kommissar. Wenn ich Ihnen sage, dass ich darüber nichts weiß, müssen Sie mir schon glauben.«

Hain sah Lenz von der Seite an. Wahrscheinlich hätte er gerne weitergefragt, doch Lenz schüttelte kaum sichtbar den Kopf.

»Gut. Ich muss noch einmal auf den Freitagabend zurückkommen, Herr Dr. Roll. Irgendwann kamen ein paar Damen ins Spiel, und wie ging es dann weiter?«

»Einige der Herren haben sich mit den Damen zurückgezogen. Ich natürlich nicht. Für mich ist diese Form der Freizeitgestaltung nichts, müssen Sie wissen.«

»Natürlich. Wie sah die Sache bei Herrn Frommert aus?«

»Dazu kann ich Ihnen leider keine Auskunft geben. Ich war in ein sehr intensives Gespräch mit Herrn Blochin vertieft und habe mich nicht darum gekümmert, was Waldemar in dieser Zeit gemacht hat. Aber ich kann mir beim besten Willen nicht vorstellen, dass er mit einer der Damen ..., wie soll ich sagen, etwas angefangen hat. Er war glücklich verheiratet, Sie haben seine Frau kennengelernt. Da schließt sich so etwas doch von vornherein aus.«

»Haben Sie gemeinsam mit Herrn Frommert die Feier verlassen?«

»Nein, ich bin erst gegen drei Uhr am Morgen aufgebrochen.«

»Ist jeder von Ihnen mit seinem eigenen Wagen dort gewesen?«

»Ja.«

»Standen die Autos auf dem Firmenparkplatz?«

»Meiner direkt vor dem Haupteingang. Wo Herr Frommert geparkt hatte, entzieht sich leider meiner Kenntnis, weil er nach mir gekommen war.«

»Sie sind den ganzen Abend nicht vor der Tür gewesen?«

»Nein, dazu gab es keine Veranlassung.«

Lenz wurde den Eindruck nicht los, dass Roll ihnen etwas verheimlichte.

»Haben Sie sich schon nach einem neuen Justiziar umgesehen?«

»Natürlich nicht, die Sache liegt ja erst ein paar Tage zurück. Außerdem gebietet die Pietät eine gewisse Schamfrist. Herr Goldberg ist noch nicht einmal beerdigt.«

»Hatte Herr Goldberg einen befristeten Vertrag?«

»Nein, wo denken Sie hin? Er war seit vielen Jahren bei uns und wäre garantiert auch bis zum Renteneintritt bei uns geblieben. Solch eine Stellung gibt man nicht ohne schwere Not auf.«

»Und er hat nie Abwanderungsgedanken geäußert?«

»Nein, er war sehr glücklich mit seiner Arbeit.«

Lenz sah dem Mann lange in die Augen, doch Roll hielt seinem Blick stand. Wenn Maria recht hatte und er wirklich darüber informiert war, dass Goldberg zur BBE wechseln wollte, war er ein brillanter Lügner.

»Eine Frage hätte ich allerdings im Gegenzug an Sie, meine Herren.«

»Bitte«, antwortete Lenz.

Der Geschäftsführer stand auf, ging zum Fenster und sah hinunter in den Hof.

»Herrn Goldbergs Mercedes steht noch auf seinem Parkplatz. Hätten Sie etwas dagegen, wenn wir ihn abholen lassen?«

Hain sprang auf, sah auf den zugeschneiten Wagen und schluckte.

»Nein, lassen Sie mal, wir wollten uns ohnehin heute darum kümmern. Die Kollegen der Spurensicherung haben den Auftrag, ihn zu untersuchen.«

»Das glaube ich jetzt nicht«, zischte Lenz, als sie die Tür zu Rolls Büro hinter sich geschlossen hatten. »Wir lassen in der ganzen Republik nach der Karre fahnden und sie steht gegenüber auf dem Hof.«

»Nun halt mal die Bälle flach, Paul. Wir haben uns beide nicht vernünftig um den Wagen gekümmert. Schieb jetzt nicht mir die Schuld dafür in die Schuhe.«

»Ich hab dir gesagt, du sollst dich um das Auto kümmern. Ich hab nicht gesagt, dass du es an eine Praktikantin weitergeben sollst, die danach suchen lässt. Das war schlechte Arbeit Thilo, ganz schlechte Arbeit.«

Ein leises Klingeln signalisierte in diesem Moment die Ankunft des Fahrstuhls. Die Türen öffneten sich, und Heini Kostkamp und Martin Hansmann kamen auf sie zu.

»Ich hatte mich eigentlich darauf eingestellt, dass ich mir bis Weihnachten gemütlich die Eier schaukeln kann, weil die zweite Dezemberhälfte bei uns, historisch gesehen, immer die Zeit mit der wenigsten Arbeit ist, Paul. Scheinbar hast du da was gegen.«

Lenz drehte sich um und ging wortlos auf Frommerts Bürotür zu.

»Hoho, dicke Luft bei den Herren von der Gewaltabteilung«, erkannte Kostkamp richtig und trottete hinter Lenz her, als sich Rolls Tür öffnete und er auf den Flur trat.

»Unsere Frau Kratz hat mich darüber informiert, dass Sie sich das Büro von Herrn Frommert ansehen möchten, meine Herren. Macht es Ihnen etwas aus, wenn ich zugegen bin, während Sie das tun.«

Kostkamp drehte sich um und bedachte den Geschäftsführer mit einem tödlichen Blick.

»Besser nicht«, erwiderte er emotionslos.

20 Minuten später waren sie sicher, dass Frommerts Büro nicht verwanzt war. Die Detektoren hatten keinen Hin-

weis auf Abhörgeräte geliefert, trotzdem hatten sie das komplette Büro auf den Kopf gestellt. Ohne Ergebnis.

»Hier sieht es genauso aus wie drüben bei dem andern«, stellte Kostkamp ernüchtert fest.

»Alles aufs Feinste gewienert und frei gemacht von Spuren.« Er sah in einen Aktenordner und rümpfte die Nase.

»Selbst die Tarnakten sind die gleichen. Wir nehmen zwar den ganzen Krempel wieder mit, aber ich halte das für ausgemachten Schwachsinn.«

»Nichts gefunden zu haben, heißt nicht, dass der Raum vorher wanzenfrei war«, gab Lenz zu bedenken.

»Vielleicht sind die Dinger einfach in den letzten Tagen ausgebaut worden.«

»Das kann durchaus sein, mein Freund«, stimmte Kostkamp mit einem Schulterzucken zu, »aber ich bezweifle, dass wir dann jemals etwas davon erfahren werden.«

»Wir hätten noch eine andere dringende Sache für euch«, eröffnete Hain den Kollegen der Spurensicherung kleinlaut und erzählte ihnen von Goldbergs Mercedes.

»Und der stand die ganze Woche da hinten?«, fragte Kostkamp süffisant.

Lenz und Hain tauschten einen vielsagenden Blick aus.

Der Hauptkommissar zog die Schultern hoch.

»Das ist nicht so gelaufen, wie wir es uns gedacht haben, Heini. Geht einfach mal dran und seht, ob ihr irgendwas findet. O. K.?«

»Machen wir, Paul. Kalte Füße sind für uns nämlich kein Gräuel, sondern eine Herausforderung.«

20

Hain drehte eine Gabel mit Spaghetti und steckte sie in den Mund.

»Bist du noch sauer?«

»Vergiss es. Aber so was darf einfach nicht passieren. Wir können froh sein, dass uns kein Vorgesetzter auf der Pelle hängt und deswegen Ärger macht.«

»Einer der Vorteile, wenn man Leiter eines Kommissariats ist«, setzte Hain den Gedanken fort, »speziell des Kommissariats für Tötungsdelikte.«

Lenz goss Wasser nach, legte die Stirn in Falten und wischte sich mit der Serviette über den Mund.

»Wenn du so weitermachst, bin ich schneller wieder Schupo, als mir lieb ist.«

Nun hob Hain protestierend das Messer.

»Jetzt reicht's aber, Paul.«

Nach dem Essen fuhren die beiden zur Staatsanwaltschaft und nahmen alle Akten mit, die zum Fall der beiden Toten von Baunatal verfügbar waren. In Hains Büro stellten sie den Stapel auf den Tisch, jeder griff sich eine Kladde und begann zu lesen.

Während er in den nächsten drei Stunden Blatt für Blatt der einzelnen Aktenordner durchging, fiel Lenz auf, dass sich ihre damaligen Ermittlungen in der Hauptsache auf Johannes Hainmüller konzentrierten. Sie hatten vermutet, dass der Tod des Ehepaares in direktem Zusammenhang mit den damaligen Ermittlungen in einem Mordfall stand, in dem er als Zeuge eine Rolle spielte.

»Sicher haben wir damals zu sehr auf ihn geschaut bei unseren Ermittlungen, Thilo, und haben die Frau mehr als schmückendes Beiwerk betrachtet.«

Hain sah von seiner Akte auf und grinste ihn an.

»So schmückend fand ich die gar nicht, ganz im Gegenteil.«

»Nein, so meine ich das nicht. Wir sind davon ausgegangen, dass die beiden dran glauben mussten, weil er in der anderen Sache etwas wusste. Vielleicht hat ja sie etwas gewusst, das die beiden das Leben gekostet hat?«

»Jetzt spinnst du dir was zurecht, Paul. Die Frau hat nichts gearbeitet, war ein Hausmütterchen und unattraktiv wie die Nacht. Wenn ich nur an die cremefarbenen Gesundheitsschuhe denke, die sie trug, als wir sie gefunden haben, wird mir noch ganz übel.«

Lenz griff sich einen der Ordner, den er schon durchgearbeitet hatte, nahm ihn zur Hand und blätterte darin.

»Stimmt, sie hat nichts gearbeitet. Hier steht, dass sie Hausfrau war.«

»Und sie war in keinem Verein. Die Nachbarn haben ausgesagt, dass sie immer zu Hause war und sich garantiert nicht rumgetrieben hat. Wie also soll diese Frau in ein Gewaltverbrechen geraten sein?«

»Na ja, sie hat es immerhin in ihr eigenes Gewaltverbrechen geschafft.«

Der Hauptkommissar legte den Ordner zur Seite und fixierte einen imaginären Punkt an der Wand. So verharrte er eine Minute, dann wandte er den Blick zu Hain.

»Wie geht das eigentlich, wenn man als 400-Euro-Kraft irgendwo arbeitet, Thilo? Ist man dann auch als Arbeitnehmer angemeldet, oder läuft das irgendwie anders?«

Hain dachte einen Moment nach.

»Keine Ahnung. Meine Mutter hat zwar eine Putzstelle auf 400-Euro-Basis, aber nach den genauen Modalitäten dazu habe ich sie noch nie gefragt.«

»Wer könnte denn darüber Bescheid wissen?«

»In so einem Fall ist unser Freund Uwe immer ein heißer Tipp. Ruf ihn doch einfach an.«

»Lass mal, ich gehe kurz bei ihm vorbei. Am Telefon ist es vielleicht nicht so einfach zu erklären.«

Hain sah ihn mit gespielter Missbilligung an.

»Du willst doch nur eine Kippe rauchen da oben und mich in der Zeit hier alleine den Aktenstaub schlucken lassen.«

Lenz griff sich die Kladde, ging zur Tür, öffnete sie und warf Hain einen triumphierenden Blick zurück. Auf diesen Moment hatte er seit Tagen gewartet.

»Wann habe ich denn die letzte Kippe in deiner Gegenwart geraucht, Herr Kollege?«

Der Oberkommissar sah ihn fragend an.

»Keine Ahnung. Gestern?«

»Quatsch. Ich rauche schon seit einer Woche nicht mehr, und du hast es nicht einmal gemerkt. Schäm dich, du Raucherhasser!«

Damit zog er triumphierend die Tür hinter sich zu.

»Willst du dich auf meine Kosten zum Wirtschaftsfachmann weiterbilden?«, fragte Uwe Wagner, nachdem Lenz ihm den Grund seines Besuches mitgeteilt hatte.

»Neulich die IHK, jetzt 400-Euro-Jobs.« Er zuckte mit den Schultern. »Na, du wirst wissen, wozu es gut ist.«

»Es geht um den Doppelmord an den Hainmüllers. Die Frau war zwar offiziell nicht erwerbstätig, aber ich hatte vorhin den Gedanken, dass sie sich vielleicht irgendwo was dazuverdient haben könnte.«

»Hm«, machte Wagner. »Das ist eigentlich keine schlechte Idee. Wenn sich allerdings herausstellen sollte, dass sie wirklich irgendwo einen solchen Job gehabt hat, habt ihr damals richtig schlampig ermittelt.«

Lenz bedachte seinen Freund mit einem bösen Blick.

»Was ich gerade jetzt gut gebrauchen kann, ist solch konstruktive Kritik wie deine.«

Dann erzählte er Wagner von der peinlichen Panne mit Goldbergs Mercedes.

»Oho, wenn sich das bis zu Ludger rumspricht, würde ich zu einem vorgezogenen Weihnachtsurlaub raten.«

Dieser Gedanke war Lenz auch schon gekommen.

»Das ist Schnee von gestern, und wir wollen ja immer wacker nach vorne schauen. Also, was ist mit diesen Jobs?«

»Eigentlich ist es ganz simpel«, begann Wagner. »Wenn jemand einen solchen Job annimmt, wird das der Minijobzentrale angezeigt, und die kümmert sich dann um alles Weitere.«

Er nahm seine Computertastatur von der Fensterbank, gab ein paar Daten ein und wartete. Dann schrieb er etwas auf einen Zettel und reichte ihn Lenz.

»Hier. Die Zentrale ist in Bochum. Wenn du da anrufst, sagen sie dir bestimmt, ob du damals nur schlechte oder ganz schlechte Polizeiarbeit abgeliefert hast.«

Lenz klappte seine Akte auf und las darin.

»Hedwig Hainmüller, geboren am 10. April 1966.«

Wagner zeigte seinem Freund den erhobenen Mittelfinger.

»Das machst du mal schön selbst, Kumpel.«

»Hauptkommissar Lenz, Kripo Kassel, guten Tag«, begann er das Telefonat an Hains Schreibtisch. Dann erklärte er sein Anliegen und wurde vier Mal weiterverbunden.

»Wiegand«, meldete sich eine weitere Gesprächspartnerin. Lenz schilderte erneut seinen Wunsch.

»Das geht nicht so einfach, Herr Lenz. Da könnte ja jeder anrufen. Schicken Sie mir ein Fax, dann werde ich sehen, was ich für Sie tun kann.«

»Es handelt sich um eine ganz dringende Anfrage, Frau Wiegand«, antwortete Lenz mit viel Schmelz in der Stimme. »Und es wäre mir unheimlich wichtig, wenn Sie in dieser Sache eine Ausnahme machen könnten.«

»Aber ein Fax dauert doch auch nicht lang.«

Lenz hatte nicht die geringste Lust, ein Fax aufzusetzen und dann eine Woche hinter der Frau herzutelefonieren.

»Das mit dem Fax können wir ja gerne noch extra machen, mir wäre aber wirklich daran gelegen, wenn Sie mir jetzt am Telefon schon mal eine Vorabauskunft geben könnten.«

»Herr Lenz, wir machen das nie am Telefon, das habe ich doch eingangs schon gesagt.«

Der Kommissar wollte gerade aufgeben, als ihm eine Idee kam.

»Vielleicht können wir es ja so machen, Frau Wiegand, dass ich Ihnen jetzt meine Nummer gebe und Sie mich zurückrufen. Dann können Sie sicher sein, dass nicht irgendjemand einen Witz mit Ihnen macht oder sich unberechtigt Informationen beschaffen will.«

Hain, der sich inzwischen mit seinen Akten auf dem Boden breitgemacht hatte, warf ihm einen anerkennenden Blick zu.

Frau Wiegand war noch nicht restlos überzeugt.

»Und wer sagt mir, dass Sie sich nicht einfach mit Polizei melden und gar nicht von der Polizei sind?«

Nun hätte Lenz am liebsten den Hörer hingeschmissen und wäre nach Hause gegangen. Allerdings würde damit Plan B, das Fax, zum Einsatz kommen.

»Na, da habe ich doch die rettende Idee, Frau Wiegand. Ich gebe Ihnen die Nummer der Zentrale hier im Haus, Sie schauen im Telefonbuch nach, ob es wirklich die Nummer der Kriminalpolizei in Kassel ist, und dann lassen Sie sich zu mir in die Mordkommission verbinden.«

Es gab einen kurzen Moment der Stille im Telefon.

»Mordkommission?«

»Ganz richtig, ich bin der Leiter der Mordkommission hier in Kassel.«

Wieder einen Moment Stille.

»Das hätten Sie doch gleich sagen können, Herr Lenz.«

Die Erwähnung von Lenz' Arbeitsumfeld hatte bei Frau Wiegand offensichtlich zu einem Update ihres Vertrauensprogramms geführt. Warum, wollte der Kommissar sich lieber nicht fragen.

»Geben Sie mir doch einfach die Daten durch, dann schaue ich gleich mal im System.«

Lenz nannte ihr den Namen und das Geburtsdatum von Hedwig Hainmüller, woraufhin erneut eine kurze Pause entstand.

»Ja, hier habe ich es, Herr Lenz. Hedwig Hainmüller, geboren am 10.4.1966.«

Noch eine Pause. Danach war die Stimme von Frau Wiegand merklich belegt.

»Aber die Frau ist tot, Herr Lenz.«

»Ich weiß, Frau Wiegand«, antwortete er leise.

»Ist sie …?«

Lenz hatte keine Ahnung, wie sich seine Gesprächspartnerin den weiteren Verlauf ihres Satzes ausmalte. Nach ›ist sie …‹ könnte ›… weiß‹ kommen oder ›… schwarz‹, vielleicht auch ›… dick‹ oder ›… dünn‹. Deswegen hatte er keine Skrupel, ihr in möglichst verschwörerischem Ton zu antworten.

»Ist sie, Frau Wiegand, ist sie.«

»Das ist ja furchtbar.«

»Ja, furchtbar, da haben Sie recht.«

Seine Stimme wurde wieder sachlicher.

»Aber sie ist in Ihrem System verzeichnet?«

Kleine Pause.

»Ja, selbstverständlich. Sie war vom 1. August 2006 bis zu ihrem Tod am 22. Mai 2007 als geringfügig Beschäftigte bei uns gemeldet.«

»Geht aus Ihren Unterlagen auch hervor, wo sie beschäftigt war?«

»Natürlich. Bei der IHK in Kassel.«

Nachdem Lenz sich bei Frau Wiegand bedankt und aufgelegt hatte, saß er ein paar Sekunden regungslos da. Er hielt die Augen geschlossen, atmete tief ein und aus und versuchte, Ordnung in seinem Kopf herzustellen. Dann setzte er sich aufrecht und machte Hain mit dem vertraut, was die Frau ihm berichtet hatte.

»Jetzt sehen wir richtig blöd aus«, war das Erste, was dem Oberkommissar dazu einfiel.

»Weil wir damals davon ausgegangen sind, dass sie unschuldig in die Sache hineingezogen worden ist und nur sterben musste, weil sie seine Frau war und zur falschen Zeit am falschen Platz?«

»Genau. Wir dachten, dem Mörder sei es um ihn gegangen, und haben überhaupt nicht in Erwägung gezogen, dass sie die Zielscheibe gewesen sein könnte und er der Kollateralschaden.«

»Was allerdings auch heute noch nicht sicher ist.«

Hain legte die Akte, in der er gerade gelesen hatte, zur Seite und stand auf.

»Mensch, Paul, überleg doch mal. Sie hat bei der IHK gearbeitet und wird erschossen. Ein halbes Jahr später wird der Justiziar der IHK ermordet und der, dem man die Sache in die Schuhe schieben will, mit der gleichen Kanone erschossen wie sie. Wenn das nicht eindeutig ist?«

»Du meinst, Patzke musste sterben, weil man ihm den Mord an Goldberg anhängen wollte? Wir sollten nach dem offensichtlichen Verdächtigen suchen, obwohl er schon längst tot gewesen ist?«

Er stützte den Kopf auf die Hand und sah seinen Kollegen skeptisch an.

»Das wäre ein Plan, der an Perfidie kaum zu überbieten ist.«

»Aber durchaus denkbar. Und vielleicht hatte die alte Hainmüller ja nur irgendwas mitgekriegt, was sie besser nicht mitgekriegt hätte. Wenn man bedenkt, dass zwei leitende Mitarbeiter ermordet wurden, aus welchen Gründen auch immer, dann machen die Mörder doch mit einer 400-Euro-Kraft kein großes Federlesen.«

Lenz dachte einen Moment nach.

»Keine schlechte Theorie, Thilo. Jetzt, wo wir wissen, dass es durchaus eine Schnittstelle zwischen den beiden Fällen gibt, nämlich die IHK, müssen wir auch bei denen …«

Er wurde unterbrochen, weil jemand anklopfte.

»Herein«, antwortete Hain.

Rolf-Werner Gecks öffnete und betrat mit Heini Kostkamp im Schlepptau das Büro. Gecks sah sich um und legte die Stirn in Falten.

»So gut wie ihr hätte ich es auch gerne. Schön im Warmen sitzen und Akten abstauben. Leider ist mir das nicht vergönnt, deswegen muss ich durch die Ämter der Stadt ziehen und unter schwierigsten Bedingungen die Informationen zusammentragen, die am Ende die Aufklärung des Falles einleiten.«

Lenz und Hain sahen sich verwirrt an.

»Was er wohl will?«, fragte Lenz seinen Kollegen.

»Er will euch erzählen, wer der Mieter der Wohnung ist, in der die Frau gewohnt hat, Roswitha Krauss.«

»Und?«

Gecks zog das Verschlussgummi einer Kladde zurück, klappte sie auf und begann zu lesen.

»Mieter der Wohnung ist eine Firma aus Lohfelden, obwohl das eigentlich unwichtig ist, denn wem diese Firma gehört, das ist das wirklich Interessante.«

Damit sah er fragend in die Runde. Lenz nickte auffordernd mit dem Kopf.

»Sollen wir jetzt raten, oder was?«

Gecks klappte die Akte wieder zu.

»Die Wohnung wurde vor einem halben Jahr von der Anlagevermittlungs-GmbH aus Lohfelden angemietet, die in der Kapitalanlagebranche tätig ist. Geschäftsführer ist ein gewisser Roman Rudakow. Einziger Gesellschafter dieser Firma ist allerdings die BBE.«

Lenz stand auf, nahm ihm die Kladde aus der Hand und las noch einmal, was sein Kollege ihm soeben erzählt hatte. Dann sah er in die Runde.

»Das wird ja immer besser. Jetzt können wir Blochin sogar eine direkte Verbindung zu Siegfried Patzke nachweisen.«

»Und damit auch zu Goldberg«, ergänzte Heini Kostkamp und hielt einen Klarsichtbeutel hoch, »denn wir haben in Goldbergs Wagen einen Zettel mit der Telefonnummer von dieser Roswitha Krauss gefunden.«

»Moment mal, Moment mal«, bremste Hain, »das würde ja bedeuten …«

Er sprach nicht weiter, sondern versuchte offensichtlich, die neuen Informationen zu verarbeiten.

»Während Thilo überlegt, kann ich euch schnell erzählen, dass Hedwig Hainmüller bis zu ihrer Ermordung bei der IHK gearbeitet hat«, erklärte Lenz seinen Kollegen.

»Als was denn?«, wollte Gecks wissen.

»Darum haben wir uns bis jetzt nicht kümmern können, machen wir aber heute noch«, antwortete Lenz und wandte sich an Kostkamp.

»Sonst noch was gefunden, Heini?«

»Einiges. Da wären jede Menge Fingerabdrücke, aber bevor du fragst, der mit der Narbe war nicht dabei, das habe ich gleich kontrolliert. Und ein Mobiltelefon lag im Handschuhfach, natürlich war der Akku leer. Wir laden ihn gerade auf und schauen, was es uns dann verrät. Vielleicht hat er ja Nummern gewählt, die für uns von Interesse sind. Außerdem haben wir auf der Rückbank eine Ledertasche gefunden, in der ein paar Blätter steckten, alle in kyrillischer Schrift beschrieben. Der Dolmetscher ist schon dabei, es zu übersetzten.«

»Schön. Wenn du mehr weißt, meldest du dich.«

»Wie gehabt«, bestätigte Kostkamp und verabschiedete sich.

Gecks nahm seine Kladde in die Hand und griff zur Türklinke, drehte sich dann aber noch einmal um.

»Was ich nicht verstehen kann, ist, dass dieser Patzke sich eine 60-Jährige als Geliebte gehalten hat. Das hätte er doch bestimmt zu Hause billiger haben können, oder?«

Lenz schüttelte den Kopf.

»Nein RW, diese Roswitha war um die 20. Wir haben mit ihr gesprochen.«

Gecks ging auf ihn zu und öffnete erneut die Kladde.

»Hier irrt der Fachmann. Aus dem Melderegister geht eindeutig hervor, dass Roswitha Krauss am 15. Mai 1947 geboren wurde. Vielleicht habt ihr mit ihrer Tochter oder ihrer Enkelin gesprochen?«

Wieder nahm ihm Lenz die Papiere aus der Hand und las. Offensichtlich hatte Gecks recht. Die in der Wohnung gemeldete Frau hatte sich mit einem deutschen Personalausweis angemeldet, war 60 Jahre alt, in der ehemaligen Sowjetunion geboren und konnte unmöglich die Frau sein, mit der die beiden Kommissare gesprochen hatten.

»Verdammter Mist!«, zischte Lenz.

»Wir suchen nach einer Frau, die mit der ganzen Sache offensichtlich gar nichts zu tun hat.«

»Und müssen die finden, die sich als Roswitha Krauss ausgegeben hat«, führte Hain den Gedanken fort.

»Die Sache wird zunehmend unübersichtlich«, ergänzte Gecks. »Ihr beiden seid die Einzigen, die sie gesehen haben, deswegen mache ich am besten gleich einen Termin fürs Phantombild aus.«

Lenz wollte sofort anfangen zu jammern, weil er diese Prozedur ebenso hasste wie jeder andere Polizist, Hain kam ihm jedoch zuvor.

»Na, da freuen sich mein Chef und ich doch ganz außerordentlich. Mach mal, RW, sonst kriegen wir die Dame am Ende nie mehr zu Gesicht.«

»Geht klar. Und ich kümmere mich darum, dass wir die echte Roswitha Krauss finden und hierher bekommen. Vielleicht erklärt sie uns ja, wie es zu dieser bemerkenswerten Verjüngung gekommen ist.«

Damit verabschiedete er sich und ließ die beiden allein.

Lenz setzte sich auf Hains Stuhl, legte die Beine auf den Schreibtisch und verschränkte die Arme hinter dem Kopf.

»Und, Thilo, was machen wir jetzt?«

Hain sah auf die Uhr.

»Normalerweise würde ich sagen, wir machen Feierabend. Aber in Anbetracht deiner Ermittlungsergebnisse empfehle ich, bei Herrn Dr. Roll nachzufragen, in welcher wichtigen Position sich Hedwig Hainmüller für die Belange der IHK als 400-Euro-Kraft starkgemacht hat. Danach besuchen wir den guten Blochin und horchen mal, warum er indirekt die Wohnung einer 20-Jährigen mit der Identität einer 60-Jährigen bezahlt.«

Lenz dachte einen Moment nach, ließ die Beine nach vorne fallen und stand auf.

»Dann los«, sagte er.

Roll war in einer Sitzung, wie die nette Frau Schiller von der Rezeption ihnen mitteilte.

»Und er möchte unter gar keinen Umständen gestört werden, hat er mich wissen lassen. Ich kann Ihnen höchstens anbieten, oben auf ihn zu warten, allerdings kann es noch eine Weile dauern. Ich selbst mache nämlich jetzt Feierabend.«

Als die Polizisten vor Rolls Büro ankamen, hörten sie von drinnen gedämpfte Anzeichen einer hitzigen Diskussion. Offenbar war Roll mit mindestens zwei weiteren Personen in einen handfesten Streit verwickelt. Hain presste sein Ohr so dicht wie möglich an die Tür, konnte jedoch keine Einzelheiten verstehen. Kurz darauf wurden die Stimmen leiser. Dann verstummte das Gespräch ganz, die Tür öffnete sich, und die Kommissare blickten in das angespannte Gesicht von Wesna Hollerbach, der stellvertretenden Leiterin der Abteilung Öffentlichkeitsarbeit der BBE. Direkt dahinter tauchte ihr Chef auf. Lenz war für einen Sekundenbruchteil irritiert, schaltete aber blitzschnell.

»Guten Abend, Frau Hollerbach, schön Sie zu sehen«, flötete er übertrieben fröhlich und streckte die Hand aus.

Die Frau sah ihn mit weit aufgerissenen Augen an, griff langsam nach seiner Hand, drückte sie kurz und zog sie schnell wieder zurück. Lenz schaute an ihr vorbei in Blochins Gesicht.

»Und der Herr Blochin ist auch da«, fuhr er honigsüß fort. »Da können wir uns ja den Weg nach Niederzwehren sparen, meine Herrschaften.«

Blochin schob die Frau ein klein wenig an, sodass sie sich aus dem Türrahmen nach vorne bewegte. Damit stand er Lenz direkt gegenüber.

»Wenn Sie etwas von mir wollen, Herr Kommissar, wenden Sie sich bitte an meine Anwälte. Ich persönlich werde nicht mehr mit Ihnen oder Ihrem Kollegen sprechen. Dafür haben Sie nach Ihrem Auftritt von gestern sicher Verständnis.«

»Keinesfalls, Herr Blochin. Wir hätten ganz im Gegenteil noch ein paar Fragen an Sie persönlich.«

Der Russe ging nicht darauf ein, sondern umkurvte Lenz und Hain.

»Komm!«, zischte er Wesna Hollerbach an, die regungslos dagestanden hatte und nun hastig hinter Blochin herlief.

Hain warf seinem Chef einen schnellen Blick zu, doch Lenz winkte ab.

»Lass mal, Thilo«, sagte er leise, drehte sich um und betrat Rolls Büro. Dort wartete die nächste Überraschung auf die Polizisten, denn hinter der Tür saß in einem schweren Ledersessel Oberbürgermeister Erich Zeislinger und sah ihn vorwurfsvoll an.

»So geht das aber nicht, Herr Kommissar Lenz. Ich habe Ihnen gestern am Telefon schon gesagt, dass Herr Blochin ein ganz und gar untadeliger und sehr honoriger Mitbürger unserer Stadt ist. Sie können nicht so mit ihm reden.«

»Ganz meine Meinung, Herr Lenz. Das war jetzt unterste Schublade. Was wollen Sie überhaupt schon wieder hier?«

Roll, der in einem Sessel neben Zeislinger gesessen hatte, war aufgesprungen. Lenz sah den Oberbürgermeister einen Augenblick lang stumm an und fragte sich, was die vier wohl besprochen hatten. Dann baute er sich vor Roll auf.

»Falls Sie es vergessen haben sollten, Herr Dr. Roll, wir ermitteln in einer Mordsache, die zwei Ihrer Mitarbeiter betrifft. Oder möglicherweise sogar noch mehr.«

Roll riss die Augen auf.

»Wie? Warum? Wieso noch mehr?«

Lenz holte tief Luft, bevor er weitersprach.

»Sagt Ihnen der Name Hedwig Hainmüller etwas, Herr Dr. Roll?«

Lenz glaubte, dass dem Geschäftsführer bei der Erwähnung des Namens ein ganz leichtes Zucken um den Mundwinkel anzusehen war.

»Nein, tut mir leid, den Namen habe ich nie gehört.«

»Die Dame hat bis zu ihrem Tod im letzten Sommer hier bei Ihnen gearbeitet.«

Nun wurde Roll wieder sicherer.

»Aber Herr Lenz. Sie glauben doch nicht, dass ich alle Mitarbeiter hier im Haus persönlich kenne? Nein, beim besten Willen, das ist nicht möglich. Was soll die Dame denn bei uns gemacht haben?«

»Das wollte ich eigentlich von Ihnen erfahren. Sie hat auf 400-Euro-Basis hier gearbeitet.«

»Wir haben viele 400-Euro-Kräfte bei uns. Aber an eine Frau …?«

»Hainmüller«, half der Kommissar ihm weiter.

»… Hainmüller kann ich mich leider nicht erinnern. Vielleicht war sie über eine Fremdfirma für uns tätig.«

Lenz unterließ es, nach diesem hingeworfenen Knochen zu schnappen, weil er wusste, dass Roll log.

»Aber das können Sie alles morgen mit unserer Personalabteilung besprechen. Dort wird man Ihnen sicher gerne weiterhelfen, Herr Hauptkommissar.«

»Und ich habe Ihnen schon gesagt, dass ich mich wirklich freuen würde, wenn Sie Herrn Blochin mit etwas mehr Respekt begegnen würden, nicht«, mischte Zeislinger sich wieder ein. »Es ist kein gutes Renommee für unsere Stadt, wenn so mit ihren Leistungsträgern umgegangen wird. Darüber sollten Sie einmal nachdenken, Herr Lenz.«

Weil der Kommissar den Eindruck hatte, dass die beiden das Gespräch als beendet ansahen, trat er einen Schritt zurück und blickte zuerst den einen und dann den anderen an.

»Gestatten Sie mir zum Abschluss die Frage, was Sie beide mit dem honorigen Herrn Blochin zu besprechen hatten?«

Roll holte tief Luft und wollte zu einer Tirade ansetzen, doch Zeislinger legte ihm beruhigend die Hand auf den Arm.

»Wir hatten ein sehr fruchtbares Gespräch über die Ausstattung der Rathausmannschaft mit Trikots«, erklärte er den Polizisten. »Herr Blochin ist bereit, unsere Fußballer zu unterstützen.«

Lenz und Hain sahen sich ungläubig an.

»Sie schreien sich an wegen Fußballtrikots?«

»Bitte, Herr Kommissar, niemand hat geschrien. Ich habe keine Ahnung, was Sie gehört haben, nicht, aber wir haben in sehr sachlicher und freundschaftlicher Atmosphäre diskutiert und sind auch schnell zu einer Einigung gekommen.«

In diesem Moment meldete Lenz' Mobiltelefon den Eingang einer SMS. Er kümmerte sich nicht darum.

»Und jetzt haben Ihre Rathauskicker neue Fußballtrikots?«, resümierte er kopfschüttelnd.

»Ganz richtig«, antwortete Zeislinger.

»Die ganze Sache stinkt gewaltig, Thilo.«

Die beiden saßen in einem Schnellrestaurant am Bahnhof und sahen durch die angelaufene Scheibe dem Tanz der Schneeflocken zu. Lenz hatte ein Mineralwasser vor sich stehen und strich hektisch über sein Nikotinpflaster.

»Meinst du, Zeislinger hängt da irgendwie mit drin?«, fragte Hain.

»Keine Ahnung«, erwiderte Lenz, ließ jedoch unerwähnt, dass es ihm nichts ausmachen würde, den OB für ein paar Jahre ins Gefängnis zu bringen.

»Das war schon eine illustre Truppe, die sich da versammelt hatte. Blochin und Roll haben Dreck am Stecken, davon bin ich überzeugt, allerdings haben wir noch keinen Hinweis auf ein Motiv. Und Zeislinger? Dass er etwas mit den Morden zu tun hat, kann ich mir überhaupt nicht vorstellen, dafür ist er zu clever. Vielleicht wird er von Roll und Blochin benutzt, für was auch immer.«

Er zog sein Mobiltelefon aus der Jacke und las die SMS.

Ich bin am Kochen.
Hast du Hunger?
M.

Mit einem breiten Grinsen steckte er das Telefon zurück und stand auf.

»Morgen früh fahren wir zu Blochin. Aber jetzt machen wir Feierabend, Thilo.«

21

»Das ist ja fast wie verheiratet sein.«

»Ja«, antwortete sie, zog ihn in den Flur und küsste ihn flüchtig. »Aber zum Glück nur fast. Wenn wir beide wirklich verheiratet wären, würdest du die Schürze tragen und ich hungrig nach Hause kommen. Und jetzt zieh die Schuhe aus und wasch dir die Hände.«

»Jawoll, Mutti«, antwortete er zackig und schlug dabei die Hacken zusammen.

Eine Stunde später saßen sie auf der Couch im Wohnzimmer und tranken Kaffee. Maria hatte ihren Kopf auf seinen Beinen abgelegt und sah ihn von unten an.

»Und es hat dir wirklich geschmeckt?«

Lenz stellte seine Tasse auf den Tisch, streifte mit der Hand über ihr Haar und nickte.

»Absolut, ja. Was immer es war, es hat mir saugut geschmeckt.«

»Saltimbocca. Es war Saltimbocca, Paul«, erklärte sie mit gespieltem Vorwurf.

»Genau. Und das war hervorragend. Was hättest du eigentlich mit dem ganzen Zeug gemacht, wenn ich nicht gekommen wäre?«

»Selbst gegessen. Alles.«

Er dachte an die Riesenportion, die sie gekocht hatte, und lachte schallend los.

»Netter Gedanke, aber leider völlig unrealistisch. Das hätte gut und gerne für vier gereicht, was du da gezaubert hast.«

Sie strich über seinen Bauch.

»Na ja, immerhin hast du erst aufgehört, als alle Töpfe leer waren.«

»Das hängt damit zusammen, dass seit Jahren niemand mehr für mich gekocht hat. Ich musste diesen überaus angenehmen Zustand ausnutzen.«

Ihr Blick wurde nachdenklich.

»Ich weiß. Du kochst nicht, wenn du zu Hause bist. Wenn du Hunger hast, gehst du immer irgendwohin zum Essen.«

»Kochst du denn oft zu Hause?«

Sie dachte einen Moment nach.

»Nicht für Erich und mich alleine. Aber es kommt halt manchmal vor, dass wir Gäste haben, dann koche ich schon.«

Wieder machte sie eine kurze Pause.

»Eigentlich hat Erich Gäste, weil wir schon lange keine gemeinsamen Freunde mehr haben. Meistens sind es seine Parteibonzen, für die ich mich an den Herd stelle.«

»Das klingt wie stellen muss.«

»Stimmt. Aber es ist ein Teil der Fassade, hinter der wir uns verstecken. Nach außen hin würde wahrscheinlich kein Mensch vermuten, dass wir uns schon seit Jahren nichts mehr zu sagen haben.«

»Und in getrennten Betten schlaft.«

»Das machen viele Ehepaare. Ich hatte schon nicht mehr mit Erich in einem Bett geschlafen, bevor ich dich kennengelernt habe, weil er unglaublich laut und intensiv schnarcht. Das hält wirklich kein Mensch auf Dauer aus.«

Er küsste sie auf die Stirn und sah ihr in die Augen.

»Ich schnarche nur, wenn ich betrunken bin.«

»Das wiederum klingt wie eine Bewerbung.«

Lenz hatte große Lust, seine Kandidatur zu detaillieren, kannte allerdings ihre Standardantwort zur Genüge. Deshalb wechselte er das Thema.

»Ich habe ihn vorhin gesehen.«

Maria sah ihn erstaunt an.

»Wen hast du gesehen? Erich?«

»Ja, deinen Mann. Er war bei Roll und hat sich dort mit Blochin getroffen.«

Sie hob den Kopf.

»Interessant. Mir hat er erzählt, er hätte ein Hintergrundgespräch mit einem Journalisten, das bis in die Nacht dauern würde.«

»Nein, er saß mit Roll und Blochin und einer Mitarbeiterin der BBE in Rolls Büro. Es ging ganz schön laut her, aber als ich ihn danach gefragt habe, hat er es abgestritten und davon gefaselt, dass Blochin der Fußballmannschaft des Rathauses Trikots spendiert.«

»Wie meinst du das, es ging laut her?«

»Die haben sich mächtig angebrüllt. Wir standen auf dem Flur und konnten es hören.«

»Und worum genau ging es?«

»Das konnten wir nicht verstehen, weil die Bürotür dick gepolstert ist. Wie Fußballtrikots hat es sich allerdings nicht angehört.«

»Hm«, machte sie.

Lenz sah sie fragend an.

»Das ist komisch. Kurz bevor er weggegangen ist, bekam er einen Anruf auf seinem Mobiltelefon. Er hat sich über den Anrufer aufgeregt, und es war offensichtlich, dass er am Schluss des Gesprächs ziemlich verärgert war.

Als ich ihn danach gefragt habe, ist er mir ausgewichen, hat etwas von einem unfähigen Rathausmitarbeiter erzählt und dass er sich mit völlig inkompetentem Personal herumärgern müsse.«

»Und was meinst du?«

»Vielleicht war der Anrufer ja Roll oder dieser Blochin. Und vielleicht geht Erich in diesem Fall wirklich zu weit mit seinem Filz und seiner Kumpanei.«

»Nur weil er bei dem Gebrüll heute dabei war, heißt das noch nicht automatisch, dass er etwas mit den Morden oder Blochins Machenschaften zu tun hat. Allerdings passt es nicht zu ihm, dass er sich so exponiert. Normalerweise taucht dein Gatte doch nie in der ersten Reihe auf, sondern zieht lieber die Fäden aus dem Hintergrund.«

»Das stimmt mich auch nachdenklich, Paul. Erich ist der gerissenste, kaltschnäuzigste und cleverste Mensch, den ich kenne, wenn es darum geht, seinen Arsch aus irgendeiner Schusslinie zu halten. Aber hier scheint er seine Vorsicht völlig über Bord zu werfen.«

»Ich glaube nicht, dass er etwas mit den Morden zu tun hat, Maria, aber die Art, wie er sich für Blochin stark macht, ist schon seltsam.«

Sie setzte sich aufrecht, nahm einen Schluck Kaffee und ließ sich dann wieder mit dem Kopf auf seinem Bein nieder.

»Gibt es eigentlich was Neues von diesem Frommert?«

»Er ist heute Morgen gestorben. Vermutlich war es das Beste für ihn.«

»Also sucht ihr einen weiteren Mörder?«

»Na ja, vielleicht wurden die drei, oder besser die fünf, ja von dem gleichen umgebracht. Wir haben übrigens heute die wahrscheinliche Verbindung zwischen den Hainmüllers und dem aktuellen Fall herausgefunden.«

Sie sah ihn mit großen, vorwurfsvollen Augen an.

»Und das erzählst du mir so beiläufig? Was war es denn?«

»Die Frau hat bei der IHK gearbeitet, als 400-Euro-Kraft. Bis jetzt wissen wir zwar noch nicht, was genau sie mit der Sache zu tun hatte und warum sie und ihr Mann sterben mussten, doch wir sind immerhin einen großen Schritt weitergekommen. Wir haben im Sommer nicht besonders gründlich in ihrem Umfeld ermittelt, weil wir nicht davon ausgegangen sind, dass die Morde mit ihr zu tun hatten. Wir dachten, er sei das Ziel gewesen und die gute Hedwig zufällig hineingeraten, aber vermutlich haben wir uns getäuscht.«

»Ihr habt geschlampt!«

»Ein bisschen, vielleicht«, gab er zerknirscht zu.

Um Viertel nach eins verließ er das Haus und machte sich zu Fuß auf den Heimweg. Seine Schritte knirschten auf dem Schnee, und die Kälte kroch ihm in den Nacken. Er zog den Kragen und die Nase hoch, dachte an eine Zigarette und wunderte sich über sein noch immer intaktes Suchtverhalten.

Der Mond schien kaum wahrnehmbar durch die dicke Wolkendecke, und der diffuse Schein der gedimmten Straßenlaternen erhellte seinen Weg nur mäßig. Immer wieder trat er mit einem Fuß auf oder gegen einen der aufgeschippten Schneehaufen, die das Trottoir von der Fahrbahn trennten. Auf Höhe der Wegmannstraße glaubte er, hinter sich ein Geräusch zu hören. Instinktiv beschleunigte er seinen Schritt, drehte sich im Gehen um und sah nach hinten, konnte jedoch in der Dunkelheit nichts erkennen. 100 Meter weiter hörte er erneut etwas, und diesmal war er sicher, dass hinter ihm jemand war. Wieder drehte er sich um und sah diesmal zwei schemenhafte Gestalten, die etwa 20 Meter hinter ihm waren und schnell näher kamen. Der Kommissar bemerkte, wie sich seine Nackenhaare aufstellten, seine Handinnenflächen schlagartig feucht wurden, und versuchte in ein leichtes Joggen zu verfallen, was er allerdings schon lange nicht mehr gemacht hatte. Wieder sah er sich um und realisierte, dass seine beiden Verfolger in wenigen Sekunden zu ihm aufschließen würden, weil sie ein viel höheres Tempo liefen als er. In der aufsteigenden Panik griff er unter seine linke Achsel, doch diese Reaktion war nicht mehr als eine Übersprunghandlung, weil ihm klar war, dass seine Dienstwaffe im Präsidium lag. Nun hörte er durch seinen gepressten Atem hindurch zum ersten Mal deutlich die Schritte hinter sich. Sein Mund wurde trocken, er bekam schlecht Luft und konnte mit knapper Not den Sturz über einen Schneehaufen vermeiden, der plötzlich vor ihm auftauchte.

Die Schritte hinter ihm wurden immer lauter, und Lenz kämpfte gegen die stärker werdende Angst, hatte dem Gefühl jedoch nichts entgegenzusetzen. Nun waren die beiden direkt hinter ihm. Er versuchte verzweifelt, noch einmal schneller zu werden, doch in diesem Moment sprang der eine der beiden auf die Fahrbahn, überholte ihn mit Respekt einflößender Leichtigkeit, sprang vor ihm auf den Bürgersteig, streckte einen Arm nach vorne und zwang ihn dadurch zum Anhalten. Lenz blieb keuchend stehen und wollte seinem Gegenüber ins Gesicht sehen, konnte jedoch wegen der Dunkelheit und des Hutes, den der Mann trug, nichts erkennen. Die beiden hatten einen perfekten Ort gewählt für das, was sie vorhatten, denn der Kommissar befand sich in der Mitte zwischen zwei Bogenlampen, von denen eine rhythmisch zuckte. Er drehte vorsichtig den Kopf und warf einen Blick nach hinten, doch auch der zweite Mann verbarg sein Gesicht unter einem tief sitzenden Hut. Keiner der beiden sagte etwas. Sie standen da, jeder etwa zwei Meter entfernt, hielten die Hände in den Manteltaschen verborgen und taxierten Lenz, durch dessen Kopf Furcht, Panik, Fluchttrieb und Wut galoppierten. Er hechelte noch immer, stellte sich nun jedoch seitlich zu den beiden auf.

»Was wollen Sie von mir?«, presste er hervor, blickte dabei zwischen den beiden hin und her und versuchte, sich seine Angst nicht anmerken zu lassen. Keine Reaktion. Weder der links stehende, kleinere, noch der auf der anderen Seite verharrende, große Mann rührte sich. Sie standen einfach da und sahen ihn an. Lenz atmete immer schneller und hatte das Gefühl, kurz vor der Hyperventilation zu stehen.

In diesem Moment zog der Mann rechts von ihm etwas Großes, Dunkles aus der Manteltasche, nahm es hoch und zielte damit auf Lenz. Der Kommissar schluckte, sah auf die Pistole, riss die Augen auf und wollte etwas rufen, doch seine Kehle war wie zugeschnürt. Die Waffe bewegte sich ein paar Mal nach rechts und wieder zurück, bis Lenz verstanden hatte, dass der Mann von ihm verlangte, sich vor die Hecke zu stellen, die den Bürgersteig von dem dahinter liegenden Grundstück trennte. Widerwillig gehorchte er, nahm wie in Trance die Arme nach oben und postierte sich mit zitternden Beinen vor dem Buschwerk. Der Kleine trat mit gesenktem Kopf vor ihn, sodass der Kommissar nur die Oberseite des Hutes zu sehen bekam, tastete ihn ab, griff danach mit routinierten Bewegungen in die Jackentaschen, nahm das Mobiltelefon heraus und schleuderte es auf die Straße, wo es sich scheppernd in seine Einzelteile auflöste.

Der andere, der noch immer die Waffe auf Lenz gerichtet hielt, machte einen eleganten Schritt über den Schneehaufen auf die Fahrbahn, stellte sich etwa drei Meter von Lenz entfernt auf und hob die Pistole so weit an, dass sie direkt auf das Herz des Polizisten zeigte. Dann drückte er ab.

Der Kommissar spürte den Einschlag in der Brust, dann noch einen und einen dritten.

Es tut nicht einmal weh, dachte er.

Wie um sich vor weiteren Treffern zu schützen, nahm er die linke Hand hoch und spürte, dass sich Feuchtigkeit auf seiner Jacke ausbreitete.

Der Schütze steckte die Waffe zurück in die Manteltasche, gab dem anderen mit dem Kopf ein Zeichen, und innerhalb von Sekunden waren sie verschwunden. Während sich ihre knirschenden Schritte in der Dunkelheit verloren, glaubte Lenz ein Lachen zu hören.

Während er noch immer irritiert auf das Einsetzen des Schmerzes wartete, öffnete er den Reißverschluss der Jacke und tastete seinen Oberkörper ab, konnte allerdings keine Verletzungen feststellen. Nachdem er alle Muskeln einmal angespannt und wieder entspannt hatte, wurde ihm klar, dass der Schütze nicht mit einer schallgedämpften Pistole, sondern mit einer Markierungswaffe auf ihn gefeuert hatte.

In diesem Moment bog in etwa 400 Metern Entfernung ein Wagen in die Wegmannstraße ein. Für einen Moment bekam Lenz Angst bei dem Gedanken, dass die beiden es sich vielleicht anders überlegt hätten und zurückkehren würden, verwarf jedoch die Idee. Wenn sie ihn hätten töten wollen, wäre er schon seit ein paar Minuten nicht mehr am Leben.

Er drehte dem Auto den Rücken zu, machte ein paar kurze Schritte nach vorne und hoffte, der Fahrer würde keine Notiz von ihm nehmen. Tatsächlich beschleunigte der Wagen, als Lenz von den Scheinwerfern erfasst wurde. Vermutlich fragten sich die Insassen, was ein Mensch, noch dazu ohne Hund, um diese Zeit in dieser einsamen Straße verloren haben könnte. Direkt neben ihm wurden die Überreste seines Telefons von den Reifen der schweren Limousine zermalmt.

Der Kommissar blieb stehen, setzte sich auf einen Schneehaufen, nahm die Hände vors Gesicht und holte tief Luft. Nun begannen seine Beine immer stärker zu zittern und mit ihnen der ganze Rest seines Körpers. Er schluckte und versuchte, die aufsteigenden Tränen zurückzudrängen, doch es gelang ihm nicht. Ein paar Augenblicke später weinte er hemmungslos.

22

»Schön, dass du gleich gekommen bist.«

Lenz stand in der Tür seiner Wohnung und sah dem verschlafenen Hain ins Gesicht.

»Ich hoffe, du hast einen wirklich guten Grund dafür, mich um diese Zeit aus dem Bett zu holen, Paul.«

»Den hab ich. Komm rein.«

Er ging mit dem Oberkommissar in die Küche, wo die rot beschmierte Jacke auf dem Tisch lag. Hain warf einen flüchtigen Blick darauf, drehte den Kopf zu Lenz, fixierte erneut das Kleidungsstück und riss die Augen auf.

»Was ist denn hier los?«

»Setz dich erst mal. Willst du einen Kaffee?«

Hain sah ihn ärgerlich an.

»Nein, will ich nicht. Ich will wissen, was los ist.«

Der Hauptkommissar goss für sich einen Becher ein, schob seinem Kollegen einen Stuhl hin, setzte sich ebenfalls und schilderte Hain den Überfall. Dessen Gesichtsausdruck wechselte dabei zwischen Sorge und Wut.

»Das gibt's doch nicht. Die hatten es wirklich auf dich abgesehen? Wo ist das denn passiert?«

Mit dieser Frage hatte Lenz gerechnet und sich gleichzeitig ein wenig davor gefürchtet.

»In der Wegmannstraße.«

Hain musste einen Moment überlegen.

»In der Wegmannstraße? Wie kommst du denn mitten in der Nacht in die Wegmannstraße?«

»Ich konnte nicht schlafen und bin spazieren gegangen. Sie sind mir wahrscheinlich von hier aus gefolgt und haben auf eine dunkle Ecke gewartet.«

Sein Kollege sah ihn zweifelnd an.

»Du bist doch sonst kein Nachtwanderer, Paul, und offen gestanden glaube ich dir kein Wort. Aber es ist mir scheißegal, wie du dort hingekommen bist, wichtig ist nur, dass wir sofort eine Großfahndung nach den beiden starten.«

Er strich mit der linken Hand über die mittlerweile getrocknete Farbe auf der Jacke.

»Es kann ja wohl nicht sein, dass irgendwelche Mafiaschergen jetzt Scheinhinrichtungen an Polizisten vornehmen.«

Lenz schlug sich mit der flachen Hand an die Stirn.

»Denk doch mal nach, Thilo. Die wissen genau, dass sie mich brutal erschreckt und gedemütigt haben. Und wir können sicher sein, dass es die Gleichen sind, die der alten Patzke die Visage vermöbelt haben. Also erwarten sie von uns, dass wir jetzt mit Mann und Maus nach ihnen suchen. Das machen wir aber sowieso. Außerdem hab ich über-

203

haupt keine Lust, morgen oder übermorgen in jeder deutschen Zeitung zu lesen, dass ich von zwei brutalen Gangstern so richtig fertiggemacht worden bin und mir dabei fast in die Schuhe geschissen hab. Vielen Dank auch.«

Hain legte die Stirn in Falten.

»Das heißt, du willst mit niemandem darüber sprechen?«

»Nein, natürlich nicht. Die SoKo muss es erfahren, und natürlich Ludger. Aber wir müssen verhindern, dass die Medien es mitkriegen.«

»Glaubst du, dass Blochin dahintersteckt?«

»Ganz sicher. Die beiden machen die Drecksarbeit für ihn, genau wie bei Frau Patzke. Und der Verdacht, dass die beiden auch Patzke und Goldberg kaltgemacht haben, dürfte nicht allzu weit hergeholt sein.«

»Das glaube ich nicht. Oder vielleicht will ich es mir auch nur nicht vorstellen. Wenn die beiden mehrfache Mörder sind, warum ballern sie dann mit einer Gotcha-Pistole auf dich und machen es nicht gleich richtig?«

Lenz schluckte.

»Ich hab schon gedacht, dass sie es richtig machen würden. Die beiden sind absolute Profis, gehen total systematisch vor und wissen genau, was sie tun. Wenn sie mich hätten erschießen wollen, hätten sie es getan, aber es war ihnen von Anfang an klar, dass sie mich nur erschrecken wollten.«

»Und warum?«

»Vielleicht hat Blochin es so angeordnet, als Warnung, was weiß ich?«

Wieder fiel der Blick des jungen Kommissars auf die beschmierte Jacke.

»Wie bist du eigentlich nach Hause gekommen?«

»Gelaufen. Nachdem sie weg waren und ich wieder halbwegs denken konnte, hab ich die Beine in die Hand genommen und bin geflitzt, was aus den alten Lungen rausgekommen ist. Ich war zwar sicher, dass sie weg sind, wollte aber kein Risiko eingehen.«

»Hättest du etwas anders gemacht, wenn du deine Kanone dabeigehabt hättest?«

Lenz dachte lange nach.

»Vielleicht. Wenn ich jetzt hier sitze und überlege, dann war es sicher besser, sie nicht dabeigehabt zu haben. Es klingt bestimmt blöd, aber ich glaube, diese Kerle sollte man besser nicht reizen.«

Hain sah ihn verständnislos an.

»Heißt das, wir geben uns dieser Form der Gewalt geschlagen? Das kann jetzt nicht dein Ernst sein, Paul.«

Wieder dachte der Hauptkommissar lange nach.

»Als ich da stand, Thilo, und dieser Kerl, der mich im Übrigen wirklich beeindruckt hat, auf mich zielte, dachte ich, dass ich gleich sterben würde. Glaub mir, das ist eine Erfahrung, die mich wahrscheinlich noch ein paar Tage beschäftigen wird. Auf mich hat in meiner ganzen Dienstzeit noch nie jemand mit einer Waffe gezielt, geschweige denn abgedrückt. Du kannst mir glauben, dass ich weit davon entfernt war, den Helden zu spielen.«

Hain nickte.

»Wir müssen trotzdem irgendwas unternehmen.«

»Ich weiß. Ab morgen machen wir Blochin richtig Feuer unter dem Hintern. Steuerfahndung, Arbeitsagentur, Zoll, Bauaufsicht, jeder, der will, soll den Laden unter die Lupe nehmen.«

»Mein lieber Mann, da hast du dir aber viel vorgenommen. Sicher ruft Schoppen-Erich wieder bei dir an und schimpft dich, wenn wir so gegen seinen Spezl vorgehen.«

Lenz dachte einen Moment daran, wie gerne er dem OB eine Beteiligung nachweisen würde.

»Den nehmen wir auch gleich unter die Lupe. Sollte er da irgendwie drinhängen, geht er mit hoch.«

»Du glaubst doch nicht wirklich, dass der was mit den Morden zu tun hat?«

Der Hauptkommissar antwortete nicht, sondern zuckte nur mit den Schultern.

»Ich hab ein ganz anderes Problem«, ließ er seinen Kollegen wissen. »Mein Mobiltelefon liegt als Elektroschrott auf der Wegmannstraße. Was muss ich machen, um möglichst schnell an ein neues zu kommen?«

Hain zuckte mit den Schultern.

»Vielleicht sollten wir hinfahren und nachsehen, ob deine SIM-Karte zu retten ist. Das würde die ganze Sache erheblich vereinfachen.«

»Da ist vielleicht ein Auto drübergefahren.«

»Vielleicht, vielleicht auch nicht. Um sicherzugehen, sollten wir nachsehen.«

Lenz hatte nicht die geringste Lust, in die Wegmannstraße zurückzukehren, doch Hain erläuterte ihm, dass das Auffinden der Karte seine Telefonprobleme auf ein neues Gerät reduzieren würde, wohingegen er ohne SIM-Karte wesentlich mehr Laufereien zu erwarten hätte. Das überzeugte den Hauptkommissar, und zehn Minuten später suchten die beiden im Scheinwerferlicht von Hains Wagen die Straße ab. Sie sammelten einige kleine Teile auf, bevor der Oberkommissar das übel zugerichtete, jedoch komplette Oberteil des Telefons neben einem Gullydeckel fand.

»Scheint nicht dein Glückstag zu sein«, meinte er vielsagend und betrachtete skeptisch die Einzelteile in seiner Hand. Dann ging er zu seinem Wagen, stellte sich davor, fummelte im Licht des Scheinwerfers nach der SIM-Karte und hielt sie schließlich in der Hand.

»Drin war sie noch. Ob sie funktioniert, werden wir gleich wissen.«

Er nahm sein eigenes Telefon, öffnete es und tauschte die beiden Karten aus.

»Deine PIN?«

Lenz nannte ihm die vierstellige Nummer, und nach einer kurzen Wartezeit nahm das Telefon ohne erkennbare Schwierigkeiten seine Arbeit auf.

»Jetzt hätte ich die historische Chance, mir deine SMS und die letzten Verbindungen anzusehen.«

Lenz sah ihm unsicher dabei zu, wie er die Karte entfernte.

»Aber das ist nicht mein Stil. Ich hoffe vielmehr immer noch darauf, dass du mir eines Tages aus tieferer Zuneigung erzählst, was du mitten in der Nacht in dieser gottverlassenen Gegend gemacht hast.«

Er reichte ihm die SIM-Karte.

»Und welches Geheimnis du seit Jahren nicht mit mir teilen willst.«

Ein Schmunzeln huschte über sein Gesicht.

»Die Karte funktioniert, wenigstens diese Sorge kann ich dir nehmen.«

Gegen halb fünf lag Lenz im Bett. Zwei Stunden später stand er auf, ohne eine Minute geschlafen zu haben, und ließ sich Badewasser ein.

Um Viertel vor acht saß er Ludger Brandt in dessen Büro gegenüber und berichtete ihm von den Ereignissen der Nacht. Der Kriminalrat hörte aufmerksam zu, konnte jedoch seine immer stärker werdende Besorgnis nicht verhehlen.

»Wir hätten eine Großfahndung einleiten können, Paul. Niemand hätte gewusst, dass das mit dir passiert ist, aber vielleicht hätten wir sie so gekriegt.«

Lenz schüttelte den Kopf.

»Ich hätte bei irgendjemandem klingeln müssen, um zu telefonieren und die Kollegen zu verständigen. Mitten in der Nacht klingelt ein dreifach mit roter Farbe besudelter Kripomann und will telefonieren. Wenn das kein gefundenes Fressen für die Medien ist?«

Brandt strich sich über das Kinn.

»Stimmt. Trotzdem bin ich mit deiner Vorgehensweise nicht hundertprozentig glücklich. Was hast du überhaupt da draußen gemacht, mitten in der Nacht?«

Lenz wiederholte seine Lüge von der Schlaflosigkeit, die Brandt erstaunlicherweise ohne Rückfrage schluckte.

»Gut. Ich trommle für zehn Uhr die SoKo zusammen, damit du die Kollegen informieren kannst. Meinst du, dass wir dich unter Personenschutz stellen sollten?«

»Darüber habe ich auch schon nachgedacht. Im Moment können wir wohl darauf verzichten. Ich werde vorsichtig sein und mich nicht mehr nachts alleine in dunklen Ecken herumtreiben.«

»Aber wenn du mit deiner Vermutung richtig liegst und dieser Blochin dahintersteckt, müssen wir uns was einfallen lassen, wie wir ihm eine Verbindung zu der ganzen Geschichte nachweisen können.«

»Daran arbeiten wir, Ludger. Und wenn wir uns um zehn sehen, kann ich dir vielleicht schon mehr dazu sagen.«

Zurück in seinem Büro, wählte er Marias Nummer.

»Hallo, Paul«, meldete sie sich.

»Hallo, Maria. Kannst du reden?«

»Klar. Ich sitze gerade beim Frühstück und lese in unserer hochgeschätzten Lokalzeitung, dass dein Freund Blochin von einem ehemaligen Mitarbeiter angezeigt wurde, weil der sich von ihm betrogen fühlt. Das ist bestimmt nicht uninteressant für dich, allerdings ist das Blatt schon fast in Hörigkeit zu unserem ökonomischen Superstar erstarrt. Blochin darf lang und breit erklären, wie sich die Sache aus seiner Sicht darstellt, der andere kommt leider überhaupt nicht zu Wort.«

»Danke, das schaue ich mir später an. Bist du gestern gut nach Hause gekommen?«

»Klar, warum fragst du?«

»Nur so. War es glatt?«

»Nein, alles gut. Du klingst irgendwie besorgt.«

Lenz hatte den dringenden Wunsch, ihr von seinem Erlebnis der vergangenen Nacht zu berichten, entschied sich aber dagegen.

»Nein, nein. Ich hatte mir nur ein paar Gedanken gemacht, weil es vielleicht glatt gewesen sein könnte, sonst nichts«, beschwichtigte er.

»Und du, bist du gut nach Hause gekommen?«

»Klar, völlig problemlos. Ein schöner Spaziergang an der frischen Luft.«

»Und jetzt bist du wieder im Dienste der Gerechtigkeit unterwegs und fängst die bösen Buben.«

»Genau das will ich, deswegen muss ich jetzt auch Schluss machen.«

»Dann wünsche ich dir viel Erfolg dabei. Und wenn du heute Abend Hunger hast, weißt du ja, wo ich zu finden bin.«

»Wenn es passt, ganz gerne. Bis dahin.«

Er legte den Hörer auf und wollte gerade ein weiteres Gespräch beginnen, als Hains Stimme auf dem Flur zu hören war.

»Thilo!«, rief er laut.

Sein Mitarbeiter öffnete die Tür, fasste in seine Jacken-tasche und warf ihm etwas zu. Lenz griff daneben, und das Wurfgeschoss landete auf dem Boden.

»Macht nichts, Paul, das Ding ist ein paar Jahre alt und stammt aus einer Zeit, als Mobiltelefone noch robust und langlebig konstruiert waren. Außerdem ist es die soge-nannte Bauarbeiterausführung.«

Lenz bückte sich und hob das Gerät auf.

»Ich hab heute Morgen mal ein paar Schubladen auf den Kopf gestellt, dabei ist es mir in die Hände gefallen. Es ist zwar, wie gesagt, schon ein paar Tage älter, funktioniert aber noch gut. Aufgeladen hab ich es auch schon.«

Er griff wieder in die Jackentasche, zog ein Ladegerät heraus und legte es auf den Schreibtisch.

»Damit du erreichbar bleibst, für wen auch immer«, meinte er schmunzelnd.

»Danke.«

Lenz stand auf, griff in die Hosentasche und zog sein Portemonnaie heraus.

»Zum Glück habe ich die Karte mitgebracht. Willst du …?«

Er hielt seinem Kollegen die beiden Dinge hin.

»Aber klar. Sonst kommst du in den nächsten Wochen eh nicht zum Telefonieren.«

Hain nahm ihm die Sachen aus der Hand.

»Und während ich das für dich mache, erzähle ich dir, dass ich vorhin im Eingang den Stellmann von ZK 30 ge-troffen habe. Er hat mich auf Blochin angesprochen und wollte wissen, ob wir an ihm dran sind.«

»ZK 30 ist doch Organisierte Kriminalität.«

»Genau. Und die haben gestern einen anonymen Tipp gekriegt, dass Blochin in einer Geldwäschegeschichte mit-spielen soll.«

»Interessant. Wie bist du mit ihm verblieben?«

»Ich soll ihn anrufen, wenn wir einen Moment Zeit haben, dann kommt er hoch.«

»Dann häng dich gleich ans Telefon und sag ihm Bescheid, dass wir um zehn Uhr eine Sitzung der SoKo haben. Wenn er Zeit hat, kann er dazukommen. Ludger hat die anderen Kollegen schon informiert.«

»Ich wusste, dass der Tag mies enden würde.«

Als er gegangen war, griff Lenz wieder zum Telefonhörer. Nachdem er das Gespräch beendet hatte, trank er bei Uwe Wagner einen Kaffee und berichtete ihm von den Ereignissen der Nacht.

Um Punkt zehn trafen sich die Teilnehmer der ›SoKo Reinhardswald‹ in einem Besprechungszimmer im sechsten Stock. Hauptkommissar Jost Stellmann betrat als Letzter den Raum. Lenz begrüßte alle Teilnehmer und stellte Stellmann kurz vor. Dann kam er zur Sache und schilderte den Überfall. Als er geendet hatte, sah er Bestürzung und Wut in den Gesichtern seiner Kollegen. Stellmann ergriff als Erster das Wort.

»Tut mir leid, dass ich hier gleich einhaken muss, aber diese Vorgehensweise ist kein Einzelfall«, begann er.

Die Männer am Tisch sahen ihn erstaunt an.

»Es ist die beliebte Masche einer bestimmten Organisation, den ›Abschtschjak‹. Das heißt übersetzt Sozialkasse, hat mit Nächstenliebe aber so viel zu tun wie Russland mit Demokratie.«

»Diese Leute schießen mit Farbmunition auf Polizisten?«, wollte Ludger Brandt erstaunt wissen.

Stellmann schüttelte energisch den Kopf.

»Ganz sicher nicht nur auf Polizisten, aber eben auch auf sie. Denen ist es egal, ob ihr Gegenüber Polizist, Politiker oder Richter ist. Genauso wie es ihnen egal ist, ob sie Männer oder Frauen misshandeln, einschüchtern oder töten. Und die Sache mit der Markierungsmunition ist als Warnung zu verstehen und sollte auch durchaus ernst genommen werden. Das ist, wie ich schon gesagt habe, eine bekannte Vorgehensweise von ihnen.«

Lenz dachte an die Ereignisse der vergangenen Nacht.

»Vielleicht haben sie ja deshalb nichts mit mir gesprochen, weil sie kein Deutsch können?«

»Das ist gar nicht so weit hergeholt. Obwohl es ebenso unwahrscheinlich ist, dass sie sich mit dir unterhalten, wenn sie des Deutschen mächtig sind, denn als besonders gesprächig sind sie nicht verschrien. Eine ihrer wichtigsten Regeln ist nämlich, niemals andere Mitglieder der Organisation zu verraten. Sie nehmen lieber die gesamte Schuld für eine Straftat auf sich und wandern für lange Zeit ins Gefängnis, als einen Komplizen zu benennen. Im Knast wird dann schon gut für sie gesorgt.«

»Warum haben wir hier noch nie etwas von denen gehört?«, wunderte sich Lenz.

Stellmann zuckte mit den Schultern.

»Weil die ›Abschtschjak‹ bei uns in Hessen noch nicht so aktiv sind wie beispielsweise in Bayern oder Baden-Württemberg. Die Kollegen da unten haben schon seit Jahren richtig Spaß mit ihnen. Drogenhandel, Schutzgelderpressung, Betrug, Geldwäsche, alles, was mit Körperverletzung zu tun hat, sind ihre Spezialitäten. Mittlerweile dringen sie auch in die Inkassoszene ein, ihr wisst schon, Moskau-Inkasso und so. Dabei gehen sie mit äußerster Brutalität vor und schrecken auch vor Mord nicht zurück.«

»Das klingt, als ob Sie sich schon etwas länger mit dieser Szene beschäftigen, Herr Stellmann«, bemerkte Brandt.

»Stimmt. Wir sind vor etwa vier Jahren zum ersten Mal mit dem Phänomen konfrontiert worden. Seitdem gibt es lose Kontakte zu den Kollegen im Süden und natürlich zum LKA und zum BKA. Aber bis jetzt hat das alles herzlich wenig gebracht, weil diese Leute wie ein Geheimbund organisiert sind, in den das Eindringen nahezu unmöglich ist. Selbst im Gefängnis, und viele von ihnen sitzen derzeit ein, leben sie ein Leben unter Ausschluss der Anstaltsleitung. Das geht deswegen, weil sie ein Kauderwelsch sprechen, das selbst russische Muttersprachler nicht verstehen. Sie verfügen über große finanzielle Mittel, sind unabhängig von anderen Gruppen und wegen ihres brutalen Vorgehens gefürchtet. Andere Gefängnisinsassen werden von ihnen dazu genötigt, Geld abzuliefern. Haben die keins, müssen Verwandte Bares beschaffen oder als Drogenkuriere arbeiten. Klappt auch das nicht, bekommen alle Prügel, und das nicht zu knapp. Das ganze System beruht auf brutalster Gewalt, die auch vor Verstümmelungen nicht haltmacht.«

»Woher wissen die denn, dass ein Mithäftling zu ihnen gehört?«, wollte Hain wissen.

»Über Frisuren und Tätowierungen, die sie als Erkennungszeichen benutzen. Leider ist bis jetzt noch kein Ermittler durchgestiegen, wie das genau funktioniert.«

»Und du meinst, dass die Jungs von letzter Nacht zu diesen Abks…?«

»›Abschtschjaks‹. Ja, da bin ich ganz sicher, denn kein Außenstehender, der noch ganz bei Trost ist, würde deren Vorgehen kopieren, weil sie das auf den Tod nicht leiden können. Im Landkreis Ebersberg bei München hat es mal eine neue Gruppe versucht. Nachdem zwei von ihnen tot waren, sind sie mit eingezogenem Schwanz abgehauen.«

Ludger Brandt zupfte sich nachdenklich am Ohr.

»Sie wollen uns also damit sagen, dass wir es mit einer Bande Schwerstkrimineller zu tun haben, die sich komplett außerhalb unserer Rechtsordnung bewegt?«

»So muss man es beschreiben, ja. Ich habe im Sommer auf einem Kongress mit dem Leiter einer bayerischen Strafanstalt gesprochen, der hat mir gesagt, dass er das Problem für nicht lösbar hält. Die Rädelsführer müssten nach seiner Meinung in Einzelzellen untergebracht werden, aber das ist wegen der chronischen Überbelegung unserer Strafanstalten überhaupt nicht zu leisten.«

»Können Sie sich vorstellen, dass unser ehrenwerter Herr Blochin und seine BBE in irgendeiner Form mit dieser Organisation zu tun haben?«, fragte Brandt weiter.

»Bis jetzt eigentlich nicht, doch die Informationen, die wir gestern anonym erhalten haben, sind detailliert und deuten auf einen Insider als Absender hin. Wir hatten natürlich noch nicht die Zeit, tiefer in die Ermittlungen einzusteigen, aber wenn ich mir anschaue, was der Informant offenbart, sind das klassische Muster, die wir schon länger kennen. Blochin ist Eigentümer eines aufstrebenden Unternehmens, hat einen seit Jahren steigenden Umsatz und damit relativ gute Möglichkeiten, über sein Unternehmen Geld in großer Menge zu waschen. Sicher ist es natürlich nicht, doch die Hinweise sind schon deutlich belastend. Außerdem gibt es die durchaus denkbare Variante, dass die ›Abschtschjaks‹ als Putztruppe angemietet worden sind, auch das wäre nichts Neues.«

»Praktisch als Subunternehmer in Sachen Gewalt.«

Stellmann zuckte mit den Schultern.

»Wenn Sie so wollen, ja.«

»Nur dass ich mir ein Bild machen kann, Jost«, hakte Lenz nach, »um welche Beträge geht es bei solchen Geldwaschaktionen?«

»Das ist völlig unterschiedlich. Die Summen, die jedes Jahr bei uns in Deutschland gewaschen werden, würden eine mittlere Volkswirtschaft vor Neid blass werden lassen. Was das in einem Einzelfall wie dem jetzigen bedeutet, lässt sich allerdings schwer beziffern.« Er überlegte einen Augenblick. »Millionen, viele Millionen.«

»Und wie könnte die IHK da ins Geschehen passen? Immerhin sind zwei hochrangige Mitarbeiter, von denen einer vermutlich in enger Verbindung zu Blochin stand, umgebracht worden.«

Wieder dachte Stellmann einen Moment nach.

»Keine Ahnung, offen gesagt. Ich glaube auch nicht, dass die IHK als solche etwas mit Blochins wie auch immer gearteten Machenschaften zu tun hat, sondern eher die Personen, von denen du gerade gesprochen hast. Aber wir werden bei unseren weiteren Ermittlungen auf jeden Fall diesen Aspekt im Auge behalten müssen.«

»Immerhin ist die IHK nach den Informationen der BBE-Internetseite die zuständige Aufsichtsbehörde für die Versicherungsvermittlung«, gab Hain zu bedenken.

Stellmann sah ihn skeptisch an.

»Das steht so im Internet?«

»Genau so.«

»Dann müssen wir die ›BaFin‹ ins Boot holen, damit sie einen Blick auf die Sache wirft.«

Als der OK-Mann den fragenden Blick einiger Teilnehmer der Runde wahrnahm, schob er rasch eine Erklärung nach.

»Die ›Bundesanstalt für Finanzdienstleistungsaufsicht‹. Sie ist mit der Kontrolle von Banken und Versicherungen beauftragt.«

»Außerdem kann man im Internet nachlesen, dass die BBE über 400 Leute beschäftigt. Da sie jeden Einzelnen mit Bild vorstellen, ist es leicht, nachzuzählen. Das habe ich neulich gemacht und bin nur auf etwa 250 gekommen«, erklärte Hain. »Es ist sicher nicht verkehrt, auch darauf mal einen Blick zu werfen.«

Stellmann nickte zustimmend.

»Ganz richtig. Das ist der Steuerfahndung schon vor einiger Zeit aufgefallen. Wie weit ihre dahin gehenden Ermittlungen gediehen sind, lässt sich mit einem Anruf klären.«

»Den habe ich vorhin gemacht«, mischte Lenz sich ein. »Dort hat man mir mitgeteilt, dass sie sich seit einem halben Jahr mit Blochin beschäftigen. Allerdings ist es für sie nicht einfach, weil die BBE vonseiten der Staatsanwaltschaft einen großen Vertrauensbonus genießt. Aber der Sachbearbeiter, mit dem ich gesprochen habe, hat mir erklärt, dass sie mittlerweile genug Material beisammenhaben, um eine Durchsuchung rechtfertigen zu können. Er hat mir außerdem empfohlen, mich mit dem Zoll abzustimmen, weil gegen die sogenannten freien Mitarbeiter der BBE der Verdacht auf Scheinselbstständigkeit im Raum steht.«

»Da kommt ja tatsächlich einiges zusammen«, meinte Brandt. »Wir sollten in einer konzertierten Aktion mit den Kollegen von Zoll und Steuerfahndung die ganze Bude auf den Kopf stellen.«

»Und die IHK?«, fragte Lenz. »Stellen wir die auch auf den Kopf?«

Brandt sah ihn skeptisch an.

»Im Moment liegt der Handlungsbedarf eher bei der BBE.«

»Stimmt!«, bestätigte Stellmann. »Ich sehe aber noch ein weiteres Problem.«

Die Teilnehmer der Runde sahen ihn erwartungsvoll an.

»Wenn die beiden, die Paul letzte Nacht überfallen haben, von den ›Abschtschjaks‹ sind, und daran besteht für mich überhaupt kein Zweifel, ist er in größter Gefahr. Sollten wir weiter gegen Blochin ermitteln und vielleicht sogar eine große Durchsuchungsaktion bei der BBE starten, kommen die garantiert nicht mehr mit der Markierungspistole.«

»Das heißt …?«, wollte Lenz wissen.

»Personenschutz. Du musst, bis die Sache ausgestanden ist, unter Personenschutz gestellt werden.«

Lenz holte tief Luft.

»Das …«

Weiter kam er nicht, denn in diesem Moment wurde die Tür des Besprechungsraumes aufgerissen und Lydia Breiter, die Praktikantin, stürmte herein.

»Tschuldigung, dass ich so hier hereinplatze«, sprudelte sie atemlos hervor, »aber wir haben zwei tote Frauen.« Sie sah Hain unsicher an. »Gerade eben kam die Meldung herein, dass in einem Waldstück bei Sandershausen zwei Frauenleichen gefunden wurden.«

»Ganz ruhig«, versuchte Lenz ihr ein wenig von ihrer Hektik zu nehmen. »Wissen Sie schon Genaueres?«

Sie nickte.

»Zwei Frauen, eine ältere und eine jüngere. Beide erschossen.«

23

»Verdammt!«, zischte Lenz und schlug mit der flachen Hand auf das Armaturenbrett des Opel Vectra, mit dem Hain und er auf dem Weg zum Fundort der Leichen waren.

»Vielleicht sind sie es ja nicht …«, wagte Hain einen Versuch, aber auch er machte sich wenig Illusionen, wen sie im Wald vorfinden würden.

Die Kreisstraße zwischen Sandershausen und Spiekershausen war jeweils hinter den Ortsausfahrten gesperrt. Hain steuerte den Opel langsam an den uniformierten Kollegen vorbei, grüßte kurz und beschleunigte wieder. Etwa einen halben Kilometer hinter dem Ortsschild standen mehrere Autos. Er parkte am Ende der Schlange, die beiden stiegen aus, gingen an einer offen stehenden Schranke vorbei und folgten dem steilen Waldweg etwa 200 Meter. Dort waren schon die Männer der Spurensicherung im Einsatz. Heini Kostkamp kam kopfschüttelnd auf sie zu.

»Jetzt geht mir diese Sache wirklich auf die Nerven, und nicht nur deshalb, weil ich dauernd im Wald rumrennen und mir kalte Füße holen muss.« Er wies mit ausgestrecktem Zeigefinger auf das mit Trassierband weiträumig abgesperrte Areal hinter ihm. »Vermutlich wisst ihr schon, wer da oben liegt, aber ich kann euch sagen, dass es kein schöner Anblick ist.«

Lenz legte die Stirn in Falten.

»Hast du schon einmal eine schöne Leiche gesehen, Heini?«

»Nee, Paul, so wie die beiden, das muss wirklich nicht sein.«

Lenz ging an ihm vorbei und stapfte durch den harschigen Schnee zum Fundort der Leichen zehn Meter weiter oben, wo Dr. Franz neben einer der toten Frauen kniete und etwas in ein Diktiergerät sprach. Der Rechtsmediziner drehte den Kopf und sah Lenz vorwurfsvoll an.

»Na, Herr Kommissar, Sie wollen sicher, dass ich mir so kurz vor Weihnachten noch eine dicke Erkältung einfange.«

Lenz blickte an ihm vorbei auf den Frauenleichnam, was er sofort bereute.

»Ich hab sie nicht hier hingelegt, Herr Doktor. Und auch ich würde viel lieber im Büro sitzen, Kaffee trinken und mich an der Statistik berauschen, wie viele Tötungsdelikte ich dieses Jahr aufgeklärt habe. Leider ist das Leben nun mal kein Wunschkonzert.«

Der Arzt schaute verkniffen.

»Da haben Sie recht.«

Er drehte sich wieder der Leiche zu und sprach weiter in sein Diktiergerät, während Lenz sich ein Bild von der ganzen Szenerie machte.

Die beiden Frauen lagen in einem Abstand von etwa zwei Metern nebeneinander, beide waren unbekleidet. Jeder Leichnam wies etwa ein halbes Dutzend Einschusslöcher auf, davon mindestens zwei im Kopf. Trotzdem konnte Lenz bei der jüngeren noch genug vom Gesicht erkennen, um sicher zu sein, dass es sich um jene Frau handelte, die er ein paar Tage zuvor in der Friedrich-Ebert-Straße als Freundin von Siegfried Patzke kennengelernt hatte. Vom Gesicht der anderen war nichts mehr zu erkennen.

Hain stellte sich neben ihn, sah auf die beiden Leichname hinunter und stöhnte auf.

»An manchen Tagen hasse ich meinen Job«, sagte er leise.

»Ich auch, Thilo, ich auch.«

»Die Ältere ist wohl die echte Roswitha Krauss«, vermutete der Oberkommissar.

»Darauf kannst du wetten«, antwortete Lenz, drehte sich um und ging auf Kostkamp zu. »Habt ihr irgendwelche Klamotten gefunden, Heini?«

»Nein, nichts. Wie es aussieht, sind die beiden hier an Ort und Stelle erschossen worden, das meint auch der Doc.«

Lenz schaute zu Dr. Franz, der nur kurz nickte.

»Wer hat sie gefunden?«

»Ein Mountainbiker. Er ist auf dem Weg ins Krankenhaus. Na ja, eigentlich mehr in die Psychiatrie. Er hat sie vor etwa einer Stunde gefunden, hat bei uns angerufen und auf die Streife gewartet. Als die hier ankamen, saß er kreidebleich in seiner eigenen Kotze auf dem Baum da drüben und hat nur gezittert.«

Er deutete auf einen großen Holzstamm in etwa 20 Metern Entfernung, an dem ein Fahrrad lehnte.

»Ich kann ihn verstehen«, murmelte Lenz und wandte sich zu Dr. Franz. Doch bevor er etwas fragen konnte, stand der Mediziner federnd auf.

»Todeszeitpunkt etwa um Mitternacht, genaueres nach der Sektion. Beide sind an den Schussverletzungen gestorben, und die Jüngere hatte kurz vor ihrem Tod noch Verkehr. Bei der anderen bin ich mir diesbezüglich nicht ganz sicher, aber es deutet auch bei ihr einiges darauf hin.«

Lenz sah auf die beiden Leichen.

»Sie meinen, dass auch die ältere …?«

»Wahrscheinlich, ja. Und jetzt denken Sie mal nicht, dass so etwas außergewöhnlich ist. Viele Männer …«

»Schon gut, Herr Doktor«, unterbrach Lenz den Arzt und trat ein paar Schritte zur Seite, wo Hain, Kostkamp und der gerade eingetroffene Rolf-Werner Gecks beisammenstanden.

»Hast du schon eine Ahnung, mit welchem Kaliber geschossen wurde, Heini?«

Kostkamp deutete auf das abgesperrte Areal.

»Da ist alles voll mit 9-Millimeter-Hülsen.«

»Hätte ich mir denken können«, brummte Lenz.

»Was hältst du davon, dass die beiden nackt sind?«, wollte Hain von seinem Chef wissen.

»Hab ich auch schon drüber nachgedacht, es fällt mir aber nichts dazu ein.«

Er wandte sich wieder zu Kostkamp.

»Reifenspuren?«

»Jede Menge. Wir müssen sehen, was davon zu gebrauchen ist.«

Lenz hatte genug.

»Komm, Thilo, wir hauen ab. RW, wir sehen uns später im Büro.«

Damit stapfte er ohne Abschiedsgruß davon.

Ein paar Minuten später saßen sie im Auto, hatten die Heizung bis zum Anschlag aufgedreht und fuhren Richtung Präsidium. Lenz dachte eine Weile nach, kramte dann sein Telefon aus der Jacke und wählte die Nummer von Uwe Wagner.

»Dich wollte ich auch gerade anrufen«, fing sein Freund an.

»Warum?«

»Weil mir hier alle die Hölle heißmachen wegen der zwei Leichen in Sandershausen. Bis auf Reuters haben, glaube ich zumindest, alle schon angefragt. Ich würde gerne eine Presseerklärung herausgeben, habe aber leider überhaupt keine Ahnung, was ich reinschreiben soll.«

Lenz gab ihm einige sehr allgemein gehaltene Informationen, aus denen sich mit viel Fantasie eine Mitteilung für die Medien basteln ließ.

»Und jetzt such mir mal bitte die Adresse einer Anna Hohmann raus, sie wohnt hier in Kassel.«

Wagner stöhnte auf.

»Es ist wichtig, Uwe.«

»Das hoffe ich«, antwortete der Pressesprecher und griff nach der Tastatur seines Computers.

»Philosophenweg 28, Hohmann«, gab Lenz seinem Kollegen die Information weiter. Der Oberkommissar brauchte einen Moment, um sich zu orientieren, und nickte.

»Nimm es mir nicht übel, Paul, aber ich kann mit dem Namen Hohmann gerade gar nichts anfangen. Warum also fahren wir dorthin?«

»Die Hohmann ist die ehemalige Sekretärin von Goldberg. Die, die in seinem Büro aufgetaucht ist, als wir uns Heinis Wanzenshow angesehen haben.«

»Richtig, das war Anna Hohmann!«, erinnerte sich Hain und schlug sich mit der flachen Hand an die Stirn. »Und was willst du von der?«

»Sie fragen, ob sie Hedwig Hainmüller kannte. Gerade eben ist mir eine Idee gekommen, doch die ist so aberwitzig, dass ich sie besser für mich behalte.«

»Ach komm, rück schon raus damit.«

»Frag mich, wenn wir bei ihr waren, ja?«

Hain zuckte mit den Schultern und gab damit zu verstehen, dass er zwar keinesfalls warten wollte, doch er kannte seinen Chef nun lange genug, um zu wissen, dass der mit seiner Idee nicht herausrücken würde.

»Sahen übel aus, die beiden«, nahm Lenz das Gespräch wieder auf, während sie am Staatstheater vorbeifuhren.

»Brutal, ja. So was machen nur Irre oder russische Abstirgendwas, die nachts auch mit Markierungsmunition auf Polizisten ballern.«

»Wir müssen die Fahndung nach den beiden intensivieren, Thilo. Sobald wir auf dem Präsidium sind, bespreche ich das mit Ludger. Und wir müssen noch mehr über diese Russenbande erfahren.«

»Willst du noch mal mit Stellmann sprechen?«

Der Hauptkommissar kratzte sich am Kinn.

»Auch. Aber wir werden auf jeden Fall Sergej einen Besuch abstatten.«

Sergej Kowaljow, der Russe, von dem Lenz sprach, betrieb seit etwa vier Jahren eine Telefonboutique in der Innenstadt. Dort traf sich die russische Subkultur, um zu telefonieren, im Internet zu surfen, zu rauchen und Tee zu trinken. Manchmal wurde auch etwas anderes als Tabak geraucht, was der Hauptkommissar wusste, doch es gab eine unausgesprochene Übereinkunft, seit Kowaljow vor zwei Jahren der Polizei den entscheidenden Hinweis zur Ergreifung eines Prostituiertenmörders gegeben hatte.

»Gute Idee«, lobte Hain seinen Chef. »Darauf hätten wir allerdings schon früher kommen können.«

»Wer weiß, ob er sich in dieser Liga überhaupt auskennt? Und dann auch noch mit uns darüber reden will?«

»Wir werden sehen«, beendete Hain die Spekulationen, weil sie ihr Ziel erreicht hatten.

Hausnummer 28 war das linke Gebäude eines Ensembles von vier Häusern gleichen Zuschnitts, die in einem freundlichen Orange gestrichen waren und äußerlich sehr gepflegt wirkten. Lenz legte den Finger auf den Klingelknopf. Als nach einer halben Minute noch keine Reaktion gekommen war, versuchte er es erneut. Ein paar Sekunden später hörten sie die Stimme einer Frau.

»Ja, bitte?«

»Hauptkommissar Lenz, guten Tag. Wir haben vor ein paar Tagen miteinander gesprochen, auf dem Polizeipräsidium.«

Es gab eine kurze Pause.

»Sie sprechen leider nicht mit Frau Hohmann persönlich, ich bin ihre Tochter. Aber es kann sich dabei nur um eine Verwechslung handeln.«

Lenz sah zu seinem Kollegen, doch der zuckte mit den Schultern.

»Würde es Ihnen etwas ausmachen, uns kurz hereinzulassen, damit wir die Sache klären können?«

Ohne eine Antwort wurde der Türöffner gedrückt. Die beiden Polizisten traten in den Flur und sahen sich um. Sie hörten, wie oben eine Tür geöffnet wurde, und gingen in den zweiten Stock. Dort stand vor einer Wohnung eine etwa 35-jährige Frau und sah sie unsicher an. Lenz zog seinen Dienstausweis aus der Tasche, hob ihn hoch, sodass die Frau lesen konnte, was darauf geschrieben stand, und stellte sich und Hain noch einmal vor.

»Und ich bin Irene Kolb. Guten Tag! Sie sind absolut sicher, dass Sie wirklich zu meiner Mutter, Anna Hohmann, wollen?«

Für einen Moment zögerte Lenz. Möglich, dass Wagner ihm die Adresse einer anderen Anna Hohmann herausgesucht hatte.

»Wenn Ihre Mutter die Anna Hohmann ist, die bei der IHK Kassel arbeitet, dann ja.«

Die Frau nickte kaum sichtbar, bat die Polizisten in die Wohnung und ging voraus in die Küche.

»Mein Verhalten mag Ihnen befremdlich erscheinen, meine Herren, aber es ist definitiv unmöglich, dass meine Mutter Sie in der letzten Zeit im Präsidium besucht hat, auch wenn sie die Frau ist, von der Sie sprechen.«

Lenz hatte keine Ahnung, wovon sie redete.

»Ihre Mutter heißt Anna Hohmann und arbeitet für die IHK Kassel?«

»Das ist im Groben richtig, ja.«

»Dann habe ich am Freitag der letzten Woche im Polizeipräsidium ein Gespräch mit ihr geführt. Wir haben sie im Gebäude der IHK getroffen, als sie ihrem Chef, Herrn Goldberg, einen Besuch abstatten wollte.«

Die Frau sah ihn entgeistert an.

»Das ist unmöglich, Herr Kommissar.«

»Darf ich fragen, was Sie so sicher macht, Frau Kolb?«

Sie schluckte.

»Meine Mutter liegt im Sterben. Sie hat diese Wohnung seit mehr als zwei Monaten nicht mehr verlassen.«

Lenz brauchte einen Moment, um zu begreifen, was die Frau gesagt hatte.

»Das tut mir außerordentlich leid, Frau Kolb. Woran ..., ich meine, was genau ...?« Er stockte.

»Angefangen hat es vor einem Jahr mit einem Tumor in der Leber, und zuerst sah es nicht schlecht aus für sie. Vor einem knappen halben Jahr haben die Ärzte dann aber Metastasen im Gehirn festgestellt, und seitdem geht es rapide bergab. Sie kann schon länger nicht mehr aufstehen, und seit etwa zwei Wochen erkennt sie mich nur noch sporadisch.«

»Dann ist sie auch schon länger nicht mehr bei der Arbeit gewesen, nehme ich an?«

»Ganz genau kann ich es Ihnen nicht sagen, weil ich nicht in Kassel lebe und erst seit vier Wochen hier bin, um sie zu pflegen, aber sie ist sicher seit dem Sommer nicht mehr im Büro gewesen.«

»Haben Sie ein Bild von Ihrer Mutter, Frau Kolb?«

Sie griff zu einem Portemonnaie, das auf dem Tisch lag, und nahm ein Foto heraus.

»Natürlich, Herr Kommissar. Das ist meine Mutter.«

Die beiden Polizisten betrachteten überrascht das freundliche Gesicht einer etwa 55 Jahre alten Frau mit leicht ergrautem Haar und dunklem Teint. Allerdings erkannten sie keine Ähnlichkeit mit der Frau, die sich ihnen vor ein paar Tagen als Anna Hohmann vorgestellt hatte.

Irene Kolb räusperte sich.

»Darf ich Sie nun im Gegenzug fragen, in welcher Angelegenheit Sie mit meiner Mutter sprechen wollen?«

Lenz holte tief Luft.

»Der letzte Chef ihrer Mutter, Wolfgang Goldberg, wurde in der vergangenen Woche das Opfer eines Verbrechens. Wir wollten Ihre Mutter nach ihrem Verhältnis zu ihm befragen.«

»Aber wenn ich Sie richtig verstanden habe, hat sich eine andere Frau als meine Mutter ausgegeben. Ist das richtig?«

Lenz und Hain sahen sich verlegen an.

»Das ist richtig«, antwortete der Oberkommissar, »allerdings können wir dazu aus ermittlungstaktischen Gründen nichts sagen.«

Sie lächelte süffisant.

»Und der Chef meiner Mutter, dieser Herr Goldberg, wurde ermordet?«

»Wie es aussieht, ja.«

»Dann vermute ich, dass Sie noch eine Menge Arbeit vor sich haben, meine Herren.«

Wenn das eine Aufforderung gewesen sein sollte, zu gehen, reagierte Lenz mit Ignoranz.

»Hat Ihre Mutter mit Ihnen über ihre Arbeit gesprochen, Frau Kolb?«

Sie dachte einen Moment nach.

»Früher, als ich noch jünger war und hier gewohnt habe, ja. Ich lebe allerdings schon seit mehr als zehn Jahren mit meiner Familie in Kiel.«

»Wie lange hat Ihre Mutter bei der IHK gearbeitet?«

»Seit ich denken kann, hat sie nie etwas anderes gemacht.«

»Und in den letzten Wochen oder Monaten haben Sie nicht mit ihr darüber gesprochen?«

»Grundsätzlich gab es viele andere Dinge, über die wir gesprochen haben, aber mit fällt ein, dass sie vor ein paar Wochen doch dazu etwas gesagt hat.«

»Und was?«

»Sie hat sich hauptsächlich darüber beschwert, dass so vieles anders geworden und die Öffnung der Grenzen zum Osten hin ein schwerer Fehler gewesen sei. Ich habe dem keine große Bedeutung beigemessen, weil meine Mutter immer dazu geneigt hat, die Dinge zu verklären. Früher ist in der Erinnerung der Menschen eben alles besser gewesen, da werden wir später mal keine Ausnahme sein.«

»Wissen Sie, ob Ihre Mutter ein Tagebuch oder etwas Ähnliches geführt hat?«, wollte Hain wissen und erntete dafür einen anerkennenden Blick von Lenz.

»Soweit ich weiß, nein, aber mit Sicherheit kann ich es nicht sagen.«

»Hat Sie von Kollegen oder Kolleginnen gesprochen? Ich denke da vor allem an eine bestimmte, Hedwig Hainmüller.«

»Doch, natürlich, von dieser Frau hat sie öfter gesprochen, speziell nach deren Tod im Sommer. Meine Mutter war entsetzt, dass sie und ihr Mann das Opfer eines Raubmordes geworden waren. Frau Hainmüller war so etwas wie eine Freundin geworden für sie, obwohl die beiden sich bei der Arbeit selten gesehen haben.«

»Warum war das so?«

»Meine Mutter war Sekretärin, Frau Hainmüller Reinigungskraft. Sie kam, wenn meine Mutter bereits am Gehen war.«

»Und trotzdem haben sich die beiden angefreundet?«

»Sie hatten ein gemeinsames Thema, ihren Glauben. Meine Mutter ist nach dem Tod meines Vaters vor sechs Jahren in ein tiefes emotionales Loch gefallen und hat seitdem Halt im Glauben an Gott gesucht. Das hat ihr auch geholfen, als sie ihre Krebsdiagnose bekam.«

»Sind Sie Frau Hainmüller mal persönlich begegnet?«

»Nein. Ich habe drei Kinder und bin ganz selten in Kassel, weil mein Mann selbstständig ist und wir nicht oft die Möglichkeit haben, Kiel zu verlassen. Dass ich jetzt hier sein kann, verdanke ich meiner Schwiegermutter, die sich bereit erklärt hat, in dieser Zeit auf die Kinder aufzupassen. Ohnehin habe ich der fortschreitenden Religiosität meiner Mutter sehr kritisch gegenübergestanden.«

»Hat Ihre Mutter über eine Sekte oder etwas Ähnliches gesprochen, bei der Frau Hainmüller Mitglied war?«

»Daran kann ich mich nicht erinnern, nein. Aber, wie gesagt, diese Seite ihres Lebens habe ich mit Vorsatz ausgeblendet.«

Lenz nickte.

»Es ist wahrscheinlich unmöglich, Ihrer Mutter ein paar Fragen zu stellen?«

Irene Kolb schüttelte den Kopf.

»Sie ist vor drei Wochen auf Morphine eingestellt worden und braucht natürlich seit längerer Zeit eine Anzahl weiterer Medikamente. Ich befürchte, sie würde Sie nicht einmal richtig wahrnehmen. Manchmal ist sie hellwach, aber diese Momente sind leider sehr selten.«

»Verstehe«, murmelte Lenz und betrachtete noch einmal das Bild in seiner Hand.

»Kann ich das behalten?«

»Wenn es Ihnen weiterhilft, ja. Ich werde meine Mutter leider nicht so in Erinnerung behalten können, wie sie auf dem Foto aussieht, deshalb macht es mir nichts aus, es herzugeben. Außerdem haben wir eine Menge Bilder von ihr aus Zeiten, als sie noch nicht erkrankt war.«

Der Kommissar dankte ihr und wandte sich zum Gehen, drehte sich dann aber noch einmal um.

»Wie lange …?«

Weiter kam er nicht, weil sie vermutlich auf seine Frage gewartet hatte; zumindest erschien es ihm so.

»Tage, nicht länger. Ich sehe in der Nacht alle zwei Stunden nach, ob sie noch atmet, und Sie können mir glauben, dass ich ihr manchmal wünsche, es nicht mehr tun zu müssen.«

Damit brachte sie die beiden Polizisten zur Tür und verabschiedete sich.

»Alles Gute für Sie, Frau Kolb.«

»Danke, Herr Kommissar.«

24

Noch im Hausflur griff Lenz zum Telefon und wählte die Nummer von Rolf-Werner Gecks, doch dessen Anschluss war besetzt. Er beendete das Gespräch und wählte erneut.

»Franz«, meldete sich sein Gesprächspartner.

»Hallo, Herr Doktor Franz, hier ist Lenz.«

»Sie schon wieder. Gibt es neue Leichen?«

Der Kommissar hatte offensichtlich einen der seltenen Momente erwischt, in denen der Rechtsmediziner zum Scherzen aufgelegt war. Lenz war es nicht.

»Eine kurze Frage, Herr Doktor. Es geht um die ältere der beiden toten Frauen. Fehlt ihr die Kuppe eines kleinen Fingers? Ob links oder rechts, kann ich leider nicht sagen.«

»Die Fingerkuppe des linken kleinen Fingers fehlt bei dieser Dame, das stimmt«, antwortete der Mediziner, ohne lange zu überlegen. »Allerdings schon seit längerer Zeit, wie es aussieht.«

»Das weiß ich. Ich wollte nur sichergehen, vielen Dank.«

Er steckte das Telefon zurück in die Jacke. Hain sah ihm mit verständnislosem Gesichtsausdruck dabei zu.

»Mein lieber Thilo, wir sind nach allen Regeln der Kunst verladen worden.«

Hains Miene wurde um keine Regung intelligenter.

»Die Frau, die uns in Goldbergs Büro aufgetischt hat, sie sei Anna Hohmann, liegt mit Siegfried Patzkes vorgeblicher Freundin zusammen im Wald. Und ich bin mir ganz sicher, dass die ältere die echte Roswitha Krauss ist und die Wohnung in der Friedrich-Ebert-Straße angemietet hat.«

»Woher weißt du von dem Finger?«

»Der ist mir aufgefallen, als wir in meinem Büro saßen und sie mich mit ihrer Heulerei eingewickelt hat.« Er presste die Augen zusammen und kräuselte die Nase.

»Glaub mir, wenn ich dazu fähig wäre, würde ich mich in Grund und Boden schämen.«

Hain machte eine abwehrende Geste.

»Ich denke gerade über die Szene nach, als sie an die Bürotür geklopft hat, Paul«, entgegnete er. »Wir saßen mit vier Mann da drin. Wenn es wirklich geplant war, muss sie das gewusst haben. Wie viel Mut braucht man, um vier gestandene Bullen dermaßen zu verarschen?«

Lenz verzog säuerlich das Gesicht.

»Vier saublöde Bullen. Einer dümmer als der andere,

wobei ich Heini und seinen Kollegen mal ausdrücklich in Schutz nehmen will.«

»O. K., aber denk doch mal nach. Woher sollte sie denn wissen, dass wir da drin waren?«

»Durch die Wanzen, Thilo. Vermutlich hat jemand am anderen Ende mitgehört, bis die Jungs von der Spurensicherung die Dinger gefunden haben. Dass wir noch dazugekommen sind, machte die Sache auch nicht schlimmer. Sie wurde in Marsch gesetzt, um uns die Geschichte von Siegfried Patzke und Wolfgang Goldberg aufzutischen. Das war ihr einziger Auftrag. Und wenn der Sturm nicht dazwischengekommen wäre, der den guten Siggi wieder ans Tageslicht beförderte, würden wir vermutlich heute noch nach ihm als dem Mörder von Goldberg suchen.«

»Alles gut und schön, Paul, aber rechtfertigt das ihr Vorgehen? Immerhin ist sie ein geradezu abenteuerliches Risiko eingegangen. Was wäre zum Beispiel gewesen, wenn irgendjemand sie gefragt hätte, was sie denn bitte in den heiligen Hallen der IHK zu suchen hat?«

Der Oberkommissar kam nun richtig in Fahrt.

»Was, wenn euch auf dem Weg zum Präsidium Frommert oder Roll auf der Treppe begegnet wäre und sie keinen der beiden gekannt hätte?«

Lenz musste sich nicht um eine Antwort bemühen, die reichte Hain gleich nach.

»Nein, Paul, ich kann mir beim besten Willen nicht vorstellen, dass jemand ein solches Risiko eingeht.«

»Es fällt mir auch schwer, es zu glauben, Thilo, aber die Fakten sind eindeutig. Sie ist die Frau, die in Goldbergs Büro und mit mir im Präsidium war. Und sie ist nicht Anna Hohmann. Sie hat ihre Show mit einem klaren Ziel abgezogen und hatte einen eindeutigen Auftrag. Von wem auch immer. Wenn die Rendite stimmt, kann das Risiko nicht zu hoch sein.«

Nun wurde Hain nachdenklich.

»Und wer, glaubst du, steckt sich die Rendite in die Tasche?«

»Dazu fällt mir auch bei schärfstem Nachdenken nur ein Name ein: Blochin.«

Ein paar Minuten später stellte Hain den Opel auf dem großen Parkplatz hinter dem Polizeipräsidium ab. Lenz hatte gerade die Tür geöffnet und wollte aussteigen, als sein Telefon klingelte. Er sah auf das Display, doch die Nummer des Anrufers war unterdrückt. Hain gab ihm mit einer Geste zu verstehen, dass er schon vorgehen würde.

»Lenz«, meldete er sich.

»Guten Tag, Herr Lenz, hier spricht Boris Blochin.«

Den Kommissar durchzuckte es. Es dauerte einen kleinen Moment, bis er antworten konnte.

»Und, Herr Blochin. Was wollen Sie?«

»Ich würde gerne ein paar Dinge mit Ihnen besprechen, Herr Kommissar. Können wir uns treffen?«

Lenz' Gehirn begann, fieberhaft zu arbeiten. Schlagartig kam die Erinnerung an die vergangene Nacht zurück. Und die Angst.

»Können wir das nicht am Telefon machen?«

»Besser nicht. Es ist immer gut, wenn man seinem Gesprächspartner in die Augen sehen kann.«

Unter die Angst und die Anspannung des Polizisten mischte sich nun Wut über die Arroganz des Russen.

»Gut. Worum geht es?«

Aus dem kleinen Lautsprecher des Telefons kam ein kehliges Lachen.

»Sie müssen sich nicht fürchten, Herr Lenz. Nur ein Gespräch, nicht mehr.«

»Kommen Sie ins Präsidium. Ich bin den ganzen Nachmittag in meinem Büro zu erreichen.«

Wieder ein Lachen.

»Nein, Herr Lenz. Was ich mit Ihnen zu besprechen habe, ist nicht für fremde Ohren bestimmt. Besser, wir treffen uns in meiner Firmenzentrale.«

Nun wurde der Kommissar richtig wütend.

»Hören Sie, Herr Blochin. Wenn Sie etwas mit mir zu besprechen haben, kommen Sie zu mir. Wenn Ihnen das nicht passt, lassen Sie es einfach. Verstanden?«

Für zwei Sekunden war Stille in der Leitung. Eine bedrohliche Stille, wie Lenz es empfand.

»Verstanden, Herr Polizist. Ich dachte mir nur, dass ich zuerst mit Ihnen spreche, bevor ich Oberbürgermeister Zeislinger anrufe und ihn davon in Kenntnis setze, dass Sie seine Frau ficken.«

Lenz schloss die Augen. Die Gedanken rasten mit aberwitziger Geschwindigkeit durch seinen Kopf, doch er konnte keinen fassen. Er hechelte nach Luft und kämpfte gegen eine schlagartig einsetzende Übelkeit.

»Ich komme«, presste er ins Telefon.

25

Während der nächsten zwei Minuten stand der Kommissar regungslos da, starrte in den trüben, kalten Dezemberhimmel und versuchte, sich nicht zu übergeben. Dann atmete er ein paar Mal tief ein und wählte Hains Nummer.

»Thilo, ich muss für eine Stunde weg. Frag mich nicht, warum, es ist was Privates. Du erklärst in der Zwischenzeit den Kollegen, was wir bei und über Anna Hohmann erfahren haben.«

Ohne eine Antwort abzuwarten, beendete er das Gespräch, besorgte sich einen Wagen und verließ das Gelände der Polizei.

Noch bevor er an der nächsten Kreuzung angekommen war, hatte er Marias Nummer gewählt.

»Hallo«, meldete sie sich.

Lenz versuchte, trotz seiner Anspannung möglichst ruhig zu klingen.

»Hallo, Maria. Bist du alleine?«

»Noch immer oder schon wieder, das kannst du dir aussuchen. Du hast scheinbar heute richtig viel Sehnsucht nach mir.«

»Das stimmt.«

»Und du hast Glück, dass du mich erwischst, ich habe nämlich in einer halben Stunde einen Friseurtermin. Das heißt, dass ich die nächsten drei Stunden nicht zu erreichen bin. Aber danach bin ich wieder so hergerichtet, dass du dich mit mir nicht schämen musst.«

Ich würde mich gerne mit dir schämen, dachte Lenz, wenn ich nur die Chance dazu bekäme.

»Ich würde mich nie mit dir schämen, das weißt du doch.«

»Hoffentlich sagst du das auch noch, wenn ich noch älter und noch runzeliger bin.«

»Versprochen. Sag mal, war dein Mann in den letzten Tagen irgendwie komisch?«

Sie prustete los.

»Mein Mann ist immer komisch. Seit wann interessiert dich das?«

»Ich meine nur. Immerhin haben wir uns zum ersten Mal in einer Wohnung hier in der Stadt getroffen. Vielleicht hat uns ja jemand gesehen.«

»Oh, oh, mein Herr Kommissar und seine Paranoia. Das hatten wir doch neulich schon, Paul. Ich bin viel früher da gewesen als du und hab die Wohnung frühestens eine halbe Stunde nach dir verlassen. Wer also sollte in diesem anonymen Wohnblock irgendeinen Verdacht schöpfen?«

»Was würden wir denn machen, wenn uns wirklich jemand entdeckt und wir auffliegen?«

»Leugnen, Paul. Lügen, betrügen und leugnen. Und bis dahin treffen wir uns weiterhin und haben uns …« Sie brach ab. »Weißt du etwas, von dem ich nichts weiß?«

»Nein, Maria«, antwortete er schnell und möglichst unbeteiligt. »Ich bin nur gestern Abend im Hausflur zwei merkwürdigen Typen begegnet, die mich so komisch angeschaut haben. Ein großer und ein kleiner. Aber wahrscheinlich bilde ich mir in meinem kleinen Bullenhirn nur wieder ein bisschen zu viel ein.«

»Paranoia, sag ich doch. Sei ganz beruhigt, mein Kommissar, unser ebenso großes wie erotisches Geheimnis ist unentdeckt und bleibt es auch.«

Hoffentlich hast du recht, dachte Lenz.

»Du sagst mir sofort Bescheid, wenn dir irgendeine Veränderung an deinem Mann auffällt, ja?«

»Ganz sicher. Du musst allerdings nicht denken, dass ich noch zum Telefonieren komme, wenn Erich weiß, dass ich ihn betrüge. Ich befürchte, er macht mich dann spontan einen Kopf kürzer.«

»Das ist kein schöner Witz, Maria.«

»Das ist nicht mal ein Witz, Paul.«

Fünf Minuten, nachdem er sich von ihr verabschiedet und sein Telefon ausgeschaltet hatte, rollte er auf den Hof der BBE. Sein Mund war ausgetrocknet, seine Hände feucht und seine Knie zitterten, als er auf das Gebäude zuging. Wesna Hollerbach begrüßte ihn förmlich, gab ihm zu verstehen, dass sie über seinen Besuch informiert war, und brachte ihn zum Fahrstuhl.

»Sie kennen sich ja aus, Herr Kommissar.«

»Danke«, gab er zurück und trat in die Kabine. Zu seiner Verwunderung überkam ihn weder Panik noch hatte er das Gefühl von Beklemmung, als sich die Tür schloss.

Während der Aufzug sich langsam in Bewegung setzte, fragte der Kommissar sich zum ersten Mal seit Blochins Anruf, was er überhaupt mit dem Russen zu besprechen hatte. Vermutlich gab es Fotos oder andere Beweise, die seine Beziehung zu Maria belegen würden. Während er an den Großraumbüros vorbeiging, in denen ein paar Männer saßen und telefonierten, nahm er eine Veränderung am Ende des Korridors wahr. Etwa zwei Meter von Blochins Bürotür entfernt war eine Durchgangsschleuse aufgebaut worden, wie er sie aus dem Fernsehen kannte, wenn über Sicherheitskontrollen an Flughäfen berichtet wurde. Rechts und links daneben hatten sich die beiden sonnenbrillenbewehrten Gorillas aufgebaut, die er von seinem letzten Besuch noch gut in Erinnerung hatte. Er warf ihnen einen Blick zu, der möglichst souverän wirken sollte, doch die beiden beachteten ihn nicht, sondern fixierten einen imaginären Punkt an der Wand. Erst als er durch die Schleuse trat und damit ein leises Summen auslöste, bedachten sie ihn mit Aufmerksamkeit. Wortlos baute der linke der beiden sich vor ihm auf und gab ihm mit einer knappen Geste zu verstehen, dass er die Arme heben und die Beine auseinanderstellen sollte. Danach erfolgte eine kurze, aber professionell durchgeführte Leibesvisitation. Ein weiteres Nicken machte ihm klar, dass die Prozedur vorüber war.

Dann stand er vor der Tür ohne Griff, die sich langsam und nahezu geräuschlos öffnete.

Blochin saß hinter seinem Schreibtisch, hatte ein kleines Messer in der Hand und war damit beschäftigt, einen Apfel zu schälen. Er taxierte den Polizisten wie jemand, der weiß, dass er gewonnen hat.

»Herr Lenz, schön, dass Sie sich die Zeit genommen haben. Das ist in unserer schnelllebigen Welt alles andere als selbstverständlich.«

»Ja«, erwiderte Lenz knapp, betrat das Büro und blickte sich um. Heute stand niemand hinter oder neben der Tür.

Blochin legte den Apfel und das Messer auf den Schreibtisch, nahm aus einer Schachtel ein Einwegtaschentuch und tupfte seine Finger ab. Dann stand er auf, ging um den Schreibtisch herum auf den Polizisten zu und streckte ihm die Hand hin. Lenz bewegte sich nicht.

»Na gut, Herr Lenz. Aber es gibt keinen Grund für diese …, wie soll ich es ausdrücken, … feindselige Haltung.«

»Was wollen Sie von mir, Herr Blochin. Den Unsinn, den Sie mir am Telefon erzählt haben, können Sie unmöglich ernst gemeint haben.«

Der Russe ging zurück zu seinem Platz, schloss mit einem Tastendruck die Tür und lehnte sich zurück.

»Den von Ihnen und der Frau des Oberbürgermeisters? Werden Sie nicht albern, Herr Lenz, Sie wissen genau, dass ich recht habe. Und ich kann Sie sogar verstehen, wenn ich mir die Dame ins Gedächtnis zurückrufe. Eine gute Wahl. Allerdings könnte ich auch Herrn Zeislinger verstehen, wenn er über diesen Vorgang nicht amüsiert wäre.«

»Blödsinn!«, zischte Lenz. »Wenn dieser Müll alles ist, worüber Sie mit mir reden wollen, hat sich die Fahrt hierher nicht gelohnt.«

»Nun beruhigen Sie sich, Herr Kommissar, und nehmen Sie Platz. Ich möchte Ihnen eine Zusammenarbeit vorschlagen und bin sicher, dass wir beide von meinem Vorschlag einen sehr großen Nutzen ziehen könnten. Darf ich Ihnen einen Kaffee anbieten?«

»Ich möchte weder sitzen noch Kaffee mit Ihnen trinken, Herr Blochin. Am liebsten würde ich Sie in Handschellen stecken und festnehmen, und diesen Spaß werde ich mir sicher irgendwann auch noch gönnen.«

Der Russe grinste feist.

»Übernehmen Sie sich nicht, Herr Polizist. Ich kann verstehen, dass Sie im Moment nicht entspannt sind. Bestimmt geht das mit Ihnen und Zeislingers Frau schon länger, und vermutlich konnten Sie diese kleine, schmutzige Romanze bis jetzt geheim halten, aber seit ein paar Tagen gibt es einen neuen Sheriff in der Stadt, und der bin ich. Sie können hier jetzt den großen Mann spielen, aber wenn wir uns nicht einigen, werde ich mit dem Oberbürgermeister gesprochen haben, bevor Sie wieder in Ihrem Wagen sitzen.«

»Sie bluffen.«

Wieder lehnte Blochin sich in seinem Stuhl zurück und lachte hämisch.

»Das ist so wie mit Ihrem jungen Kollegen und der Aufnahme. Ich glaube Ihnen, und auch Sie sollten mir besser glauben. Bevor das Ganze hier noch zu einer einzigen Glaubensfrage wird, lassen Sie mich Ihnen doch zunächst mein Angebot machen. Ich bin davon überzeugt, dass Sie nicht ›nein‹ sagen werden.«

Lenz atmete tief durch. Vor seinem geistigen Auge lief ein Film ab, in dem Maria und er die Hauptdarsteller waren und der bundesweit in allen Medien gespielt wurde. Eine kleine, nichtsdestotrotz aber sehr feine Nebenrolle war mit Erich Zeislinger besetzt, und Regie führte sein Dienstherr.

Es ist mir egal, dachte er und setzte sich.

»Ich höre.«

»Ah, so kann ich mit Ihnen arbeiten, Herr Lenz. So gefallen Sie mir gut.«

Blochin nahm den Apfel wieder in die Hand, biss ein großes Stück ab und kaute, während er sprach.

»Ich möchte Ihnen anbieten, für mich zu arbeiten, Herr Kommissar. Wir werden jeden Tag größer, unser Umsatz steigt von Monat zu Monat, mit einem Wort, wir wachsen. Das zieht natürlich Neider auf den Plan, und so habe ich mir überlegt, dass ich die Stelle eines Sicherheitschefs schaffen werde. Es sollte eine Ehre für Sie sein, dass ich dabei an Sie denke.«

Lenz sah ihn hämisch grinsend an.

»Sicherheitschef?«

»Allerdings. Ich zahle Ihnen das Doppelte von dem, was Sie jetzt verdienen, plus Boni. Sie bekommen einen Firmenwagen, den Sie sich selbst aussuchen können, und Personal, so viel Sie brauchen. Und Sie lernen die ganze Welt kennen.«

Nun veränderte sich der Gesichtsausdruck des Kommissars in Richtung fassungslos.

»Sie müssen total durchgeknallt sein, Blochin, anders kann ich das, was Sie hier abziehen, nicht deuten. Sie haben jeglichen Bodenkontakt verloren.«

Er stand ruckartig auf und warf dabei seinen Stuhl nach hinten um. Ohne davon Notiz zu nehmen, beugte er sich über den Schreibtisch.

»Ich garantiere Ihnen, wenn ich das nächste Mal hier auftauche, dann nehme ich Sie mit. In Handschellen.«

Damit richtete er sich auf, drehte sich um und ging auf die Tür zu. Blochin sah ihm nach und hob den Finger, um die Tür zu öffnen, zögerte dann jedoch einen Moment.

»Eine schöne Jacke haben Sie da an, Herr Kommissar«, sagte er hämisch.

Lenz blieb stehen, drehte sich um und sah dem Russen ins Gesicht. Dessen Augen verengten sich zu Schlitzen.

»Und völlig unbefleckt. Achten Sie darauf, dass das so bleibt«, setzte er eiskalt hinzu.

In diesem Moment war Lenz froh, dass seine Dienstwaffe im Präsidium lag. Allerdings gab er sich selbst das Versprechen, in der nächsten Zeit nicht mehr ohne sie unterwegs zu sein.

»Lecken Sie mich am Arsch, Blochin. Und jetzt machen Sie diese verdammte Tür auf!«, zischte er den Russen an, und sein Tonfall hatte dabei etwas wirklich Angst Einflößendes.

26

Wie in Trance stieg er in den Dienstwagen, steckte den Zündschlüssel ins Schloss und verließ das Gelände. Er zitterte, diesmal vor Wut, und musste einen immer stärker werdenden Brechreiz unterdrücken. Auf Höhe des Auestadions bog er rechts von der Frankfurter Straße ab und fuhr auf den großen Parkplatz hinter der Wendeschleife der Straßenbahn. Dort stieg er aus, sah sich kurz um und übergab sich in ein Gebüsch.

Eine Minute später lehnte er am linken vorderen Kotflügel des Autos, wischte sich mit einem Taschentuch das Gesicht und die Hände ab und betrachtete das Treiben an der Stadionkreuzung. Der Brechreiz war weg, aber der Geschmack in seinem Mund war um keinen Deut besser geworden. Seine Gedanken kreisten um die letzte halbe Stunde, und die einzige Frage, die er sich stellte, beschäftigte sich mit einem Anruf, den Blochin schon erledigt haben könnte oder auch nicht. Und ob er ihn überhaupt erledigen wollte, denn eine Erpressung funktionierte nur dann zur Freude des Erpressers, wenn ihm sein Druckmittel erhalten blieb.

Es ist mir wirklich egal, ob er den OB anruft, dachte Lenz, ging um das Auto herum und sah im Handschuhfach nach, ob ein Kollege dort vielleicht eine Packung Zigaretten liegen gelassen hatte, doch die Ablage war leer. So konnte er nur sein Nikotinpflaster streicheln.

Er schaltete sein Telefon an und wählte Hains Nummer, doch bevor er auch nur einen Ton sagen konnte, überzog ihn sein Kollege mit einer Schimpftirade.

»Du hast sie wohl nicht mehr alle, Paul. Ich versuche seit deinem merkwürdigen Anruf, dich zu erreichen, und du schaltest einfach das Telefon aus, nachdem du mir irgendeinen Blödsinn von einem privaten Termin erzählt hast.«

Der junge Oberkommissar war total sauer.

»Hier rennen alle wie die Hühner durcheinander, weil Ludger zusammen mit den andern Abteilungen und dem Zoll eine Riesenaktion bei der BBE durchziehen will, und du verschwindest einfach von der Bildfläche. Jeder fragt nach dir, jeder sucht dich, und mir bleibt nichts anderes übrig, als für dich zu lügen. Was soll das denn?«

Lenz fühlte sich wirklich schuldig.

»Es tut mir leid, Thilo, ehrlich. Aber das, was ich zu erledigen hatte, war nicht aufzuschieben. Ich bin in ein paar Minuten im Büro, dann versuche ich, es dir zu erklären.«

Natürlich dachte der Hauptkommissar nicht daran, seinem Kollegen von Maria Zeislinger und Blochins Erpressungsversuch zu erzählen. Vielleicht war das allerdings auch gar nicht mehr nötig.

»Das hoffe ich«, erwiderte Hain, noch immer erbost, und beendete das Gespräch.

Lenz stieg in den Wagen, wendete und fuhr wieder auf die Frankfurter Straße. Obwohl er wusste, dass sie in diesem Moment vermutlich mit einer Trockenhaube über dem Kopf in einem Friseursalon saß, versuchte er, Maria zu erreichen, bekam jedoch nur ihre Mailboxstimme zu hören und legte auf, ohne etwas zu hinterlassen.

»Du willst mir erzählen, dass deine letzte Frau, die sich seit Jahren nicht bei dir gemeldet hat, plötzlich Sehnsucht nach dir gekriegt hat und du deswegen alle Ermittlungen stehen und liegen gelassen hast? Die dich mehr hasst als ein Schalker einen Dortmundfan? Ist nicht dein Ernst.«

Lenz lehnte sich in seinem Bürostuhl zurück und schämte sich abgrundtief, seinen Kollegen zu belügen.

»Doch, Thilo, sie war in einer Notsituation und brauchte mich kurz. Jetzt ist alles wieder gut.«

»Ach, lass mich doch mit diesem Scheiß in Ruhe. Wenn du noch mal so eine Nummer abziehst, kannst du nicht mehr mit meiner Rückendeckung rechnen. Ich bin auch deshalb so enttäuscht von dir, weil ich mir ernsthaft Sorgen um dich gemacht hab. Du bist nämlich der Typ, den letzte Nacht zwei brandgefährliche Strolche mit Markierungsmunition abgeschossen haben.«

Er zeigte Lenz einen Vogel.

»Hier im Haus denken alle, dass du wegen dieser Geschichte am besten unter Personenschutz gestellt werden solltest, und du verschwindest einfach mal so. Das gibt's doch gar nicht.«

So sehr Lenz sich wünschte, sein Kollege würde etwas ruhiger werden, so wenig konnte er sich auf die Vorwürfe konzentrieren, weil er immer wieder daran denken musste, dass Blochin vielleicht gerade in diesem Moment zum Telefonhörer greifen und Zeislingers Nummer wählen könnte.

»Und Ludger hat alle ins Boot geholt, damit wir Blochin richtig in den Hintern treten können?«, probierte er einen sanften Themenwechsel.

»Versuch nicht, mich einzuwickeln, ich bin nämlich wirklich sauer«, gab Hain schnippisch zurück. »Aber wenn du schon so fragst, ja, für morgen früh ist …«

Er brach ab, weil es an der Tür klopfte und Heini Kostkamp seine Nase hereinsteckte.

»Na, Männer, dicke Luft? Euer Geschrei ist ja auf dem ganzen Flur zu hören.«

Sein Blick wanderte vorsichtig vom einen zum anderen.

»Soll ich später wiederkommen?«

Lenz sah Hain fragend an, doch der schüttelte nur unwirsch den Kopf.

»Nein, komm rein. Was hast du denn für uns?«

Der Mann von der Spurensicherung zog ein paar Blätter aus einem Umschlag und hielt sie Lenz vor die Nase.

»Sag schon, Heini, was gibt's?«

»Die Frauen sind mit zwei verschiedenen Waffen getötet worden, so viel ist klar. Einer hat mit Messinghülsen geschossen, der andere mit lackierten Stahlhülsen, aber beide haben eine 9-Millimeter-Makarov benutzt. Und es würde uns, glaube ich, alle sehr verwundern, wenn die eine der beiden Knarren nicht dieselbe ist, mit der die Hainmüllers und Patzke von dieser Welt befördert wurden.«

»Wir müssen natürlich die Analyse der Projektile abwarten, aber ich bin mir da genauso sicher wie du. Was gab es sonst noch an Spuren da draußen?«

»Wie ich schon gesagt habe, jede Menge Reifenspuren. Ob was Verwertbares dabei ist, müssen wir sehen. Und ein paar Schuhabdrücke haben wir, aber weil der Boden da draußen nachts so knochenhart gefroren ist, ist die Qualität ziemlich mies.«

»Das heißt, wir müssen uns in Geduld üben und abwarten, was die Kriminaltechnik liefert.«

»So wie immer, ja«, antwortete Kostkamp. »Aber ich bin eigentlich nicht wegen der Sache in Sandershausen gekommen, sondern weil wir das Telefon erfolgreich wiederbelebt haben, das in Goldbergs Auto lag.«

Wieder hielt er Lenz die Blätter, die er die ganze Zeit über in der Hand gehalten hatte, unter die Nase.

»Es hat wirklich keinen Sinn, Heini, ich weiß nämlich nicht, wo meine Brille ist.«

Kostkamp drückte Hain die Papiere in die Hand.

»Es waren fünf Nummern in der Wahlwiederholung und zwei im Anrufspeicher. Könnt ihr euch drum kümmern.«

Er ging zur Tür und hatte schon die Klinke in der Hand, drehte sich aber dann noch einmal um und sah Lenz ernst an.

»Und du, gib auf dich acht. Wie man so hört, sind deine Nächte im Moment ziemlich aufregend.«

Damit verließ er das Büro.

Lenz zog einen Moment in Erwägung, dass sich seine Liaison mit Maria schon herumgesprochen haben könnte, verwarf den Gedanken aber wieder. Vermutlich bezog sich Kostkamps Bemerkung auf sein Abenteuer der letzten Nacht. Er bedachte Hain mit einem vorsichtigen Blick.

»Geht's wieder?«

Der junge Oberkommissar kniff die Augen zusammen. Aus Erfahrung wusste Lenz, dass Hain zwar wütend werden konnte, dieser Zustand jedoch nie von langer Dauer war. Heute allerdings würde es bis zur Normalität noch eine Weile dauern.

»Ich versuch's. Aber angefressen bin ich immer noch.«

»Darfst du sein. Erzähl mir trotzdem, was Ludger bei der BBE abziehen will.«

»Er hat, nachdem Lydia die Besprechung der SoKo gesprengt hatte, sofort alles Nötige in die Wege geleitet, um morgen, spätestens übermorgen früh eine Riesenaktion bei der BBE zu starten. Wie es aussieht, werden 200 Mann bei denen alles auf den Kopf stellen, und wir dürfen dabei ganz unauffällig nach einem Mörder suchen.«

»Das klingt doch gut. Hat er schon mit der Staatsanwaltschaft gesprochen?«

»Alles im Karton. Es hilft halt manchmal, wenn man Kriminalrat ist.«

»Worauf du …«

Der Hauptkommissar wurde vom Klingeln des Telefons auf seinem Schreibtisch unterbrochen. Hain stand auf und ging zur Tür.

»Ich bring das eben zu Lydia, die soll sich darum kümmern.«

Der Hauptkommissar nickte und griff zum Telefonhörer.

»Lenz.«

»Hallo, Herr Lenz. Hier ist Irene Kolb, die Tochter von Anna Hohmann. Sie waren vorhin zusammen mit einem Kollegen bei mir.«

»Ja, Frau Kolb, natürlich. Was kann ich für Sie tun?«

»Ich komme gerade vom Bett meiner Mutter. Sie hatte vorhin eine erfreulich wache Phase, trotz der Medikamente. Da habe ich ihr von Ihrem Besuch erzählt …«

Lenz wartete einen Moment, aber die Frau sprach nicht weiter.

»Das ist doch kein Problem, Frau Kolb.«

»Ich weiß. Sie hat mir erklärt, dass sie das alles hat kommen sehen und dass sie furchtbar enttäuscht sei von ihrem Chef. Und sie hat mir von einer Diskette erzählt, die Herr Goldberg bei ihr deponiert hat. Wo sie ist, wollte sie mir allerdings nicht verraten. Ich würde sie schon finden, wenn sie tot sei.«

»Hat sie davon gesprochen, welche Informationen sich auf der Diskette befinden?«

»Nein, leider nicht. Ich glaube auch nicht, dass sie eine Diskette meinte, eher schon eine CD.«

»Wie kommen Sie darauf?«

»Für meine Mutter waren Disketten und CDs immer das Gleiche. Sie war daran gewöhnt, mit Disketten zu arbeiten, und als die CD aufkam, ist sie bei dieser Bezeichnung geblieben.«

Lenz konnte ihr nicht ganz folgen.

»Nun ja, wie auch immer. Können wir irgendetwas tun, um Sie bei der Suche nach dem Datenträger zu unterstützen?«

»Wie es aussieht, nein.«

»Es könnte sein, dass die Informationen, die sich darauf befinden, uns in der Mordsache Goldberg weiterhelfen, deshalb bräuchten wir die Daten am besten sofort.«

»Das verstehe ich, Herr Kommissar, es ist allerdings nicht einmal sicher, dass sich die Diskette überhaupt hier in der Wohnung befindet.«

»Hat Ihre Mutter etwas dazu gesagt, wann Goldberg ihr den Datenträger übergeben hat?«

»Danach wollte ich noch fragen, jedoch ist sie vorher eingeschlafen. Aber das hole ich bei nächster Gelegenheit nach.«

Lenz dachte kurz nach. Wenn Goldberg belastendes Material über wen auch immer zusammengetragen hatte, musste er so schnell wie möglich wissen, worum genau es sich dabei handelte. Andererseits konnte er weder Anna Hohmann noch ihre Tochter dazu zwingen, ihn die Wohnung durchsuchen zu lassen. Und ob sich ein Richter überreden ließe, aufgrund dieser dünnen Faktenlage einen Durchsuchungsbeschluss zu unterschreiben, bezweifelte er.

»Es wäre schön, wenn wir möglichst bald wieder miteinander telefonieren könnten. Und vielleicht können Sie Ihre Mutter ja doch überreden, Ihnen zu sagen, wo sich der Datenträger befindet.«

Stille in der Leitung. Offenbar dachte Irene Kolb über etwas nach.

»Meine Mutter ist die meiste Zeit des Tages stark sediert. Ich glaube Ihnen, dass diese Diskette, oder was immer es sein mag, wichtig für Sie sein könnte, deshalb werde ich nach und nach die Wohnung durchsuchen. Meine Mutter darf davon nichts mitbekommen, das ist für mich Bedingung.«

»Dafür danke ich Ihnen ganz herzlich, Frau Kolb«, erwiderte Lenz erleichtert. »Wenn sich etwas ergibt, können Sie mich jederzeit anrufen.«

Er gab ihr die Nummer seines Mobiltelefons und legte auf.

Hain, der vor einer Minute zurückgekehrt war, sah ihn fragend an.

»Eine Diskette? Eine CD? Eine Festplatte?«

»Keine Ahnung«, antwortete Lenz, »aber was immer es ist, Goldberg hat es angeblich bei seiner Sekretärin deponiert.«

»Und wie geht es jetzt weiter?«, wollte der Oberkommissar wissen.

»Es hat keinen Sinn, wenn wir uns jetzt da reinhängen. Die Tochter hat mir zugesagt, dass sie die Wohnung auf den Kopf stellt, solange ihre Mutter am Schlafen ist. Wenn sie was findet, meldet sie sich bei mir.«

»Und du meinst nicht, dass wir besser mit ein paar Jungs da auflaufen sollten, um die Bude auf den Kopf zu stellen?«

»Schöner wäre es schon, aber die Hohmann wollte ja schon ihrer Tochter nicht sagen, wo sie die verdammte Diskette deponiert hat. Und ich glaube nicht, dass wir einen Richter finden, der aufgrund der Aussage einer Todkranken, ihr Chef habe ihr eine Diskette gegeben, den Durchsuchungsbeschluss ausstellt.«

»Da hast du recht. Also warten wir und harren der Dinge, die hoffentlich aus dem Philosophenweg an unser Ohr dringen.«

»Mein lieber Mann, du bist ja ein richtiger …«

Weiter kam der Hauptkommissar nicht, denn Rolf-Werner Gecks stürmte in den Raum.

»Wir haben die beiden Russen erwischt«, sprudelte er atemlos hervor.

Lenz und Hain sprangen wie elektrisiert auf.

»Den großen und den kleinen?«, fragte der junge Polizist überflüssigerweise.

»Klar, den großen und den kleinen.«

»Und wo sind sie?«

Gecks zog sich einen Stuhl heran, ließ sich darauf nieder und holte tief Luft.

»Seit zwei Uhr heute Mittag läuft eine ziemlich große Aktion verschiedener Dezernate. An der A 7, der A 44, der B 7 und einigen anderen großen Bundesstraßen finden allgemeine Verkehrskontrollen statt. Damit haben die Jungs vor ein paar Jahren angefangen und gute Erfahrungen gemacht, weil ihnen immer der eine oder andere ins Netz geht, nach dem mit Haftbefehl gesucht wird. Letztes Jahr waren es zehn oder elf. Da ist natürlich manch einer dabei, der nur seinen Unterhalt nicht bezahlt, aber manchmal geht auch ein größerer Fisch ins Netz. Und die ersten beiden Fische, die vor etwa einer Stunde auf dem Rasthof im Netz gezappelt haben, sind die beiden Russen. Manchmal muss man einfach Glück haben.«

»Das ist ja geil!«, freute sich Hain. »Fingerabdrücke genommen, eindeutig überführt, Fall abgeschlossen.«

»Na, na, Thilo, so schnell wird's vermutlich nicht gehen. Denk dran, was Stellmann über deren Ehrenkodex gesagt hat.«

In diesem Moment klingelte das Telefon auf dem Schreibtisch. Lenz nahm den Hörer ab, hörte dem Anrufer kurz zu und legte wieder auf.

»Scheiße«, murmelte er.

27

Es war schon dunkel, als die Polizisten auf den weiträumig abgesperrten Parkplatz der Autobahnraststätte Kassel fuhren. Lenz saß im Fond, Hain und Gecks vorne. Der

Hauptkommissar sprang aus dem noch rollenden Wagen und ging mit schnellen Schritten auf zwei Uniformierte zu, die vor einer Absperrung standen.

»Dort drüben, Herr Hauptkommissar«, sagte der eine mit zusammengekniffenen Augen und deutete auf einen blauen BMW.

Lenz bedankte sich knapp, bedeutete seinen Kollegen die Richtung und ging los.

Die Szenerie, die sich vor ihm auftat, wirkte gespenstisch. Das orange Licht der Natriumdampflampen des Parkplatzes mischte sich mit dem zuckenden Blaulicht der Polizeifahrzeuge und mehrerer Krankenwagen. Hinter der Leitplanke kämpfte ein nie versiegender Strom von Autobahnbenutzern gegen das Verkehrsaufkommen und den leichten Schneefall. Innerhalb eines abgesperrten Areals standen ein Dienstfahrzeug der Polizei und ein dunkler 5er BMW. Lenz sah zu, wie mehrere weiß gekleidete Männer hektisch eine Trage zwischen die weit geöffneten Türen eines Notarztwagens bugsierten, einen Mechanismus einrasten ließen und den offenbar Schwerverletzten mitsamt des Gestells nach vorne schoben. Dann warfen sie die Türen zu, rannten um das Fahrzeug herum, stiegen ein und fuhren davon. Lenz trat näher an den BMW und sah die beiden Leichen, die abgedeckt neben der Beifahrertür lagen.

Hain und Gecks hatten zu ihm aufgeschlossen und folgten dem Hauptkommissar, der auf eine Gruppe Uniformierter zusteuerte, die vor einem Kleinbus stand.

»Guten Abend, meine Herren. Kann mir jemand mit kurzen Worten erklären, was sich hier abgespielt hat?«

Die Polizisten sahen sich kurz an, und ein junger Polizeiobermeister ergriff das Wort.

»Die beiden sind uns aufgefallen, weil sie hier auf dem Rastplatz in die falsche Richtung gefahren sind. Wir haben dann eine Computerabfrage durchgeführt, die ergeben hat, dass die Kennzeichen des Wagens vor ein paar Wochen gestohlen worden waren. Eigentlich war die Sache schon so gut wie erledigt. Die beiden standen hier am Auto, ihre Hände waren hinten mit Strapsen festgebunden, und wir haben gerade besprochen, wer sie aufs Präsidium bringt. Dann ging plötzlich alles ganz schnell und mit unglaublicher Präzision. Die Strapse flogen davon, und sofort hatte jeder der beiden eine Pistole in der Hand.«

»Hatten Sie die Männer nicht nach Waffen durchsucht?«

»Natürlich, Herr Hauptkommissar«, mischte sich ein groß gewachsener, hellblonder Beamter ein. »Wir hatten sie, bevor wir ihnen die Strapse angelegt haben, ganz normal durchsucht und abgeklopft. Es ist uns allen absolut schleierhaft, wo sie die Waffen versteckt hatten.«

»Na ja, offensichtlich waren sie da«, erwiderte Lenz knapp. »Also, wie ging es weiter?«

»Beide haben sofort geschossen. Der Kollege Lederer wurde am Hals getroffen, die Kollegin Ritter in die Brust. Dann sind sie losgerannt, haben aber wohl nicht damit gerechnet, dass der ganze Parkplatz voller Polizisten gewesen ist. Sie sind von drei Seiten unter Feuer genommen worden, das war's dann. Einer war sofort tot, der andere ist noch ums Auto herumgerobbt, bis er neben seinem Kollegen lag, und hat sich dann selbst erschossen, vor unseren Augen. Knarre in den Mund und ab dafür.«

Hain griff nach einem Beutel, der auf dem Boden des Kleinbusses lag, hob ihn hoch und betrachtete den Inhalt.

»Das ist einer der Strapse. Wir haben bei beiden kleine Messer gefunden, mit denen man sich rasieren könnte, so scharf sind sie. Damit war es kein Problem, sich von den Strapsen zu befreien.«

Lenz trat neben seinen Kollegen und betrachtete den elfenbeinfarbenen Kabelbinder, der sauber durchtrennt worden war.

»Was ist mit den Messern? Haben Sie die auch übersehen?«, wollte Hain wissen.

Die uniformierten Polizisten nickten stumm.

»Wo immer sie die Waffen und Messer versteckt hatten, wir haben sie leider nicht entdeckt.«

»Was ist mit den Kollegen? Sind sie schwer verletzt?«

»Die Kollegin Ritter ist schon auf dem Weg nach Göttingen, mit dem Hubschrauber. Es geht ihr sehr schlecht, aber die Ärzte wollten keine Zeit verlieren und sind sofort abgeflogen. Sie hat stark geblutet, weil der Schuss die Schlagader gestreift hat. Der Kollege Lederer hatte etwas mehr Glück; es hat ihn zwar am Hals erwischt, aber der Doktor hat uns erkärt, dass es im Moment nicht lebensbedrohlich ist. Er wird wohl durchkommen, bei Pia Ritter sieht es nicht so gut aus.«

Lenz dachte einen Moment darüber nach, wo er den Namen Pia Ritter schon einmal gehört hatte, aber es wollte ihm nicht einfallen.

»Hoffen wir das Beste für sie. Unabhängig davon müssen wir hier weiterkommen.«

Er deutete auf die beiden Leichen vor dem BMW.

»Haben Sie irgendwelche Papiere bei ihnen gefunden? Pässe, Ausweise?«

Der junge Obermeister griff in den Kleinbus und nahm einen Kunststoffbeutel von der Rückbank.

»Das hier haben wir bei dem einen gefunden. Es ist ein A4-Blatt in Kyrillisch, deswegen kann es keiner von uns lesen. Sonst hatten die beiden nichts bei sich.«

»Haben Sie schon im Wagen nachgesehen?«

»Nein, das wollten wir der Spurensicherung überlassen.«

Lenz und Hain wechselten einen schnellen Blick.

»Wir sehen uns das Auto an«, erklärte der Hauptkommissar den Uniformierten. »Sie bleiben bitte hier, wer weiß, was für Überraschungen dort noch auf uns warten.«

Damit gingen die drei Kripobeamten los. Jeder zog ein Paar Einweghandschuhe aus der Tasche und streifte sie über die Hände.

Zunächst betrachteten sie die Szenerie aus etwa fünf Metern Entfernung, dann sahen sie ins Innere des Wagens, um danach einen flüchtigen Blick auf die beiden Leichen zu werfen. Keiner der drei hatte allerdings ernsthaft Lust, sich schon wieder mit einem zerfetzten menschlichen Schädel zu beschäftigen. Hain beugte sich nach unten, um sich die Pistole näher anzusehen, die neben dem einen Toten lag.

»Eine Makarov«, stellte er fest. »Und der ohne Schädeldecke hält das gleiche Modell in der Hand.«

»Hast du ernsthaft was anderes erwartet? Lass uns mal in den Kofferraum sehen, Thilo.«

Der Oberkommissar ging vorsichtig zur Fahrertür, kniete sich auf den Sitz, griff nach dem Zündschlüssel, der im Zündschloss steckte, zog ihn heraus und drückte kurz auf den Knopf mit der stilisierten Heckklappe. Sofort entriegelte das Schloss, und mit einem leisen Klacken sprang der Deckel ein Stück nach oben. Lenz trat einen Schritt nach vorne, fuhr mit der flachen Hand von links nach rechts in dem Spalt entlang, fand aber keinen Hinweis darauf, dass der Kofferraum in irgendeiner Weise gesichert gewesen wäre. Dann schob er das kalte Metall langsam nach oben.

»Wow!«, entfuhr es Hain spontan, der um den Wagen herumgekommen war und in den Kofferraum stierte.

»Da haben die Kollegen hier auf dem Rastplatz ja richtig Glück gehabt, dass die beiden nicht mehr an dieses Arsenal herangekommen sind, sonst wäre es bestimmt nicht mit zwei schwer verletzten Polizisten abgegangen«, erwiderte Lenz und sah noch einmal in den Kofferraum.

Dort lagen, eingewickelt in eine alte Decke, zwei AK-47-Sturmgewehre, auf der ganzen Welt nur unter der Bezeichnung Kalaschnikow bekannt. Außerdem fanden die Beamten vier Handgranaten, jede Menge Patronen, eine Markierungspistole mit roter Munition und in einem blauen Müllsack einige Kleidungsstücke. Frauenkleidung. Lenz hatte erneut das Gefühl, sich übergeben zu müssen.

»Damit kann man schon mal eine ernsthafte Schießerei anzetteln«, meinte Gecks.

»Was ich nicht verstehe, ist, dass sie das alles in einem Auto spazieren fahren, von dem sie wissen, dass es bei der erstbesten Kontrolle auffliegt. Dieses Risiko einzugehen, deckt sich überhaupt nicht mit ihrer bisherigen Vorgehensweise«, erwiderte Lenz.

»Vielleicht sind sie gerade umgezogen. Oder sie wollten abhauen, weil ihnen der Boden zu heiß geworden ist nach der Aktion gegen dich von letzter Nacht.«

Lenz sah sich auf dem grellorange erleuchteten Parkplatz um und dachte an Maria. Und an Blochin.

»Vielleicht, vielleicht. Vielleicht aber auch nicht.«

Er ging zurück zu dem Kleinbus, vor dem noch immer die Uniformierten standen.

»Im Kofferraum liegen diverse Waffen. Sorgen Sie dafür, dass bis zum Eintreffen der Spurensicherung hier alles so bleibt, wie es jetzt ist. Und schreiben Sie bitte einen ausführlichen, detaillierten Bericht, der zweifelsfrei und möglichst objektiv ist.«

Der Hauptkommissar sah zu der Straßensperre, wo die beiden Polizisten alle ankommenden Wagen anhielten und umleiteten. Mittlerweile waren sie von mehreren Übertragungswagen und einigen weiteren Medienfahrzeugen umgeben.

»Das ist, auch im Zusammenhang mit den sicher kritischen Fragen der Menschen, die von dort auf uns herabschauen, bedeutsam.«

Er winkte Hain und Gecks zu sich, die noch immer mit dem BMW beschäftigt waren.

»RW, du bleibst am besten hier und sorgst dafür, dass bis zum Eintreffen der Spurensicherung hier nichts verändert wird. Thilo und ich fahren los. Mehr können wir im Moment ohnehin nicht tun.«

Als sie mit ihrem Dienstwagen an den beiden Polizisten und den Medienleuten vorbeirollten, brach ein Blitzlichtgewitter über sie herein. Lenz sah auf den Boden und war froh, sich nicht mit dieser Meute beschäftigen zu müssen.

»Das gibt einen Haufen Arbeit für Uwe«, stellte Hain lakonisch fest.

An der nächsten Kreuzung begegnete ihnen ein Kombi der Spurensicherung. Der Oberkommissar winkte müde.

»Ich kann Heini verstehen. So langsam geht mir die Sache auch auf die Nerven. Wir haben sechs Tote, mit den beiden Russen jetzt acht, und stolpern halb blind und taub in der Weltgeschichte herum. Das kann nicht so weitergehen.«

Lenz zuckte mit den Schultern.

»Was willst du unternehmen? Blochin festnehmen? Der ist schneller wieder draußen, als wir ›papp‹ sagen können. Ich bin mir sicher, dass er hinter der ganzen Sache steckt oder zumindest seine Finger drin hat, aber beweisen können wir es ihm nicht. Und bis wir das können, müssen wir unsere Polizeiarbeit machen und warten.«

»Fühlst du dich besser, weil es die beiden erwischt hat?«, wollte Hain wissen.

Lenz dachte einen Moment nach.

»Ach, Thilo. Wenn ich daran denke, was Stellmann über diese ›Abschtschjaks‹ gesagt hat, glaube ich nicht, dass deren Vorgehen an Personen gebunden ist. Die zwei sind weg, und zwei neue stehen schon in den Startlöchern, so einfach ist das vermutlich.«

Er schluckte.

»Aber es macht mir schon Angst, wenn ich sehe, dass sich so einer einfach selbst die Schädeldecke wegschießt.«

Zehn Minuten später stellte Hain den Wagen auf einem Parkplatz gegenüber der Markthalle ab. Die Polizisten stiegen aus, schlugen die Krägen ihrer Jacken hoch und gingen im dichter werdenden Schneetreiben die etwa 200 Meter zum Laden von Sergej Kowaljow. Der Russe stand hinter einer provisorisch wirkenden Theke, hielt eine Tasse Tee in der Hand und rauchte.

»Sergej«, begrüßte Lenz den Mann wie einen alten Freund, »du weißt doch, dass das Rauchen in deiner Bude schon lange nicht mehr erlaubt ist. Was sollen wir nur mit dir machen?«

»Verhaften Sie mich, Herr Kommissar. Ich gestehe, dass ich süchtig bin und eigentlich eine Entziehungskur brauche, aber mein kleines Geschäft verlangt nach mir«, antwortete der Russe mit deutlichem Akzent und hielt den beiden Polizisten die Hand zur Begrüßung hin. Lenz sah sich vorsichtig um, doch es hielt sich kein Kunde im Laden auf.

»Können wir reden, Sergej?«, kam er gleich zur Sache.

Kowaljow wurde ernst.

»Ich weiß, worüber Sie mit mir reden wollen, Herr Kommissar, aber glauben Sie mir, davon habe ich keine Ahnung.«

Lenz und Hain sahen sich verdutzt an.

»Wovon hast du keine Ahnung, Sergej?«, fragte der Oberkommissar.

»Es hat sich schon bis zu mir herumgesprochen, dass auf dem Rasthof zwei tote Russen liegen, um die, außer vielleicht ihre Mütter, und auch da bin ich nicht sicher, ganz bestimmt niemand weinen wird. Aber Sie können mir glauben, dass ich über die beiden nichts weiß. Gar nichts.«

»Nun mal ganz langsam, Sergej«, versuchte Hain den Russen zu beruhigen.

»Was weißt du nicht von den beiden?«

Kowaljow legte die Stirn in Falten und sah die Kommissare ängstlich an.

»Es ist, speziell für einen Russen hier in Deutschland, besser, sich aus manchen Sachen herauszuhalten. Die Sache, für die die beiden vom Rasthof gearbeitet haben, gehört ganz bestimmt dazu. Also seien Sie mir bitte nicht böse, aber ich kann dazu nichts sagen. Ich würde schon Scherereien kriegen, wenn irgendjemand sieht, dass ich mit Ihnen darüber spreche.«

»Mit wem würdest du denn Scherereien kriegen?«

Der Russe zog Lenz am Arm, schob ihn in eine Telefonkabine, die von draußen nicht einsehbar war, zwängte sich neben ihn und zog die Tür zu.

»Hören Sie, Herr Kommissar. Die Leute, die heute erschossen wurden, mit denen und ihren Kumpeln ist nicht zu spaßen. Die verprügeln, erpressen, betrügen und zerstören, und wenn es sein muss, schrecken sie auch vor Mord nicht zurück. Ich will vermeiden, dass sie auf mich aufmerksam werden, nur weil ich Ihnen hier oder da mal einen Tipp gegeben habe. Mit der Polizei zusammenzuarbeiten, das ist für die noch schlimmer, als ein Kind zu schänden. Verstehen Sie?«

»Ich verstehe, Sergej. Und ich will nicht, dass du unseretwegen uns Ärger bekommst. Also frage ich dich nicht, was du über die ›Abschtschjaks‹ weißt. Aber vielleicht kannst du mir ja bei einem anderen Landsmann von dir helfen?«

Der Russe stöhnte leise auf.

»Wem denn?«

»Boris Blochin.«

Nun riss Kowaljow die Augen auf.

»Sie sind wirklich witzig, Herr Kommissar. Sagen, dass Sie nichts über die ›Abschtschjaks‹ wissen wollen, und fragen im nächsten Atemzug nach ihrem größten Geschäftspartner hier in der Gegend. Was soll ich jetzt machen, lachen oder weinen?«

Lenz sah ihn überrascht an.

»Moment. Du weißt, dass Blochin und die ›Abschtschjaks‹ zusammenarbeiten?«

Wieder stöhnte Kowaljow auf, diesmal tiefer und lauter.

»Ich weiß gar nichts, Herr Lenz. Jeder hier in der Gegend, der sich mit Blochin angelegt hat, ist mit einer blutigen Nase nach Hause gekommen. Entweder wörtlich oder bildlich, das können Sie sich aussuchen. Blochin hat so einflussreiche Freunde, dass er nur im Ausnahmefall auf die ›Abschtschjaks‹ zurückgreifen muss. Er ist ein brutaler und gewalttätiger Mensch, aber er ist nicht auf Gewalt angewiesen, jedenfalls nicht sehr oft. Vieles kann er mit Geld regeln, manches andere durch einfache Drohungen. Und das, was so nicht zu haben ist, dafür hat er die Diebe im Gesetz.«

»Die Diebe im Gesetz?«

»Ja, Diebe im Gesetz. So nennen sich die ›Abschtschjaks‹ selbst. Ich würde sie eher mafiöse Killer nennen.«

Lenz dachte an sein Erlebnis der vergangenen Nacht.

»Ich auch, Sergej.«

Er öffnete die Jacke, weil ihm in der kleinen Kabine der Schweiß ausbrach. Außerdem kämpfte er mit Kowaljows knoblauchgeschwängertem Atem.

»Was weißt du sonst noch über Blochin?«

Der Russe zuckte die Schultern.

»Was man so hört. Er ist nach außen ein großes Tier im Geldgeschäft, aber in Wirklichkeit betreibt er eine große Waschmaschine. Wie er es genau macht, weiß ich nicht, aber er macht aus tiefschwarzem russischem Geld über seine BBE blütenweiße Scheine.«

»Und du weißt wirklich nicht, wie er es macht?«

Kowaljow stöhnte erneut, sah sich um, als ob sich ein Dritter in die Kabine geschlichen haben könnte, und zog dann seine dicken, buschigen Augenbrauen hoch.

»Ein ehemaliger Mitarbeiter, der bei mir ab und zu im Internet gesurft ist, hat ein paar Bemerkungen gemacht.« Er hob abwehrend die Hände. »Aber bitte, das ist alles aus zweiter Hand. Und außerdem ist der Mann nicht gut auf Blochin zu sprechen, das weiß ich genau.«

Lenz musste einen Moment warten, bis der Russe seine Zigarette ausgedrückt, den tiefen letzten Zug ausgeblasen hatte und weitersprach.

»Er meint, dass Blochin Luftnummern bucht. Er macht Umsätze, die gar nicht da sind. So wird aus dem schmutzigen russischen Geld sauberes deutsches.«

Der Hauptkommissar nahm einen tiefen Atemzug in der Hoffnung, möglichst viel von Kowaljows Secondhand-Rauch abzubekommen, hatte dabei jedoch zum ersten Mal seit Jahren den Eindruck, dass ihm davon übel wurde, und fing an zu husten. Als er wieder vernünftig atmen konnte, sah er den Russen fragend an.

»Wie genau soll das denn gehen?«

»Da fragen Sie mich nun wirklich zu viel, Herr Kommissar. Natürlich habe ich schon darüber nachgedacht, wie es gehen könnte, aber mir ist dazu nichts eingefallen.«

Er sah durch das Bullauge in der Tür in seinen Verkaufsraum.

»Vielleicht liegt es daran, dass ich ein Internetcafé mit ein paar Telefonkabinen betreibe, das an manchen Tagen gerade meine Kosten für Tee und Zigaretten einspielt. Wenn ich so viel Geld hätte wie Blochin und damit herumwerfen könnte wie er, wäre ich bestimmt schon auf die richtigen Tricks gekommen.«

Sein Gesicht nahm einen traurigen Ausdruck an.

»Aber so ...«

»Ist Blochin beliebt bei deinen Landsleuten?«

Nun fing Kowaljow an zu lachen.

»Ist Moskau eine Stadt? Ist der Pope katholisch? Natürlich ist er beliebt, bei allem, was er für die Leute tut. Er ist ein Wohltäter, hört man immer wieder. Dass diese ganze Großzügigkeit auf kriminellen Füßen steht, interessiert die Menschen nicht, solange sie einen Vorteil für sich ausmachen können.«

28

»Ich kann nicht verstehen, dass sich so einer jahrelang als Wohltäter und unbescholtener Bürger präsentieren kann und niemand ernsthaft fragt, wie das alles zustande kommt, woher das Geld in Wirklichkeit stammt.«

Hain startete den Motor, fuhr aus der Parklücke und nahm Kurs auf das Präsidium.

»Vielleicht wollen die Menschen nur die Fassade sehen«, spann er seinen Gedanken weiter. »Solange alles gut geht, will niemand die Wahrheit wissen. Blochin ist derjenige, der den Menschen zeigt, wie sie sein könnten, wenn sie so viel Geld hätten wie er. Das reicht offensichtlich den meisten als Leumundszeugnis.«

Lenz dachte einen Moment nach.

»Es tut mir richtig leid, dass ich dir recht geben muss«, stimmte er seinem Kollegen gequält zu. Ihm war noch immer übel, und wenn er an eine Zigarette oder Zigarettenrauch dachte, wurde es nur schlimmer.

»Wir haben heute zwei Mörder dingfest gemacht«, wechselte Hain das Thema.

»Na ja, unter dingfest stelle ich mir eigentlich was anderes vor. Wir haben zwei tote Russen, die vermutlich für den Tod einiger Menschen verantwortlich sind.«

»Zweifelst du daran, dass sie die beiden Frauen erschossen haben?«

»Nicht wirklich. Viel wichtiger wäre es, herauszufinden, ob sie Patzke und Goldberg umgebracht und Frommert von der Straße geputzt haben. Das können wir mit relativer Sicherheit sagen, wenn der Fingerabdruck auf dem Feuerzeug und der aus der Wohnung in der Friedrich-Ebert-Straße zu einem der beiden passt, zumindest für die Toten aus dem Reinhardswald.«

»Wie geht's denn mit Blochin weiter?«

Lenz hatte mit dieser Frage gerechnet und sich ein wenig davor gefürchtet.

»Im Präsidium klären wir jetzt erst einmal, ob für morgen schon etwas geplant ist. Wenn nicht, überlegen wir uns das weitere Vorgehen. Und wenn tatsächlich morgen früh 200 Mann bei denen auf der Matte stehen, kriegt das alles eine ganz neue Dimension.«

»Seine Beteiligung an den Morden haben wir ihm damit wahrscheinlich aber noch lange nicht bewiesen.«

»Wenn wir es denn jemals schaffen sollten. Allerdings haben wir noch das eine oder andere Eisen im Feuer. Die Diskette zum Beispiel.«

»Du glaubst wirklich daran, dass es diese Diskette gibt?«

»Ach, Thilo, was weiß ich. Aber es hat sie zumindest mal gegeben, wenn Anna Hohmann nicht im Morphiumwahn dummen Zeugs geredet hat. Und wir sollten nicht den Brand in Goldbergs Haus vergessen. Seine Wohnung ist aufgebrochen und auf den Kopf gestellt worden. Vielleicht haben der oder die Täter nach genau dieser Diskette gesucht.«

Sie hatten den Parkplatz des Präsidiums erreicht, stellten den Wagen ab und gingen nach oben. Auf dem Flur vor ihren Büros kam ihnen Ludger Brandt entgegen.

»Männer, das muss jetzt wirklich aufhören«, wurden sie von dem Kriminalrat empfangen.

»So viele Leichen in so kurzer Zeit stellt man sich vielleicht in Frankfurt vor oder in Hamburg, aber nicht bei uns in Kassel«, erklärte er mit finsterer Miene weiter. »Sind die beiden vom Rasthof die Mörder der Frauen?«

»Wie es aussieht, ja. Im Kofferraum lagen Frauenkla-motten, und sie haben mit Makarovs geschossen. Warten wir auf die Ballistik, aber ich habe keinen Zweifel.«

Brandt überlegte einen Moment.

»Gut. Dann gehst du jetzt am besten gleich zu Uwe Wagner und erklärst ihm, was da passiert ist. Es wäre si-cher gut, wenn die Medien diesen schnellen Erfolg mög-lichst noch heute Abend vermelden. Wir treffen uns um halb acht oben im Konferenzraum zwei, um den morgi-gen Einsatz mit den anderen Abteilungen abzustimmen. Thilo, du kommst mit und hilfst mir, unseren Teil zu ko-ordinieren.«

Hain verzog kaum sichtbar die Mundwinkel.

»Ist klar, Ludger.«

Uwe Wagner war am Telefonieren. Als Lenz eintrat, be-endete er ohne große Umstände das Gespräch.

»Hallo, Kumpel. Ich habe gehört, du kannst mir alles zu den vielen Leichen erzählen, mit denen du dich so be-schäftigst.«

Er stand auf, kam um den Schreibtisch herum und nahm seinen Freund in den Arm.

»Du siehst scheiße aus«, bemerkte er süffisant.

»Mir geht's auch nicht gut. Aber lass mich dir erst mal die Ereignisse der letzten acht Stunden erzählen.«

In den nächsten 15 Minuten hörte Wagner aufmerksam zu, stellte die eine oder andere Zwischenfrage und machte sich eifrig Notizen.

»Das heißt, die Morde an den beiden Frauen im Wald sind aufgeklärt?«

»Wie es aussieht, ja«, bestätigte Lenz auch Wagner.

»Na, herzlichen Glückwunsch. Da hat Kommissar Zu-fall doch mal ganz herzhaft nachgeholfen. Und wenn der

Kollege und die Kollegin noch durchkommen, ist das ein schöner Erfolg für dich.«

»Aber ich kann doch überhaupt nichts dafür«, erwiderte Lenz matt. »Ganz im Gegenteil, ich stecke bis zu den Ohren in Schwierigkeiten.«

Wagner sah ihn irritiert an. Lenz stand auf, schloss die Bürotür und sperrte von innen ab.

»Ho, ho, Brauner. Ich liebe dich auch, aber ist das nicht ein wenig verfrüht? So gut kennen wir uns doch auch wieder nicht.«

»Mir ist nicht nach Witzen zumute, Uwe. Ich bin wirklich in der Bredouille.«

Wagner merkte, dass es nicht die Zeit zum Scherzen war.

»Sag an, Paul, was ist los.«

Lenz holte tief Luft.

»Ich weiß, dass es überflüssig ist, aber du musst mir hoch und heilig versprechen, dass du mit niemandem, auch nicht mit Ingrid, über das redest, was ich dir gleich erzählen werde. Versprichst du es?«

»Mein lieber Mann, es scheint sich ja um ein Geheimnis staatstragenden Ausmaßes zu handeln. Und normalerweise sollte ein Ehemann keine Geheimnisse vor seiner Ehefrau haben, aber in diesem Fall … Natürlich verspreche ich dir, mit niemandem darüber zu sprechen, auch nicht mit Ingrid.«

»Gut.«

Lenz war sich noch immer nicht sicher, wie viel er seinem Freund erzählen würde, aber er brauchte jetzt jemanden, der ihm zuhörte.

»Ich habe eine Freundin«, begann er vorsichtig und machte eine Pause.

»Das ist nun wirklich kein Geheimnis, Paul. Das einzige Geheimnis, das du daraus machst, ist ihre Identität.

Ich habe mich schon öfter gefragt, ob sie so hässlich ist, dass du sie nirgendwo präsentieren kannst, es eine stadtbekannte Hure ist oder eine berühmte Persönlichkeit, der du vielleicht peinlich sein könntest.«

Lenz lächelte verlegen.

»Solche Gedanken machst du dir?«

Wagner nickte.

»Sie ist nicht hässlich, ganz im Gegenteil, sie ist wunderschön. Und als Hure würde sie vermutlich nur ihr Mann bezeichnen, wenn er wüsste, dass wir ihm Hörner aufsetzen, mit denen er durch keine Tür mehr passt.«

Der Pressesprecher pfiff durch die Zähne.

»Die Dame ist verheiratet … Das erklärt natürlich einiges.«

Wieder holte Lenz tief Luft.

»Wichtig ist nicht, dass sie verheiratet ist, Uwe, sondern mit wem sie verheiratet ist.«

»Jetzt machst du es aber wirklich spannend.«

Er stand auf, goss sich und Lenz einen Becher Kaffee ein und stellte die beiden dampfenden Tassen auf den Tisch.

»Du hast also ein Verhältnis mit einer verheirateten Frau, deren Mann berühmt oder bekannt ist?«

»So ähnlich, ja.«

Wagner nahm einen Schluck Kaffee, ließ seinen Stuhl nach hinten kippen und sah Lenz erwartungsvoll an.

»Ich will mal andersrum anfangen, Uwe. Dass wir seit sechs Jahren …«

»Sechs Jahre?«

Wagner ließ sich nach vorne fallen und stützte die Ellbogen auf den Tisch.

»Das mit euch geht seit sechs Jahren, und du hast es nie für nötig befunden, mir was davon zu erzählen?«, zischte er mit gespielter Empörung.

Lenz ging nicht darauf ein.

»Dass wir seit sechs Jahren was miteinander haben, ist nicht mein Problem, Uwe. Wir haben es bisher gut verstanden, das alles so geheim wie nur irgend möglich zu halten. Du bist der Erste, mit dem ich überhaupt darüber spreche. Aber es gibt leider noch jemanden, der darüber Bescheid weiß, und das ist mein Problem.«

Nun sah Wagner ihn ernst an.

»Wer weiß Bescheid, und von welcher Frau sprechen wir, Paul?«

»Boris Blochin hat mich heute Mittag in sein Büro bestellt und mir ganz unverhohlen damit gedroht, mein Verhältnis zu ihr auffliegen zu lassen.«

»Der Russe?« Wagner verzog angewidert das Gesicht. »Was hat denn der Russe mit dir und der Frau zu tun?«

»Bis gestern Nacht gar nichts. Dann kam die Sache mit den beiden, die jetzt tot auf dem Rastplatz liegen. Ich vermute, sie haben mich observiert und sind dabei auf meine Verbindung zu Maria gestoßen.«

»Maria?«

»Ja, Maria. Davon haben sie dann wohl Blochin brühwarm berichtet.«

»Hat diese Maria noch mehr Namen, oder ist sie ein Rockstar, den ich nicht kenne?«

»Gleich, Uwe. Blochin erpresst mich mit seinem Wissen. Oder er versucht es zumindest.«

Wagner ließ sich wieder zurückfallen.

»Alles gut und schön, Paul, aber solange ich nicht weiß, von wem du redest, fällt es mir schwer, dich zu bedauern oder Mitleid zu haben. Dann lass Blochin halt der Welt erzählen, mit wem sie ihren Mann betrügt.«

»Es ist Maria Zeislinger.«

Wagners Hirn konnte offenbar ein paar Zehntelsekunden nicht verarbeiten, was seine Ohren ihm vermeldet hatten, denn er verharrte völlig unbeeindruckt in seinem Stuhl. Dann riss er die Augen auf.

»Ach du Scheiße, lass ihn doch lieber nicht der Welt erzählen, mit wem sie ihren Mann betrügt.«

Der Pressesprecher schüttelte ungläubig den Kopf und machte dabei ein ziemlich dämliches Gesicht.

»Jetzt kann ich mir gut vorstellen, dass dir die Klammer geht. Wenn Schoppen-Erich rauskriegt, dass du es mit seiner Frau treibst, und das schon seit sechs Jahren, bist du in Kassel geliefert. Und wahrscheinlich anderswo auch.«

Lenz hob die Hände und sah ängstlich zur Tür.

»Würde es dir was ausmachen, mein Liebesleben etwas weniger lautstark zu kommentieren? Sonst kann ich mich gleich selbst auf den Flur stellen und jedem erzählen, mit wem ich bevorzugt meine knappe Freizeit verbringe.«

Wagner nickte entschuldigend.

»Schon gut, tut mir leid. Aber du musst zugeben, dass so eine Mitteilung einen Mann schon mal aus den Schuhen hauen kann, nicht wahr?«

Er griff nach seiner Kaffeetasse und nahm einen großen Schluck.

»Ich kann kaum glauben, dass ihr es so lange geschafft habt, diese Geschichte geheim zu halten. Das muss doch ein irrsinniger Aufwand sein, mit einer Frau, die so in der Öffentlichkeit steht. Und dazu mit einem Mann verheiratet ist, der dir die Eier abschneiden würde, wenn er davon wüsste.«

»Vielleicht weiß er es ja schon, Uwe. Blochin hat keinen Zweifel daran gelassen, dass er sein Wissen mit dem OB teilen wird, wenn ich mich nicht mit ihm einige.«

Die nächsten Minuten verbrachte der Hauptkommissar damit, seinem Freund die Einzelheiten des letzten Gesprächs im Büro des Russen zu schildern.

»Gute Konditionen, finde ich«, fasste Wagner schmunzelnd zusammen. »Allerdings, befürchte ich, müsstest du dafür die Seite wechseln und auch auf deine üppigen Pensionsansprüche verzichten. Und wahrscheinlich würden wir dich irgendwann mal verhaften.«

Lenz kniff die Augen zusammen.

»Das steht doch alles gar nicht zur Diskussion. Meine einzige Sorge ist, ob und wie ich verhindern kann, dass er Zeislinger steckt, mit wem seine Frau ein Verhältnis hat. Ich bin ziemlich fertig deswegen und zucke schon zusammen, wenn irgendwo ein Telefon klingelt.«

»Das kann ich gut verstehen, Paul. Und ich will gar nicht an die dienstrechtlichen Konsequenzen denken, wenn herauskommt, dass du mit einem potenziellen Mordauftraggeber ein vertrautes Gespräch geführt hast, dessen Inhalt ein Erpressungsversuch war. Das dürfte das Ende deiner Karriere als Polizeibeamter sein.«

Lenz sank in seinen Stuhl und fuhr sich stöhnend durchs Haar.

»Daran will ich besser auch nicht denken. Aber im Moment bin ich nur Passagier in diesem Bus, gefahren wird er von Blochin.«

Wagner legte die Stirn in Falten.

»Und, mein Freund, ist sie es wert?«

»Maria?«

»Klar, Maria Zeislinger. Ist sie dieses ganze Theater wert?«

Nun wurde Lenz wieder deutlich entspannter. Seine Mundwinkel hoben sich, und seine Augen begannen zu glänzen.

»Ganz sicher ist sie es«, antwortete er.

29

Um halb acht saßen 18 Frauen und Männer von vier verschiedenen Kommissariaten, drei Mitarbeiter des Zolls und zwei Staatsanwälte im Konferenzraum zwei des Polizeipräsidiums Kassel und besprachen die Strategie der für den nächsten Tag angesetzten Durchsuchung der Büroräume der BBE und der Privaträume von Boris Blochin. Es wurden minutiöse Pläne erstellt, wer wann und mit welchem personellen Aufwand in die Aktion eingreifen würde. Lenz war erstaunt darüber, dass in diesem Fall wirklich alle Beteiligten an einem Strang ziehen wollten. Manche größere Aktion, an die er sich erinnerte, war eher geprägt von Kirchturmdenken und Eifersüchteleien, doch an diesem Abend hatte er ein gutes Gefühl.

Kurz nach zehn war die Sitzung zu Ende, und Lenz ließ sich von Hain nach Hause bringen. Dort legte er sich in die Badewanne, griff zum Telefon und wählte Marias mobile Nummer. Zu seiner Überraschung war weder sie noch ihre Mobilbox zu erreichen. Kurz darauf probierte er es erneut, jedoch mit dem gleichen Ergebnis. Weitere fünf Minuten später war er angezogen und auf dem Weg zum Frasenweg.

Mit jedem Meter, dem Lenz sich der Wohnung näherte, in der Maria hoffentlich auf ihn warten würde, nahm seine Nervosität zu. Vor seinem geistigen Auge spielten sich Szenen einer Ehe ab, mit Erich und Maria Zeislinger in der Hauptrolle. Regie führte allerdings nicht Ingmar Bergman, sondern ein russischer Laienregisseur namens Blochin. Dort, wo ihn in der Nacht zuvor die beiden Russen eingeholt hatten, blieb er einen Moment stehen, rief sich die Situation noch einmal ins Gedächtnis und schauderte dabei. Kurze Zeit später stand er vor dem Haus und klingelte. Es kam keine Reaktion, auch sein zweites und ein weiteres Läuten wurden nicht beantwortet. Besorgt sah der Kommissar an der Fassade nach oben, aber alle Rollläden an den Fenstern waren heruntergelassen. Er trippelte von einem Fuß auf den anderen, nahm sein Mobiltelefon in die Hand und drückte auf die Taste der Wahlwiederholung. Wieder erklärte ihm eine Computerstimme, dass der gewünschte Gesprächspartner nicht zu erreichen sei. Noch bevor der englischsprachige Teil der Ansage begann, hatte er die Verbindung unterbrochen und machte sich auf den Heimweg.

Zwei Stunden später lag Lenz noch immer wach und versuchte, Gedankenhygiene zu betreiben, doch es gelang ihm nicht einmal im Ansatz. Die wildesten Fantasien jagten ihm durchs Hirn, ohne dass er darauf Einfluss nehmen konnte. Sein Film im Kopf endete immer damit, dass Erich Zeislinger seiner Frau etwas antat. Wieder und wieder wählte er, immer mit dem bekannten Ergebnis. Einmal überlegte er ernsthaft, sie unter ihrer Nummer zu Hause anzurufen, doch die hatte sie ihm nie gegeben. Wozu auch?

Zwischen zwei und halb fünf schlief er, und noch bevor sein Wecker um kurz vor fünf klingelte, stieg er in den Bus und fuhr zum Präsidium.

Der Beginn der Durchsuchungen war für sechs Uhr angesetzt. Lenz saß mit Hain, Brandt und Gecks in einem zivilen Dienstwagen. Sie fuhren nach Wilhelmshöhe, wo Blochin in einer mondänen Villa residierte. Insgesamt waren in diesen Minuten 145 Beamte auf dem Weg zur BBE und 55 zu Blochins Privatadresse. Auf die Sekunde genau um sechs Uhr fuhren acht Pkws und vier Kleintransporter durch das riesige gusseiserne Doppeltor und stoppten auf dem weitläufigen Parkplatz vor der Eingangstür. Zur gleichen Zeit begann die Durchsuchung der Geschäftsräume in Niederzwehren.

Ein Staatsanwalt mit dem Durchsuchungsbeschluss in der Hand bildete die Spitze der illustren Truppe, die sich in der Dunkelheit vor Blochins Tür versammelte. Der Mann klingelte, und ohne Verzögerung wurde die Tür geöffnet. Die überraschten Beamten sahen in die Gesichter dreier in der Stadt wohlbekannter und hoch geschätzter Strafverteidiger.

»Guten Morgen, die Herren«, begrüßte der älteste der drei die verdutzten Staatsdiener, griff wortlos nach dem Durchsuchungsbeschluss und begann zu lesen. Lenz warf einen kurzen Blick zu Brandt, der nur mit den Schultern zuckte. Auch Hain war mit der Situation offensichtlich überfordert.

»Zunächst«, begann der Strafverteidiger, »muss ich aufs Schärfste protestieren. Was ich hier lese, erfüllt nach meiner Auffassung den Straftatbestand der Rechtsbeugung. Aber dazu werden Sie im Lauf des Tages von mir hören. Im Moment kann ich Sie nicht an Ihrem grenzwertigen Handeln hindern, allerdings wird einer meiner Mitarbeiter sofort die Beschwerde gegen diesen Durchsuchungsbeschluss formulieren. Und nun kommen Sie bitte herein und fangen an, ich habe nicht den ganzen Tag Zeit für diesen Quatsch.«

Der Staatsanwalt rang um Fassung, die Mitarbeiter des Zolls rollten die Augen, und Lenz' Telefon klingelte. Er ging ein paar Schritte zur Seite und sah auf das Display, konnte aber mit der Nummer nichts anfangen.

»Ja bitte«, meldete er sich.

»Hallo, Paul, ich bin's, Maria.«

Lenz entfernte sich einige weitere Meter von der Haustür, bevor er antwortete.

»Mensch, Maria, das ist wirklich schön, dass du dich meldest. Ich habe den ganzen Abend versucht …«

»Ich hatte schon so etwas befürchtet«, unterbrach sie ihn. »Aber mein Telefon hat seit gestern Abend einen Komplettausfall. Nichts geht mehr, auch nicht die Mailbox. Ich habe mich vor ein paar Minuten aus dem Haus geschlichen, um Brötchen zu besorgen, und stehe jetzt in einer Telefonkabine.«

»Ich habe mir entsetzliche Sorgen gemacht, Maria, weil ich dich nicht erreichen konnte. Geht's dir gut?«

Sie lachte hämisch.

»Nein, mir geht's ganz und gar nicht gut. Ich habe mich gestern Abend mit meinem Ehemann gestritten, und zwar heftig. Der Gute ist der Meinung, dass ich meine mir zugedachte Rolle als schönes Anhängsel des OB nicht mit der gebührenden Ernsthaftigkeit ausfülle und mich zu viel herumtreibe. Deswegen konnte ich gestern Abend auch nicht zu Judys Wohnung kommen.«

Lenz wurde von einem Schauer durchzuckt.

»Hat er einen konkreten Verdacht geäußert?«

»Nein, hat er nicht. Es geht ihm, glaube ich, auch gar nicht darum, mit wem ich mich herumtreibe, sondern wie viel. Ich soll mich nach seiner Meinung mehr um den Haushalt kümmern und mehr Zeit an seiner Seite verbringen. Wenn er seine Parteibonzen trifft, zum Beispiel.«

»Und wie ist es ausgegangen?«

»Ich habe ihm gesagt, dass er das vergessen kann. Ich werde genau so weiterleben, wie ich es die letzten Jahre gemacht habe. Daraufhin hat er mir ganz offen mit der Scheidung gedroht.«

Bevor Lenz ihr etwas antworten konnte, rief Brandt aus dem Hintergrund.

»Komm, Paul, wir gehen rein!«

»Bin gleich so weit, Ludger«, antwortete er kurz und gab mit der Hand ein Zeichen, dass die Kollegen schon anfangen sollten.

»Was war das?«, wollte Maria wissen.

»Ich stehe vor Blochins Haus, das wir gleich durchsuchen werden, genau wie seine Firma. Allerdings scheint es irgendwo eine undichte Stelle bei uns zu geben, denn wir sind an der Tür von drei Rechtsanwälten empfangen worden. Und wenn ich mich nicht schwer täusche, dürfte es in Niederzwehren bei der BBE nicht anders sein.«

»Erich hat gestern Abend noch mit Blochin telefoniert, bevor wir uns in die Wolle gekriegt haben. Aber ich habe keine Ahnung, worum es ging.«

Ein weiterer Hitzeschauer jagte Lenz über den Rücken.

»Ich muss jetzt rein, Maria. Sehen wir uns vielleicht heute Abend?«

»Das ist einer der Gründe, warum ich so dringend versucht habe, dich zu erreichen. Der erste Stadtrat von Florenz ist gestorben, und Erich fliegt heute Nachmittag als Vertreter der Stadt Kassel zu den Trauerfeiern. Mit mir im Handgepäck«, fügte sie kleinlaut hinzu.

»Was hat denn dein Mann mit dem ersten Stadtrat von Florenz zu tun?«

»Mein lieber Paul, das ist jetzt wirklich nicht dein Ernst. Florenz ist die älteste Partnerstadt Kassels. Und bei Todesfällen auf dieser Ebene ist immer der OB gefordert.«

»Schade«, murmelte der Hauptkommissar.

»Ich weiß, ich finde es auch nicht klasse. Oder nur ein bisschen, weil in Italien viel schöneres Wetter ist als bei uns.«

»Wann kommst du zurück?«

»Vermutlich in drei Tagen. Eigentlich müssten wir nur für einen Tag hin, aber mein korrupter Ehemann hat es so gedreht, dass er sich noch ein paar Stunden extra die Sonne auf den Bauch scheinen lassen kann.«

»Was dir nur recht ist.«

»Sei nicht böse deswegen. Ich freue mich dafür umso mehr, wenn wir uns wiedersehen.«

Es gab eine kleine Pause.

»Und was machst du, wenn er sich wirklich scheiden lassen will?«

Nun lachte sie laut auf.

»Ach, Paul, was soll ich denn schon machen. Ich stehe mit Sack und Pack vor deiner Tür und beantrage Asyl, ganz einfach. Allerdings kann ich dir versichern, dass unser verehrter Herr Oberbürgermeister sich garantiert nicht von mir scheiden lassen wird, weil das seine Wiederwahl in nie da gewesener Weise gefährden würde. Egal, welcher Partei man angehört, das geht gar nicht.«

Schade, wollte er antworten, verkniff es sich aber.

»Ich muss rein, Maria. Wir sehen uns hoffentlich bald.«

»Bis dann, ich freu mich«, erwiderte sie und legte auf.

Lenz ging mit schnellen Schritten an den beiden Uniformierten vorbei, die vor der Haustür standen. Über eine großzügige Vorhalle betrat er ein riesiges Wohnzimmer. Dort stand, inmitten von einigen Beamten, die unter jede

Tischdecke und in jede Vase sahen, Blochin neben einem seiner Rechtsanwälte und grinste ihn an.

»Guten Morgen, Herr Hauptkommissar. Ich habe bis jetzt nichts von Ihnen gehört, meinen Vorschlag betreffend. Soll ich das als Ablehnung betrachten?«

»Betrachten Sie es, wie Sie wollen«, fauchte Lenz zurück und hastete eine Etage höher, wo er seine Kollegen in einem Büroraum fand. Ludger Brandt war in eine Diskussion mit einem von Blochins Anwälten wegen einer Akte verstrickt, Hain stand in einer Ecke und sah dem bunten Treiben zu.

»Hier sind wir doch ganz gehörig abgekocht worden«, meinte er kopfschüttelnd. »Wir bereiten eine Riesenaktion vor, setzen 200 Mann in Bewegung, um uns an der Haustür wie die Schuljungen vorführen zu lassen. Das ist doch alles zum Kotzen.«

»Stimmt«, bestätigte Lenz.

Hain winkte resigniert ab.

»Und bei der BBE ist genau die gleiche Scheiße am Laufen. Ich habe gerade mit Stellmann telefoniert, in Niederzwehren haben gleich fünf Anwälte bereitgestanden. Und er vermutet, dass eine ganze Menge Akten nicht mehr da sind, wo sie hingehören.«

»Der gute Blochin verfügt wirklich über ausgezeichnete Kontakte, das müssen wir neidlos anerkennen. Aber vielleicht …«

Das Klingeln seines Telefons unterbrach ihn. Mit einem mulmigen Gefühl drückte er die grüne Taste des Gerätes.

»Lenz.«

»Hallo, Herr Lenz. Hier spricht Irene Kolb.«

»Ja, Frau Kolb, hallo. Was kann ich für Sie tun?«

»Bei mir auf dem Küchentisch liegt die CD-ROM, die Herr Goldberg meiner Mutter gegeben hat. Ich habe sie soeben in der Innentasche einer alten Kostümjacke gefunden.«

Lenz bemerkte, wie sein Pulsschlag sich beschleunigte.

»Und Sie sind sicher, dass es sich um die richtige CD handelt? Die, die Herr Goldberg Ihrer Mutter gegeben hat?«

»Nun ja, ich glaube nicht, dass meine Mutter noch andere Datenträger hier zu Hause versteckt hält, Herr Kommissar. Die CD ist zwar nicht beschriftet, aber ich kann mir nicht vorstellen, dass es eine andere als die besagte ist. Prüfen kann ich es leider nicht, weil meine Mutter keinen Computer besitzt«, erklärte sie dem Polizisten gereizt.

»Selbstverständlich, Frau Kolb«, versuchte Lenz zu beschwichtigen, als ihm klar wurde, dass er sie mit seiner Frage verärgert hatte. »Ich wollte Ihnen nicht zu nahe treten, es tut mir leid. Mein Kollege und ich sind in einer Viertelstunde bei Ihnen, wenn das passt.«

»Sicher. Ich bin hier und werde mich auch nicht wegbewegen.«

Lenz informierte Brandt, wohin er und Hain fahren würden und warum, und verließ dann den Raum. Als die beiden im Erdgeschoss ankamen, begegnete Biochin ihnen in der großen Vorhalle. Er sah den Hauptkommissar grinsend an.

»Wollen Sie uns schon verlassen? Überlegen Sie nicht zu lange, Herr Lenz, sonst ist der schöne Job weg«, gab er dem Polizisten beiläufig mit.

Hain sah den Russen verdutzt an. Lenz griff seinen Kollegen am Arm und schob ihn aus dem Haus.

»Was wollte der denn von dir? Und von welchem Job hat er geredet?«

276

»Keine Ahnung, Thilo. Der Typ ist ein Dummschwätzer. Bestimmt will er sich nur wichtig machen.«

Hain sah sich noch einmal um, aber Blochin war schon aus seinem Blickwinkel verschwunden.

»Hast du mit ihm über einen Job gesprochen?«

Lenz ließ sich auf den Beifahrersitz des Dienstwagens fallen und zog die Tür des Opels mit einem lauten Krachen zu. Am liebsten wäre er im Erdboden versunken.

»Nein, ich habe mit ihm nicht über einen Job gesprochen, warum auch. Aber der Kerl ist gerissen und weiß, dass jemand von uns Informationen an ihn weitergibt. Vielleicht versucht er seinen Informanten zu schützen und gleichzeitig bei uns Misstrauen zu verbreiten, was weiß ich?«

30

»Wenn ich denjenigen erwische, der die Aktion verpfiffen hat, haue ich ihm höchstpersönlich eins auf die Fresse«, polterte Hain, während sie am Bahnhof Wilhelmshöhe vorbeirollten. Noch hatte der morgendliche Berufsverkehr seinen Höhepunkt nicht erreicht, und sie kamen gut voran. Lenz musste daran denken, dass er früher in Situationen wie dieser gerne geraucht hatte. Nun machte es ihm nichts aus, es nicht zu tun. Trotzdem glitt seine Hand zur Sicherheit über das Nikotinpflaster auf seinem Oberarm.

»Wahrscheinlich steht einer unserer Kollegen auf Blochins Lohnliste. Oder bei der Staatsanwaltschaft verdient sich der eine oder andere etwas dazu. Mit so was müssen wir immer rechnen, und ganz ausschließen können wir es nicht, solange Menschen daran beteiligt sind.«

Ihm fiel Blochins ›Angebot‹ ein. Vielleicht hätte ein anderer weniger abweisend auf diesen Erpressungsversuch reagiert und bei ihm angeheuert. Trotzdem fragte der Kommissar sich nahezu minütlich, ob der Russe am Tag zuvor den OB über sein Verhältnis zu Maria informiert hatte.

Irene Kolb erwartete sie vor der Haustür. Sie trug eine dicke Daunenjacke und eine Pudelmütze.

»Entschuldigen Sie bitte mein Äußeres, aber der Arzt ist vor zwei Minuten gekommen und gerade mit meiner Mutter beschäftigt. Sie ist wach, deshalb habe ich es vorgezogen, Sie hier unten zu erwarten.«

Die Frau zog aus der linken Jackentasche eine Plastikverpackung. Darin schimmerte die CD.

»Bitte sehr. Ich hoffe, Sie können damit etwas anfangen.«

»Ja, das hoffen wir auch, Frau Kolb. Und ganz herzlichen Dank.«

»Wenn Sie Fragen haben, können Sie mich gerne hier erreichen. Solange meine Mutter lebt, bin ich noch in Kassel.«

Lenz stellte erfreut fest, dass ihr Ärger sich verzogen hatte.

»Und nochmals Entschuldigung für mein Verhalten vorhin am Telefon. Ich habe es wirklich nicht böse gemeint.«

»Schon vergessen, Herr Kommissar. Jetzt muss ich aber nach oben, sonst wird meine Mutter unruhig. Auf Wiedersehen.«

»Auf Wiedersehen«, antworteten die Polizisten, drehten sich um und stiegen in ihren Wagen.

An der Weinbergkreuzung klingelte Lenz' Telefon. Carola Patzke meldete sich.

»Hallo, Frau Patzke, wie geht es Ihnen?«

»Geht so, Herr Kommissar. Ich bin wieder zu Hause. Weil es so doll geschneit hat und so viele Menschen verunglückt sind.«

»Was hat das denn mit Ihnen zu tun?«

»Die brauchten mein Bett, glaube ich, darum haben sie mich nach Hause geschickt. Aber deswegen rufe ich Sie nicht an.«

»Weswegen denn, Frau Patzke?«

»Ich hab grad im Radio davon gehört, dass hier in Kassel eine große Razzia stattfindet, bei einem Russen. Hat der Kerl was mit Siggis Ermordung zu tun?«

Lenz schluckte.

»Das glaube ich nicht, Frau Patzke, aber selbst wenn es so wäre, dürfte ich Ihnen darüber keine Auskunft geben.«

Es gab eine kurze Pause, in der Lenz hörte, dass sie schwer atmete.

»Im Radio wurde gesagt, dass der Kerl auf der Leipziger Straße ein riesengroßes Firmengelände plant. Das is nich zufällig der, der neben Siggis ehemaliger Werkstatt bauen will, Herr Kommissar?«

Nun brauchte Lenz einen Moment, bis er antworten konnte.

»Es kann sein, dass dieser Herr das Gelände neben der Werkstatt Ihres Mannes bebauen will, aber das heißt noch lange nicht, dass er auch was mit dem Tod Ihres Mannes zu tun hat, Frau Patzke. Das, was im Moment bei dem passiert, hat primär gar nichts mit dem Fall Ihres Mannes zu tun.«

»Primär vielleicht nich, aber vielleicht sekundär, Herr Kommissar?«

Nun war Lenz erstaunt.

»Lassen Sie uns erst mal sehen, was dabei herauskommt, Frau Patzke. Sobald ich etwas Neues weiß, melde ich mich bei Ihnen.«

»Das ham Sie mir sowieso versprochen.«

»Was habe ich Ihnen versprochen?«

»Dass Sie Ihr Bestes geben, um den Mörder von Siggi zu finden. Auf dem Bett im Krankenhaus.«

Lenz musste tief durchatmen, bevor er weitersprechen konnte.

»Daran hat sich auch nichts geändert, Frau Patzke. Gar nichts.«

»Nehmen Sie mich nicht auf die Rolle, Herr Kommissar. Das kann ich nämlich nich leiden«, sagte sie leise und legte auf.

Der Hauptkommissar steckte nachdenklich das Telefon in die Jackentasche und sah Hain mit gerunzelter Stirn an.

»Sie hat es im Radio gehört und zwei und zwei zusammengezählt. Was hätte ich denn machen sollen?«

»Nichts. Ich hätte es genauso gemacht, Paul.«

20 Minuten später blickten sie erwartungsvoll auf den Monitor, während Hains Computer die CD las. Der Oberkommissar gab ein paar Befehle ein, und der Rechner begann zu arbeiten.

»Das ist gezippt«, stellte Hain fest.

»Thilo, komm mir jetzt bloß nicht mit irgendeinem Fachchinesisch. Mach, dass wir zu sehen kriegen, was da drauf ist, und fertig.«

»Ist ja schon gut, Herr Hauptkommissar«, erwiderte Hain, und seine Stimme klang dabei leicht genervt.

Wieder gab er einige Befehle ein.

»Shit«, murmelte er dann.

»Was ist denn nun schon wieder?«

»Goldberg hat das, was er auf die CD gebrannt hat, vorher mit einem speziellen Programm komprimiert, also gezippt. Dir das jetzt alles zu erklären, würde zu lange dauern, aber das Wichtigste dürftest du ohne Probleme verstehen: Er hat es mit einem Passwort gesichert, und ohne dieses Passwort kommen wir nicht an die Daten heran.«

Lenz ließ sich stöhnend in seinen Stuhl zurückfallen.

»Und was machen wir jetzt?«

»Bleib mal ruhig, mein Großer. Wir setzen ein Codeknackerprogramm auf seine Geheimhaltungstaktik an, das uns vielleicht hilft. Aber nur, wenn Goldberg kein ausgewiesener IT-Profi gewesen ist.«

»Und wenn er doch einer war?«

»Dann kommen wir auch an die Daten, aber es dauert möglicherweise länger, als uns lieb ist. Stell dir das am besten so vor, als ob eine große Rechenmaschine alle Möglichkeiten ausprobiert, die Goldberg sich ausgedacht haben könnte. Wenn er seine Aufzeichnungen mit vier Zeichen gesichert hat, sind wir innerhalb von Minuten fertig. Hat er aber zwölf Zeichen oder vielleicht 18 oder 25 benutzt, dauert es entsprechend länger. Und wenn er so böse Sachen wie Umlaute oder ein scharfes S in seinem Passwort untergebracht hat, ist es fast unmöglich.«

Während er sprach, fertigte er eine Kopie der CD an, stellte anschließend die benötigte Verbindung zum Internet her und rief eine Seite auf. Während der nächsten fünf Minuten sah Lenz ihm beeindruckt zu. Dann lehnte der Oberkommissar sich zurück.

»So, jetzt versucht unser Programm, das Passwort rauszukriegen. Oder auch nicht. Wir beide können uns in der Zwischenzeit als Hobbycodeknacker betätigen. Was schlägst du als Erstes vor?«

Lenz sah ihn verkniffen an.

»Du weißt ganz genau, dass ich von diesem Kram null Ahnung hab, Thilo, also frag mich nicht so einen Blödsinn. Womit würdest du denn anfangen?«

»Immer zuerst mit seinem Geburtsdatum.«

Der Oberkommissar griff sich eine der Akten, die auf seinem Schreibtisch lagen, und schlug sie auf.

»Na, dann mal los.«

Mit flinken Bewegungen tippte er Goldbergs Geburtstag ein, bekam jedoch sofort eine Fehlermeldung.

»Das war nix«, stellte er fest und probierte das Datum erneut, diesmal mit Punkten zwischen den Zahlen. Auch damit kam er nicht weiter.

»Versuchen wir es mit seinem Namen. Es gibt immer noch viele Idioten, die es den bösen Buben so leicht machen.«

Auch dieser Versuch brachte keinen Erfolg.

»Es kann eine Zahlenkombination sein oder seine Parfümmarke. Oder er hat den Namen seiner ersten Freundin genommen. Dummerweise kennen wir weder das eine noch das andere.«

»Versuch's halt mit seinem Auto. Vielleicht war er ein Autofreak.«

Hain tippte und bekam die bekannte Fehlermeldung präsentiert.

»Zum Glück haben wir noch ein heißes Eisen im Feuer«, sinnierte er laut und kontrollierte dabei den Fortgang der Entschlüsselung, die der Computer durchführte. Auch hier war bis jetzt kein Erfolg zu vermelden.

»Probier sein Autokennzeichen«, schlug Lenz vor.

»Mit oder ohne Strich dazwischen«, fragte Hain grinsend zurück und tippte, doch sowohl die eine als auch die andere Variante brachte sie nicht weiter. Der Oberkommissar rollte die Augen.

»Gut, dann eben das kleine Einmaleins des Hobbyent-schlüsslers. Fangen wir mit vier Stellen an.«

Er gab die Zahlenkombination 1234 in die Tastatur ein. Ohne Erfolg. 12345. Wieder die langsam enervierende Fehlermeldung. 123456. 1234567. 12345678. 123456789. Nichts.

»Jetzt wird's spannend, Paul. Du darfst mit entscheiden. Hängen wir unserer Zahlenkolonne die Null oder die Zehn an?«

Lenz gähnte herzhaft.

»Es gibt im Moment wenige Dinge, die mir mehr egal sind, Thilo. Du stocherst hier in einem dermaßen dicken Nebel, dass es schon fast lächerlich ist. Lass uns warten, was dein komisches Programm herausfindet, auch wenn es vielleicht ein paar Tage dauert.«

»Wenn wir hier mit unseren Versuchen am Ende sind, machen wir uns ein paar weitere Kopien von der CD und arbeiten mit mehreren Computern. Aber vorher probieren wir noch die naheliegendsten Möglichkeiten aus.«

Er gab 12345678910 ein. Und 1234567890. Ohne Erfolg.

»Der Typ hieß Wolfgang. Also arbeiten wir uns mal durch die Spitznamen von Wolfgang, vielleicht hatte er ja einen.«

»Wolf ist eine Variante von Wolfgang«, führte Lenz den Gedanken fort.

»Oder Wolfi. Eins so bescheuert wie das andere.«

Hain tippte beide Varianten ohne Erfolg ein.

»Versuch's mit Wolle, das ist hier in der Gegend auch ziemlich verbreitet.«

»Nicht nur bei uns hier, aber Goldbergs Passwort ist ein anderes«, bemerkte der Oberkommissar, nachdem der Computer mit dem bekannten Muster reagiert hatte.

»Und wenn du die Spitznamen mit seinem Geburtsdatum kombinierst?«

»Alles ist genauso möglich wie unmöglich.«

Lenz nannte ihm noch einmal Goldbergs Geburtsdatum, Hain fing an zu tippen. Wolf131259. Falsch. Wolfi131259. Falsch. Wolle131259. Diesmal blieb die Fehlermeldung aus. Die Ansicht auf dem Monitor wechselte, und ein buntes Bild wurde sichtbar.

»Ja«, brüllte Hain und riss die Arme hoch. »Huldige mir, vergöttere mich, roll mir einen roten Teppich aus, denn wir sind drin.«

Er zog die letzten Worte seines Satzes endlos in die Länge.

Lenz sah auf den Monitor und nickte.

»Wolle131259 … Nicht zu glauben.«

»Die meisten Menschen benutzen Passwörter, die so strukturiert sind, weil es für sie am einfachsten ist. Allerdings macht es das auch für Passwortknacker wie uns einfach.«

Wieder gab er einen Befehl ein. Dann dauerte es etwa 20 Sekunden, bis sich ein Verzeichnis öffnete.

»Das also sind die Geheimnisse, die Goldberg uns, oder besser seiner Sekretärin, hinterlassen hat. Schauen wir doch mal, was der Gute mitzuteilen hatte.«

Er öffnete eine Datei und betrachtete ungläubig den Inhalt. »Das ist ja Russisch.«

»Zumindest ist es in kyrillischer Schrift«, bestätigte Lenz.

Sie sahen eine Menge kyrillischer Schriftzeichen, mit denen sie nichts anfangen konnten, und jede Menge Zahlenkolonnen.

Hain ging Datei um Datei durch, doch immer wurden sie mit dem gleichen Problem konfrontiert: Sie konnten den Inhalt nicht lesen.

Der Hauptkommissar griff zum Telefon und wählte.

»Lenz, hallo. Ich brauche jemanden, der uns Russischtexte übersetzen kann. Wer macht so was bei uns?«

Er wartete einen Moment und brachte dann sein Anliegen erneut vor.

»Danke«, murmelte er, nachdem sein Gesprächspartner ihm etwas erklärt hatte, und legte auf. Hain sah ihn erwartungsvoll an.

»Wir haben zwei. Einer ist in Niederzwehren bei der BBE, der andere in Blochins Privathaus. Da könnten wir jetzt hinfahren, aber das will ich nicht. Also müssen wir unsere russische Geheimwaffe scharf machen.«

Hains fragender Gesichtsausdruck wich einer Erkenntnis.

»Sergej!«

»Genau der.«

Noch bevor der Hauptkommissar geantwortet hatte, drückte Hain auf die Auswurftaste des Computerlaufwerks und griff sich die CD.

»Dann los.«

Sie hetzten die Treppen hinab, stiegen in den Opel und fuhren vom Hof.

Sergej Kowaljow stand breitbeinig hinter der Theke in seinem Laden und hielt ein auseinandergenommenes Mobiltelefon in der Hand. Als die beiden Polizisten durch die Tür stürmten, sah er erschrocken auf, entspannte sich jedoch wieder, als er erkannte, wer ihn da so früh am Morgen behelligte.

»Hallo, die Herren Kommissare, was machen Sie denn hier? Wenn ich den Nachrichten im Radio glauben schenken kann, müsste ich Sie eigentlich an einem ganz anderen Ende der Stadt vermuten.«

»Vielleicht sollte man dem Radio nicht immer vertrauen, Sergej«, erwiderte Lenz und reichte dem Russen die Hand zur Begrüßung. Der presste sie in seine rechte und hielt sie umklammert.

»Aber, aber, Herr Kommissar. Wir leben doch nicht in Russland, dort würde ich sicher nicht alles glauben, was im Radio erzählt wird. In Deutschland ist das doch ganz …«

»Wir haben ein Problem, Sergej«, unterbrach Hain die beginnende Lobrede von Kowaljow auf die Demokratie in Deutschland und zog die CD aus der Jacke.

»Hier sind ein paar Dokumente drauf, leider in Russisch. Kannst du uns mit einer kurzen Übersetzung helfen?«

Der Russe gab die Hand des Hauptkommissars frei, griff nach dem Datenträger und ging durch eine Schwingtür in einen kleinen Nebenraum. »Mein Büro«, klärte er die Beamten auf, die ihm gefolgt waren.

Dort legte er die CD in ein Laufwerk und wartete, bis der Computer die Daten darauf anzeigte.

»Die sind mit einem Passwort …«

Weiter kam er nicht. Hain griff sich die Tastatur, gab den Zugangscode ein und öffnete das erste Dokument.

»Ein Kontoauszug«, erklärte Kowaljow spontan. »Überweisungen von der Leningrader Bestjakbank an Konten in Deutschland. Immer 100.000 Rubel.«

»Wie viel ist das?«

»In Euro? Ungefähr 3.000. Aber es sind insgesamt …«

Er fuhr mit dem Finger über den Monitor.

»Über 300 Transaktionen. 300 mal 3.000 Euro, das macht zusammen fast eine Million. Nicht schlecht.«

Hain baute ein weiteres Bild auf.

»Das Gleiche, nur von einer Moskauer Bank. Jedes Mal wurden 100.000 Rubel überwiesen. Hier sind es …«

Wieder flog sein rechter Zeigefinger über die Zahlenkolonnen, »… ungefähr 400 Transaktionen.«

Auch die nächsten fünf, sechs Dokumente lieferten ähnliche Ergebnisse.

Hain sprang durch das Verzeichnis und klickte wahllos Ordner und Dokumente heraus, die Kowaljow mit immer dem gleichen Ergebnis übersetzte. Es handelte sich um Überweisungen, die von verschiedenen russischen Banken an Empfänger in Deutschland gegangen waren.

»Auf wessen Konto ist die Kohle denn gelandet, Sergej?«, wollte Lenz wissen.

»Das ist merkwürdig«, erklärte der Russe. »Die Überweisungen sind alle an völlig unterschiedliche Empfänger hier in der BRD gegangen. Ich habe bis jetzt nicht einen Namen doppelt gesehen. Aber die meisten sind über Banken hier in der Gegend oder zumindest in Hessen abgewickelt worden.«

»Taucht Blochin irgendwo in den Unterlagen auf?«

Der Russe schüttelte den Kopf.

»So sehr ich mich auch bemühe, Herr Kommissar, aber der hat von dem Geld hier nichts gesehen.«

»Das ist …«

»Warte mal«, wurde Lenz von seinem Kollegen unterbrochen, der sich noch immer durch das Verzeichnis wühlte.

»Hier ist ein Dokument, das wie ein Brief aussieht. Auf Deutsch.«

Die drei beugten sich über den Monitor und schon nach den ersten Buchstaben erkannte Lenz, dass der Inhalt dieses Schreibens nicht für Kowaljow bestimmt war.

»Sergej, lässt du uns einen Moment alleine?«, bat Lenz den Russen.

»Schon gut, Herr Kommissar. Jetzt, wo es spannend wird, hat der Dolmetscher ausgedient.«

»Gräm dich nicht. Am Ende würdest du Dinge erfahren, die du gar nicht wissen willst. Also, raus hier.«

Nachdem der Russe widerstrebend das kleine Büro verlassen hatte, rückten die Polizisten an den Monitor und lasen.

Liebe Frau Hohmann,

es tut mir leid, dass ich Sie in Ihrem angeschlagenen Zustand mit dieser Sache belästigen muss.

Allerdings ist es mir zunächst ein großes Anliegen, bei Ihnen um Abbitte nachzusuchen. Sie hatten recht mit Ihrer Vermutung, dass ich mich besser niemals mit einem Verbrecher wie Boris Blochin hätte einlassen sollen. Nun ist mein Leben vermutlich in Gefahr, weil ich nicht auf Ihren Menschenverstand vertraut habe. Oder weil ich meine Gier über jeden Menschenverstand gesetzt habe.

Seit ich Blochin vor drei Jahren zum ersten Mal begegnet bin, hat der Mann mich in sein Spinnengewebe aus Lügen, Betrügen, Brutalität und nun auch Mord hineingezogen. Ich will mich nicht entschuldigen, war ich es doch selbst, der von Beginn an aktiv dazu beigetragen hat, dass die Situation in dieser Weise eskalieren konnte. Und da es nun zu einer solchen Zuspitzung gekommen ist, dass ich um mein Leben fürchte, bitte ich Sie, die Informationen auf dem Datenträger, den ich Ihnen ausgehändigt habe, aufzubewahren und im Falle meines Todes den Behörden zu übergeben. Darauf wird die Polizei alle Beweise finden, die nötig sind, um Boris Blochin das Handwerk zu legen.

Leider reicht mein Mut nicht aus, um selbst die Strafverfolgungsbehörden über Blochins Machenschaften zu informieren. Diese Schande könnte ich nicht ertragen.

Ich habe seit Mitte 2005 aktiv dazu beigetragen, Blochins Geschäftsmodell zu unterstützen. Zusammen mit Waldemar Frommert und Herbert Roll habe ich dabei mitgewirkt, Schwarzgeld mehrerer russischer Mafiaorganisationen über die BBE und einige weitere von Blochins Unternehmungen zu waschen.

Blochin hat dazu das Geld in kleinen, vom Geldwäschegesetz nicht überwachten Beträgen an russische Übersiedler transferieren lassen, die damit in mehrere von ihm gegründete Lebensversicherungen investierten. Nach etwa einem halben Jahr wurden die Verträge gekündigt, die Russen bekamen einen kleinen Betrag, der ihr Mitmachen honorierte, der große Rest aber wurde als Bearbeitungsgebühr einbehalten. So verwandelte sich schmutziges russisches Geld in blütenweißes deutsches, das überall auf der Welt legal investiert werden konnte.

Mein Anteil an diesem System ist schnell beschrieben. Die IHK Kassel als Aufsichtsbehörde für die Versicherungsbranche und speziell meine Person sind damit betraut, genau solche Konstruktionen zu verhindern. Wären wir nicht in Blochins Aktivitäten eingeweiht gewesen, hätten wir nach Auswertung der Geschäftsdaten sofort die Staatsanwaltschaft verständigen müssen, da ein geregelter Geschäftsbetrieb, der die Anlage der Gelder voraussetzt, von ihm niemals angestrebt wurde.

Bis zum Sommer dieses Jahres hatte ich weder moralische noch juristische Bedenken, Bestandteil dieses Systems zu

*sein. Ich erhielt für meine Dienste und mein Schweigen
50.000 Euro im Monat von Blochin, die er mir immer in
bar übergab. Das Geld habe ich zum Teil in festverzins-
lichen Wertpapieren angelegt, die weitaus größere Menge
habe ich allerdings in Immobilien investiert. Eine genaue
Aufstellung darüber finden Sie in den Dokumenten auf
dieser CD.*

*Im Mai 2007 wurde ich durch ein einziges, jedoch umso
schwerer wiegendes Ereignis mit jener Welt konfrontiert,
in der Blochin sich tatsächlich bewegt. Blochin und ich
saßen in meinem Büro und besprachen die Details einer
Reise in die baltischen Staaten, die wir planten. Kurz zuvor
hatte er mir den monatlichen Betrag überreicht. Es war
etwa acht Uhr am Abend, und wir sprachen recht offen
miteinander, auch über die Dienste, die ich ihm leistete.
Plötzlich jedoch legte er den Finger der rechten Hand auf
den Mund, als wollte er mich auffordern zu schweigen. Ich
verstand zunächst nicht, was er meinte, er aber sah mich
warnend an, stand auf, ging vorsichtig zur Tür und riss sie
auf. Dort stand in gebückter Haltung eine Putzfrau, die
offensichtlich gelauscht hatte. Herr Blochin bat die arme
Frau höflich in mein Büro, wo er sie dann belehrte, dass er
so etwas nicht mag. Dann zog er einen 100-Euro-Schein
aus der Tasche, gab ihn der Frau, fragte sie nach ihrem
Namen und nahm ihr das Versprechen ab, niemals wieder
an irgendeiner Tür zu lauschen. Am nächsten Tag waren
sie und ihr Mann tot. Blochin hatte die beiden kaltblütig
in ihrer Wohnung erschießen lassen.*

*Nachdem ich in der Zeitung davon gelesen hatte, kam mir
spontan die Idee, mich der Polizei anzuvertrauen, aber wie
ich schon erwähnte, war mein Mut leider nicht ausreichend.*

Ich sprach Blochin auf die Morde an, und seine Reaktion machte mir klar, dass mit diesem Mann in keinster Weise zu spaßen ist, denn er erklärte mir lapidar, dass dies der einzige Weg sei, möglichen Schwierigkeiten zu begegnen, und dass er mit jedem Menschen so verfahren werde, der ihn und seine Geschäfte bedroht.

Von diesem Moment an hatte ich Angst. Angst um mein Leben und meine Gesundheit, was Blochin zu spüren schien. Immer wieder erinnerte er mich daran, was mit potenziellen Verrätern passiert. Ich habe seit etwa sechs Wochen keine Nacht mehr durchgeschlafen und bin in einer sehr schlechten gesundheitlichen Verfassung. Deshalb, liebe Frau Hohmann, übergebe ich Ihnen diese Dokumente in der Hoffnung, dass Sie mir mein Tun verzeihen und im Falle meines Todes die notwendigen Schritte einleiten.

Wolfgang Goldberg

»Wow!«, machte Hain.

Lenz griff zum Telefon.

»RW, hier ist Paul. Nimm den Blochin auf der Stelle fest.«

»Hallo, Paul. Warum denn auf einmal?«

»Das erkläre ich dir, wenn wir bei euch sind. Im Moment ist es nur wichtig, dass er das Haus nicht verlässt.«

Rolf-Werner Gecks räusperte sich.

»Das wird dir jetzt nicht gefallen, Paul, aber er ist vor einer Viertelstunde mit einem seiner Anwälte weggefahren. Wir hatten ja nichts gegen ihn in der Hand, deswegen konnten wir ihn nicht daran hindern. Außerdem läuft die ganze Sache hier nicht so, wie wir uns das vorgestellt hatten. Seine Rechtsverdreher sind echte Arschlöcher, aber sie wissen, wovon sie reden. Und Beweismittel gibt es hier garantiert keine, davon kannst du ausgehen. Die Kollegen, die in Niederzwehren am Durchsuchen sind, sagen übrigens das Gleiche. Viel Aufwand, wenig bis kein Ertrag.«

»Mist. Wenn er wieder auftaucht, nimmst du ihn trotzdem fest. Und ruf bitte die Kollegen bei der BBE an. Die sollen ihn festsetzen und mich anrufen, wenn er dort aufkreuzt.«

»Du hast doch sicher auch eine kugelsichere Begründung für mich, nur wegen des geballten juristischen Sachverstandes, mit dem der Mann sich zu umgeben pflegt.«

»Anstiftung zum Mord«, erwiderte der Hauptkommissar emotionslos und beendete das Gespräch.

Noch während Lenz mit Gecks telefonierte, rief Hain im Präsidium an und leitete die Fahndung nach Blochin ein. Nun rannten die beiden zu ihrem Wagen.

»Zuerst nach Niederzwehren zur BBE oder zu Blochins Privatadresse?«, fragte der Oberkommissar, während er den Motor startete.

Lenz überlegte einen Moment, dann schüttelte er den Kopf.

»Weder noch. Lass uns zur IHK fahren. Der gute Dr. Roll ist seit ein paar Minuten ein ganz wichtiger Mann für uns, was meinst du? Vielleicht können wir ihm ja ein bisschen Angst machen mit dem, was wir wissen.«

»Gute Idee«, erwiderte Hain, legte den ersten Gang ein und schoss aus der Parklücke.

31

»Dr. Roll ist leider nicht im Haus. Er hat sich für heute krankgemeldet.«

Frau Schiller, die Dame an der Rezeption der IHK, hatte noch immer keine Sympathiepunkte für die Polizisten zu vergeben.

»Das ist schade, Frau Schiller. Aber Sie können uns sicher sagen, wo Herr Dr. Roll privat wohnt?«

»Da muss ich mich erst rückversichern, ob ich das überhaupt darf«, antwortete sie spitz und griff zum Telefonhörer.

Lenz sah ihr dabei zu, legte dann ganz sanft seinen linken Zeigefinger auf den Kontakt und lächelte sie an.

»Sie dürfen, Frau Schiller. Und wenn Sie nicht ein Verfahren wegen Behinderung riskieren wollen, sollten Sie auch. Und zwar ganz schnell.«

Ihr Blick pendelte zwischen Hain und Lenz, doch auch der junge Oberkommissar nickte aufmunternd.

»Wenn das so ist ... Dr. Roll wohnt am Brasselsberg.«

Sie nannte den Polizisten die genaue Adresse. Die bedankten sich artig und verließen das Gebäude.

»Geht doch«, bemerkte Hain, während er wegen des kalten Windes seinen Kragen hochstellte.

»Gibt's was Neues?«, fragte Lenz ins Telefon.

»Na ja«, antwortete Rolf-Werner Gecks am anderen Ende der Leitung. »Der Anwalt ist wieder aufgetaucht. Er sagt, dass Blochin am Bahnhof Wilhelmshöhe ausgestiegen sei. Seitdem ist der Kerl verschwunden.«

»Das kann doch nicht wahr sein. Lass sofort alle Züge überprüfen, die er genommen haben könnte. Und ich will,

293

dass auf jedem Bahnhof Kollegen stehen, die nach ihm Ausschau halten. Hat du das verstanden?«

»Ich bin ja nicht taub. Du willst, dass wir ihn zum Staatsfeind Nummer eins machen, nicht mehr und nicht weniger.«

»Genau das. Und gib auf jeden Fall mit durch, dass der Typ gefährlich ist. Setz am besten dazu, dass er rücksichtslos von der Schusswaffe Gebrauch macht, dann sind wir auf der sicheren Seite.«

»Sag ich doch, Staatsfeind Nummer eins«, bestätigte Gecks seine eigenen Worte und legte auf.

»Er ist weg«, berichtete Lenz seinem Kollegen kopfschüttelnd.

»Hör auf, Paul, so einer nimmt nicht die Bahn. Der ist noch irgendwo hier in der Stadt, darauf verwette ich meinen Arsch.«

Drei Minuten später legte Hain seinen Finger auf den glänzenden Klingelknopf in der Mitte einer polierten Edelstahlplatte. Lenz sah durch die dichte Hecke auf eine großzügige, schneebedeckte Rasenfläche, die sich vor einem repräsentativen, zweistöckigen Haus ausbreitete.

»Hier kann man problemlos Golf spielen«, bemerkte er beeindruckt.

»Wenn man denn drin ist«, gab Hain zurück, stierte dabei in die riesige Froschaugenlinse der Überwachungskamera und klingelte erneut. Diesmal ließ er den Knopf erst nach zehn Sekunden los.

»Gefahr im Verzug?«, fragte er seinen Kollegen nach einer halben Minute.

»Nein, Thilo. Wir können nicht so einfach da eindringen, auch wenn Roll von Goldberg schwer belastet wurde. Wir fahren jetzt ...«

Weiter kam der Hauptkommissar nicht, denn in diesem Moment wurde die Eingangstür zum Haus aufgerissen und Boris Blochin tauchte auf, allerdings nur für einen kurzen Moment, dann wurde er zurückgezogen und die Tür wieder zugeschlagen.

Die beiden Polizisten sahen sich verdutzt an.

»Und ob Gefahr im Verzug ist!«, zischte Hain mehr zu sich selbst als zu Lenz und zog sein braunes Etui aus der Jacke.

Das moderne Schloss des großen Tores machte dem Oberkommissar mehr Schwierigkeiten, als er erwartet hatte. Er benötigte zwei Minuten, bis der Verschluss im Innern zurückschnappte.

Geduckt liefen die beiden über den gepflegten Plattenweg zur Haustür. Lenz zog seine Dienstwaffe. Hain drückte vorsichtig gegen den Metallknauf, aber die Tür war verschlossen. Er nahm eine kurze Schlinge aus dem Etui, das sich noch immer in seiner Hand befand, und begann zu arbeiten. Nach weniger als einer halben Minute hatte er Erfolg. Leise schwang das schwere Türblatt nach innen und gab den Blick frei auf zwei vergoldete asiatische Statuen, die in der sterilen Vorhalle auf poliertem Granitfußboden standen.

Hain steckte das Einbruchswerkzeug in die Jacke, zog seine Waffe aus dem Gürtelholster und entsicherte sie. Dann trat er mit einer schnellen Bewegung ins Innere, sich dabei um seine eigene Achse drehend. Durch einen Schwenk der Pistole bedeutete er Lenz, ihm zu folgen. Der Hauptkommissar betrat vorsichtig den Raum, die Pistole mit beiden Händen umklammert, und sah sich um. Es gab drei Türen. Eine führte nach links, eine nach vorne, und durch die dritte waren sie gekommen. Vor der Tür neben der rechten Statue lag ein Fußabtreter, auf dem in

Kinderschrift *Wielkommen* stand. Das erste e war durchgestrichen.

Hain deutete mit seiner Waffe auf diesen Eingang. Dann drückte er mit erhobener Pistole auf die Klinke, warf die Tür nach innen und ließ sich fallen. Der Hauptkommissar streckte seine Waffe nach vorne und beschrieb mit den Armen einen Viertelkreis.

Vor sich hatten die beiden Kommissare einen großen Raum mit schweren Teppichen auf dem Boden, vielen Bildern an den Wänden und einigen Kunstobjekten, die auf Ständern frei im Raum platziert waren. In der hinteren rechten Ecke stand eine Ledersitzgruppe um einen nüchternen Chromtisch, dahinter war der Durchgang zum Esszimmer zu erkennen. Am linken Ende der Wand stand eine Tür offen, die den Blick auf eine Treppe freigab. Von dort aus gelangte man vermutlich in die obere Etage.

Lenz bemerkte, wie ihm der Schweiß in die Augen lief. Auch seine Handflächen waren feucht.

Hain sprang neben ihm auf, sah mit einer ruckartigen Bewegung hinter die Tür und ging dann mit schnellen Schritten drei, vier Meter nach vorne, die Waffe im Anschlag.

Lenz fragte sich später oft, ob er mehr hätte tun können oder müssen, um seinen jungen Kollegen ausreichend abzusichern. In vielen Nächten lag er wach und dachte über den Moment nach, als Rolls wutverzerrtes Gesicht in der linken Tür auftauchte und der grauhaarige Mann ohne Vorwarnung zu schießen begann. Hain hatte nicht den Hauch einer Chance. Obwohl er instinktiv versuchte, den Schützen ins Visier zu nehmen, traf ihn der erste Schuss in die Brust und warf seinen Oberkörper seitlich nach hinten. Während Lenz seine Waffe auf Roll richtete und zielte, nahm er aus dem Augenwinkel wahr, dass auch der zweite Schuss den Oberkörper seines Kollegen traf und ihn endgültig zu Boden schleuderte. Dann begann er zu feuern. Die ersten beiden Schüsse schlugen rechts neben dem Türrahmen ein, der dritte fand den Weg ins Treppenhaus, wo er als jaulender Querschläger verschwand. Ein weiterer bohrte sich in die Wand oberhalb der Tür, bevor der Hauptkommissar mit weit aufgerissenen Augen tief Luft holte. Er sah, dass die rauchende Waffe in seiner Hand zitterte, fixierte aber weiter jenen Punkt neben der Tür, von dem aus Roll seinen Partner niedergeschossen hatte. Vom Boden hörte er wie durch Watte Hains Stöhnen, weil seine Ohren vom infernalischen Krach der Schüsse klingelten. Für den Bruchteil einer Sekunde warf er einen Blick auf seinen Kollegen, der zusammengekauert dalag und mit leerem Blick in seine Richtung sah. Irgendwo im hinteren Teil des Hauses schlug eine Tür.

Lenz versuchte mit aller Kraft, die Kontrolle über seine Emotionen zurückzugewinnen. Er wollte, dass das Zittern aufhören und dass die Angst, die ihn im Würgegriff hielt und bewegungslos machte, verschwinden würde. Mit größter Mühe gelang es ihm, den rechten Fuß zu heben und ein Stück nach vorne zu setzen. Dann zog er den linken nach und kämpfte sich so Millimeter um Millimeter vorwärts. Mit jedem Herzschlag erwartete er, dass Roll erneut zum Vorschein kommen und auch ihn niederschießen würde. Dann jedoch wurde seine Angst langsam von einem anderen Gefühl abgelöst. Wut. Er wurde wütend. Wütend darüber, dass sein Kollege und Freund hinter ihm blutend auf dem Boden lag und er ihm nicht helfen konnte, solange er selbst nicht in Sicherheit war. Wütend darüber, dass Roll ohne Skrupel auf einen Polizisten geschossen hatte. Als er noch etwa einen Meter von der Tür entfernt war, nahm er seine Pistole in die linke Hand, knickte sie leicht nach innen, stürmte vorwärts und gab dabei zwei Schüsse ab.

32

Beide Projektile schlugen wirkungslos im Türrahmen ein. Lenz kam etwa einen halben Meter hinter dem Durchgang zum Stehen, duckte sich, warf den Körper herum und zielte auf den Punkt, wo er Roll vermutete. Was er sah, ließ ihn schaudern.

Rechts neben der Tür, durch die er gestürmt war, gab es einen Durchgang zur Küche des Hauses. Dort lag, verkrümmt und mit dem Gesicht nach unten, Boris Blochins lebloser Körper in einer riesigen Blutlache auf dem gefliesten Boden. In seinem Rücken steckte ein Messer. Der Hauptkommissar schluckte, reckte sich wie in Trance hoch, schob sich langsam vorwärts und zog dabei sein Telefon aus der Jacke. Mit der Pistole in der Linken auf den Russen zielend drückte er mit rechts drei Ziffern und die grüne Taste. Noch während die Verbindung aufgebaut wurde, wandte er sich ab und steckte die Pistole in das Holster. Blochin stellte keine Gefahr mehr für ihn dar.

Dann hastete er zurück zu Hain, der in unveränderter Haltung auf dem Boden lag. Dessen Beine zitterten kaum merklich, und auf seiner Brust und an der rechten Schulter hatten sich hässliche Blutflecken ausgebreitet.

»Guten …«, wollte ihn der Mitarbeiter der Leitstelle begrüßen, doch Lenz fiel ihm ins Wort.

»Hauptkommissar Lenz. Ich brauche dringend Hilfe für einen Kollegen mit schweren Schussverletzungen. Und vielleicht den Hubschrauber, keine Ahnung. Aber schnell, bitte.«

Mit zitternder Stimme gab er die Adresse durch und ließ das Telefon fallen. Dann griff er mit der linken Hand sanft unter Hains Kopf und hob ihn vorsichtig ein kleines Stück an.

»Thilo, kannst du mich hören?«

Der Oberkommissar öffnete wie in Zeitlupe die Augen und sah ihn kraftlos an.

»Mich hat's erwischt, Paul«, flüsterte er. »Dieser Scheißkerl hat wirklich auf mich geschossen.«

»Ja, aber es sieht nicht so schlimm aus.«

Hain wollte sich aufrichten, weil er offenbar starke Schmerzen hatte, aber Lenz hielt ihn fest.

»Ganz ruhig, Thilo. Der Notarzt ist gleich da und kümmert sich um dich. Bleib einfach liegen und versuch, dich so wenig wie möglich zu bewegen.«

Hain nickte kraftlos.

»Hast du den Drecksack erwischt?«

Lenz schüttelte den Kopf.

»Nein, er ist abgehauen. Aber er hat uns Blochin hiergelassen; leider mit einem Messer im Rücken.«

Hain drehte den Kopf ein wenig in seine Richtung.

»Ist er tot?«

»Ich glaube, ja. Aber das ist mir im Moment ziemlich egal.«

Von draußen hörte Lenz Sirenengeheul. Er überlegte, ob er der Besatzung des Notarztwagens würde öffnen müssen, erinnerte sich dann jedoch, dass sowohl das Tor an der Straße als auch die Haustür offen standen.

»Hier!«, schrie er, so laut er konnte. »Hierher!«

Der Erste, der in der Tür auftauchte, war ein uniformierter Polizist mit gezückter Pistole.

»Was …?«

»Ich bin Hauptkommissar Lenz. Nehmen Sie die Waffe runter.«

Ein weiterer Uniformierter stürzte ins Zimmer.

»Ach du Scheiße, was ist denn hier passiert?«

Die beiden Polizisten steckten ihre Pistolen weg und kamen auf Lenz zu. Der Hauptkommissar stoppte sie mit einem unwirschen Blick.

»Durchsuchen Sie sofort das Haus, das Grundstück und die Umgebung nach einem Mann Mitte 50 mit langen grauen Haaren.«

Er überlegte, ob er den Uniformierten weitere Details zur Personenbeschreibung von Roll geben konnte, doch es fiel ihm nichts ein. Er hätte nicht einmal sagen können, welche Farbe die Kleidung hatte, die der IHK-Boss trug.

»Und Vorsicht, Männer, er ist bewaffnet und schießt ohne Rücksicht.«

In diesem Moment stürmten zwei rot gekleidete Männer und eine Frau in den Raum, sahen sich kurz um und nahmen sofort Kurs auf Lenz und den noch immer in dessen Arm liegenden Thilo Hain.

»Legen Sie bitte den Kopf vorsichtig ab und gehen Sie zur Seite«, verlangte die Frau mit der großen gelben Aufschrift ›Notarzt‹ auf der Brust nachdrücklich von ihm. Dann fing sie an, das Hemd des noch immer zitternden Oberkommissars aufzuknöpfen.

Lenz trat einen Schritt zur Seite und sprach den Sanitäter an, der seinen Kollegen von oben zusah.

»Drüben in der Küche liegt noch einer, aber er ist vermutlich tot.«

»Na, dann zeigen Sie ihn mir mal«, antwortete der untersetzte, etwa 50-jährige Mann.

Der Kommissar ging voraus in die Küche. Die Blutlache, in der Blochin lag, hatte sich dramatisch vergrößert.

Mit geschickten Bewegungen beugte sich der Sanitäter hinunter zu dem leblosen Körper, legte zwei Finger an dessen Hals und zog dabei die Augenbrauen hoch. Dann öffnete er ein Augenlid des Russen, betrachtete die Pupille und sprang auf.

»Der lebt noch!«, polterte er. »Nicht mehr viel, aber er lebt.«

Bevor er aus dem Raum rannte, drehte er sich noch einmal um.

»Fassen Sie ihn nicht an, ich muss zum Wagen und an den Funk.«

Lenz sah verwirrt nach unten. Es war ihm völlig unbegreiflich, wie ein Mensch, der so viel Blut verloren hatte, noch am Leben sein konnte.

In diesem Moment fing Blochin kaum hörbar an zu stöhnen. Lenz kniete sich neben ihn, immer versucht, nicht mit dem Blut in Kontakt zu kommen, und betrachtete dessen bleiches, eingefallenes Gesicht. Langsam und schwerfällig öffnete der Russe die Augen. Mit jedem seiner rasselnden Atemzüge transportierte der Sterbende mehr Blut in seinen Mund. Trotzdem versuchte er nun offenbar, dem Hauptkommissar etwas mitzuteilen. Lenz beugte sich noch ein wenig weiter nach vorne, um mit dem rechten Ohr näher an Blochins Mund zu gelangen, konnte allerdings nichts verstehen, weil jetzt ein heiseres Husten den Körper des Russen erbeben ließ, das ihn an die Geräusche eines verwundeten Raubtieres erinnerte. Er bemerkte, wie ein paar Blutspritzer sein Gesicht trafen, und zog den Kopf zurück, doch Blochin gab ihm mit einer kaum sichtbaren Geste zu verstehen, dass er wieder näher kommen sollte.

»Aahh«, murmelte er kaum hörbar.

»Anna?«, wiederholte Lenz leise. »Anna Hohmann?«

Mit leerem Blick schüttelte Blochin den Kopf. Lenz hatte das Gefühl, dass der Mann seine letzten Kräfte einsetzte, um ihm diese Information preiszugeben. Und für einen Moment durchzuckte ihn die Erkenntnis, dass er einen nicht zu unterschätzenden Nutzen aus dessen Tod ziehen würde.

»Aahh«, flüsterte Blochin erneut, und diesmal konnte der Kommissar den Inhalt des Wortes nur mehr erahnen. Dann holte der Russe ein letztes Mal Luft, blies sie heiser aus und verharrte absolut regungslos in dieser Position.

»Ich habe Ihnen doch gesagt, Sie sollen ihn nicht anfassen«, brüllte der Sanitäter ihm ins Gesicht, während er mit einem schweren Koffer in der Hand um die Ecke gerannt kam und Lenz in gebückter Haltung neben Blochin entdeckte.

»Er wollte …«, versuchte Lenz eine Rechtfertigung, wurde aber schroff unterbrochen.

»Hauen Sie ab. Los!«

Wieder legte der Mann zwei Finger auf Blochins Hals. Dann nahm er eine kleine Taschenlampe aus dem Koffer, zog erneut das linke Lid des Russen hoch und leuchtete hinein. Wieder und wieder leuchtete er und nahm die Lampe weg. Das Ergebnis seiner Untersuchung schien ihm nicht zu gefallen, denn nun warf er die Lampe fluchend zurück in den Koffer.

»Jetzt ist er wirklich tot.«

Lenz stand neben den beiden Sanitätern und der Ärztin, die Hain vorsichtig auf eine Trage bugsierten. Dessen entkleideter Oberkörper gab den Blick frei auf drei, besser gesagt vier Schusswunden. Der Hauptkommissar sah fragend in das Gesicht der Notärztin.

»So schlimm, wie es zunächst aussah, ist es nicht. Er wird durchkommen«, versicherte sie ihm. »Ein Schuss hat wohl den Unterarm durchschlagen und ist dann ins Sternum, also das Brustbein, eingedrungen. Dort steckt er, hat jedoch, wie ich bis jetzt sehen konnte, nichts Lebenswichtiges beschädigt. Möglicherweise ist der Knochen gesprungen, aber das kann nur eine Röntgenaufnahme zeigen. Die andere Kugel sitzt im Schlüsselbein. Tut weh, ist aber nicht weiter tragisch. Das Gleiche beim Unterarm. Einschussloch, Austrittsloch, vielleicht ein kleiner Kratzer am Knochen, das war's. Er steht logischerweise unter Schock, ist jedoch so weit stabil, dass wir ihn wegbringen können.«

Lenz atmete hörbar erleichtert aus.

»Wir fahren ins Klinikum, dort wird er vermutlich sofort operiert«, schloss sie ihr kleines ärztliches Bulletin und verabschiedete sich. Der Hauptkommissar trat schnell neben die Trage und streichelte Hain väterlich über den Kopf.

»Wird schon wieder«, gab er ihm mit auf den Weg. Der junge Oberkommissar versuchte ein mattes Lächeln, aber es gelang ihm nicht.

»Hallo, Uwe, hier ist Paul. Ich brauche deine Hilfe.«

Lenz erzählte dem Pressesprecher mit kurzen Worten, was sich in Rolls Haus abgespielt hatte.

»Du musst den Kerl zur Fahndung ausschreiben lassen, sofort. Ich habe keine Ahnung, ob und mit welchem Auto er unterwegs ist, aber ich vermute, dass er eins benutzt.«

»Ich sitze schon an der Tastatur. Und mit dem Kleinen kommt bestimmt wieder alles in Ordnung?«

»Ja, bestimmt.«

Wagner hämmerte deutlich hörbar auf der Tastatur seines Computers herum. Dann meldete er Vollzug.

»Ist passiert. Ich gehe auch gleich noch mal rüber zu den Kollegen und spreche persönlich mit ihnen wegen der Sache. Wenn es normal läuft, haben wir ihn spätestens in ein paar Stunden am Sack.«

»Schön wär's, Uwe. Wir sehen uns später, mach's gut«, beendete Lenz das Gespräch, weil in diesem Moment die beiden Uniformierten zurückkehrten.

»Sorry, Herr Kommissar, im Haus und auf dem Grundstück ist niemand zu finden.«

»Schon gut, meine Herren. Der Mann ist zur Fahndung ausgeschrieben, und ich habe nicht wirklich damit gerechnet, dass er sich noch hier in der Nähe herumtreibt. Danke trotzdem.«

Vor dem Haus standen mittlerweile ein Dutzend Polizeifahrzeuge. Obwohl die Straße weiträumig abgesperrt war, hatten es einige Gaffer geschafft, bis zur gegenüberliegenden Häuserreihe vorzudringen. Dort warteten sie nun in der Kälte und versuchten, einen Blick hinter die Hecken von Rolls Haus zu werfen.

Lenz stand mit dem Telefon am Ohr in der Einfahrt und hätte ein Jahr seines Lebens dafür gegeben, noch aktiver Raucher zu sein. Kurz zuvor hatte er dafür gesorgt, dass vor dem Haus von Anna Hohmann mehrere Polizeiwagen in Stellung gingen.

»Hallo, Frau Kolb, hier spricht Hauptkommissar Lenz. Wie geht es Ihrer Mutter?«

»Sie schläft, warum?«, fragte sie erstaunt zurück.

»Nur so. Hat Ihnen jemand von der IHK in den letzten Stunden einen Besuch abgestattet?«

»Nein, Herr Kommissar. Die IHK hat meine Mutter schon lange vergessen.« Sie machte eine kurze Pause. »Aber nun erzählen Sie mir doch bitte, was sich wirklich hinter Ihrem Anruf verbirgt.«

»Ich habe vor Ihrem Haus ein paar Polizisten postiert, Frau Kolb. Es ist eine reine Vorsichtsmaßnahme, weil wir nicht hundertprozentig ausschließen können, dass ein Mitarbeiter der IHK Ihrer Mutter etwas antun will.«

»Jetzt machen Sie mir schon ein wenig Angst, Herr Kommissar.«

»Wie gesagt, es handelt sich um eine reine Vorsichtsmaßnahme. Sobald wir …«

»Moment bitte, Herr Lenz, hier hat es gerade geklingelt. Was soll ich denn jetzt machen?«

»Gar nichts. Bleiben Sie bitte, wo Sie sind, ich kümmere mich um den Rest. Und legen Sie nicht auf.«

Er lief zu einem der Polizeifahrzeuge, nahm über Funk Kontakt zur Zentrale auf und ließ sich mit den Kollegen verbinden, die vor Anna Hohmanns Wohnung im Philosophenweg warteten.

»Ja, Herr Kommissar, wir stehen hier vor der Tür, aber es macht niemand auf«, hörte er aus dem Funkgerät.

»Schon gut, ich sage der Frau, dass sie jetzt öffnen soll.«

Er schickte Irene Kolb per Telefon zur Tür, damit sie die Beamten in die Wohnung lassen konnte, bedankte sich bei ihr und beendete das Gespräch.

»Wie geht's dem Kleinen?«, fragte eine besorgte Stimme hinter ihm.

Lenz drehte sich um und blickte in das pausbäckige Gesicht von Heini Kostkamp.

»So lala. Er hat ziemlich was abgekriegt, aber nichts, was ihn umbringen wird. Sagt zumindest die Notärztin. Woher weißt du es denn?«

Kostkamp verzog das Gesicht.

»Na, du bist lustig. Am Funk ist von nichts anderem die Rede. Jeder will wissen, was hier oben los gewesen ist. Und jeder verdammte Bulle in der Stadt jagt diesen Roll.«

Der Mann von der Spurensicherung zog eine Schachtel Zigaretten aus der Jacke und hielt Lenz die Packung hin. Der Hauptkommissar betrachtete den Glimmstängel ein paar Augenblicke lang und schüttelte dann den Kopf. Kostkamp steckte sich eine an und inhalierte tief.

»Wollte er dich auch abknallen?«

Lenz zog die Schultern hoch.

»Vermutlich, ja. Aber ich habe so was wie einen Filmriss. Er hat auf Thilo geschossen, ich habe auf ihn geschossen, aber wie sich das nun alles genau abgespielt hat, kriege ich im Moment nicht auf die Reihe. Es fühlt sich in meinem Kopf an, als hätte der Krach der Schüsse mir das Hirn vernebelt.«

»Geh am besten beim Arzt vorbei und lass dich untersuchen.«

»Vielleicht später. Jetzt müssen wir zusehen, dass wir Roll erwischen. Alles andere ergibt sich von alleine.«

»Hast du eine Ahnung, wo er sein könnte?«

Lenz schüttelte den Kopf.

»Nein. Blochin hat zwar, direkt, bevor er gestorben ist, noch etwas zu mir gesagt, aber das ergibt keinen Sinn.«

»Was denn?«

»Es klang wie Anna, doch er kann auch was ganz anderes gemeint haben. Ich habe ein paar von unseren Leuten vor das Haus und in die Wohnung der echten Anna Hohmann geschickt; allerdings glaube ich nicht, dass er wirklich von der gesprochen hat.«

»Und warum hat Roll seinen Kumpel Blochin umgebracht?«

Lenz zog resigniert die Schultern hoch.

»Das ist mir absolut schleierhaft. Wahrscheinlich haben wir uns bei unseren Ermittlungen zu sehr auf den Russen als Drahtzieher konzentriert. Dass Roll die Fäden in der Hand halten könnte, ist mir gar nicht in den Sinn gekommen. Danach sieht es jetzt aus!«

»Und wie passt Frommert da rein?«

Lenz berichtete seinem Kollegen von dem Inhalt der CD, die Goldberg bei Anna Hohmann deponiert hatte.

»Damit ist klar, dass Frommert bis über beide Ohren in die Sache verstrickt war.«

»Dieser Goldberg hat alles zugegeben?«, fragte Kostkamp erstaunt.

»Alles, inklusive Beweismaterial und dem Verpfeifen der Komplizen. Dem ging der Arsch auf Grundeis, nachdem Blochin die Hainmüllers hat umbringen lassen.«

»Vielleicht war Blochin es ja selbst?«

»Ja, vielleicht. Aber darüber mache ich mir im Augenblick keine Gedanken.«

»Meinst du, die beiden Gestalten vom Rasthof hatten Frommerts Wagen präpariert?«

»Liegt nahe. Fragen können wir sie leider nicht mehr. Außerdem glaube ich nicht, dass sie überhaupt mit uns geredet hätten.«

»Hast du Frommerts Frau eigentlich schon vernommen? Vielleicht wusste sie ja von den krummen Dingern ihres Mannes.«

»Ja, Thilo und ich waren bei ihr und haben sie befragt, aber selbst wenn sie von den Geschäften ihres Mannes etwas wusste, ist sie nicht damit rausgerückt.«

Kostkamp warf die Zigarettenkippe in den Schnee und deutete mit dem Kopf auf ein Auto, das durch die Polizeisperre gewunken wurde und auf sie zurollte.

»Da kommt Ludger. Ich gehe besser mal rein, bevor sich alle Spuren in Luft aufgelöst haben.«

»Ja, ist gut, Heini.«

»Was für ein Mist«, polterte Brandt, während er von Lenz ins Innere des Hauses geführt wurde. Der Hauptkommissar erklärte dem Kriminalrat die Einzelheiten, an die er sich erinnern konnte, bis hin zu Hains Abtransport.

»Und du hast wirklich keine Ahnung, was dieser Typ dir ins Ohr geflüstert hat?«

Lenz schüttelte den Kopf.

»Das Naheliegendste wäre Anna, also vermutlich Anna Hohmann. Die echte natürlich, Goldbergs Sekretärin.«

Er berichtete auch seinem Vorgesetzten von der CD.

»Ich sehe allerdings keine Verbindung von Roll oder Blochin zu Anna Hohmann. Die Frau ist schon seit Monaten nicht mehr an der Arbeit gewesen, und dass Goldberg ausgerechnet ihr die CD zugespielt hatte, nach der sie fieberhaft gesucht haben, wusste von den beiden vermutlich auch keiner. Also gibt es keine Querverbindung. Oder ich übersehe sie einfach.«

Brandt hob den Kopf und sah ihn skeptisch an.

»Ist mit dir wirklich alles in Ordnung?«

»Ja, Ludger, alles in Ordnung. Ich befrage jetzt mal die Nachbarn, ob es eine Frau Roll oder eine Freundin gibt. Vielleicht ist er ja auch Mitglied in irgendeinem Golfklub oder so. Danach fahre ich zum Präsidium.«

33

Roll war nicht verheiratet, hatte keine Freundin und lebte sehr zurückgezogen. Mehr war aus den Nachbarn des IHK-Geschäftsführers nicht herauszubekommen gewesen. Lenz stand vor dem Opel, den Hain und er benutzt hatten, und fragte sich, ob sein junger Kollege, der wahrscheinlich in diesen Minuten für die Operation vorbereitet wurde, den Autoschlüssel in seine Hose gesteckt hatte. Oder ob er ihn in der Jacke, die blutverschmiert im Haus lag, finden würde. Langsam und nachdenklich trottete er zurück, fand das blutige, total zerfledderte und aufgeschnittene Kleidungsstück und tastete es vorsichtig nach dem Autoschlüssel ab. In der rechten Außentasche wurde er fündig. Zusammen mit Hains Notizbuch kramte er ihn hervor. Ohne groß darüber nachzudenken, blätterte der Hauptkommissar in dem kleinen Merkheft, das Hain für seine Eintragungen benutzte. Vieles war für ihn wegen der undeutlichen Schrift seines Kollegen unleserlich, auf den letzten Seiten allerdings, wo Hain sich Notizen zum Fall Goldberg und zum Mord an Patzke gemacht hatte, stutze er. ›Hanne Frommert. Hat vielleicht was mit Roll!‹, hatte Hain eingetragen.

»Hanne, Anne, Anna«, murmelte Lenz aufgeregt, schob das Buch in seine Jacke und rannte hinaus.

Es war nicht viel Verkehr auf den Straßen, sodass Lenz auch ohne den Einsatz von Blaulicht und Sirene gut durch die Stadt kam. Als er am Metro-Markt vorbeifuhr, sah er rechts den Baum, gegen den Frommerts BMW geprallt war. Fünf Minuten später bog er in jene Straße ein, wo Frommerts Lebenstraum aus Beton und Glas die anderen

Häuser zu Kleinimmobilien degradierte. Der Kommissar parkte hinter einem Minivan, schaltete den Motor ab und ließ die Szenerie auf sich wirken. Wenn Blochin mit seinen letzten Worten wirklich Hanne Frommert gemeint hatte, dann war nicht auszuschließen, dass Roll sich in ihrem Haus aufhielt.

Es wäre vernünftiger, eine Horde Kollegen zu rufen, um das ganze Areal weiträumig abzuriegeln und das Arschloch auszuräuchern, dachte er kopfschüttelnd, nahm seine Pistole aus dem Holster, entsicherte sie und steckte sie zurück. Dann zog er den Zündschlüssel ab, legte ihn unter die Fußmatte des Opels und stieg aus.

Während er sich dem Grundstück näherte, wanderten seine Augen von einer Straßenseite zur anderen. Noch einmal dachte der Kommissar kurz darüber nach, umzukehren und Verstärkung zu rufen. Und wieder verwarf er den Gedanken.

Auf den letzten Metern vor dem Haus wurden seine Handflächen feucht. Er zwang sich, langsam und gleichmäßig zu gehen, sah noch einmal zurück und legte dann einen Finger auf den großen, bronzefarbenen Ring der Klingel. Als nach 30 Sekunden aus dem Innern keine Reaktion zu vernehmen war, klingelte er erneut. Eine weitere halbe Minute später sah er durch das Milchglas eine Bewegung. Die Tür wurde einen Spalt geöffnet, und er blickte in das erstaunte Gesicht von Hanne Frommert. Sie trug ein graues Kostüm, dunkle Seidenstrümpfe und schwarze, halbhohe Schuhe.

»Guten Tag, Herr Kommissar. Was führt Sie zu mir?«

Lenz versuchte, einen Blick in den Flur zu werfen, aber die Frau stand so geschickt, dass es ihm unmöglich war.

»Ist er hier?«

Sie zog die Augenbrauen hoch.

»Von wem sprechen Sie, Herr Kommissar?«

»Roll. Dr. Roll. Ist er hier?«

Sie schüttelte energisch den Kopf.

»Ich habe Herbert Roll seit seinem letzten Besuch, als auch Sie zugegen waren, nicht mehr gesehen. Und es ist befremdlich, in welchem Ton Sie mit mir sprechen. Habe ich Ihrer Meinung nach irgendetwas verbrochen?«

Lenz sah die Frau lange und eindringlich an, bevor er antwortete.

»Das weiß ich nicht, Frau Frommert. Was ich weiß ist, dass Dr. Roll vor gut einer Stunde meinen Kollegen niedergeschossen hat. Und dass er bis zum Hals in der Scheiße steckt, die Ihren Mann das Leben gekostet hat.«

Wieder schüttelte sie den Kopf.

»Das ist völlig unmöglich, Herr Kommissar. Das glaube ich nicht.«

Lenz ersparte sich einen Kommentar und versuchte, Klarheit in seinem Kopf herzustellen. Während er noch darüber nachdachte, ob sein Verdacht gegen Hanne Frommert vielleicht doch unbegründet sein könnte, fiel sein Blick auf ihre rechte Hand. Dort, an der Spitze des Zeigefingers, sah er deutlich eine braune Verfärbung. Mit einer schnellen Bewegung stieß der Kommissar die Frau in den Flur und zog seine Pistole aus dem Holster.

»Sind Sie verrü…?«, wollte sie protestieren. Lenz griff energisch nach ihrer Hand, bog die Finger auf und betrachtete den Farbfleck.

»Neue Haarfarbe, Frau Frommert? Für Sie oder für jemand anderen?«

»Ich verwahre mich gegen Ihre Unterstellungen, Herr Kommissar. So können Sie nicht …«

»Ich kann, Frau Frommert, ich kann ganz sicher, und Sie halten jetzt einfach den Mund«, murmelte er, griff nach ihrem Arm, schob sie aus dem Haus und warf hinter ihr die Tür ins Schloss. Von draußen kam sofort gedämpftes Geschrei, um das Lenz sich aber nicht kümmerte.

Die Pistole in seiner Hand zitterte, als er damit die Tür zum Wohnzimmer der Frommerts langsam aufdrückte. Irgendwo im hinteren Teil des Hauses dudelte ein Radio. Lenz schob die Waffe vorsichtig in den Raum, ließ sie langsam von links nach rechts gleiten und wischte sich gleichzeitig mit der anderen Hand über die schweißnasse Stirn. Für eine Sekunde verharrte er regungslos, weil er glaubte, im oberen Stock ein Geräusch gehört zu haben. Der Treppenaufgang befand sich im hinteren Teil des Raumes, neben einem breiten Bogen, der in die Küche führte. In diesem Moment gab es hinter ihm ein leichtes Schaben, als würde jemand einen Schuh mit Ledersohle drehen. Er riss den Arm mit der Pistole nach rechts, kam allerdings nicht weit genug herum. Den Schlag hörte er für einen Sekundenbruchteil mehr, als er ihn spürte. Dann kam ein taubes Nichts und danach das Gefühl, ihm würde der Kopf explodieren. Instinktiv wartete Lenz auf die einsetzende Bewusstlosigkeit, doch es wurde ihm weder schwarz vor Augen, noch stürzte er zu Boden. Allerdings flog ihm seine Waffe aus der Hand und schlug mit einem lauten Krachen auf das Parkett. Roll, der hinter der Tür gestanden hatte, stieß ihn zur Seite und versuchte, nach der Pistole zu greifen, doch Lenz gab ihr einen Stoß mit dem Fuß, sodass die Waffe scheppernd unter dem Sofa verschwand. Keuchend warf der IHK-Mann sich auf Lenz, der von der Kraft des Mannes überrascht war. Der Kommissar griff dorthin, wo er die Haare seines Kontrahenten vermutete, und zog energisch daran, bekam allerdings nur einen Kunststoffbeutel zu fassen, den er ihm, untermalt von einem schmatzenden Geräusch, vom Kopf riss.

Roll drückte ihm einen Finger in sein rechtes Auge und versuchte gleichzeitig, mit der anderen Hand zwischen seine Beine zu greifen. Wie zwei zur Paarung bereite Schlangen rollten die beiden über den Parkettboden, während jeder sich einen Vorteil gegenüber dem anderen zu verschaffen suchte. Lenz befürchtete, dass er der Kraft seines Kontrahenten auf Dauer unterlegen sein würde. Mit einem lauten Stöhnen schlug Roll nun von oben auf Lenz ein und traf ihn über dem rechten Auge und am Hals. Der Kommissar rang nach Luft und wand sich wie ein Aal, um in eine andere Position zu gelangen, doch er schaffte es nicht. Wieder und wieder wurde er von Rolls Faustschlägen getroffen. Um sich verteidigen zu können, hätte er die Arme und Hände von seinem Gesicht nehmen müssen, aber ihm war klar, dass er dann den Schlägen völlig ungeschützt ausgesetzt wäre. Trotzdem ließ er nun einen Arm nach unten gleiten, griff zwischen die Beine des Mörders, bis er etwas zu fassen bekam, und drückte so fest er konnte zu. Mit einem gellenden Schrei und weit aufgerissenen Augen stieß Roll sich von ihm ab, verharrte für einen winzigen Moment in dieser Position und stürzte sich erneut nach vorne. Lenz zog mit einer schnellen Bewegung seine Beine an, sodass Roll über ihn gehoben und Richtung Sofa geschleudert wurde. Dabei blieb der IHK-Mann mit der Spitze seines rechten Schuhs am linken Oberlid des Polizisten hängen, klappte den Hautlappen nach oben und traf mit voller Wucht das Auge. Der Schmerz raubte Lenz den Atem. Es schrie auf, warf sich auf die Seite und hatte die Befürchtung, dass Roll ihm das Sehorgan aus dem Kopf getreten hatte. Er krümmte sich, presste die Hände vors Gesicht und blieb in dieser Position liegen, unfähig, sich zu rühren.

»Alles klar, Herr Kommissar?«, hörte er ein paar Sekunden später Rolls hämische Stimme über sich. Und er hörte, dass der Mann mit einer Waffe hantierte. Mit seiner Waffe?

»Warum mussten Sie sich auch in Dinge einmischen, die Sie nichts, aber auch rein gar nichts angehen?«, brüllte Roll.

Lenz konnte vor Schmerzen keinen klaren Gedanken fassen. Sein Kopf pochte von allen Seiten, im Epizentrum tanzten Sterne und explodierten Knallkörper. Er biss auf die Zähne, schluckte, rang mit den Tränen, aber es änderte sich nichts.

Trotzdem wollte er nicht sterben.

Mit dem letzten Rest an Kraft öffnete er das rechte Auge und sah zu Roll auf. Der stand, leicht nach vorne gebeugt, etwa einen Meter neben ihm und zielte mit einer Waffe auf seinen Kopf. Ob es seine eigene Dienstwaffe war, konnte er nicht erkennen.

Lenz hätte gerne irgendetwas gesagt, aber seine Lippen bewegten sich nicht. Wie in Trance nahm er wahr, dass Roll anfing zu lachen. Er lachte und lachte und lachte. Dann krachte ein Schuss, und er zuckte zusammen.

Roll stürzte nach vorne und landete mit seinem Gesicht neben dem rechten Ohr des Kommissars. Das glitschige Haarfärbemittel auf seinem Kopf streifte die klaffende Wunde am Auge des Polizisten, vermischte sich dort mit dem austretenden Blut und potenzierte die Schmerzen innerhalb von Sekundenbruchteilen. Dann wurde alles um ihn herum dunkel.

34

»Herr Kommissar! Wachen Sie auf!«

Lenz fragte sich, ob er träumte, doch der Duft des Parfums, der ihm in die Nase stieg, hatte etwas zutiefst Reales.

Jemand rüttelte an ihm.

»Aufwachen, los!«

Eine Frauenstimme.

Er öffnete kraftlos das rechte Auge und sah verschwommen die Konturen von Hanne Frommert, die vor ihm kniete. Herbert Roll lag regungslos neben ihr.

»Was ist passiert?«

»Sie müssen zu sich kommen, Herr Kommissar. Ich weiß nicht, was mit Ihrem Auge ist, aber es sieht schrecklich aus. Und bevor ich einen Krankenwagen rufe, müssen wir reden.«

Lenz dachte einen Moment, er hätte sich verhört, aber die Frau hatte genau das gesagt.

»Was sollte ich denn mit Ihnen besprechen wollen?«, fragte er völlig entgeistert.

»Ich will einen Deal mit Ihnen machen.«

Lenz schüttelte den Kopf.

»Keinen Deal«, antwortete er benommen.

»Seien Sie kein Idiot, Herr Kommissar. Sie können mir wahrscheinlich nie eine Beteiligung an der ganzen Sache nachweisen. Außerdem habe ich Ihnen das Leben gerettet. Ein wenig Dankbarkeit ist sicher nicht zu viel verlangt.«

»Was hätten Sie mir schon zu bieten?«, fragte er spöttisch.

Hanne Frommert überlegte einen Moment.

»Die Frau des Bürgermeisters.«

Ein Ruck ging durch den Körper des Polizisten.

»Was …?«

»Wie ich schon sagte, Herr Lenz. Seien Sie kein Idiot«, unterbrach sie ihn energisch. »Außer mir weiß niemand mehr etwas von Ihrem Verhältnis zu der Frau. Sie helfen mir ein wenig, und ich habe in einer Minute vergessen, dass ich je etwas darüber wusste.«

»Und wenn ich nicht darauf einsteige?«

»Dann müsste ich im Verlauf der sicher zahlreichen Vernehmungen erwähnen, dass Blochin Sie mit seinem Wissen erpresst hat. Und dass Ihre Ermittlungsarbeit davon sicher nicht unbeeinflusst geblieben ist.«

Lenz hob mühsam den Oberkörper, stützte sich auf den Armen ab und setzte sich kraftlos vor das Sofa.

»Vergessen Sie dabei nicht zu erwähnen, dass Sie die Erpressungskultur Blochins weiterführen wollten.«

»Ich will Ihnen helfen. Aber ich will etwas dafür haben. Wenn wir beide hier rausgehen und Sie der Welt klarmachen, dass ich durch mein mutiges Handeln einen Mörder unschädlich gemacht und einen weiteren Mord, noch dazu an einem Polizisten, verhindert habe, bin ich weiterhin ein angesehenes Mitglied der Gesellschaft. Wenn nicht, bekommen wir beide gehörigen Ärger. Wie gesagt, es wird Ihnen schwerfallen, mir ein Wissen um die Taten meines Mannes nachzuweisen. Ich will als Opfer diesen Raum verlassen, nicht als Täterin.«

Sie sah ihn ausdruckslos an.

»Soll ich Ihnen ein Glas Wasser holen?«

»Sie müssen verrückt sein«, antwortete Lenz, ohne auf ihre Frage einzugehen. »Sie haben einen Mörder gedeckt, im Falle Ihres Mannes haben Sie von seinen kriminellen Handlungen profitiert, und ich soll mir nichts, dir nichts gemeinsame Sache mit Ihnen machen?«

Die Frau stand auf, holte aus einem Sideboard zwei Gläser und eine Flasche, goss ein und hielt Lenz eins davon hin. Der Kommissar griff danach, stellte es aber neben sich.

»Und jetzt will ich Ihnen mal ein paar Dinge erzählen, die Sie noch nicht wissen«, fing sie an und nahm einen großen Schluck des honigfarbenen Getränks.

»Als ich vor zehn Jahren meinen Mann geheiratet habe, war ich ein dummes Ding vom Land aus ärmlichen Verhältnissen. Ich habe ihm zwei Kinder geboren und war ihm eine gute Frau. Leider sind wir uns in den letzten Jahren, wie soll ich sagen, etwas abhandengekommen. Irgendwann habe ich ein Verhältnis mit Herbert Roll angefangen. Bei ihm habe ich mir das geholt, was mein Mann mir nicht mehr geben konnte oder wollte. Es hatte nicht viel mit Liebe zu tun, aber es hat mir gutgetan.«

Wieder nahm sie einen Schluck. Lenz holte tief Luft und versuchte, eine Sitzposition zu finden, in der die Schmerzen zu ertragen waren.

»Dann fingen die beiden unter tätiger Mithilfe von Goldberg irgendwann an, im Zusammenspiel mit ihren russischen Kontakten Geld zu waschen. Und beide erzählten mir davon, natürlich jeder seine Version. Mein Mann hat bis zu seinem Tod nichts davon gewusst, dass ich ihn mit seinem Chef, Freund und Komplizen betrogen habe. Blochin war nur der Strohmann, die Ideen kamen alle von Roll.«

Sie deutete auf die Leiche.

»Er war der Mastermind, das Gehirn der ganzen Sache, die so lange gut ging, bis diese beiden armen Leute in Baunatal umgebracht wurden. Waldemar bekam es mit der Angst zu tun, aber Herbert und Blochin setzten ihn massiv unter Druck. Am schlimmsten allerdings war Goldberg dran, der mehrmals damit drohte, zur Polizei zu gehen und die Sache auffliegen zu lassen. Das Ergebnis kennen Sie. Blochin hat eine Söldnertruppe angeheuert für die Drecksarbeit, ich glaube, sie haben ein paar von ihnen kennengelernt. Und nun werfen Sie mir vor, ich hätte den einen gedeckt und den anderen gewähren lassen und an seinem Geld partizipiert.«

Sie knallte das Glas auf den Tisch und kniff die Augen zusammen.

»Recht haben Sie. Aber was hätte ich machen sollen, Ihrer Meinung nach? Zur Polizei gehen? Dann hätte ich meine Kinder niemals wiedergesehen. Ganz zu schweigen davon, dass mein Leben keinen Pfifferling mehr wert gewesen wäre. Wer sich mit solchen Leuten einlässt, kann nicht die Spielregeln bestimmen wollen. Vorhin, draußen vor der Tür, wurde mir schlagartig klar, dass ich keine weitere Chance auf ein vernünftiges Leben mehr bekommen werde. Deswegen habe ich Ihnen das Leben gerettet und mir eine hoffnungslose Flucht rund um den Globus und ein Leben ohne meine Mädchen erspart. Wenn Sie mich jetzt verhaften, egal, ob Sie mir nun eine Mitwisserschaft nachweisen können oder nicht, brauche ich mich nie mehr an der Schule meiner Kinder blicken zu lassen. Oder im Kirchenchor. Und schon gar nicht bei den ganzen Ehrenämtern, die ich begleite. Also, retten Sie Ihr Geheimnis und mein Leben.«

Sie machte eine kurze Pause.

»Er ist bei mir eingedrungen, wollte sich hier verstecken, und Sie haben ihn aufgespürt. Ich musste ihn erschießen, damit er Sie nicht erschießt. Das ist eine absolut glaubwürdige Geschichte.«

Lenz schüttelte den Kopf.

»Ich vertraue Ihnen nicht.«

»Das müssen Sie auch nicht. Krähen müssen sich nicht trauen. Sie müssen nur eine gemeinsame Linie finden.«

318

Klug, dachte der Kommissar.

»Was war das für eine Waffe, mit der Sie geschossen haben?«

Sie machte mit dem Kopf eine Geste in Richtung des toten Roll.

»Seine. Mit der hat er auf Ihren Kollegen geschossen. Sie lag in der Garage, in seinem Wagen.«

In weiter Entfernung ertönte Sirenengeheul. Hanne Frommert stand auf, griff nach dem Revolver, mit dem sie Herbert Roll erschossen hatte, und reichte dem Kommissar die Waffe.

»Was hat der Oberbürgermeister mit der Sache zu tun?«

Die Frau sah ihn kopfschüttelnd an.

»Zeislinger?«, fragte sie spöttisch.

»Ja, genau der.«

»Gar nichts. Dieser Wichtigtuer hat Blochin in den Kram gepasst, um sich mit ihm zu schmücken, genau, wie Zeislinger sich mit Blochin geschmückt hat. Er war nie über irgendwelche Details informiert, auch wenn Sie das bedauern dürften. Und jetzt gehe ich nach oben und mache mich frisch, Herr Kommissar. Wir sehen uns später.«

Lenz schloss die Augen und lauschte dem lauter werdenden Sirenengeheul. Er hatte längst seine Entscheidung getroffen, suchte allerdings noch nach einer Rechtfertigung, die ihm sein Verhalten erleichtern würde.

Maria fiel ihm ein. Er würde es für Maria tun. Allerdings würde er damit auch ihre Ehe mit Erich Zeislinger am Leben erhalten.

Sein Job. Er liebte seine Arbeit. Wenn sein Verhältnis mit Maria publik werden würde und Blochins Erpressung, könnte er irgendwo als Wachmann anheuern. Oder sein

Dasein als abgehalfterter Privatschnüffler fristen, allerdings in jedem Fall ohne Maria.

Seine Gedanken kreisten noch, als ihm schlagartig klar wurde, dass er sich zwischen der Gerechtigkeit und seinen ureigensten Interessen entschieden hatte.

Mühsam und mit schmerzverzerrtem Gesicht zog er sich auf das Sofa, stand mit einer unbeholfenen Bewegung auf und ging langsam und schwankend zur Haustür.

»Hierher, Männer!«, rief er heiser, als die ersten Polizisten vor dem Haus auftauchten.

35

Die Ärztin zog das Ende der Mullbinde zusammen und steckte es mit geschickten Bewegungen unter den Verband.

»Das sollte halten. Und dass Sie irres Glück gehabt haben, brauche ich Ihnen vermutlich nicht zu sagen. Wenn der Schuh das Auge fünf Millimeter weiter unten getroffen hätte, würden Sie jetzt im OP liegen und wir um Ihre Sehkraft kämpfen. So aber wird vermutlich alles glimpflich abgehen.«

Lenz sah sie mit seinem unverletzten Auge an.

»Was heißt vermutlich?«, fragte er vorsichtig.

»Na ja, an dieser Stelle des Augenlids zu nähen, ist nicht ganz ohne. Und dass sich eine solche Verletzung entzündet, speziell in Verbindung mit dem Haarfärbemittel, ist nie ganz auszuschließen. Allerdings bin ich davon überzeugt, dass weder das eine noch das andere passieren wird, wenn Sie sich eine Woche schonen und regelmäßig zum Reinigen der Wunde und Wechseln des Verbandes hier erscheinen.«

Er griff nach seiner Jacke, bedankte sich bei der Medizinerin, zog die Tür auf und sah in das freudig grinsende Gesicht von Uwe Wagner.

»Hallo, mein Freund. Ich dachte schon, du würdest ein Bett neben deinem Partner beziehen müssen.«

»Nein, so schlimm ist es nicht. Wie geht's Thilo?«

»Alles in Ordnung. Er liegt im Aufwachraum und flirtet schon mit den Schwestern. Besuchen ist nicht, das geht erst ab morgen. Und was ist mit dir?«

»Erzähl ich dir gleich. Lass uns erst mal hier verschwinden, von dem Krankenhausgeruch kriege ich immer Kopfschmerzen.«

Wenig später saßen die beiden in Wagners Auto und verließen das Klinikum Kassel.

»Also red schon. Was ist da draußen passiert?«

Lenz holte tief Luft, legte die Stirn in Falten und fing an zu erzählen.

»Und sie hat es genau so gesagt? ›Ich will einen Deal mit Ihnen machen?‹«

»Genau so. Dann hat sie mir erklärt, was sie weiß und was ich tun muss, damit sie es für sich behält.«

Wagner sah ihn fragend an.

»Tut es dir leid, dass du sie laufen gelassen hast?«

Lenz überlegte einen Moment.

»Nein, weil ich nicht glaube, dass wir ihr etwas nachweisen könnten. Die Frau ist clever, und ich vermute, dass sie Vorkehrungen für diesen Tag getroffen hatte.«

»Vertraust du ihr?«

Der Hauptkommissar lachte laut auf.

»Sie sagt, das bräuchte ich nicht, weil Krähen sich nicht vertrauen müssen. Sie müssen nur eine gemeinsame Linie finden.«

»Schön gesagt. Lass das besser nicht unseren Dienstherrn wissen, sonst findest du nämlich mit dem keine gemeinsame Linie mehr«, feixte Wagner.

»Meinst du, ich habe einen Fehler gemacht, Uwe?«
Der Pressesprecher holte tief Luft.

»Das weiß ich nicht, mein Freund, und ich muss es zum Glück auch nicht beurteilen. Ich hätte es an deiner Stelle ganz genauso gemacht.«

»Schön, dass du das sagst. Ich kam mir nämlich schon ziemlich schäbig vor, als ich Ludger erzählen musste, dass sie Roll in Notwehr erschossen hat, um mein Leben zu retten.«

»Aber das hat sie doch.«

»Ja. Wenn sie es allerdings nicht gemacht hätte, wäre sie jetzt auf der Flucht mit ihm.«

»Oder sie hätte es sich wegen ihrer Kinder anders überlegt und wäre vielleicht von ihm abgeknallt worden.«

Lenz betrachtete die tanzenden Schneeflocken außerhalb des Wagens.

»Auch eine Idee. Die Wahrheit liegt, wie immer, in der Mitte. Gäbe es die Sache mit Maria nicht, hätte ich keinen Deal mit ihr machen müssen, so viel steht fest.«

Wagner schüttelte den Kopf.

»Dann hätte sie aber auch keinen Grund gehabt, Roll zu erschießen.«

Der Hauptkommissar lehnte sich müde zurück.

»Daran will ich jetzt gar nicht denken. Bring mich am besten nach Hause, ich will in die Badewanne und danach ins Bett und zwei Tage schlafen.«

»Das schaffst du nie.«

»Worauf du dich verlassen kannst.«

36

»Siegfried Patzke war ein guter Mensch, und er wird seiner Familie und allen seinen Freunden in gutem Angedenken bleiben«, hallte die blecherne Stimme des Pfarrers über den Friedhof.

Lenz, der etwas abseits stand, betrachtete die verloren wirkende Schar der Trauernden. Allzu viele Freunde oder Bekannte hatten den Weg zur Beerdigung nicht gefunden.

Als die Zeremonie vorüber war, ging er langsam auf Carola Patzke zu.

»Oh je, Herr Kommissar, Sie sehen aber mitgenommen aus«, begrüßte sie ihn mit blutunterlaufenem Gesicht und betrachtete eingehend seinen Verband. Lenz verkniff es sich, sie auf ihr Äußeres anzusprechen.

»Halb so wild, Frau Patzke. Ich wollte Ihnen noch einmal mein Beileid aussprechen und alles Gute wünschen. Wahrscheinlich wissen Sie schon, dass wir den oder besser die Mörder Ihres Mannes erwischt haben.«

»Weiß ich. Und es is mir nur recht, dass die beiden gleich ins Gras beißen mussten. Auge um Auge, sag ich nur.«

»Wie auch immer ...« Er streckte ihr die Hand hin. »Wenn ich Ihnen irgendwie helfen kann, lassen Sie es mich wissen. Ansonsten wünsche ich Ihnen, wie gesagt, alles Gute.«

Sie griff seine Hand und drückte sie kräftig. Dabei huschte zum ersten Mal, seit Lenz sie kannte, der Hauch eines Lächelns über ihr Gesicht.

»Danke für das Angebot, Herr Kriminaler, aber ich komm schon zurecht. Bin ich ja immer.«

Ohne ein weiteres Wort ließ sie ihn stehen. Der Kommissar drehte sich um und ging zum Hauptausgang. Als er an der Straße angekommen war, bog ein Taxi um die Ecke und hielt zwei Meter links von ihm an. Die hinteren Türen gingen auf, zwei schwarz gekleidete Mädchen stiegen aus und stellten sich auf den Bürgersteig. Lenz sah in den Wagen und erkannte Hanne Frommert, die dem Fahrer Münzen in die Hand zählte.

»Hallo, Herr Lenz«, begrüßte die Frau ihn knapp, nachdem sie aus dem Wagen gestiegen war.

»Hallo, Frau Frommert«, antwortete er und gab dem Fahrer des Taxis ein Zeichen, dass er auf ihn warten sollte.

Es entstand eine peinliche Pause.

»Mein Mann wird später beerdigt«, erklärte sie dann. »Wie geht es Ihrem Auge?«

»Danke, es kommt wieder in Ordnung. Und wie geht es Ihnen?«

»So weit ganz gut. Wir werden aus Kassel wegziehen.«

Der Kommissar sah sie erstaunt an.

»Wissen Sie schon, wohin?«

»So ganz klar ist es noch nicht. Vermutlich nach Lettland. Das gehört zur EU, und außerdem soll es dort sehr schön sein. Für unser Haus gibt es schon ein paar Interessenten, es wird also ganz schnell gehen.« Sie lächelte verlegen. »Jetzt müssen wir aber reingehen. Leben Sie wohl, Herr Lenz.«

»Leben Sie wohl, Frau Frommert.«

Eingerahmt von ihren Kindern, ging sie mit langsamen Schritten auf den Eingang zu. Kurz bevor sie um die Ecke bog, drehte sie noch einmal den Kopf und bedachte ihn mit einem Lächeln. Dann war sie verschwunden.

Zehn Minuten später stand er vor Sergej Kowaljows kleinem Telefonladen und versuchte, durch die beschlagenen Schaufensterscheiben etwas zu erkennen. Der Russe stand wie immer mit einer Zigarette zwischen den Zähnen hinter der Theke und hielt eine Tasse Tee in der Hand. Als er den Kommissar erkannte, fing er an zu grinsen. Lenz betrat das Geschäft und ging auf den Russen zu.

»Sergej, Sergej, was soll ich nur mit dir machen?«

»Nichts, Herr Kommissar. So, wie Sie aussehen, können Sie höchstens Kinder in der Geisterbahn erschrecken.«

»Du hast mich ziemlich übel auf die Rolle genommen, Sergej.«

Kowaljow stellte den Tee ab, drückte die Zigarette aus, kam auf den Polizisten zu und sah ihn mit traurigen Augen an.

»Wissen Sie, wie die russische Volksseele funktioniert, Herr Kommissar?«

»Nein, Sergej.«

»Deshalb glauben Sie auch, dass ich Sie auf die Rolle genommen habe. Das stimmt nicht. Wenn man sich ein bisschen mit der russischen Volksseele auskennt …«

»Es ist gut, Sergej. Wahrscheinlich haben wir noch nicht im Auto gesessen, als du schon den Telefonhörer in der Hand hattest. Stimmt's?«

Der Russe sagte nichts.

»Thilo hätte sterben können«, fuhr Lenz fort.

»Das wusste ich doch nicht.«

»Stimmt. Aber du wusstest, dass Blochin ein ganz und gar kaltblütiger Typ ist, und hast ihm trotzdem den Tipp gegeben.«

Wieder kam keine Antwort. Der Polizist ging langsam zur Tür.

»Sergej, du solltest unsere Beziehung für die nächste Zeit als massiv gestört betrachten«, sagte er und verließ grußlos den Laden.

Auf dem Weg zum Taxistand am Königsplatz klingelte sein Telefon.

»Lenz.«

»Hallo, Paul, hier ist Maria. Ich sitze in der Sonne, trinke Cappuccino und denke an dich.«

»Beneidenswert. Das heißt leider auch, ich muss noch länger auf dich warten?«

»Überhaupt nicht. Wir landen heute Nachmittag um vier. Erich hat abends einen Termin mit seinen Parteibonzen, also habe ich ziemlich viel Zeit. Und genauso viel Sehnsucht.«

»Klingt gut. Dann müssen wir uns nur …«

»Judy ist noch in Amerika«, unterbrach sie ihn. »Wir haben also weiterhin sturmfreie Bude.«

»Schön. Um neun?«

»Von mir aus kannst du schon um acht da sein. Und bring Hunger mit, ich hab ein paar italienische Leckereien für uns eingekauft. Also, bis dahin.«

»Ja, bis dahin«, antwortete er.

ENDE

Matthias P. Gibert
Nervenflattern

·····································

323 Seiten, 11 x 18 cm, Paperback.
ISBN 978-3-89977-728-4. € 9,90.

In Kassel geschehen kurz hintereinander zwei tragische Unfälle – jedenfalls scheint es zunächst so. Ein anonymer Brief an den Oberbürgermeister der Stadt lässt jedoch erhebliche Zweifel an der Zufälligkeit der Ereignisse aufkommen – und urplötzlich steckt Kommissar Paul Lenz mitten in einem brisanten Fall: Die *Documenta*, bedeutendste Ausstellung für zeitgenössische Kunst der Welt, wird durch einen Anschlag mit einem hochgiftigen Nervenkampfstoff bedroht. Und mit ihr die Einwohner der Nordhessischen Metropole und die zahlreichen Ausstellungsbesucher

Gabriele Keiser
Gartenschläfer

·····································

231 Seiten, 11 x 18 cm, Paperback.
ISBN 978-3-89977-771-0. € 9,90.

Im Andernacher Schlossgarten wird eine Leiche gefunden. Der 18-jährige Mario Reschkamp wurde mit zahlreichen Messerstichen regelrecht niedergemetzelt.

Die Koblenzer Kommissarin Franca Mazzari und ihr Kollege Bernhard Hinterhuber übernehmen den Fall. Vieles deutet auf ein Verbrechen im Drogenmilieu hin, denn das Opfer war als Dealer. Befragungen in Marios Freundeskreis bringen weitere interessante Details ans Tageslicht. Offenbar hatte er eine Schwäche für okkulte Praktiken. Und für Frauen.

Eine seiner Freundinnen weckt Francas besonderes Interesse: Davina Kayner. Das sensible Mädchen, das allein bei seiner Großmutter lebt, hat offensichtlich das spurlose Verschwinden seiner Mutter nicht verwunden ...

KRIMI IM
GMEINER-VERLAG

Wir machen's spannend

Klaus Erfmeyer
Geldmarie

....

231 Seiten, 11 x 18 cm, Paperback.
ISBN 978-3-89977-773-4. € 9,90.

Stephan Knobel geht es nicht gut. Die Dortmunder Kanzlei, für die er arbeitet, ist wirtschaftlich angeschlagen. Unter den Beschäftigten wachsen das Misstrauen und die Angst, Opfer eines Sanierungskonzepts zu werden. Doch viel mehr Sorgen bereitet ihm ein ganz anderes Problem.

Seine Freundin Marie ist seit einem Besuch bei ihrem Germanistikprofessor spurlos verschwunden. Und der ist jetzt tot, gestorben an einem Herzinfarkt. Seit ihrem Verschwinden werden von Maries Girokonto täglich 1.000 Euro an verschiedenen Geldautomaten der Stadt abgehoben. Die Polizei ist sich sicher, dass Marie mit dem Tod des Professors etwas zu tun haben muss und ihre Flucht vorbereitet. Eine Theorie, an die Knobel nicht glauben mag!

Bernd Franzinger
Kindspech

....

326 Seiten, 11 x 18 cm, Paperback.
ISBN 978-3-89977-777-2. € 9,90.

Panik im Hause Tannenberg: Emma, der jüngste Spross des Familienclans, wurde entführt. Zunächst deutet alles auf eine Verwechslung hin. Doch als am nächsten Morgen Tannenbergs Todesanzeige in der Zeitung erscheint, erfährt der Fall eine dramatische Wende.

Fieberhaft suchen die Ermittler nach einer Person, die ein Motiv für diesen Racheakt haben könnte. Derweil befindet sich die kleine Emma im schalldicht isolierten Keller des skrupellosen Entführers, dem sie auf Gedeih und Verderb ausgeliefert ist. Eingepfercht in einen Gitterkäfig steht sie Todesängste aus.

Der Kidnapper stellt Tannenberg ein Ultimatum und zwingt ihn zur Teilnahme an einem teuflischen Spiel. Ein verzweifelter Wettlauf gegen die Zeit beginnt ...

Das neue Krimijournal ist da!

2 x jährlich das Neueste
aus der Gmeiner-Krimi-Bibliothek

In jeder Ausgabe:

- Vorstellung der Neuerscheinungen
- Hintergrundinformationen zu den Themen der Krimis
- Interviews mit den Autoren und Porträts
- Allgemeine Krimi-Infos (aktuelle Krimi-Trends, Krimi-Portale im Internet, Veranstaltungen etc.)
- Großes Gewinnspiel mit ›spannenden‹ Buchpreisen

ISBN 978-3-89977-950-9
kostenlos erhältlich in
jeder Buchhandlung

Ihre Meinung ist gefragt!

Mitmachen und gewinnen

Als der Spezialist für Themen-Krimis mit Lokalkolorit möchten w
Ihnen immer beste Unterhaltung bieten. Sie können uns dabei unte
stützen, indem Sie uns Ihre Meinung zu den Gmeiner-Krimis sage

Senden Sie eine E-Mail an gewinnspiel@gmeiner-verlag.
und teilen Sie uns mit, welchen Krimi Sie gelesen haben u
wie er Ihnen gefallen hat. Alle Einsendungen nehmen aut
matisch am großen Jahresgewinnspiel teil. Es warten ›spa
nende‹ Buchpreise aus der Gmeiner-Krimi-Bibliothek auf Sie!

Alle Gmeiner-Autoren und ihre Krimis auf einen Blick

Anthologien: Mords-Sachsen 2 (2008) • Tod am Bodensee • Mords-Sachsen (2007) • Grenzfälle (2005) • Spekulatius (2003) **Artmeier, Hildegund:** Feuerross (2006) • Katzenhöhle (2005) • Schlangentanz • Drachenfrau (2004) **Bauer, Hermann:** Fernwehträume (2008) **Baum, Beate:** Häuserkampf (2008) **Beck, Sinje:** Totenklang (2008) • Duftspur (2006) • Einzelkämpfer (2005) **Blatter, Ulrike:** Vogelfrau (2008) **Bode-Hoffmann, Grit/Hoffmann, Matthias:** Infantizid (2007) **Bomm, Manfred:** Notbremse (2008) • Schattennetz • Beweislast (2007) • Schusslinie (2006) • Mordloch • Trugschluss (2005) • Irrflug • Himmelsfelsen (2004) **Bonn, Susanne:** Der Jahrmarkt zu Jakobi (2008) **Bosch van den, Jann:** Wintertod (2005) **Buttler, Monika:** Dunkelzeit (2006) • Abendfrieden (2005) • Herzraub (2004) **Clausen, Anke:** Ostseegrab (2007) **Danz, Ella:** Nebelschleier (2008) • Steilufer (2007) • Osterfeuer (2006) **Detering, Monika:** Puppenmann • Herzfrauen (2007) **Dünschede, Sandra:** Solomord (2008) • Nordmord (2007) • Deichgrab (2006) **Emme, Pierre:** Florentinerpakt • Ballsaison (2008) • Tortenkomplott • Killerspiele (2007) • Würstelmassaker • Heurigenpassion (2006) • Schnitzelfarce • Pastetenlust (2005) **Enderle, Manfred:** Nachtwanderer (2006) **Erfmeyer, Klaus:** Geldmarie (2008) • Todeserklärung (2007) • Karrieresprung (2006) **Erwin, Birgit/Buchhorn, Ulrich:** Die Herren von Buchhorn (2008) **Franzinger, Bernd:** Kindspech (2008) • Jammerhalde (2007) • Bombenstimmung (2006) • Wolfsfalle • Dinotod (2005) • Ohnmacht • Goldrausch (2004) • Pilzsaison (2003) **Gardein, Uwe:** Die letzte Hexe – Maria Anna Schwegelin (2008) **Gardener, Eva B.:** Lebenshunger (2005) **Gibert, Matthias P.:** Kammerflimmern (2008) • Nervenflattern (2007) **Graf, Edi:** Leopardenjagd (2008) • Elefantengold (2006) • Löwenriss • Nashornfieber (2005) **Gude, Christian:** Binärcode (2008) • Mosquito (2007) **Haug, Gunter:** Gössenjagd (2004) • Hüttenzauber (2003) • Tauberschwarz • Riffhaie • Tiefenrausch (2002) • Höllenfahrt (2001) • Sturmwarnung (2000) **Heim, Uta-Maria:** Das Rattenprinzip (2008) • Totschweigen (2007) • Dreckskind (2006) **Hunold-Reime, Sigrid:** Frühstückspension (2008) **Imbsweiler, Marcus:** Schlussakt (2008) • Bergfriedhof (2007) **Karnani, Fritjof:** Notlandung (2008) • Turnaround (2007) • Takeover (2006) **Keiser, Gabriele:** Gartenschläfer (2008) • Apollofalter (2006) **Keiser, Gabriele/ Polifka, Wolfgang:** Puppenjäger (2006) **Klausner, Uwe:** Die

Alle Gmeiner-Autoren und ihre Krimis auf einen Blick

Kiliansverschwörung (2008) • Die Pforten der Hölle (2007) **Klewe, Sabine:** Blutsonne (2008) • Wintermärchen (2007) • Kinderspiel (2005) • Schattenriss (2004) **Klingler, Eva:** Königsdrama (2006) **Klösel, Matthias:** Tourneekoller (2008) **Klugmann, Norbert:** Die Nacht des Narren (2008) • Die Tochter des Salzhändlers (2007) • Kabinettstück (2006) • Schlüsselgewalt (2004) • Rebenblut (2003) **Kohl, Erwin:** Willenlos (2008) • Flatline (2007) • Grabtanz • Zugzwang (2006) **Köhler, Manfred:** Tiefpunkt • Schreckensgletscher (2007) **Koppitz, Rainer C.:** Machtrausch (2005) **Kramer, Veronika:** Todesgeheimnis (2006) • Rachesommer (2005) **Kronenberg, Susanne:** Weinrache (2007) • Kultopfer (2006) • Flammenpferd • Pferdemörder (2005) **Kurella, Frank:** Das Pergament des Todes (2007) **Lascaux, Paul:** Wursthimmel • Salztränen (2008) **Lebek, Hans:** Karteileichen (2006) • Todesschläger (2005) **Lemkuhl, Kurt:** Raffgier (2008) **Leix, Bernd:** Waldstadt (2007) • Hackschnitzel (2006) • Zuckerblut • Bucheckern (2005) **Mader, Raimund A.:** Glasberg (2008) **Mainka, Martina:** Satanszeichen (2005) **Misko, Mona:** Winzertochter • Kindsblut (2005) **Ott, Paul:** Bodensee-Blues (2007) **Puhlfürst, Claudia:** Rachegöttin (2007) • Dunkelhaft (2006) • Eiseskälte • Leichenstarre (2005) **Pundt, Hardy:** Deichbruch (2008) **Senf, Jochen:** Knochenspiel (2008) • Nichtwisser (2007) **Seyerle, Guido:** Schweinekrieg (2007) **Schmitz, Ingrid:** Mordsdeal (2007) • Sündenfälle (2006) **Schmöe, Friederike:** Spinnefeind • Pfeilgift (2008) • Januskopf • Schockstarre (2007) • Käfersterben • Fratzenmond (2006) • Kirchweihmord • Maskenspiel (2005) **Schröder, Angelika:** Mordsgier (2006) • Mordswut (2005) • Mordsliebe (2004) **Schuker, Klaus:** Brudernacht (2007) • Wasserpilz (2006) **Schneider, Harald:** Ernteopfer (2008) **Schulze, Gina:** Sintflut (2007) **Schwab, Elke:** Angstfalle (2006) • Großeinsatz (2005) **Schwarz, Maren:** Zwiespalt (2007) • Maienfrost • Dämonenspiel (2005) • Grabeskälte (2004) **Steinhauer, Franziska:** Menschenfänger (2008) • Narrenspiel (2007) • Seelenqual • Racheakt (2006) **Thömmes, Günther:** Der Bierzauberer (2008) **Thadewaldt, Astrid/Bauer, Carsten:** Blutblume (2007) • Kreuzkönig (2006) **Valdorf, Leo:** Großstadtsumpf (2006) **Vertacnik, Hans-Peter:** Ultimo (2008) •Abfangjäger (2007) **Wark, Peter:** Epizentrum (2006) • Ballonglühen (2003) • Albtraum (2001) **Wilkenloh, Wimmer:** Feuermal (2006) • Hätschelkind (2005) **Wyss, Verena:** Todesformel (2008) **Zander, Wolfgang:** Hundeleben (2008)

KRIMI IM GMEINER-VERLAG

Wir machen's spannend